# Antoine Guilland

*Professeur d'histoire à l'École polytechnique suisse*

*979*

# L'Allemagne nouvelle et ses historiens

### (Niebuhr — Ranke — Mommsen — Sybel Treitschke)

✳

Paris, FÉLIX ALCAN, éditeur, 1900.

# L'ALLEMAGNE NOUVELLE

## ET SES HISTORIENS

3253

CHARTRES. — IMPRIMERIE DURAND, RUE FULBERT.

# L'ALLEMAGNE NOUVELLE

## ET SES HISTORIENS

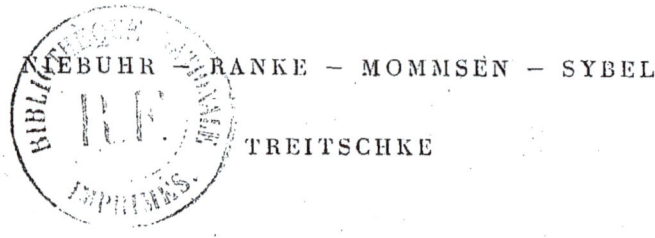

NIEBUHR — RANKE — MOMMSEN — SYBEL

TREITSCHKE

PAR

### ANTOINE GUILLAND

PROFESSEUR D'HISTOIRE A L'ÉCOLE POLYTECHNIQUE SUISSE

PARIS

ANCIENNE LIBRAIRIE GERMER BAILLIÈRE ET Cⁱᵉ

FÉLIX ALCAN, ÉDITEUR

108, BOULEVARD SAINT-GERMAIN, 108

—

1899

# A M. GABRIEL MONOD

## DE L'INSTITUT

En témoignage de ma reconnaissance.

A. G.

# L'ALLEMAGNE NOUVELLE
## ET SES HISTORIENS

## INTRODUCTION

Quand on étudie l'histoire de la formation de l'unité germanique en notre siècle, on est frappé du rôle considérable qu'y jouèrent les historiens. Ils ont été les promoteurs de la politique nationale-libérale qui a triomphé après les victoires de 1866 et de 1870.

Cette politique, ils l'ont rendue possible en y préparant la nation par leurs leçons. Plus tard, ils sont devenus les conducteurs de l'opinion publique allemande, qui s'est révélée d'un nationalisme si jaloux à propos de la question du Luxembourg. « Sans leur concours, dit avec raison l'économiste Schmoller, jamais l'Empire n'aurait pu être mis sur pied ». — « Leur service, dit de son côté Lord Acton, fut de mettre l'histoire en contact avec la vie nationale et de lui donner une influence qu'elle n'a eue nulle part ailleurs, sauf en France : leur gain est d'avoir créé l'opinion publique plus puissante que les lois[1] ».

Les Allemands, les premiers, reconnaissent tout ce qu'ils doivent à leurs historiens : « Essayer, dit Hans Delbrück, de définir et d'expliquer les rapports intimes

[1]. *German Schools of history. Engl. hist. Rev.*, 1886.
A. Guilland.                                                                    1

en même temps que l'opposition de talents tels que ceux
de Ranke, Waitz, Giesebrecht, Häusser, Droysen,
Gneist, Treitschke — serait une entreprise vaste et difficile et sur laquelle on a si peu fait jusqu'à présent —
que l'œuvre qui s'écrira, un jour, sur ce sujet, sera
une œuvre originale et grandiose [1] ».

Le présent essai n'a point la prétention de combler
entièrement cette lacune. Il faudrait, pour cela, lui
donner des proportions plus vastes, car il ne s'agirait
rien moins que d'y faire entrer toutes les manifestations
de la vie intellectuelle — le droit, la théologie, l'économie politique et la littérature —, la méthode historique qui fut le grand véhicule de ces idées nationales
ayant été appliquée non seulement à l'histoire politique
mais à toutes les sciences connexes.

Nous nous en sommes tenu à l'histoire politique.
Celle-ci, du reste, est la plus importante. C'est là aussi
que se sont le mieux manifestées ces tendances nationales prussiennes.

Tous les grands historiens politiques de l'Allemagne
au XIXᵉ siècle — Niebuhr, Dahlmann, Ranke, Waitz,
Giesebrecht, Droysen, Häusser, Max Duncker, Sybel,
Mommsen et Treitschke — ont été partisans de la
« Petite Allemagne » sous l'hégémonie prussienne.
C'était pour eux une nécessité historique qui ressortait,
claire, de l'enseignement du passé. Et ils se sont mis à
le prouver, soit en racontant l'histoire de la Prusse ou
de l'Allemagne, soit en s'occupant de celle des autres
pays, car pour eux le processus national obéissant à des
lois fixes a été le même en tous pays.

Maîtres de toutes les grandes universités allemandes,
ils ont propagé ces doctrines du haut de leurs chaires
et dans leurs livres, qui prolongèrent leur enseignement bien au delà, dans la foule. Ils avaient, ces hom-

1. *Preussische Jahrbücher*, Okt. 1894.

mes, de grandes qualités : ceux qui n'étaient pas orateurs étaient écrivains ; la plupart même étaient l'un et
l'autre. Par leurs œuvres solides de fond et de forme
nette et vivante, ils ont créé cette forte école d'historiographie allemande qui est devenue l'émule et la rivale
des écoles anglaise et française.

Cette école était purement prussienne d'esprit. En
face de la grande Allemagne catholique, elle représentait l'union germanique restreinte, de caractère protestant et libéral. Il est vrai que ce libéralisme n'avait
rien de commun avec celui de Canning ou de Glads-
tone : c'était un libéralisme prussien, c'est-à-dire un
libéralisme qui confondait volontiers les libertés économiques et intellectuelles avec les libertés politiques,
ou plutôt qui faisait bon marché de celles-ci s'il jouissait
des premières. Et l'on sait quelle force de résistance ce
libéralisme eut après Sadowa et Sedan ! Bismarck sut
rendre ces libéraux accommodants sur les principes en
leur jetant à ronger l'os du Kulturkampf et en agitant
à propos sous leurs yeux les spectres de la Revanche et
de la Révolution. Libéraux, alors, ils ne l'étaient plus
guère : leur impérialisme, par contre, avait poussé merveilleusement.

Défenseurs des traditions prussiennes et futurs partisans de la politique bismarckienne, ces hommes, qui dé-
butèrent dans la vie publique entre 1840 et 1848, ont
donc été de vrais *historiens du nouvel empire allemand*,
bien que leurs œuvres, à l'exception de celle de Treistchke, soient antérieures à la formation de cet Empire.

Les étudier, c'est donc analyser un facteur important
de l'œuvre unitaire des Allemands, et pour se bien rendre compte de cela, il est nécessaire, avant de voir les
hommes, de considérer sur quel terrain ils ont poussé
et quelles circonstances les ont formés.

Le premier élément de la formation des historiens nationaux est le sentiment patriotique allemand.

On sait combien ce sentiment fut lent à naître en pays germaniques. A la fin du xviii° siècle, tous les grands écrivains de l'époque classique : Klopstock, Wieland, Schiller et Gœthe étaient d'esprit cosmopolite. Herder taxait de « monstruosité » le sentiment national qu'avaient connu les anciens [1]. Lessing, de son côté, écrivait :

« L'amour de la patrie, je ne le comprends pas : c'est, ce me semble, pour en parler avantageusement, une faiblesse héroïque que je suis fort heureux de ne point partager ».

Mais il faudrait se garder aussi de prendre trop à la lettre les déclarations de ces philosophes et de ces poètes. Au fond de tout Allemand, si émancipé qu'il paraisse, il y a toujours un coin d'amour sentimental à la Jean-Jacques pour le clocher qui l'a vu naître.

Tous ces hommes, en théorie, peuvent bien se déclarer « citoyens du monde »; il n'en est pas moins vrai qu'en pratique ils sont puissamment attachés à leur terre natale, à leur race, à l'idée surtout qu'elle représente dans le monde. Vienne un étranger qui menace de détruire leur foyer et « ce patrimoine de souvenirs communs » qui constitue la patrie, aussitôt ils se réveilleront ardents patriotes. C'est ce qui arriva en Allemagne après Iéna, et Napoléon fut l'homme qui ressuscita ce sentiment patriotique si longtemps assoupi.

Jamais homme pourtant n'avait été accueilli, au début, avec autant d'enthousiasme par cette nation idéaliste et prompte à sentir le génie. Hegel appelait Napoléon « l'âme du monde ». L'historien Jean de Müller célébrait en périodes pompeuses « ce héros de

---

1. « C'est une chose horrible, disait-il, une passion antinaturelle, une sorte de barbarie, indigne d'un peuple civilisé. »

l'âge moderne » et le rapprochait de Frédéric le Grand. Gœthe, plein d'admiration pour lui, criait aux patriotes qui commençaient à se remuer : « Secouez vos chaînes tant que vous voudrez ; cet homme est trop fort pour vous ; vous ne les briserez jamais. Vous ne ferez que les enfoncer plus profondément dans votre chair ! » Heine, le sceptique qui se moquait de tout, avait conservé de son enfance une vision d'adoration : « l'Empereur »[1].

Et si vous croyez que ce n'est là qu'enthousiasme de philosophes spéculatifs ou rêves de poètes, écoutez un homme froid et pondéré, le chanoine Döllinger, nous raconter quels sentiments animaient alors la jeunesse allemande :

« Chez moi et chez mes compagnons le besoin d'un idéal était une part de nous-mêmes et je me souviens combien Napoléon excita notre admiration quoiqu'en réalité il ne méritât guère d'être l'objet d'un enthousiasme aussi démesuré. ... A Würzbourg, j'étais au milieu de la foule, parmi les plus jeunes curieux qui marchaient sur les talons de l'empereur dans la ville, lorsqu'il s'y rendit pour visiter les fortifications. Je le vois encore dans son uniforme gris, avec son petit chapeau à trois cornes, son teint foncé, ses traits accentués qui le faisaient paraître à mes yeux comme une médaille de bronze gravée »[2].

Et ils étaient comme cela des centaines en Allemagne : tout au fond des campagnes, l'historien Ranke rencontra un maître d'école qui vénérait Napoléon comme un héros de l'humanité auquel il assignait une mission providentielle (*eine göttliche Mission*)[3].

1. Vision à Düsseldorf : « L'empereur chevauchait calmement en descendant l'allée ; aucun gendarme ne barrait sa route... les tambours battaient aux champs ; les trompettes sonnaient... et le peuple criait avec des milliers de voix : « Vive l'Empereur ! »

2. *Conversations of D<sup>r</sup> Döllinger*, recorded, by Louise von Kobell Translated by Cate Gould. London. 1892.

3. L. v. Ranke, *Zur eigenen Lebensgeschichte*. Leipzig, 1890, p. 19 et 46.

Mais brusquement ces sentiments changent. Celui qu'on appelait, la veille, un libérateur devient tout à coup un « despote intraitable ». Une journée avait suffi pour cela : Iéna.

Jamais domination ne se fit sentir plus lourdement sur un peuple que celle de Napoléon en Prusse après Iéna. L'empereur voulait anéantir cet État et il crut y avoir réussi. Un instant même l'Europe put partager son illusion. Avec ses finances épuisées, son armée pour ainsi dire dissoute, ses places prises, son territoire diminué de moitié[1], la Prusse pouvait croire sa dernière heure venue. « C'en est fait de la Prusse, écrivait Napoléon au Sultan ; elle a disparu de la carte de l'Europe ». Et le chevalier Gentz, qui prenait ses désirs pour la réalité, écrivait, de son côté : « Il serait plus que ridicule de vouloir ressusciter cette puissance ».

Mais tous ces hommes se trompaient. Ils ne savaient pas qu'au fond de cet État il y avait une force latente que ne pouvait ainsi anéantir un simple coup du sort. À défaut d'autre chose, son histoire eût pu le leur apprendre.

C'est, en effet, une étrange histoire que celle des destinées de ce Brandebourg, berceau de la puissance prussienne, « ce pays de sablières », comme on l'a nommé[2], « arrosé par de lentes rivières coulant sous des bois d'aunes », avec ses plaines immenses, interrompues çà et là par des collines et coupées vers le nord par de petits lacs, des étangs et des tourbières.

Comment ces plates et stériles contrées, les plus pauvres de l'Europe, arrivèrent-elles à former un État puissant?

C'est ce qu'explique l'œuvre de ses princes, une ad-

---

1. Napoléon disait lui-même au comte Rœderer : « J'ai tiré un milliard de la Prusse. » Il disait aussi : « Après tout, mes guerres ne m'ont coûté qu'un million d'hommes et la plupart étaient des Allemands. »
2. M. Ernest Lavisse, *Origines de la monarchie prussienne.*

mirable lignée de souverains, comme aucune nation n'en peut mettre en parallèle, depuis les premiers Margraves qui, pour l'endurance, la ténacité, l'intelligence pratique, n'ont pas eu leurs pareils en Allemagne, jusqu'à ces figures de tout premier plan qu'on appelle le Grand Électeur, Frédéric-Guillaume Ier et Frédéric II.

A l'époque du Grand Électeur, la Prusse ne comptait guère en Europe : c'était trois tronçons sans cohésion, le duché de Prusse, le Brandebourg et le duché de Clèves. Avec cela, des terres ruinées par la guerre de Trente-Ans. Ce Grand Électeur eut l'immense fortune de pouvoir recueillir sur son sol des protestants français chassés par Louis XIV. Il en vint en fort grand nombre. Ils civilisèrent le pays, firent de Berlin une ville, assainirent les marécages et en peu de temps transformèrent « la Sablonnière » en un jardin presque fertile. Ce que la Prusse doit à la France qui le dira jamais?

Avec les deux rois Frédéric-Guillaume Ier et Frédéric II, la Prusse entre dans le concert des grandes puissances européennes. Le premier, Frédéric-Guillaume Ier, contemporain de Louis XV, n'était pourtant qu'un roi sans apparence, n'aimant que le réel et le positif, dur envers les siens comme envers lui-même, usant de la canne et croyant à la réalité du Dieu d'Israël qui punit « jusqu'à la quatrième génération ceux qui n'observent pas ses commandements » : persuadé qu'il faut rendre les gens « heureux malgré eux »[1]; déployant avec cela une activité dévorante, sans cœur presque, réduisant ses ministres au rôle de commis expéditionnaires; entrant lui-même dans le détail des questions, avare et rude et, comme un Grandet en souquenille, assis à son bureau de bois sans élégance, recevant les comptes de ses fournis-

---

1. « Grâce à Dieu, disait le comte de Moltke, l'antique régime policier et paternel, la vieille théorie tant incriminée qu'il faut rendre les gens heureux malgré eux, subsiste encore en Prusse, malgré les progrès. »

seurs ; on sait qu'on ne saurait le filouter d'un centime,
il voit tout ; il remplit ses coffres, crée une armée merveilleuse qu'il peuple de géants et forme en même temps
des fonctionnaires modèles qu'il paie dérisoirement,
mais qui font une besogne fantastique.

Plus étonnante encore est l'apparition de son fils,
Frédéric II, un vrai Hohenzollern celui-là, à l'esprit
clair et vigilant, sans ombre de fanatisme, ne prenant
jamais l'ombre pour la proie, aussi habile à conquérir
une province qu'à la mettre en valeur et à faire oublier
aux vaincus la barbarie du procédé : un homme d'une
activité infatigable, toujours le premier à la besogne,
dès le matin, éperonné, en uniforme, prêt à monter à
cheval : entre deux parades, sous sa tente, épluchant
les comptes qu'on lui présente, jouant de la flûte ou
faisant des vers français. Avec cela, une simplicité géniale, la simplicité de l'homme vraiment supérieur, qui
sait ce que vaut la vie, qui méprise l'apparence et
ne vit que pour la réalité : cynique dans ses propos,
démasquant avec délices l'hypocrisie humaine, mais
homme de devoir, ce satané devoir (*verfluchte Pflicht*),
comme il l'appelle, « auquel l'on ne saurait se sous-
traire ».

On a voulu expliquer toute l'histoire de la Prusse par
le sentiment du devoir. « Ce sentiment, disait le colonel Stoffel, est développé à un tel degré dans toutes
les classes du pays, qu'on ne cesse de s'en étonner
quand on étudie le peuple prussien. N'ayant pas à rechercher ici les causes de ce fait, je me borne à le citer.
La preuve la plus remarquable de cet attachement au
devoir est fournie par le personnel des employés de tout
grade des diverses administrations de la monarchie :
payés avec une parcimonie vraiment surprenante, chargés de famille le plus souvent, les hommes qui compo-
sent ce personnel travaillent tout le jour avec un zèle
infatigable, sans se plaindre ou sans paraître ambition-

ner une position plus aisée. « Nous nous gardons bien
« d'y toucher, me disait, ces jours derniers, M. de Bis-
« marck. Cette bureaucratie travailleuse et mal payée
« nous fait le meilleur de notre besogne et constitue
« une de nos meilleures forces »[1].

Ce qu'il y a de certain, c'est que nulle chose ne
contribua autant à gagner à la Prusse les sympathies de
l'Allemagne protestante. Au xviie et au xviiie siècles,
tous les novateurs, Pufendorf, Thomasius, Leibniz et
Spener avaient déjà les yeux tournés vers ce pays, qui
leur paraissait l'un des États les plus avancés, les plus
soucieux de progrès. La première en Allemagne, la
Prusse avait proclamé l'instruction obligatoire et gra-
tuite. Dans ses universités, rompant avec le vieil esprit
scolastique, elle avait introduit les idées modernes. A
une époque où en Allemagne les professeurs enseignaient
encore en latin, elle fut aussi la première à préconiser
l'emploi de la langue vulgaire[2]. Et cet esprit novateur,
on le trouvait partout, dans son administration, où, par
la réforme des détails, le Gouvernement avait réalisé
bien des progrès qui, pour d'autres pays, datent de la
Révolution française. Dès lors, on comprend pourquoi
les Allemands éclairés, gardiens jaloux de la supériorité
intellectuelle de leur pays et de sa valeur morale, se
sont tournés vers la Prusse.

Après la bataille d'Iéna, le mouvement devient général. La chose étonne au premier abord. Iéna n'était-
ce pas une défaite de la Prusse? Oui, mais dans l'éclair
fulgurant du champ de bataille, ces Allemands qui

---

1. Colonel Stoffel, *Rapports militaires*, p. 104.
2. Ce fut l'Université prussienne de Halle qui à l'étude exclusive du
droit romain substitua celle du droit germanique.
Au sujet de l'emploi de l'idiome national dans les cours universitaires,
Thomasius disait : « Les philosophes grecs n'écrivaient pas en hébreu et
les Romains n'écrivaient pas en grec. Chaque peuple se sert de sa langue
maternelle et les Français savent fort bien le faire aujourd'hui. Pourquoi
nous autres Allemands nous priverions-nous de cet avantage, comme si
notre langue était impropre à cet usage ? »

jusqu'alors avaient compté sur ce pays, virent sombrer
leurs espérances et, dans un magnifique élan de patriotisme, ils se précipitèrent pour l'empêcher. A Berlin,
il y avait déjà plusieurs Allemands au service de la
Prusse : le baron Stein du Nassau, le prince de Hardenberg et le major Scharnhorst du Hanovre, Gneisenau
et Fichte de la Saxe, Niebuhr du Schlesvig-Holstein.
D'autres arrivèrent encore. Et tous à la même minute
entrevoient la même vérité : « Il faut régénérer la
Prusse pour le salut de l'Allemagne entière ».

Ce qu'il y a de plus surprenant alors, c'est que ces
hommes, voyant le Gouvernement prussien faiblir dans
ce qu'ils appelaient sa mission en Allemagne, prennent
cet héritage à leur compte, en essayant d'y associer
la nation.

La chose ne devait se réaliser que plus tard, lorsque
parut ce souverain qui comprit que la Prusse, pour
triompher, devait s'appuyer sur le peuple. Mais c'est
bien dès 1807 que les germes de cette idée furent jetés,
sous le règne de Frédéric-Guillaume III. Et pourtant
si la chose n'avait dépendu que de ce roi, jamais elle
n'eût été amorcée. Timoré, irrésolu et borné, il avait,
durant ces jours, donné l'exemple des pires lâchetés.
Au lieu de se raidir contre l'infortune, comme la reine
Louise, pour y puiser de nouvelles forces, il avait d'a-
bord rampé devant Napoléon. « Votre Majesté, lui
écrivait-il, a relevé la dignité des trônes par l'éclat de ses
vertus ». Ce ne fut que lorsqu'il vit l'Empereur inexora-
ble, et qu'à moins de perdre toute dignité, il ne pouvait
plus rien demander, qu'il se résigna à la lutte. Et quelle
lutte ? Une vraie lutte au couteau. Il ne s'agissait rien
moins que de l'existence de la Prusse. Heureusement
que dans cette grande crise, d'où la Prusse pouvait sortir
ou anéantie, ou régénérée, il eut la sagesse de s'adresser
non aux empiriques, comme il en avait l'habitude, mais
à un grand médecin, le baron Stein, qui avait déjà

diagnostiqué le mal avec une clairvoyance impitoyable et qui était prêt à appliquer le remède.

Parmi toutes les figures des fondateurs de l'unité germanique au xixᵉ siècle, celle du baron Stein, la première en date, est l'une des plus saillantes. Non pas que Stein ait entrevu toutes les questions qu'il s'agissait de résoudre, mais il vit au moins toute l'étendue du problème qui était d'unir étroitement les destinées de la Prusse avec celles de l'Allemagne.

C'est en ce sens que l'historien Treitschke a pu dire de l'œuvre de cet homme : « Chaque pas en avant de notre politique nous a constamment ramenés à l'idéal du baron Stein. »

Le baron Stein est bien en effet l'ancêtre des nationaux-libéraux qui mirent les libertés économiques avant les libertés politiques. Ce n'était nullement un homme d'avant-garde. Beaucoup de ses contemporains firent preuve en politique d'un esprit plus clairvoyant que lui, témoin le prince de Hardenberg qui, dès 1805, écrivait :

« La Révolution française, dont les guerres actuelles ne sont que le prolongement, a donné à la France, au milieu d'orages et de scènes sanglantes, un essor imprévu. Les forces qui sommeillaient ont été éveillées. Le vieil organisme qui se survivait à lui-même, avec ses misères et ses faiblesses, ses crimes et ses préjugés, avec ce qu'il contenait de bon aussi, a été emporté et détruit... On s'est fait illusion que l'on résisterait plus sûrement à la Révolution en s'attachant plus étroitement à l'organisation ancienne, en poursuivant sans pitié les principes nouveaux, et l'on a ainsi singulièrement favorisé la Révolution et facilité son développement. La force de ses principes est telle, en effet, que l'État qui refusera de les accepter sera condamné à les subir ou à périr... Une Révolution, dans le bon sens du mot, réalisée par la sagesse du gouvernement et non par une impulsion violente du dehors, tel doit être notre but, notre principe dirigeant. Des principes démocratiques dans un gouvernement monarchique, telle me paraît être la formule appropriée à l'esprit du temps[1] ».

De cette Révolution, le baron Stein ne voulut jamais. Les réformes politiques, pour lui, étaient subordonnées aux réformes sociales et administratives. C'est de ce côté qu'il dirigea entièrement son attention.

Ces réformes n'étaient, du reste, point aisées à faire. Il fallait, pour y arriver, détruire tous les privilèges de la noblesse prussienne. Cette considération n'arrêta pas ce vieux noble de l'Empire : « C'est seulement de la bourgeoisie, disait-il, qu'on peut attendre des réformes. Les nobles riches ne sont occupés qu'à jouir de leurs biens. Les nobles pauvres ne songent qu'à trouver une place et un gagne-pain. Si ces deux classes ne sont point excitées par un aiguillon, elles restent inactives, pis encore, elles font du mal par leur exemple[2] ».

De toutes ces réformes qu'il projetait, le baron Stein n'en réalisa que deux : la réforme municipale qui rendit aux communes leur autonomie, et la réforme administrative qui demeura, du reste, incomplète. Mais ce qui survécut à l'œuvre, c'est l'esprit. Très prussien de tendances, cet Allemand du sud ne voyait d'avenir pour l'Allemagne que dans une étroite union avec les Hohenzollern. La raison qu'il en donnait était celle-ci : « Les Hohenzollern sont de vrais Allemands ; dans leur pays, depuis deux siècles, ils ont développé librement ce qui fait la supériorité de la vie germanique : un esprit de liberté et de vérité qui ne se laisse pas étouffer, ni tromper par des sophismes[3] ».

Par contre, il disait des Habsbourg :

« Les Habsbourg ne peuvent aspirer à commander aux Allemands parce que chez eux le véritable esprit

---

1. Cavaignac, *La Formation de la Prusse contemporaine*, p. 340.
2. Seeley. *Life and times of Stein*, I, p. 406.
3. *Ibid.*, t. III, p. 376.

germanique « a été adultéré par l'esprit jésuitique
« mortel à toute vérité ; ...l'Autriche n'est pas une
« garantie pour l'avenir. »

Cette idée, clairement entrevue, tout le plan de la
future politique prussienne se trouvait du même coup
indiqué. « Pour que la Prusse, disait-il, travaille effica-
cement à la défense nationale sans mettre en péril son
existence politique, elle doit devenir forte et indépendante ».

Fortifier la Prusse, aux yeux de Stein, ce n'était pas
seulement élargir ses institutions jusqu'à en faire des
institutions de l'Allemagne entière, c'était aussi étendre
son territoire, en incorporant des terres allemandes an-
nexées à l'étranger ou possédées par des souverains
qui, comme le roi de Saxe, « avaient méconnu leurs
devoirs de princes allemands ». Dès 1810, il préconise
certaines annexions. « Pour faire de la Prusse un État
vraiment fort, dit-il, on doit lui incorporer le Meck-
lembourg, le Holstein et la Saxe électorale [1] ».

Mais pour que la Prusse fût réellement grande, Stein
pensait qu'avant tout il fallait procéder à des réformes
morales. Il disait que la Prusse, par ses vertus, devait
devenir un modèle pour les Allemands.

Aussi, dès le début, tous ses soins sont-ils consacrés
à répandre dans le peuple prussien les vertus qu'il sent
nécessaires à la vie d'une nation : le sens du devoir,
l'esprit de sacrifice et le sentiment patriotique.

Pour cela, Stein est amené à réformer les deux institutions qui sont les réservoirs de la vie nationale :
l'école et la caserne.

Dans l'histoire du développement de la Prusse, on
ne saurait dire laquelle de ces institutions a joué le plus
grand rôle. Au fond, elles se sont complétées l'une
l'autre. Lorsqu'on disait, en 1866 : « C'est le maître

---

1. Seeley, *Life and times of Stein*, t. III, p. 170.

d'école qui a gagné la bataille de Sadowa », on n'entendait point seulement dire que la Prusse fût plus instruite que l'Autriche, mais que les écoles prussiennes étaient supérieures aux écoles autrichiennes par l'instruction civique et morale. Le roi Guillaume le disait au lendemain de cette bataille fameuse, lorsqu'il célébrait cet « esprit humain, moral et éclairé de l'école prussienne » (*die Gesittung der Schule*)[1] qui développe chez les enfants « l'application au travail, le sentiment du devoir, la persévérance, l'ordre, l'économie, l'obéissance. »

De l'école, cet enseignement avait passé à la caserne. « L'armée, qui représente la nation elle-même, disait le colonel Stoffel, possède toutes ces qualités[2]. » Dès 1807, en effet, elle était devenue une école de civisme et de patriotisme. Il est vrai que pour cela Stein avait trouvé un collaborateur hors ligne dans le major Scharnhorst qui fut le grand organisateur de la nation en armes. C'est lui qui fut l'âme de toutes ces réformes :

« Nous en sommes venus, disait celui-ci, à apprécier l'art de la guerre plus que les vertus militaires. Cela a causé de tout temps la ruine des peuples. Le courage, l'esprit de sacrifice, la persévérance, sont les bases de l'indépendance d'une nation. Aussitôt que ces vertus ne font plus battre nos cœurs, c'en est presque fait de nous, même en un temps de grandes victoires[3]. »

Stein ne se trompait pas lorsqu'il disait que c'était « par ses vertus et l'excellence de ses institutions » que

---

1. Discours du 5 août 1866.
2. *Rapp. mil.*, p. 26.
3. Clausewitz expliquait plus tard de même les causes de la défaite de Iéna : « Les effets énormes de la Révolution française se trouvent évidemment bien moins dans les moyens nouveaux et les vues nouvelles de la tactique française que dans les modifications complètes de la politique et de l'administration, du caractère du gouvernement, du peuple. Les autres gouvernements ne se sont pas rendu compte de cela ; ils ont voulu lutter avec les moyens ordinaires contre les forces nouvelles. Ce sont là des fautes politiques. » Cité par Colmar von der Goltz, *La nation en armes*, p. 131 (trad. franç.)

la Prusse pouvait faire des conquêtes morales en Allemagne. Il ne vécut pas assez pour en voir la réalisation. Son court passage aux affaires ne lui permit même pas de recueillir le fruit de son travail. Brusquement éloigné des affaires par Napoléon, il n'eut que le temps de jeter en terre la semence des moissons futures.

Confiné dans la retraite et dans l'impossibilité de servir son pays dont il désapprouvait, du reste, la politique, sans espoir de voir se réaliser ses plans, le baron Stein voulut travailler à préparer le public à ces idées.

Il se demanda comment il pourrait le mieux y parvenir. En y réfléchissant, il lui sembla que c'était par l'histoire.

Stein avait le goût des questions historiques. Dans les loisirs que lui avaient laissés les affaires, l'histoire l'avait toujours occupé. « L'influence de l'histoire, écrivait-il à l'un de ses neveux, le comte Arnim, est bienfaisante pour un jeune cœur si elle est étudiée à fond, sincèrement, simplement ; elle nous élève au-dessus du commun des hommes et nous fait connaître ce que les esprits les plus nobles et les plus grands ont fait ; les malheurs qu'ont causés la paresse, la sensualité ou le mauvais emploi de ses talents. »

Esprit positif et précis, n'aimant que les faits, détestant la métaphysique qu'il appelait « une occupation de songe-creux dangereuse », Stein a déjà tous les caractères qui distingueront plus tard les historiens politiques de tendance prussienne.

Au moment où Stein songeait à faire servir l'histoire à des fins politiques, l'Allemagne ne possédait aucun historien. C'était chez les Anglais qu'il fallait aller chercher des leçons. Stein avait beaucoup étudié les Anglais.

« Parmi les littératures européennes modernes, disait-il, la littérature anglaise mérite surtout d'être connue, parce qu'elle nous fournit les meilleurs historiens.

Ces historiens représentent avec fidélité les événements
et les caractères ; ils développent les causes d'une manière intelligente et avec compétence. Chez eux surtout
règne la moralité et une connaissance approfondie
des fondements de l'ordre civil. Pour toutes ces raisons,
l'étude de la langue et de la littérature anglaise, surtout
de la littérature historique, est essentielle et, à tous les
points de vue, bienfaisante [1]. »

Maintenant qu'il était de loisir, il voulait intéresser
le peuple allemand aux études historiques.

« Depuis que je suis retiré de la vie publique, écrivait-il à l'évêque de Hildesheim, le désir d'inspirer aux
Allemands le goût de leur histoire s'est emparé de
moi. Je voudrais faciliter son étude approfondie et par
là contribuer à maintenir chez eux l'amour de la patrie
commune et le souvenir de nos grands ancêtres. Mon
intention est aussi de faire en sorte que les nombreuses
sources dispersées à la suite des bouleversements politiques soient recueillies avec soin et sauvées. Cela dépend
surtout des mesures des gouvernements, car les décisions des particuliers ne suffisent pas [2] ».

Pour cela, il était nécessaire de grouper les forces
éparses dans le pays et de fonder une vaste association
historique. Cette association, qui vit le jour le 20 janvier 1819, et qui fut pour ainsi dire le berceau de l'historiographie nationale en Allemagne, eut pour père le
baron Stein [3], et c'est une chose bien étrange que de

---

1. Seeley, *Life of Stein*, t. I, p. 55.
2. *Ibid.*, t. III. p. 413. Stein poussa beaucoup le gouvernement
prussien à favoriser cette entreprise nationale : « Il me semble, écrivait-
il à Altenstein, ministre d'instruction publique en Prusse, qu'il y a un
intérêt plus grand et plus général à connaître son histoire qu'à connaître
un erica du cap ou un singe du Brésil de la nouvelle espèce. » *Ibid.*,
t. III, p. 459.
3. Les principaux historiens qui firent partie de cette Société au
moment où elle fut fondée étaient Dahlmann à Kiel, Niebuhr à Rome,
les frères Grimm à Cassel, Heeren à Göttingue, Pertz à Hanovre, Savigny à Berlin. Eichhorn à Göttingue, A. W. Schlegel à Bonn, Fr. Schlegel
à Vienne, Schlosser à Heidelberg, Büsching à Breslau, Docen à Münich,

voir le fondateur de la politique prussienne au xixᵉ siècle devenir aussi le créateur de cette école historique
dans laquelle la politique des Hohenzollern devait
trouver son plus solide appui.

Le baron Stein, d'abord, défendit toutes les idées qui
devinrent le credo des historiens prussiens.

Lorsqu'on étudie l'historiographie de tendance prussienne, on trouve qu'elle se distingue à la fois par son
exclusivisme national et par son hostilité pour la Révolution française.

Le point de vue de ces historiens est celui qu'expo-
sèrent, au début du siècle, les juristes de l'école historique. On sait que cette école, née en Allemagne avec
Eichhorn et Savigny, se développa par réaction contre
les idées de la Révolution. Dans son ouvrage : *Mission de notre temps dans la jurisprudence* et *la législation*[1], Savigny, reprenant les idées de Montesquieu,
cherchait à montrer que les lois sont l'image exacte de
la vie d'un peuple, qu'elles n'ont nullement été im-
posées par des législateurs, mais qu'elles sont sorties
de la nation elle-même. Cet ouvrage devint le bréviaire
de tous les historiens prussiens. Condamnant en politique toute idée *a priori,* tout principe abstrait au nom
duquel on pût introduire des réformes, ceux-ci préten-
dirent qu'on ne peut innover que dans l'esprit de la
nation et que c'est le peuple lui-même, par son histoire,
qui nous indique ses véritables besoins. Étudier le développement historique d'un peuple, c'était donc, à
leurs yeux, trouver la clef des problèmes politiques
du jour.

Le baron Stein fut, avec Savigny, Eichhorn et Nie-

Görres à Coblenz, v. Hormayer à Vienne, Hüllmann à Bonn, Pfister à
Turckheim, v. Raumer à Breslau, Rudhardt à Würzbourg, Rühs à Berlin, Voigt à Königsberg.

1. *Ueber den Beruf unserer Zeit zur Gesetzgebung und Rechts-
wissenschaft* (1814).

buhr, le premier représentant de cette tendance en Allemagne. Tandis que ceux-ci poursuivaient la justification
de ces théories, l'un par l'étude du droit du moyen âge
(Savigny), l'autre, par celle du droit allemand (Eichhorn), le troisième, par celle des institutions romaines
(Niebuhr), Stein en cherchait une application dans la politique allemande. Il voulait montrer que l'État germanique du Brandebourg, noyau de la puissance prussienne,
allait devenir celui de l'Allemagne entière, c'est-à-dire
que par la force des choses, les institutions des Hohenzollern devaient s'étendre jusqu'à devenir celles de
tous les autres États germaniques. Quant à la forme
politique, il disait que, puisque chaque État, pour
durer, a besoin de rester fidèle à ses origines, l'Allemagne devait devenir, comme la Prusse, une monarchie
absolutiste et militaire. « Le vieil absolutisme prussien
qui a fait la grandeur de la Prusse dans le passé, disait-
il, pourra encore la faire dans le présent et à l'avenir[1] ».

En écrivant ceci, le baron Stein songeait à la France
libérale, dont il redoutait l'influence sur l'esprit allemand.

Le baron Stein était un adversaire déclaré des principes de la Révolution française. « Son horreur pour
cette Révolution était si grande, dit Varnhagen d'Ense,
qu'il enveloppait dans un seul et même mépris tous les
hommes qui y avaient pris part. »

Burke, naturellement, était son évangile. « Lisez
Burke, disait-il à Gneisenau, c'est le bréviaire de toute
sagesse. L'œuvre est un peu volumineuse, mais vous
pouvez vous contenter de sa *Lettre sur la Révolution
française*, dans laquelle il a condensé toutes ses maximes et tous ses principes politiques[2] ».

Admiration des institutions prussiennes, haine de la

1. Seeley, III, p. 333.
2. *Ibid.*, p. 361.

Révolution française, ces deux idées politiques cardinales de Stein vont être celles de tous les historiens nationaux. Au nom de la philosophie de l'histoire extraite
des théories de l'École historique de droit, ils essaieront
de prouver deux choses : le fiasco de la Révolution
française et le développement historique de l'Allemagne avec la Prusse pour base, en montrant que le Brandebourg est pour l'Allemagne ce que Wessex fut pour
l'Angleterre, et l'Ile-de-France pour la France, le
« noyau de la future cristallisation germanique[1] ».

Mais si tous les historiens nationaux s'entendaient
pour prouver par l'histoire le développement prussien
de l'Allemagne, un point sur lequel ils ne s'accordèrent
d'abord pas, fut celui de savoir ce qu'étaient ces « institutions primitives » qui devaient déterminer la politique de l'État tout entier. Il y avait parmi eux des libéraux et des Prussiens absolutistes. Les libéraux, vers
1848, étaient les plus nombreux. Ils avaient comme
chef le professeur Dahlmann qui se faisait fort de prouver que les formes constitutionnelles étaient envelop-
pées dans le vieux droit germanique, et que par conséquent, si la Prusse voulait prendre la direction des
choses allemandes, elle devait introduire chez elle
les institutions parlementaires. Les absolutistes, par
contre, qui n'étaient alors qu'une petite minorité, disaient avec plus de logique que, si la Prusse devenait
le noyau de la future cristallisation germanique, c'était
aux institutions prussiennes à donner la forme du nouvel État. « La vraie destinée de la Prusse, disait l'un

---

1. Treitschke, *Hist. und pol. Aufsätze*, III, p. 435. Il est à remarquer, du reste, que tous les historiens allemands ne partagent pas cette
manière de voir. « La Prusse, dit l'un d'entre eux, M. Hans Delbrück,
n'est pas un état national. *C'est le pur hasard* qui a réuni sous un
même chef des territoires comme la Prusse, le Brandebourg et Clèves. »
*Hist. und pol. Aufs.*, II, p. 131. Ailleurs, il appelle « la Prusse un
état artificiel », ce que les historiens anglais et français ont toujours soutenu à la grande indignation des historiens prussiens.

de ceux-ci, le fameux Ranke, est d'être et de demeurer
une monarchie militaire... On ne peut s'insurger contre
le droit historique. »

La victoire de Sadowa devait se charger de terminer
la querelle. Du jour au lendemain, les libéraux, se ré-
conciliant avec les absolutistes, devinrent des partisans
« du grand Empire militaire ». Dès lors la théorie de
Ranke, qui était celle du baron Stein, prévalut. On
vit même des énergumènes, dans leur zèle de néo-
phytes, faire intervenir Darwin pour appuyer leur absolutisme, et, décrivant l'histoire d'Allemagne comme
une vaste lutte pour la vie, montrer brutalement que
« le rôle historique de la Prusse avait commencé le jour
où cette puissance incorpora, les uns après les autres,
les États allemands pour lesquels l'heure de la mort
avait sonné[1] ».

Cette théorie, il faut le reconnaître, est bien celle
qui convenait à l'État de ces Hohenzollern, dont l'ambassadeur suédois, au congrès de Münster, Schlippma-
cher, résumait la philosophie par ces mots : « Dieu ne
parle plus aux princes par des prophètes et par des
songes ; mais il y a vocation divine partout où se présente une occasion favorable d'attaquer un voisin et
d'étendre ses propres frontières ».

En même temps qu'ils exposaient ces théories dar-
winiennes, ces soi-disant historiens libéraux aboutissaient en pratique à la politique la plus réactionnaire.
Il ne pouvait en être autrement. En adoptant les
théories de l'École historique de droit, c'est-à-dire, en
opposant aux *droits de l'homme* tirés de la raison
humaine, *les droits des États* tirés des annales des

1. Treitschke. *Zehn Jahre deutscher Kämpfe*, p. 30. Le même historien nous dit : « Les radicaux prétendent que l'état est sorti du libre
consentement des citoyens. L'histoire, au contraire, nous apprend que le
plus souvent les états se forment contre la volonté des citoyens par la conquête et par la domination. » Treitschke, *Deutsche Geschichte*, t. IV
350.

empires, « ils extorquaient, comme dit admirablement
M. Albert Sorel, des abus invétérés le principe de la
perpétuité des abus » ; ils « transformaient en légitimité l'usurpation très ancienne » ; ils « distillaient
subtilement l'injustice accumulée pour en extraire un
prétendu droit historique et refaisaient à l'ancien régime
une façade de palais de justice, avec de belles enseignes
romantiques pour attirer les passants [1] ».

On comprend qu'avec cela ces hommes soient
devenus les adversaires de plus en plus acharnés des
principes de la Révolution française. En proclamant à
qui mieux mieux que « l'issue des événements est un
jugement de Dieu [2] » et que les vaincus ont tort, ils ne
pouvaient comprendre ce qu'il y eut de généreux et de
grand dans cette tentative : ils n'en ont vu que l'insuccès
partiel. Et cela prouve aussi combien leur vue fut bornée.
Car, en définitive, pour qui sait voir, l'histoire offre
aussi d'autres spectacles. Comme le dit Elisée Reclus :

« L'historien, le juge qui évoque les siècles et qui
les fait défiler devant nous en une procession infinie,
nous montre comment la loi de la lutte aveugle et brutale pour l'existence, tant prônée par les adorateurs du
succès, se subordonne à une deuxième loi, celle du
groupement des individualités faibles en organismes de
plus en plus développés, apprenant à se défendre contre
les forces ennemies, à connaître les réformes de leur
milieu, même à en susciter de nouvelles. Nous savons
que si nos descendants doivent atteindre leur haute
destinée de science et de liberté, ils le devront à leur
rapprochement de plus en plus intime, à l'incessante
collaboration, à cette aide mutuelle d'où naît peu à peu
la fraternité [3]. »

---

1. A. Sorel, *L'individu et l'État*. Journal *Le Temps*. 4 avril 1896.
2. Treitschke. *H. und pol. Aufs.*, II, p 559.
3. Élisée Reclus, Préface de l'ouvrage de Léon Mentchnikoff, *La civilisation et les grands fleuves historiques*. Paris, 1889.

A force de célébrer aussi la politique réaliste comme la seule légitime, ils ont méconnu cette grande vérité historique que tout progrès dans la condition des hommes est venu des grands idéalistes, de ceux qui, ayant connu le monde dans ses contradictions et dans sa misère, s'en sont détournés pour le concevoir et le montrer meilleur, plus juste et plus heureux. C'est par ces idéalistes, comme le remarque encore M. Albert Sorel, que « la notion du droit est sortie du spectacle de l'injustice et que la notion maîtresse de toute dignité humaine, la conscience, s'est élevée pure et souveraine, du chaos des fanatismes et des superstitions ».

Au fond, les historiens allemands ont bien eu la vague intuition de cette vérité, car, malgré leur philosophie de l'histoire qui les poussait à justifier « les coups de force et la ruse[1] », ils ont toujours essayé de montrer que la force était inséparable de la valeur morale et qu'en définitive le spectacle du monde faisait ressortir avec plus d'éclat la vertu. Ailleurs, quelques-uns d'entre eux, lorsqu'il s'agit de justifier les spoliations prussiennes, quitte à les mettre sur le compte de la loi de l'intérêt, reculent prudemment et déploient toutes les ressources d'une casuistique fort savante pour laver leurs compatriotes de tout reproche de duplicité.

Il faudrait aussi se garder de croire que chez les historiens allemands la haine de la Révolution française tînt uniquement au caractère idéaliste qui marque cet événement. Chez plusieurs, il faut tenir compte de la peur et chez beaucoup, de la jalousie.

« J'aurais bien admis comme justes les revendications des Français, disait un jour Ancillon, si je n'y avais vu un danger pour les autres nations ». C'est le

---

1. Mommsen.

cri de Burke et c'est le cri que tous les historiens prussiens vont pousser après lui.

Oui, ils ont peur de cette révolution, peur pour leur pays, peur pour ses institutions, et c'est la haine de cette peur qui souvent se manifeste chez eux.

Il est une triste constatation qui s'impose, c'est que dans l'Allemagne éclairée du xixᵉ siècle, on compterait les hommes, — savants, littérateurs, artistes — qui ont été véritablement sympathiques ou même équitables pour la France. On en trouverait certes plusieurs, Ranke, par exemple, qui goûtait la littérature du grand siècle et qui trouvait Descartes « un esprit profond et original ». Julian Schmidt aussi, qui, malgré son exclusivisme prussien, reconnaissait que sans Boileau et Voltaire, Gœthe n'eût pas été possible. Mais les autres ! Artistes, savants, littérateurs, c'est à qui dans ses vers, dans ses tableaux, dans sa science, invectivera la France. N'est-ce pas un peintre allemand, Overbeck qui, chargé de représenter en fresque sur les murailles de l'Université de Bonn les écoles de philosophie, omit à dessein la philosophie française ? Car pour un philosophe allemand d'alors est-ce que des hommes comme Abélard, Descartes, Malebranche ou Pascal, comptent ?

Un autre, un savant critique, écrivait un jour tout un gros traité sur la *Comédie* dans lequel le nom de Molière était tout simplement oublié. L'auteur, évidemment, s'était juré qu'il en serait ainsi et il tenait sa parole.

Mais c'est surtout en histoire et parmi les historiens de la tendance prussienne que cette haine s'est manifestée.

Longtemps, en France, on a tenu les Allemands pour les plus impartiaux des historiens. On se trompait. Leur science nous abusait. Cette science à vrai dire fut toujours colossale et l'esprit qui dirige leurs travaux admirable. Peu de savants les ont égalés pour l'abnégation scientifique, pour le sérieux et la patience dans les recherches. Mais de cette science ils n'ont pas su toujours tirer des idées justes et raisonnables.

Cela tient, je crois, à deux défauts qu'on trouve très fréquemment chez leurs savants et qui ne sont peut-être en définitive que la manifestation d'une seule et même chose : le manque d'esprit de finesse et la passion.

M. Albert Sorel remarque que, malgré « leur connaissance du détail précis des faits, les Allemands manquent souvent de critique dans la recherche des causes et se méprennent dans leurs appréciations d'ensemble[1] ». C'est qu'en effet ces savants si diligents, si aptes à toutes les besognes de l'érudition, ne savent point tirer les idées générales de leurs sujets ou, s'ils le font, c'est souvent avec une bizarrerie qui nous déconcerte. On peut dire que toutes les opinions, même les plus absurdes, ont été soutenues par les savants germaniques. Je ne parle pas seulement des paradoxes des érudits qui se sont faits les apologistes de Catilina ou de ceux qui ont pris le parti du gouvernement athénien contre Socrate[2], mais des excentriques ou des niais qui, à propos d'Hamlet, par exemple, se demandaient avec un grand sérieux pourquoi Shakespeare « l'avait fait gras et asthmatique[3]. »

Quelle est la cause de ces étrangetés qui nous étonnent ? Est-ce, comme le croit M. Victor Cherbuliez, « qu'en Allemagne, l'action personnelle de l'homme sur l'homme étant moins forte, le talent de se communiquer et de s'imposer y est par conséquent plus fort ?[4] » Peut-être. Mais il est une chose certaine, c'est

---

1. *Revue des Deux-Mondes*, 1er avril 1873.
2. Le Dr Forchammer, par exemple, qui trouvait que Socrate est un « coquin » qui a bien mérité son sort.
3. Voici l'ingénieuse explication de ce commentateur : « C'est qu'étant incertain dans ses résolutions, il ne pouvait avoir qu'un caractère lymphatique, *ergo* une disposition à l'embonpoint. »
4. *L'Allemagne politique*. Paris, 1870, p. 70.

que les passions y sont plus fortes aussi. Les Allemands le reconnaissent eux-mêmes. « La pure et impar-
tiale histoire, dit Treitschke, ne saurait convenir à une
nation passionnée et batailleuse ». Et cela est aussi
vrai pour l'érudition. Quiconque a pratiqué les vieilles
revues germaniques, sait qu'il n'est pas rare d'y rencontrer les invectives les plus grossières à l'adresse de
rivaux scientifiques. Pour une virgule omise ou mal
placée, on se traitait couramment d'âne bâté ou de
tête de mouton et les injures étaient d'autant plus
grossières que les questions traitées étaient plus insignifiantes[1].

Dans l'histoire politique c'est surtout contre la
France que la passion germanique s'est exercée. On a
peine à se figurer maintenant les choses qui pouvaient
s'imprimer vers 1840 sur la nation française. Un des
plus fameux historiens d'alors, Henri Léo, qui fut tour
à tour Hégélien et Romantique et composa une *Histoire universelle* qui jouit longtemps d'une grande
vogue, écrivait sans sourciller des choses comme
celles-ci :

« Les Français ne sont qu'un peuple de singes
(*Affenvolk*). La race celtique, telle qu'elle s'est montrée
en Irlande et en France, a toujours été mue par un
instinct bestial, tandis que nous autres Allemands,
nous n'agissons jamais que sous l'impulsion d'une
pensée sainte et sacrée. Sous le masque des Gaulois, perce
toujours la pétulance unie à la vanité et à l'arrogance ».

Dans le même ouvrage, cet historien appelait Paris
« l'antique demeure de Satan », et il traitait Necker
d'idiot.

---

1. Treitschke dit aussi : « Chez nous les discussions scientifiques dégé-
nèrent trop souvent en questions personnelles et aboutissent à des querelles dégoûtantes. » L'auteur d'une curieuse brochure, M. Flach, *Der
deutsche Professor der Gegenwart*, dit de son côté : « Il n'y a qu'une
petite minorité de savants allemands qui ait de la politesse et de l'ama-
bilité. »

Une des particularités des historiens d'alors était de rechercher dans le passé de la France tous les motifs de rancune que les Allemands peuvent avoir contre les Français.

Henri Heine badine à peine lorsqu'il nous raconte « qu'un jour, à Göttingue, il rencontra dans une brasserie une jeune vieille Allemagne qui disait qu'il fallait venger dans le sang des Français le supplice de Conradin de Hohenstauffen, décapité par ceux-ci à Naples ». « Vous avez certainement oublié cela depuis longtemps, disait-il en persifflant, mais nous n'oublions rien, nous[1]. »

Édgar Quinet l'a rencontrée cette jeune vieille Allemagne, non plus à Göttingue, mais à Heidelberg, sous la forme d'un historien qui voulait « revenir au traité de Verdun, entre les fils de Louis le Débonnaire[2] ».

Le ridicule n'est pas toujours absent de ces fantaisies d'érudit, témoin la colère de ce publiciste allemand qui accusait George Sand d'avoir volé son nom à l'étudiant patriote Karl Sand, l'assassin de Kotzbue.

Henri Heine avait raison d'écrire :

« Une démence française est loin d'être aussi folle qu'une démence allemande ; car dans celle-ci, comme eût dit Polonius, il entre de la méthode[3]. »

Il est juste de reconnaître que les historiens sérieux ne sont jamais tombés dans de telles excentricités, mais, chez eux, la haine de la France n'en a été ni moins vive, ni moins vigilante. On pourrait dire que les affaires d'au delà du Rhin étaient leur grande préoccupation. Il ne pouvaient songer à leur état national sans prendre aussitôt parti contre la France, et sans se remémorer « tous les affronts subis » dans le passé.

---

1. *L'Allemagne*, t. I, p. 184.
2. Heine disait : « Les Allemands sont plus rancuneux que les peuples d'origine romane. Cela tient à ce qu'ils sont plus idéalistes, jusque dans la haine. Nous haïssons chez nos ennemis ce qu'il y a de plus essentiel, de plus intime, la pensée. » *Ibid.*, t. I, p. 94.
3. *Ibid.*, I, p. 211.

Les hommes d'État et les généraux prussiens gardaient la conviction « qu'un compte restait encore à régler avec la France[1] ». Ils trouvèrent dans les hommes de pensée, dans les historiens surtout, des auxiliaires fidèles à leur haine. Ceux-ci « vivaient avec ce pressentiment de la revanche », comme l'historien Menzel[2] qui voulait laver dans des « flots de sang français les hontes et les malheurs infligés aux Allemands par Louis XIV et Napoléon ». Aussi attisèrent-ils les haines. « Rien n'est expié encore, s'écriaient-ils, et le drapeau français flotte toujours à la pointe de la cathédrale de Strasbourg ».

On s'aperçut bien de la force de ces sentiments en 1840. Ce furent les historiens qui menèrent le mouvement gallophobe. Dès lors ils ne perdent aucune occasion de réveiller les souvenirs patriotiques. En 1843 ils célèbrent le millième anniversaire du traité de Verdun, date éminemment nationale, puisque c'est à partir de ce moment que l'Allemagne eut une existence distincte de la France. Le gouvernement prussien profite de cette occasion pour fonder un prix d'histoire nationale qu'il appelle précisément le prix Verdun. Les historiens nationaux, de leur côté, créent une revue d'histoire nationale qu'ils placent sous l'égide de ce glorieux anniversaire[3]. Ils sont trois : Léopold Ranke, Giesebrecht et Adolphe Schmidt.

---

1. Mot de l'historien H. de Treitschke, *Deutsche Geschichte im XIXe Jahrhundert*, t. I, p. 555. — Voir la correspondance du général v. Roon, à la déclaration de la guerre de 1870. Lettre du 28 juillet : « Quel bonheur ! Ce qu'on avait espéré toute sa jeunesse arrive :... la revanche des méfaits des Gallo-Francs depuis deux cents ans. », I, p. 429. — « Oui, je l'avoue, je sacrifierais volontiers un ou plusieurs fils pour cette grande chose, la vengeance de tous les opprobres subis depuis deux cents ans. » *Ibid.*, p. 454.

2. L'historien Menzel (1798-1873), surnommé le « Mangeur de Français » disait que le Gladiateur mourant à Rome devait remplir le touriste allemand d'une patriotique indignation contre un peuple qui faisait servir *des Germains* à ses plaisirs.

3. *La revue de Schmidt.*

« Pouvions-nous choisir un meilleur moment,
disent-ils dans leur *Préface*. N'est-ce pas cette année
que nous célébrons le millième anniversaire de l'indépendance de notre patrie, et dans ces jours où l'on
parle tant de l'unité de notre pays qui n'est encore
qu'à l'état de vœu, la pensée nous est venue tout naturellement de poser la pierre angulaire d'une science
qui, plus que toute autre chose, bien que dans un
domaine restreint, contribue à rapprocher tous les Allemands. Cette science, l'histoire, nous voulons la cultiver d'un commun accord, car elle est étroitement liée à
la politique ; elle en est la mère et l'institutrice. Puisse-
t-elle au moins nous prouver que dans son domaine
il n'y a entre Allemands aucune division profonde
et que tous les efforts qu'on tente dans cette science
soit à l'Est, soit à l'Ouest, soit au Sud, soit au Nord,
ne forment pas des oppositions irréconciliables[1]. »

C'était là le second pas dans la voie de l'histoire
nationale. Dès lors, tous les historiens viendront contribuer par leurs travaux à faire connaître et aimer leur
patrie et aideront à résoudre les problèmes politiques de
l'âge. Les plus érudits même, ceux qui paraissent les
plus objectifs, ne sont pas les derniers à le proclamer.
Le savant Giesebrecht, le modèle de la probité scientifique, s'écrie dans un accès d'enthousiasme : « Il est
faux de croire que la science n'ait pas de patrie et
qu'elle plane au-dessus des frontières : notre science ne
doit pas être cosmopolite, mais allemande[2]. »

Ce que Giesebrecht entendait par une « science allemande » c'était une manière toute réaliste de traiter les

---

1. Vorrede, p. iv.
2. « Le principe qui donne cette unité et cette vie à l'érudit allemand
c'est l'amour de l'Allemagne, disait Fustel de Coulanges. L'érudit est patriote .. La plupart des historiens appartiennent au parti libéral ; presque
tous ont la haine des institutions de l'ancien régime, mais cette haine au
lieu de s'adresser à l'Allemagne s'exhale contre l'étranger. » *Revue des
Deux-Mondes*, septembre 1872.

problèmes historiques et les problèmes politiques.
Depuis 1850 environ, sous l'influence du grand mouvement empirique qui emportait tous les esprits, on
essayait en Allemagne d'appliquer aux sciences morales
et politiques les procédés et les méthodes des sciences
naturelles. On donna une rigueur toute scientifique à
la théorie de l'école historique de droit qui considérait
chaque État comme un organisme vivant se dévelop-
pant selon ses lois propres. En politique, on crut
trouver les lois positives du développement historique
d'un peuple. De là à tirer des conclusions pratiques
pour les besoins de la politique du jour, il n'y avait
qu'un pas, et ce pas les historiens le franchissent.

Dans le court espace de trois années de 1853 à 1855
paraissent coup sur coup cinq œuvres[1] qui, au premier
abord, semblent n'avoir guère de rapports entre elles,
puisque dans l'une il s'agit de la Révolution française,
dans l'autre de l'histoire romaine, dans la troisième de
l'Allemagne au commencement du siècle, dans la quatrième des débuts du Brandebourg et dans la dernière
de l'Allemagne impériale : et pourtant toutes ces œuvres
partent du même esprit, appliquent la même méthode
et visent au même but : écrire l'histoire à un point de
vue national prussien.

C'est cette école que nous allons étudier chez ses plus
illustres représentants : chez ses deux précurseurs
d'abord : Niebuhr et Léopold de Ranke qui donnèrent la
méthode et préparèrent la voie aux autres ; chez les
deux grands historiens libéraux de la génération de
1848 : Théodore Mommsen et Henri de Sybel ; enfin,

---

1. Sybel, *Geschichte der Revolutionszeit*. Düsseldorf. 1853. —
Mommsen, *Römische Geschichte*. Berlin, 1854. — Häusser, *Deutsche
Geschichte, vom Tode Friedr. des Grossen bis zur Gündung des
Deutschen Bundes*. Berlin, 1854. — Droysen, *Geschichte der Preus-
sischen Politik*. Berlin, 1855. — Giesebrecht, *Geschichte der deutschen
Kaiserzeit*. Brünswick, 1855.

chez Henri de Treitschke, le coryphée de l'impérialisme[1].

---

[1]. Tous ces historiens s'étaient plus ou moins frottés de politique
et leurs œuvres y ont gagné d'être plus vivantes et plus pratiques. C'est
ce que reconnaissait Karl Hillebrand lorsqu'il disait en 1874 : « Notre
historiographie n'a jamais été écrite par des hommes d'Etat ou des
politiques. En Allemagne nous n'avons eu ni un Guichardin ni un
Clarendon, ni un Grote, ni un Mignet. Ce que la pratique des affaires
si minime soit-elle ajoute à l'intelligence de l'historien, c'est ce que
prouvent les œuvres des historiens récents, Häusser, Sybel et Treitschke.
Quelle différence avec leurs prédécesseurs, les Wachsmuth, les Schäfer,
les Léo et les Schlosser ! »

# CHAPITRE PREMIER

# LES PRÉCURSEURS

## NIEBUHR

## I

Niebuhr est surtout célèbre comme fondateur de la critique historique. On s'accorde aussi à reconnaître que nul, par ses travaux, n'a donné une plus forte impulsion aux recherches d'histoire et que toute l'école moderne procède de lui. Ce qu'on connaît moins, c'est le Niebuhr patriote, qui, en écrivant son *histoire romaine*, s'imaginait avoir servi la Prusse, sa patrie d'adoption. C'est celui que nous voulons considérer maintenant.

Niebuhr était de ces nombreux Allemands que les malheurs de la Prusse avaient attirés sur les bords de la Sprée[1] et qui se dévouèrent entièrement au relèvement de cet État. Il avait été appelé à Berlin peu avant la bataille d'Iéna, par le baron Stein qui lui confia la direction de la banque de Prusse. Niebuhr était un financier de premier ordre. Avant de se révéler au monde comme savant, il avait débuté dans l'administration danoise. Avant d'arriver en Prusse il avait été tour à tour secrétaire du ministre des finances à Co-

---

1. Il appartenait à une famille hanovrienne fixée au Danemarck. Son père, Carsten Niebuhr, grand savant connu par ses travaux sur la langue et la littérature arabes, vivait à Copenhague. C'est là que l'historien Georges Berthold Niebuhr naquit le 27 août 1776.

penhague, assesseur au bureau du département du
commerce des Indes orientales, directeur de la banque
royale de Copenhague et de la compagnie de commerce
des Indes orientales. En Prusse il fut aussi chargé, à
différentes reprises, de négocier des emprunts en Angleterre et en Hollande. Nommé conseiller privé du roi
Frédéric-Guillaume III qu'il accompagna à ce titre dans
la campagne de Saxe en 1813, il devint ensuite ambassadeur de Prusse à Rome de 1816 à 1822.

Mais bien qu'il eût passé la plus grande partie de sa
vie dans les affaires, Niebuhr ne les aimait pas. D'une
santé délicate, avec un système nerveux étrangement
développé aux dépens du système musculaire[1], dès son
enfance, il avait révélé une nature studieuse, peu portée à la vie active.

« Je ne sortais guère de la maison et du jardin qui
l'entourait, dit-il de ses jeunes années. Le monde fut
fermé à mes yeux. J'étais incapable de comprendre ce
qui n'avait pas déjà été compris par un autre, de
regarder ce que d'autres yeux n'avaient déjà vu... Dans
ce monde de seconde main, je pouvais bien discerner
les choses et juger, mais la vérité en moi et hors de
de moi était fermée à mes yeux ; il me manquait la pure
vérité de l'intelligence objective... Plus tard, lorsque
j'étudiais l'antiquité, cette antiquité me servait surtout
à peupler richement le monde de mes rêves et à le revêtir de plus d'éclat[2] ».

Nature rêveuse et imaginative[3], Niebuhr n'avait de
goût que pour les lettres et pour les sciences. A vingt ans

1. Portrait de Niebuhr par le Dr Arnold : « Il avait une figure mince
et délicate, des yeux vifs, des manières affables. Rien en lui de la pesanteur ordinaire du buveur de bière germanique. » Dean Stanley, *Life of
Dr Arnold*.

2. *Niebuhrs Leben.*, t. I, p. 463.

3. Toute sa vie, il se plaignit de son imagination qu'il appelait « un
dangereux ennemi de la justesse de la pensée et même de la moralité »,
t. I, p. 150.

il possédait déjà une érudition prodigieuse : langues anciennes et modernes, y compris l'arabe, mathématiques, géographie, histoire, science financière, économie politique, il savait tout[1]. Mais comme la plupart des natures intellectuelles très ouvertes et rompues aux problèmes de l'érudition, il était médiocre à dénouer les problèmes de la vie pratique : il voyait trop les questions sous leurs multiples faces et cela paralysait sa volonté. Il raisonnait au lieu d'agir, ce que le baron Stein traduisait pittoresquement en disant : « Niebuhr n'est bon qu'à la manière d'un dictionnaire qu'on feuillette. »

Stein avait cru faire en lui une riche acquisition pour la politique prussienne : il dut bientôt reconnaître qu'il s'était trompé.

Rien du reste de plus opposé que les natures de ces deux hommes : Stein était le type de l'homme d'État, aux vues pratiques, à la volonté nette et ferme, marchant droit à son but, sans s'inquiéter des obstacles. Niebuhr, au contraire, intelligence très souple et très vaste, comprenait tout, mais hésitait dans l'action. Stein le rudoyait alors. La nature de sensitive du savant se repliait alors sur elle-même, froissée du moindre heurt. Il était, vis-à-vis de son maître, comme le pot de terre auprès du pot de fer. Dans sa correspondance, Niebuhr paraît souvent possédé du délire de la persécution. Un jour il écrit : « Stein m'a plus fait de mal que n'importe qui, car il a foulé aux pieds la plus fidèle des amitiés et il a sacrifié la confiance de cette amitié au plus misérable des hommes. » Et pourquoi tout cela?

---

1. L'érudition de Niebuhr était prodigieuse dans les domaines les plus divers : linguistique, archéologie grecque et latine, philologie classique et histoire. Il connaissait vingt langues. Les apprendre pour lui était un jeu. Ce fut lui qui trouva la clef de la langue osque et qui déchiffra les premières inscriptions dans cet idiome. Il avait appris plusieurs des idiomes slaves. A Memel où il s'était réfugié avec le roi de Prusse, après Iéna, il apprenait le sclavon. « Pour connaître un peuple, disait-il, il faut apprendre sa langue. » *Leben*., I, p. 177 (16 août 1807).

A. GUILLAND. ·3

Parce qu'un jour, sans penser à mal, le baron Stein avait communiqué au prince de Hardenberg une lettre confidentielle de Niebuhr. C'est le prince qu'il appelait un misérable. Ne croirait-on pas entendre Jean-Jacques Rousseau s'écrier de son bienfaiteur dans un accès de démence : « David Hume est le dernier des misérables. »

Avec ce caractère, on comprend que Niebuhr fût peu propre à la vie publique. Toute son existence, il en porta le poids. « Je suis saoûl de cette vie, » dit-il constamment dans ses lettres. Sans cesse il soupire après le moment où il pourra revenir entièrement à ses chères études[1]. Il ne se sent fait que pour cela. « Ma vraie vocation dit-il est l'histoire et c'est à cette science que je voudrais consacrer toute ma vie[2] ».

Le moment n'allait pas tarder à venir où il pourrait réaliser ce rêve. En 1810, Guillaume de Humboldt qui jetait les fondements de l'université de Berlin, appelait Niebuhr pour y professer l'histoire ancienne. Ce fut là un beau jour pour le savant : enfin il allait pouvoir servir son pays comme il l'entendait. « Quel beau temps, dit-il, que celui de l'ouverture de l'Université de Berlin ; avoir joui de l'enthousiasme et du bonheur d'alors, avoir vécu 1813, suffisent à rendre la vie d'un homme heureux, même si d'autre part il a eu de grandes déceptions[3] ».

La fondation de l'Université de Berlin est après les réformes de Stein et avant le Zollverein la troisième grande œuvre du règne si infécond du reste du roi Frédéric-Guillaume III. On sait combien la Prusse, par

1. *Leben*, I, p. 538. « Mes regrets se reportent constamment vers mes belles études historiques... Quand les retrouverai-je ? Pourrai-je un jour les reprendre ? », I, p. 372.

2. *Leben.*, I, p. 50 (Lettre du 2 août 1794). Il disait aussi :
Ma vraie vocation, dit-il, est d'être historien, car d'un trait isolé je sais recomposer le tableau complet. Je sais ce qui manque aux groupes et comment il faut les compléter. *Leb.*, II, p. 46.

3. *Römische Geschichte*, 5^te Auflage. Berlin, 1833, Vorrede, V.

l'intérêt qu'elle portait aux choses intellectuelles, avait
mérité de tout temps la reconnaissance des Allemands
éclairés. Fidèle à l'esprit qui avait toujours guidé les
Hohenzollern dans la création des grandes écoles, le
roi voulut faire de cette université un foyer de libres
recherches. Guillaume de Humboldt chargé de recruter
le personnel y appela les premiers savants de l'Allemagne. Il y fit venir avec Niebuhr, le philosophe
Fichte, le théologien Schleiermacher, le juriste Savigny, les médecins Kohlrausch, Hufeland et Reil et le
philologue Böckh.

Ce qu'on put voir aussi dès le début, c'est que cette
université aurait un nouvel esprit. La Prusse intellectuelle n'était pas la vieille Allemagne, poétique, sombre
et touffue comme une forêt de Germanie ; cette Allemagne qui dans ses études s'attachait de préférence aux
époques de foi et de crépuscule historique, l'Allemagne
des Niebelungen, qui adorait l'Italie de Dante, l'Espagne
de Calderon et les pays de civilisation riche et forte :
l'Allemagne qu'on voyait encore alors dans le Sud, avec
Böhmer le Francfortois, un précurseur de Janssen qui
s'évertuait déjà à prouver que la décadence allemande
date de la Réforme[1] ; l'Allemagne de Görres, ce pam-
phlétaire visionnaire, éloquent comme Lamennais,
artiste comme Michelet, démagoque et romantique, qui
édita Lohengrin ; non, la Prusse militaire des Gneisenau et des Clausewitz, cet état rationaliste, d'esprit
protestant rigide et sec : ce pays dont les habitants du Sud
disaient en se moquant « qu'il n'y poussait que du thé
esthétique, de la critique et des hobereaux, » n'avait

---

1. Au fond, l'opposition des deux esprits est surtout une opposition
religieuse. La grande Allemagne est une Allemagne catholique. La petite
Allemagne, une Allemagne protestante. Au début du siècle, les conver-
sions d'Allemands protestants au catholicisme furent nombreuses : Schlegel
passa au catholicisme comme le comte Stolberg. Le premier disait qu'il
n'aimait point les « héros protestants » et désignait Frédéric le Grand
« comme l'ennemi national ».

rien de commun avec la vieille Allemagne cosmopolite
qui embrassait dans sa complexité toute la richesse du
génie germanique. Les habitants du Sud ne s'y trom-
pèrent pas. Les savants mystico-chrétiens de l'Université
de Münich, les Baader, les Puchta, virent de suite dans
Berlin l'ennemi. Cette université où Fichte et Schleiermacher professaient le rationalisme protestant, où Savigny exposait la théorie du développement national des
peuples, où Niebuhr inaugurait sa critique impitoyable
qui, « comme un scalpel enlevait les chairs de la tradition pour ne laisser à nu que le squelette de la vérité[1] ; » où Hegel devait développer ses théories sur
l'État qui convenaient si bien à la politique des Hohenzollern et dont ses disciples devaient trouver des applications, Gans pour le droit et Droysen pour l'histoire ;
bref, cette université, boulevard de l'hégélianisme et du
rationalisme scientifique, présageait aux gens du Sud
l'élévation d'une Allemagne nouvelle, puissante et batailleuse, qui allait dévorer l'autre.


## II


En prenant possession de sa chaire, Niebuhr se
demandait comment il pourrait le mieux servir son
pays. Il reconnut que c'était en inspirant la passion de la
vérité. Nulle chose ne lui paraissait plus propre à cela
que la science. Il avait un respect religieux pour la
science. C'est d'un ton mystique qu'il parlait du rôle
du savant dans la société. Il élevait celui-ci bien au-
dessus des compétitions et des rivalités terrestres. Il
voulait qu'il planât dans un monde idéal : « Oublions,
disait-il, et méprisons les choses terrestres, ne nous

---

1. Le mot est du feld-maréchal de Moltke qui voyait dans Niebuhr un
vrai représentant de l'esprit prussien.

occupons pas des choses étrangères : poursuivons notre chemin, n'enfouissons pas le talent que notre Père Céleste nous a donné, mais faisons-le fructifier ; mettons nos descendants ou les descendants de nos descendants à même de monter d'un échelon supérieur dans la science et la connaissance et d'étendre leurs investigations dans le domaine entier de l'esprit humain, du globe terrestre et de l'univers[1]. »

Niebuhr croyait que la science bien pratiquée devait ennoblir le caractère. Il disait à ses élèves : « Si nous ne révélons pas les fautes que nous découvrons même quand d'autres les découvriraient difficilement ; si, en posant la plume, nous ne pouvons, en face de Dieu et de notre conscience, nous rendre le témoignagne que nous n'avons jamais cherché à nous tromper ni à tromper les autres ; si nous n'avons jamais montré nos ennemis, même ceux que nous haïssons le plus, sous un autre jour que nous voudrions qu'on nous montrât à notre heure dernière, nous avons fait de l'étude et de la littérature un usage impie et coupable. »

Voilà les leçons qu'avant tout il voulait faire pénétrer dans l'esprit de ses auditeurs et nulle science ne lui paraissait plus apte à cela que l'histoire. « Pour étudier l'histoire, disait-il, il faut avant tout de la loyauté et de l'honnêteté. Il faut se garder du désir de paraître, de la vanité : notre vie doit être une vie de devoir sous le regard de Dieu ».

Le sujet qu'il avait choisi était l'histoire des premiers siècles de Rome. Nul ne lui paraissait plus propre à servir cet esprit de vérité dont il était possédé. Il s'agissait d'abord de voir clair dans le problème si obscur des origines d'un grand peuple ; ensuite, de montrer ce que ce peuple, grâce à ses institutions, avait réellement été en histoire[2].

1. Lettre du 6 décembre 1794. *Lebenser*, I, p. 67.
2. L'histoire romaine avait toujours été l'étude de prédilection de

Jusqu'à Niebuhr l'historien critique qui abordait les les origines de Rome se contentait, comme Voltaire ou Bayle, d'écarter les faits qui lui paraissaient contraires au sens commun. Beaufort, le plus illustre représentant de cette tendance, exprimait la chose ainsi : « En histoire il n'y a que le probable qui soit le vrai. »

A cette méthode toute arbitraire et qui ne pouvait donner que des résultats approximatifs, Niebuhr en substitua une autre, la méthode de la critique scientifique. Il n'en était pas à vrai dire l'inventeur ; avant lui, elle avait été appliquée, en 1795, par Wolf à l'élucidation du problème homérique, mais c'était la première fois qu'on l'étendait à l'histoire d'un peuple tout entier.

On sait en quoi cette méthode consiste : il s'agit de réunir tous les témoignages qu'on peut trouver sur l'histoire d'un peuple, de soumettre ces témoignages à une critique fort serrée et de ne garder que ce qui a un caractère d'authenticité rigoureuse.

Pour une période comme l'histoire primitive de Rome sur laquelle nous ne possédons en fait de documents que les langues et les vieux monuments littéraires (chansons et fragments d'épopées), il ne peut être question d'établir des faits rigoureusement exacts, mais nous pouvons du moins, par l'étude de ces chansons et de ces épopées, apprendre à connaître le peuple qui les a créées. Par le mot, nous remontons à la chose et par la chose nous arrivons à l'idée qui a présidé à l'appellation des objets. Nous obtenons ainsi des renseignements précieux sur la vie intime de peuples dont les données historiques sont fort vagues.

Niebuhr ; son premier écrit important qui parut en 1804 était intitulé : *Mémoire sur le droit romain de propriété et les lois agraires* (das römische Eigenthumsrecht und die Ackergesetze) qui à ses yeux donne « la clef pour comprendre le complet développement de la République ». Dans cet opuscule, il traçait déjà tout le plan de sa future *Histoire romaine*.

C'était là l'application de la méthode philologique à l'histoire dont les savants allemands dans notre siècle devaient tirer un si beau parti pour la reconstruction des civilisations primitives. Niebuhr avait la passion de la philologie. Il appelait cette science « la médiatrice de l'éternité ».

« A travers des milliers d'années, disait-il, elle nous fait jouir d'une identité non interrompue avec les plus grandes et les plus nobles nations de l'ancien monde ; elle nous familiarise au moyen de la grammaire et de l'histoire avec les productions de leur génie et avec le cours de leur destinée, comme s'il n'y avait pas de gouffre qui nous séparât d'eux [1] ».

A un jeune homme qui lui demandait conseil sur les études qu'il devait faire, Niebuhr répondait : « Faites de la philologie. La philologie est l'introduction nécessaire à toutes les études. Elle m'est si chère que je ne saurais conseiller d'autre carrière à un jeune homme que j'aime et qui est si près de moi [2] ».

Il semble qu'avec l'application de la méthode philologique à la connaissance d'époques fort obscures, on ne puisse guère faire qu'une histoire psychologique ou une histoire des institutions [3]. C'est là du moins ce qu'ont fini par reconnaître les historiens contemporains qui renoncent à savoir rien de précis sur les origines de Rome.

Mais Niebuhr, homme d'imagination, ne peut se contenter de cela. Après avoir reconnu que les légendes primitives de Rome sont des légendes poétiques, il essaie

---

1. Préface de la traduction française de l'*Histoire romaine* par M. de Golbéry.

2. *Lebenser*, t. II, p. 200.

3. C'est bien là ce que Niebuhr voulait faire. « Je ne recherche pas, disait-il, qui a bâti Rome et qui lui a donné ses lois ? mais ce que Rome fut avant que son histoire commence, comment elle a grandi dès son berceau. Or cela nous pouvons le savoir par la tradition et par ses institutions. Les idées et les certitudes que m'a donné une longue étude de ces choses, voici ce que je veux présenter. » *Röm. Gesch.*, I, p. 301.

de démêler ce qu'il pourrait bien y avoir de réel dans ces légendes embellies par les poètes et par le peuple, le plus grand des poètes. Niebuhr dit, non sans quelque raison : « Pour avoir créé ces légendes qui ont si fort remué l'imagination populaire, il faut qu'il y ait des faits vrais à leur base. » Peut-être, mais comment discerner ces faits ? De quelle manière établir le départ entre la légende et la vérité ? Niebuhr s'y essaie et grâce au flair particulier qu'il a de l'histoire romaine et de la psychologie du peuple romain, il parvient à nous rendre vraisemblables certaines hypothèses : mais ce ne sont que des hypothèses et les points d'interrogation n'en subsistent pas moins.

Dans l'histoire de la Rome primitive, s'il fait bon marché des légendes de Romulus et de Rémus et même de Numa Pompilius, il croit en revanche que le fonds de Tullus Hostilius est vrai[1].

Il regarde la chute d'Albe comme historiquement certaine. Dans le règne des Tarquins, il reconnaît qu'avec les épisodes merveilleux de Scévola, de Coclès et de Clélie, la légende domine, cependant il croit à l'existence de Tarquin l'Ancien, et c'est à ce roi qu'il attribue la construction du mur d'enceinte, les vastes égouts qui desséchèrent le Velabrum et la place publique[2].

Ainsi de suite jusqu'aux guerres puniques où il s'arrête[3].

Mais, malgré son imagination, Niebuhr n'en est pas moins un historien rigoureusement scientifique. Son *Histoire romaine* inaugure la méthode historique mo-

---

1. *Hist. rom.*, trad. franç., I, p. 857.
2. *Ibid.*, t. III, p. 77-101.
3. L'intention de Niebuhr était d'écrire une histoire complète du peuple romain jusqu'au point où Gibbon l'a prise. Il se proposait surtout de faire l'histoire du droit public. La première partie de son *Histoire romaine*, qui parut en 1811, comprenait toute l'époque des rois ; la deuxième, qui traitait l'histoire de l'ancienne République jusqu'aux lois liciniennes, fut publiée l'année suivante.

derne qui a complètement transformé la science de
l'histoire.

Niebuhr possède déjà les deux caractères des historiens contemporains : les procédés d'investigation et la
conception scientifique de l'histoire.

Ses procédés d'investigation sont ceux des sciences
exactes : ils consistent d'abord à établir la vérité des
faits historiques, ensuite à les grouper, enfin à ne tirer
de conclusion que celle qui se laisse rigoureusement
déduire de ces faits.

Pour l'époque des origines qu'il traitait, Niebuhr
comparait lui-même son travail à celui de l'anatomiste.
« Je dissèque des mots, disait-il, comme lui dissèque
des corps », et il ajoutait : « J'essaie de dégager des
éléments étrangers un squelette d'ossements fossiles
rassemblés avec trop de légèreté [1]. »

S'il avait écrit l'histoire des siècles postérieurs de la
République et de l'Empire, il fût devenu épigraphiste et
numismate ; il eût compulsé les épitaphes et les inscriptions et il en aurait tiré les règles de l'administration
des provinces romaines. Mais là, il se contenta d'indiquer la route.

La conception de l'histoire de Niebuhr était étroitement dépendante de sa méthode de recherche. Par
la comparaison des langues et des mythes, des lois
et des religions, il aboutit en histoire à la théorie de
l'évolution qui, dans le cours du siècle, devait, en
Allemagne, transformer les sciences historiques ou
en créer d'autres : la linguistique, la phonétique, l'esthétique, le folklore la mythologie comparée, l'histoire des
religions, etc. L'*Histoire romaine* est l'une des premières
applications de cette méthode. Elle participe à ce grand
mouvement scientifique qui a fait la gloire de l'Allemagne en notre siècle.

1. *Hist. rom.*, t. VI, p. 161.

C'est le moment où Benecke entreprend ses sugges-
tifs travaux de lexicographie ; où Auguste Böckh écrit
son admirable *Économie politique des Athéniens* ; où
Franz Bopp fonde l'étude comparée des langues ; où
Frédéric Dietz rassemble les premiers matériaux de sa
*Grammaire des langues romanes* ; où Wilhelm Grimm
ressuscite les vieilles légendes et les contes populaires
allemands, tandis que son frère Jacob pose les bases de
la grammaire historique. Tous ces travaux obéissent à
la même inspiration, inaugurent les mêmes méthodes
de recherche et servent leur pays de la même manière.

Tout ce magnifique essor intellectuel qui suivait de
si près le désastre d'Iéna montrait que le peuple qui en
était capable n'approchait pas encore de sa ruine : le
secret du succès de la Prusse fut d'absorber à son profit une bonne partie de ces forces. S'il n'y a pas de
science prussienne, il y a des savants allemands qui
mettent tout leur talent et toute leur science au service
de leur pays d'adoption. Niebuhr fut au premier rang
de ceux-ci. En écrivant son *Histoire romaine*, il voulait,
par les exemples qu'il mettait sous les yeux, par les
leçons politiques qu'il dégageait de cette histoire,
servir la politique prussienne.

Essayons de montrer comment il y réussit.

### III

Niebuhr, comme tous les patriotes de la génération de
1807, Stein, Scharnhorst, Fichte, Gneisenau, Schleiermacher, attribuait les désastres de la Prusse au mauvais
gouvernement de ce pays, dont l'incurie et la faiblesse
avaient peu à peu avili l'esprit des classes dirigeantes.
Mais le peuple n'avait pas été contaminé et c'est de lui
qu'il attendait la régénération de l'État.

« Si tu connaissais ce peuple, écrivait-il à l'un de ses

amis, tu le trouverais digne de ton amour. Nulle part
maintenant on ne trouve réunis plus de force, de sérieux, de sentiment d'obéissance, de grandeur d'âme.
Si ce peuple avait été bien gouverné, il fût resté invincible et malgré la violence de l'ouragan qui s'est abattu
sur le pays, le même esprit l'anime encore [1] ».

A cette nation, il fallait des conducteurs, mais Niebuhr constatait avec effroi que ceux qui pouvaient aspirer à ce rôle avaient perdu la confiance et la foi. « Notre
jeunesse, disait-il, est rabougrie et manque d'enthousiasme [2] ». C'est pour remédier à ce mal, c'est-à-dire
« regénérer la jeunesse, la rendre capable de grandes choses » qu'il résolut d'écrire son *Histoire romaine*, qui
devait « remettre sous ses yeux, comme il disait, les
nobles exemples de l'antiquité ».

« Les malheureux temps de l'abaissement de la
Prusse, écrivait-il plus tard à Franz Lieber, contribuèrent à la production de mon œuvre. Nous ne pou-
vions faire autrement que d'espérer en des jours meilleurs et de nous y préparer. Que faire en attendant? Je
revenais à une grande nation depuis longtemps dispa-
rue pour fortifier mon esprit et celui de mes auditeurs.
Il en fut de moi comme de Tacite ».

Niebuhr n'était pas de ces écrivains qui se donnent
entièrement dans ce qu'ils font. C'était un érudit et il
écrivait en érudit. Cependant il y a dans son style une
certaine majesté oratoire, un ton ému qui, çà et là,
perce en notes personnelles. Toutes les fois qu'à Rome,
il rencontre des situations analogues à celles de son
pays ou de son temps, il montre qu'il prend une part
vivante à ces événements, et il n'est pas rare de discerner dans ses jugements l'influence des faits contemporains. Son aversion très décidée pour les grands

---

1. Lettre du 22 octobre 1807.
2. *Lebenser.*, I, p. 385.

conquérants, Alexandre et César, a certainement sa
source dans sa haine de Napoléon « le grand ennemi
de sa patrie[1] » comme il l'appelle.

Au point de vue politique aussi, Niebuhr indique
fréquemment dans son œuvre ses préférences personnelles : ce qu'on y discerne surtout, c'est une ardente
sympathie pour les opprimés.

Niebuhr était d'esprit libéral, sans être pour cela « un
libéral » en politique. A considérer même ses idées
politiques, on le prendrait pour un réactionnaire.

Il n'aimait pas par exemple « le libéralisme bourgeois ». En Italie, il prenait le parti des odieux gouvernements contre les revendications nationales. En
France, il manifestait un profond mépris pour les
« doctrines constitutionnelles courantes ». D'où vient
cela ? De ce qu'il considérait ces idées comme un héritage de la Révolution française, qu'il exécrait.

On a dit de Niebuhr que la passion la plus forte de
sa vie avait été sa haine de la Révolution française[2].
Ce qu'il y a de certain, c'est qu'il fut dans son pays un
de ceux qui la combattirent le plus vivement. Il avait
été élevé par un père qui, dès la prise de la Bastille, lui
avait inculqué l'idée que les Français étaient incapables

---

1. Niebuhr avait passé par diverses phases avant d'arriver à la haine.
Comme beaucoup d'Allemands du début du siècle, il avait commencé par
admirer Napoléon. Désaugiers, premier secrétaire de la légation française
à Copenhague et qui était intimement lié avec Niebuhr, disait à M. de Golbéry, le traducteur français de l'*Histoire romaine* : « Nous admirions
ensemble le jeune général dont les belles harangues nous rappelaient l'éloquence des temps anciens. Pour l'armée, l'expression de Niebuhr, qui ne
varia jamais, fut : « L'incomparable armée d'Italie », *OEuvres*, trad. fr.,
VII, p. 378. — Le 18 fructidor l'avait profondément affligé. La pro-
scription de patriotes, de Carnot surtout, l'indigna. Ce fut là la première
atteinte portée à son idole. Le 18 brumaire acheva de rompre le charme.
Plus son admiration pour Napoléon avait été grande, plus son aversion
devint forte. Au retour de Napoléon de l'île d'Elbe, il se réjouit pour la
Prusse qui dans « la coalition allait jouer le rôle principal ». *Lebenserinn*, II, p. 113.

2. L'historien Seeley.

de créer et de conserver la liberté et que tout ce bel élan
d'enthousiasme se terminerait par des guerres.

Il ne s'en montrait du reste pas autrement affligé car
il y voyait pour l'Allemagne l'occasion de reprendre
« les terres allemandes et bourguignonnes, que les
Welches détenaient encore ».

C'est toujours sous cet angle que Niebuhr considéra
la Révolution française. Partout où il crut en discerner
l'influence, il se mit à la combattre. Il en résulta parfois
de singulières situations. Comme il était libéral d'esprit, il fut souvent tiraillé entre ses aspirations et sa
haine. C'est ainsi qu'en 1830, on ne sait de quel côté
il est. Il maudit la sottise de Charles X qui a rendu la
révolution possible. « Si j'avais été Français, disait-il
alors au Dʳ Arnold, je me serais joint au peuple de Paris
contre le roi, c'est-à-dire je lui aurais donné des conseils
et des directions, car je ne sais pas ce que j'aurais pu
faire avec un mousquet[1] ». Mais en même temps il
s'emporte contre tous les hommes de cette révolution,
Manuel et Benjamin Constant, Lafayette et le drapeau
tricolore ».

C'est que dans ces gens qui se réclamaient des idées
les plus généreuses, il voyait des sortes de tyrans de la
liberté, dont les idées pouvaient être dangereuses pour
les états voisins, dont ils rêvaient l'émancipation. Or,
Niebuhr détestait par essence toute contrainte et toute
tyrannie. Profondément pénétré des droits de l'individu, il abhorrait toutes les oppressions d'où qu'elles
vinssent. « Si je vivais dans un état où une partie cons-
titutive opprimât l'autre partie, disait-il, que ce fût le
parti démocratique ou le parti aristocratique, je ferais
tout mon possible pour chasser l'oppresseur et rétablir
l'autre dans ses droits[2] ».

1. *The life and Corresp. of Dʳ Arnold*, 2ᵈ édition. London, 1890.
2. *Lebenserinn*, t. III, p. 30.

Ce sentiment éclate à toutes les pages de son *Histoire romaine* ; partout Niebuhr prend la défense des opprimés, parce que, comme il le remarque dans la préface de la deuxième partie de son ouvrage, qui traite de la lutte entre les patriciens et les plébéiens jusqu'aux lois liciniennnes, « la domination d'une classe ou d'une coterie est toujours soupçonneuse, injuste et mesquine ».

C'est là un point de vue qui contraste singulièrement avec celui des futurs historiens prussiens, adorateurs des coups de force. Niebuhr, à Rome, est pour les défenseurs de la liberté, pour Caton et pour Cicéron, contre César. Il juge pourtant l'empire nécessaire [1], mais il ne triomphe point. Au contraire, il s'afflige, car César n'a pu être possible à Rome que grâce à la profonde corruption de la société romaine.

L'époque impériale qui s'ouvre lui paraît « un des spectacles les plus affligeants de l'histoire [2] ».

De cela naturellement, Niebuhr tire une leçon morale. Il montre à ses auditeurs que, sans esprit de sacrifice, une nation est bien près de sa ruine ; que l'égoïsme tue les peuples comme il tue les individus. Il les exhorte, en conséquence, à ne point imiter ces hommes qui, comme Phocion, par goût du repos ou par indifférence, ont abandonné leur patrie à l'heure du danger.

On dirait tout à fait, lorsqu'il parle de ces événements, que Niebuhr revoit les mauvais jours de la domination napoléonienne en Prusse. « Phocion, s'écrie-t-il, était particulièrement hostile à Démosthène, aversion que comprendront tous ceux qui ont observé la conduite de certains hommes à l'époque de la Confédération du

---

1. Il est à remarquer que ces jugements de Niebuhr ne se trouvent pas dans son *Histoire romaine*, mais dans les *Leçons* qui furent faites plus tard, en 1824, à l'Université de Bonn.

2. Voir, sur ce sujet, un intéressant ouvrage de M. Charles Seitz, professeur d'histoire à l'Université de Genève, *les Historiens de Jules César au* xixe *siècle*, Genève, 1889.

Rhin. J'ai connu des gens que j'étais loin de considérer comme des personnes sans honneur, mais qui
étaient incapables d'enthousiasme, de sacrifice, d'espérance ; qui considéraient comme un malheur moindre
d'être réduits en esclavage par un maître étranger
que de souffrir des maux à la suite d'une guerre
d'indépendance ; qui trouvaient que rien n'est plus
insensé que les sacrifices quels qu'ils soient ; qu'il y a
peu de chances de réussir et que la masse est indifférente à celui qui les gouverne. Combien de fois n'ai-je
pas désiré mourir avec ceux que j'aime ! Et j'aurais remer-
cié Dieu de cela et aussi parce que je n'avais pas encore
d'enfants qui pussent me dire : « Vous êtes un enthousiaste » et ajouter avec indignation : « Vous êtes la
cause de tous nos malheurs ! » Ceux qui n'étaient pas
de leur avis couraient le risque d'être dénoncés par eux
comme des fanatiques et les auteurs de tout le mal ».

Mais ce n'était pas seulement sur le cœur de la jeunesse que Niebuhr voulait agir, c'était aussi sur son
intelligence. Aucune tâche, dans l'Allemagne de 1810,
ne lui paraissait plus urgente que celle-ci. Il s'agissait
de former dans les générations nouvelles un jugement
politique sain.

La politique avait longtemps été indifférente à la
jeunesse allemande. Ce qu'elle allait chercher dans les
universités, c'était la science. L'histoire n'était pour
elle qu'une recherche érudite. Du reste les historiens
politiques manquaient alors complètement. On en était
encore aux narrations littéraires de Schiller et de Jean
de Müller. Un seul essai politique existait, celui de
Spittler, mais combien pâle et lourd, et peu riche en
enseignements pratiques ! Niebuhr donna aux Allemands ce qui leur manquait : une véritable histoire
politique.

A chaque page de l'*Histoire romaine*, on sent, à la
manière de poser les problèmes politiques et d'élucider

les questions historiques les plus embrouillées, l'homme
qui a été dans les affaires et qui a conduit lui-même des
négociations [1].

« Il faudrait, disait Gœthe émerveillé à la lecture de
l'*Histoire romaine*, que tous les événements humains
fussent traités de cette manière....... Les lois agraires
ne m'intéressent pas autrement en elles-mêmes, mais
ce qui me ravit, c'est l'art avec lequel Niebuhr les
explique, rend clairs leurs rapports compliqués, et cela
m'impose l'obligation de traiter désormais de cette
manière toutes les affaires que j'entreprendrai ».

La première leçon politique que Niebuhr entendait
tirer de l'histoire de Rome, c'est la manière dont s'est
opéré le processus par lequel « la nation des pâtres du
Latium devint maîtresse des destinées de l'Italie et du
monde ». Il lui semblait nécessaire, en effet, de mettre
sous les yeux des Allemands « sans patrie et sans État »
l'histoire de ce peuple qui a été « le modèle du développement national ».

En parlant du Latium, Niebuhr songeait évidemment
à la Prusse. Il voyait une analogie frappante entre ces
deux États dans lesquels l'énergie des individus a tout
fait. Il voulait pénétrer ses auditeurs de cette vérité que
l'État est « force » et que jamais l'unité ne peut venir de
petits États, si cultivés soient-ils. « Les temps changent,
disait-il, des royaumes s'élèvent et deviennent puissants
et les petites communes et les principautés cessent d'être

---

1. Niebuhr attribuait une grande importance aux voyages qu'il avait
faits en Angleterre : « Mon premier séjour en Angleterre, disait-il à
Franz Lieber, m'a donné une clef importante pour pénétrer dans l'histoire romaine. Il est nécessaire pour connaître les états tels que ceux de
l'antiquité, d'avoir vu de ses propres yeux fonctionner une Société. Il y
a toute une série de choses que je n'eusse pas comprises si je n'avais observé l'Angleterre. Non pas qu'à cette époque j'eusse déjà l'idée d'écrire
une histoire romaine, mais lorsque plus tard la pensée s'en fut de plus
en plus fixée en mon esprit, toutes les observations et toutes les expériences
que j'avais faites en Angleterre vinrent à mon aide. Dès ce moment, ma
résolution fut prise. » Franz Lieber, *Erinnerungen*, 1837, p. 86.

des États. Car un État ne peut s'appeler de ce nom que
s'il a l'indépendance en lui-même, c'est-à-dire s'il est
capable de vouloir vivre, de durer et de faire valoir son
droit..... Des États protégés peuvent être très agréables
pour des gens vivant en eux-mêmes à une époque de
paix ; ces États peuvent même être propices à l'art et à la
littérature, mais l'homme qui en fait partie n'a pas de
patrie ; il lui manque ce que la destinée a trouvé de meilleur pour armer et fortifier l'homme. Car dans la servitude ce n'est pas seulement la moitié de l'homme qui disparaît : mais sans État et sans patrie directe, l'homme
le meilleur ne peut rien, tandis qu'avec un État et une
patrie le simple citoyen peut beaucoup [1] ».

Raconter l'histoire de Rome, c'était donc pour Niebuhr montrer aux Allemands comment pouvait se créer
cet État qui leur manquait. Le Latium, pour vivre,
avait dû annexer toutes les terres rentrant dans son
orbite : la Prusse, à son tour, devait faire de même,
c'est-à-dire conquérir l'une après l'autre toutes les
terres allemandes isolées et, à cause de cela, réduites
à l'impuissance. Et Niebuhr citait ces terres : c'était
la Saxe, le Schleswig-Holstein, le Hanovre, les villes
libres. Il avait, pour consoler les habitants de ces pays
de la perte de leur indépendance, des raisons qu'il jugeait péremptoires : c'est qu'ils y gagneraient beaucoup
au point de vue matériel.

« Bristol et Liverpool comme villes libres, disait-il,
seraient bien au-dessous de ce qu'elles sont comme
villes municipales. De même, Hambourg et le Schleswig-
Holstein ne prendront tout leur essor que s'ils sont
placés sous l'autorité de la Prusse. »

Niebuhr, qui était du Schleswig-Holstein, ne s'embarrassait pas de vains regrets. Il montrait aux étu-

1. Cité par Treitschke. *Zehn Jahre deutscher Kämpfe*, édit. de 1879,
p. 35.

A. GUILLAND.                                    4

diants que c'était là une loi inéluctable de la vie historique des peuples. « Dans l'antiquité, disait-il, de petites
républiques ont pu devenir des foyers puissants de civilisation grâce à des conditions particulières, mais il ne
peut plus en être ainsi aujourd'hui, où les États tendent
à se fondre dans la vie nationale. » La claire leçon
politique qui se dégageait pour ses auditeurs était donc
que les petites cours allemandes devaient disparaître
dans une Prusse agrandie et puissante.

Une autre leçon non moins importante sur laquelle
Niebuhr insistait dans son *Histoire romaine*, c'est qu'en
politique toute imitation est dangereuse.

Au moment où il écrivait son œuvre, les hommes
n'étaient pas rares en Allemagne qui, pénétrés des
leçons de la Révolution française, croyaient que le nouvel État allemand pourrait s'organiser sur ces idées.
Niebuhr s'efforçait de mettre en garde ses compatriotes
contre cette illusion en leur disant que toute imitation
de l'étranger est dangereuse pour la vie d'un peuple :
que celui-ci n'a chance de faire quelque chose de bon
que s'il reste fidèle à son esprit et à ses origines. « Si
la forme surtout tue, disait-il à propos de la littérature
romaine, c'est encore plus vrai de la forme étrangère :
c'est pourquoi, en un sens, la littérature latine fut une
littérature mort-née. » Et l'on voyait clairement qu'en
disant ceci Niebuhr voulait montrer aux Allemands
que, pour posséder un État vraiment national, ils devaient regarder chez eux, non ailleurs ; que là, ils ren-
contreraient l'État dans lequel s'étaient le mieux in-
carnées les qualités germaniques : « le sérieux, la
profondeur du sentiment (*die Innigkeit*), l'originalité et
l'amour. » Cette nation était la Prusse.

Niebuhr ne se contentait pas de cela ; il voulait aussi
montrer à ses auditeurs que la Prusse, au point de vue
politique, avait réalisé les libertés essentielles, sans le
secours d'aucune Révolution. « C'est une erreur, disait-

il, de croire que la liberté doive venir d'en bas ; l'histoire nous apprend, au contraire, qu'elle n'est jamais plus durable que si elle émane d'en haut, du pouvoir ; il faut qu'elle soit octroyée, non arrachée. » Il tirait de là la conséquence que l'absolutisme prussien, éclairé, paternel, vigilant, qui avait toujours reconnu les droits de l'intelligence, était la meilleure forme de gouvernement pour les Allemands [1].

Tout cela, évidemment, il faut le chercher dans l'*Histoire romaine*. Niebuhr n'a point étalé ses sentiments à chaque page ; au contraire, il les a enveloppés discrètement, sachant bien que c'était encore la meilleure manière de les faire valoir. Les Allemands ne s'y sont pas trompés. Tandis que quelques gens affectent de ne voir dans cette *Histoire* qu'une œuvre de pure érudition, les nationalistes prussiens ont reconnu depuis longtemps dans Niebuhr leur chef et leur initiateur. « L'*Histoire romaine*, dit avec raison Treitschke, est bien plutôt *une œuvre vécue* que le résultat de recherches scientifiques ; c'est pourquoi ses contemporains la considéraient déjà comme un de ces livres classiques qui ne peuvent être dépassés, même si on les réfute dans chaque point de détail [2]. »

## IV

Niebuhr se trouve à l'entrée de toutes les avenues de l'historiographie moderne. C'est lui qui le premier a posé les problèmes politiques comme ils devaient être

1. En dehors de son *Histoire romaine* et de ses *Leçons* dans lesquelles ces enseignements sont plus ou moins enveloppés, Niebuhr développa ses idées dans des brochures et dans un journal qu'il avait fondé sous la Restauration pour « servir d'antidote », comme il disait à l'indigne feuille de Kotzbue « méprisable au dernier point et dont un plat public fait sa pâture ». Cité par Seeley, *Life and times of Stein*, t. III, p. 132.

2. Treitschke, *Deutsche Gesch.*, t. II, p. 64.

posés. Sa philosophie de l'histoire, qui est celle du
« devenir », de l'évolution graduelle des peuples, est
aujourd'hui celle de tous les historiens contemporains.
Avant tous les autres, par l'application des sciences
comparées, il a ouvert à nos intelligences l'intuition du
passé. Dès 1811, en outre, avant Augustin Thierry,
avant Michelet, il a entrevu toute l'importance du problème des races, dont Mommsen, Taine et Renan devaient tirer un si beau parti pour la compréhension des
lois, de l'art, des religions et des littératures. Il est
enfin un point sur lequel Niebuhr a été également novateur, c'est la forme.

Avant lui, l'histoire qu'on cultivait c'était ou la narration vivante et dramatique de Schiller ou l'exposé tout
intellectuel de Voltaire, qui faisait comprendre les
choses plutôt qu'il ne les montrait. Dans les deux cas
c'était de l'histoire générale qui semblait du reste convenir à la race toute cérébrale du xviiie siècle qui s'attachait aux idées plutôt qu'aux faits et ne goûtait point
encore l'analyse des sentiments ou des sensations.

Avec Niebuhr s'ouvre une autre période, celle des
historiens qui recherchent une communion directe et
rapide avec la vie du passé. Génie critique avant tout,
il possédait ce genre de finesse qui saisit dans l'uniformité apparente du passé les traits de mœurs et de
caractère qui sont les plus éloignés de nous. Le premier des modernes, il essaya de comprendre et de fixer
la vie individuelle de chaque peuple.

A l'époque où il écrivait son *Histoire romaine*, on ne
parlait point encore de résurrection historique. Ce n'est
qu'un peu plus tard, avec Augustin Thierry et Michelet, que cette expression fit fortune. Niebuhr fut pourtant le précurseur de ces hommes.

Dans la solitude et le silence de son cabinet, il arriva
aux mêmes résultats qu'eux. Il est vrai qu'il le faisait
d'une manière moins brillante. Il donnait moins d'im-

portance à la couleur locale, au décor, aux costumes.
En bon philologue qui s'attache aux mots révélateurs
d'états d'âmes, c'est surtout la vie intérieure des peuples
et des individus qu'il voulait découvrir. Il n'en est pas
moins vrai qu'il fit une révolution profonde en histoire. Cette révolution, il l'a caractérisée ainsi :

« La manière dont les anciens concevaient l'histoire
ne nous satisfait plus : eux considéraient le passé
comme on considère une carte ou un paysage dessiné,
maintenant nous cherchons à nous représenter...
« l'image vivante des objets [1]. »

C'est bien ainsi qu'il procède. Rome, pour la première fois, ressuscite de ses cendres. On n'avait point
encore vu un tel sens de divination historique. Niebuhr
s'identifie complètement avec la vie romaine. Il prend
l'âme du temps. Il avait du reste pour comprendre les
peuples italiques frustes un peu de l'âme des vieux Germains. C'est ce qui fait qu'il entre si facilement, sans
effort, dans les mœurs de ces hommes. Il les compare
à ce qu'il voit autour de lui, à ce qu'il trouve encore
de primitif chez les peuples du Jutland et de la Ditmar-
chie. Les légendes des paysans frisons lui servent à expliquer les légendes de Rome. L'établissement des
Grecs en Italie, il le rend vivant par des comparaisons
avec les migrations des peuples modernes. Il y voit le
contre-pied de ce que font les « modernes Anglo-Saxons
qui en Amérique cherchent les forêts indéfrichées pour
y vivre indépendants. » Il éclaire d'une vive lumière la
condition des peuples primitifs de l'Italie en nous exposant certaines coutumes des Peaux-Rouges du Mississipi.

Les mélanges des races italiques lui rappellent les
descendants des Croisés de Palestine et de Chypre ou
ceux des Conquistadores espagnols. Les travaux cyclo-
péens de ces races primitives, il les explique en

1. Préface de son *Histoire romaine*, trad. franç., 1830, 1er vol.

montrant à l'œuvre les Péruviens dans leurs gigantesques constructions. Ailleurs, ce sont les corporations du moyen âge qu'il évoque pour faire comprendre certaines particularités des villes italiques. Bref, partout son énorme érudition se met au service de son intuition historique et nous rend vivantes les choses du passé.

La description physique des lieux vient au secours de cette résurrection pour la rendre plus complète : Niebuhr décrit tous les paysages de l'Italie, les montagnes, les vallées, les villes et les plaines. La Rome physique n'a pas de secrets pour lui. Il l'a fouillée et refouillée en tous sens et le colosse surgit sous nos yeux.

Niebuhr, sans doute, ne posséda point ce don de résurrection, au même degré que nos historiens contemporains, Renan, Taine ou Mommsen. Là encore, il ne fut qu'un précurseur, mais c'est bien de lui que le goût du réel date en histoire.

Ce goût du réel, Niebuhr en était véritablement hanté. On sent, à chaque page, en le lisant, qu'il fut autre chose qu'un homme de cabinet. Il reconnaît que ce goût il le devait au fait « d'avoir vécu dans un temps qui l'avait rendu témoin de choses inouïes, incroyables... » « Quand un historien fait revivre d'anciens temps, ajoutait-il, il y prend d'autant plus d'intérêt qu'il a vu lui-même s'accomplir de plus grands événements[1]. » Et sa correspondance, en effet, est pleine de notations pittoresques, comme on les aime aujourd'hui dans les ouvrages d'histoire.

· Voici, par exemple, en quelques traits une vue du champ de bataille d'Eylau au lendemain de la guerre : « On voyait partout des maisons dévastées ; les villages étaient déserts ; pas de bêtes dans les champs, si ce n'est

---

1. Il disait aussi : « La défaite de la Prusse m'a fait comprendre à fond l'histoire de bien des époques et la chute de bien des nations. » *Lebenserinn.*, I, p. 402.

de loin en loin un petit troupeau de moutons ou de porcs au pacage. Tout paraissait triste et morne. Eylau est presque complètement détruit, surtout dans le voisinage des portes. Nous avons trouvé des guides pour nous conduire sur le champ de bataille... Mais là je n'ai pu recueillir que quelques lambeaux d'uniformes[1]. » — Ailleurs, il décrit ainsi la retraite de Russie :

« Depuis avant-hier les fugitifs arrivent ici de la Weichsel ; spectacle que je ne puis dépeindre. C'est de beaucoup l'époque la plus saisissante de ma vie ; aucun danger, ni la vue de ces malheurs ne pouvaient me faire désirer de manquer ce coup d'œil. Tout cela, on doit le vivre, en le voyant de près[2]. »

Une qualité pourtant manque à Niebuhr : le don de la forme. Son *Histoire romaine* n'est pas agréable à lire ; elle est mal composée : elle est diffuse, confuse, embrouillée, sans plan : elle est hérissée de discussions techniques, coupée de parenthèses qui barrent la route et ralentissent la marche du récit.

Notez que toutes ces parenthèses sont en elles-mêmes fort intéressantes. Lorsque, par exemple, il nous parle de Périzonius et son génie divinatoire et des tremblements de terre à Rome : lorsqu'il nous décrit certaines maladies, qu'il compare la tactique romaine à la tactique macédonienne, et qu'il fait la critique de l'histoire de l'ancienne Rome, Niebuhr est plein de renseignements curieux, mais la narration se trouve encombrée de toutes ces richesses.

Et ce qui aggrave ce défaut de composition, c'est la langue.

Niebuhr n'a jamais su écrire. Dans ses dissertations, il est d'ordinaire oratoire et ampoulé ; il manque de simplicité et de sobriété. « Son style, dit avec beau-

---

1. *Lebenserinnerungen*, Lettre du 5 mai 1807, t. I, p. 365.
2. *Ibid.*, 22 juin 1813, I, p. 536.

coup de justesse Taine, est obscurci par des mots abs-
traits, embarrassé de longues phrases, sans divisions
nettes ni mouvement sensible ; on se croirait au fond
des mines du Hartz, sous la lueur fumeuse d'une lampe,
près d'un mineur qui gratte péniblement le dur rocher[1]. »

Macaulay avait raison de dire : « Si Niebuhr avait
possédé à un degré égal le talent de peindre et le don
d'investigation, il eût été le premier historien du xixe
siècle. »

## LÉOPOLD DE RANKE

## V

Rien ne semble au premier abord moins national
que l'œuvre de l'historien Ranke. Si l'on parcourt la
liste de ses livres, on voit qu'il y est surtout question
d'Italiens, d'Espagnols, de Turcs, de Serbes, de Grecs
du Péloponèse, de Vénitiens, de papes romains de la
grande époque, de Français et d'Anglais. Au milieu de
tout cela les choses d'Allemagne et de Prusse paraissent un peu noyées.

Comme professeur aussi, l'illustre savant qui jeta
tant d'éclat sur l'Université de Berlin, ne ressemblait
guère aux historiens de la nouvelle école, à ces
apôtres du prussianisme, qui convertissaient leurs
chaires universitaires en tribunes d'assemblées. Esprit
fin et discret, de goûts aristocratiques, cet homme, qui
fut un des familiers du roi très pieux et très conservateur Frédéric-Guillaume IV et de son entourage de
diplomates et d'hommes d'État, vécut tout à fait en
dehors de la politique du jour. Il ne sollicita jamais de

1. *Essai sur Tite-Live*, p. 104.

mandat de député. Il ne vécut que pour sa science, partageant sa vie entre son paisible appartement peuplé de livres, son auditoire de l'Université de Berlin et les séances de l'Académie des sciences.

Ses préférences politiques même n'étaient nullement celles des historiens nationaux bruyants et tapageurs qui donnèrent longtemps de la tablature au gouvernement prussien. Sur la fin de sa vie, il semblait profondément étranger à la société démocratique qui envahit Berlin après la convocation du Reichstag impérial. Avec sa belle tête de vieillard, encadrée de cheveux blancs, ses matières courtoises et affables, sa politesse qui semblait d'un autre âge, on l'aurait pris, dit un de ses contemporains, pour un vieux marquis du temps de Minna de Barnhelm.

Et pourtant cet homme d'ancien régime était, à bien des égards, un homme très moderne. Nul n'avait plongé un regard plus clairvoyant dans la politique du jour. A l'époque où les historiens libéraux-nationaux faisaient une guerre acharnée à la politique de Guillaume I⁰ʳ, Ranke, dans le silence de son cabinet, lui donnait une approbation complète. Il n'eut, plus tard, rien à renier ni à se faire pardonner. Il avait toujours été un bon et fidèle serviteur de la monarchie prussienne, désintéressé et discret surtout. Dans ses ouvrages il ne faisait point parade de ses idées ni de ses sentiments. En bon disciple de Niebuhr, il croyait que les leçons n'en ressortent que plus éclatantes, si l'on a pris la peine de les envelopper. Avec lui, il faut briser la coque pour avoir l'amande et le fruit n'en paraît que plus savoureux.

Essayons de démêler tout cela. Nous verrons que pour n'avoir pas été très bruyants, ses services n'en sont pas moins réels ; que par sa conception historique et les leçons qui se dégagent de son œuvre, lui aussi se rattache au puissant mouvement de l'historiographie

prussienne. En creusant sa vie et son activité d'historien, nous serons étonnés de tout ce que nous y trou-
verons et nous finirons par reconnaître que sa part
dans l'œuvre commune ne manque pas d'avoir été
assez belle.


## VI


Ranke est un des exemples les plus caractéristiques
de la manière dont la Prusse sut, dès le début du siècle,
gagner à sa politique des adhérents. Par ses origines, il
appartenait encore à la vieille Allemagne. Né à la fin
du siècle dernier (1795), en Thuringe, dans une petite
ville agricole, Wiehe, où la vie coulait facile et douce,
il fut élevé dans une famille de la bourgeoisie moyenne,
de culture solide et de fortes vertus.

Qui se douterait jamais qu'à l'époque où il vit le
jour, de grands bouleversements s'accomplissaient ailleurs? Avec ses vieux châteaux en ruines datant de
l'époque impériale, la Thuringe, cette terre de légendes
où l'on montre encore la montagne où dort le vieux
Barberousse, semblait complètement morte à la vie
moderne. Ses écoles, les premières de l'Allemagne [1].
étaient des pépinières de grammairiens et de philologues. L'enseignement qu'on y donnait n'avait pas
changé depuis le temps de la Réforme. A une époque
où en France et en Angleterre s'inaugurait le règne
des sciences appliquées, où l'horizon intellectuel s'élar-
gissait jusqu'à embrasser la terre entière, ces hommes
avaient encore les yeux entièrement tournés vers le
passé.

De vie politique aucune. Dans ces riches vallées,
aux prairies plantureuses, parsemées de champs et de

---

1. Donndorf et Schulpforta.

forêts, les habitants vivent tranquillement sous l'autorité paternelle du roi de Saxe et aucun de ces bons protestants ne trouve alors étrange que ce roi soit catholique.

Mais ces choses ne tardent pas à changer. La vie du dehors y fait son apparition : elle arrive, comme en beaucoup de coins d'Allemagne, à la suite des armées de Napoléon. Iéna et Auerstädt sont à la porte du pays. Lorsque le canon de Davout grondait, le jeune Ranke qui avait douze ans, grimpait sur les collines des environs de Wiehe pour entendre, dans le lointain, le bruit de la canonnade. Plus tard, il vit entrer dans la ville les maréchaux français aux uniformes brodés et chamarrés de croix. A ce moment, comme tous les Saxons, c'était avec une sympathie évidente qu'il saluait l'arrivée des Français ; il lisait avec admiration les bulletins de la Grande Armée. Mais petit à petit, ces sentiments s'atténuent. A l'école, les professeurs font lire *Agricola* à leurs élèves et éveillent en eux le sentiment patriotique. Jusqu'alors, Ranke n'avait été que Saxon ; mais ses maîtres lui montrent qu'au-dessus de la petite patrie saxonne, il y a une grande patrie allemande, la patrie idéale.

Dès lors, il ne considère plus les Français comme des libérateurs. Au contraire, c'est avec joie qu'il lit chez lui les manifestes des alliés. Un puissant sentiment patriotique allemand n'éclate point encore en lui, mais la haine s'amasse au fond de son cœur ; il soupire après la chute du tyran.

Ranke a admirablement raconté tout cela dans son *Autobiographie*[1] ; il nous dit aussi comment il en vint à concevoir que les Allemands devaient s'unir pour prévenir le retour de pareils désastres et comment aussi lui arriva à la conviction que la Prusse seule était capable

1. *Zur eigenen Lebensgeschichte.* Leipzig, 1890.

de créer cette unité. Mais déjà à ce moment, il ne croyait pas que les rêves de liberté suffiraient à faire cela. Il avait un esprit prudent et réfléchi. A une époque où toute la jeunesse s'enthousiasmait pour les idées libérales, où se fondaient les associations patriotiques le *Tugendbund* et le *Burschenschaft*, il se tenait prudemment à l'écart. Il morigénait même doucement les têtes échauffées, ce qui ne l'empêchait pas, du reste, de trouver la « répression des gouvernements aussi injuste que révoltante[1] ».

A ce moment déjà, Ranke était ce qu'il devait rester toute sa vie, un bon Prussien. La chose du reste ne s'était pas faite toute seule. En 1815, lorsque la Saxe thuringienne avait été annexée à la Prusse, Ranke qui étudiait alors à l'Université de Leipzig, reconnaît que ce ne fut pas sans douleur qu'il ressentit « cet arrachement à la patrie saxonne ». Mais son père, qui était un homme pratique, avait /de suite vu les avantages de cet événement et il les fit comprendre à son fils. C'était un magistrat saxon d'esprit positif qui depuis longtemps vantait « la supériorité de l'administration prussienne et la valeur des institutions du royaume de Frédéric le Grand » et prédisait « l'avenir allemand réservé à cet État ». « Il désirait, dit Ranke, que je fisse ma carrière en Prusse et je finis à me ranger à sa manière de voir[2] ».

Ranke, dès ce moment, devint un bon et fidèle serviteur de la monarchie prussienne ; en 1818, il commence sa carrière en Prusse comme professeur au collège de Francfort-sur-l'Oder. « Là, nous dit-il, en fréquentant des fonctionnaires prussiens, j'appris à apprécier l'administration vigilante et éclairée de ma nouvelle patrie[3] ».

Sept ans plus tard, en 1825, il était appelé à pro-

---

1. *Zur eigenen Lebens*, p. 31, 47, 79, 81.
2. *Ibid.*, p. 47.
3. *Ibid.*, p. 31. Il dit que son entrée au service de la Prusse fut l'événement capital de sa vie.

fesser l'histoire moderne à l'Université de Berlin. Dès
lors, l'union fut complète. Le Thüringien finit même
par mourir en lui et n'avait été l'accent un peu rauque
et guttural qui trahissait son origine haut saxonne, on
l'eût pris, sur la fin de sa vie, pour un Berlinois de
Berlin, un Berlinois de vieille roche.

Au point de vue politique aussi, l'identification fut
complète. L'homme qui n'avait point partagé à vingt
ans les illusions des jeunes libéraux était prêt à accepter cette politique des Hohenzollern, faite surtout
de bonne administration et de sage gouvernement. Et
quelques années plus tard, il pouvait écrire avec vérité :
« C'est un vrai bonheur de faire partie d'un État avec
les idées duquel on se sent pleinement d'accord[1] ».


## VII


Lorsqu'il arriva à Berlin, en 1825, Ranke était un
jeune savant qui ne s'était point encore occupé de politique. Il était conservateur d'instinct ou de tempérament
et, en sa qualité de Prussien, peu favorable aux innova-
tions. La première fois qu'il eut à se prononcer sur les
questions du jour, ce fut dans le salon de Varnhagen
d'Ense qu'il fréquentait et chez lequel il rencontra une
espèce d'hommes qu'il n'avait point encore vue, « des
libéraux, dit-il, qui se passionnaient pour les luttes
politiques des chambres françaises et qui croyaient plus
ou moins que l'avenir de la liberté en Europe était attaché à l'issue de ces luttes ».

Sollicité de prendre parti, Ranke qui ne pouvait
s'enthousiasmer pour une chose qu'il ne connaissait
pas, se mit à étudier l'histoire[2]. Le problème capital de

---

1. *Zur eigenen Lebensg.*, p. 315.
2. « C'est sous cette impulsion, dit-il dans son *Autobiographie* que je
me mis à lire en 1827 les mémoires authentiques les plus remarquables

l'âge lui parut être le problème de la Révolution française et, après l'avoir envisagé sur toutes ses faces, il
tenta de le résoudre. Ce problème se posait pour lui
ainsi : « La Révolution a-t-elle un intérêt général qui
entraîne l'adhésion du cœur et de l'esprit et réclame
une sympathie sans mélange ou bien n'est-ce qu'un
événement comme les autres qui a ses racines dans
certains faits particuliers et qui est sorti d'un concours
de circonstances qui auraient pu être différentes ? »

Mais qui ne voit que poser ainsi le problème, c'est
en quelque manière le résoudre ou montrer tout au
moins qu'il est déjà résolu pour l'esprit ?

Ranke avait l'illusion de beaucoup d'historiens qui
croient que les faits historiques donnent toujours raison
de la valeur des principes politiques qu'ils recouvrent.

Dans le cas particulier, il disait que la Révolution
ayant échoué dans sa tâche essentielle, les principes
dont elle se réclame sont mauvais.

« Tout en reconnaissant, dit-il, son importance
universelle et ce qu'elle fut pour chacun de nous en
particulier, je me rangeai délibérément du côté de ceux
qui la combattaient en Europe ».

Ranke n'aimait pas en politique les idéalistes. Ren-
contrant à Vienne, un jour, un compatriote saxon, le
philosophe Schneider, qui lui exprimait son admiration
pour la Révolution française, il écrivait avec mépris
sur cet homme : « Il est de la race des idéalistes, des
libéraux, des rationalistes qui nourrissent à l'égard de
l'histoire les préjugés les plus grossiers. Leurs convictions peuvent bien avoir l'air de s'enchaîner rigoureusement; leur fausseté n'en saute pas moins aux yeux[1] ».

de cette époque. Je m'enfonçai dans la lecture du *Moniteur*, si bien que
j'en vins presque à nouer une connaissance personnelle avec les instiga-
teurs du mouvement. J'appris à connaître les motifs qu'ils invoquaient,
les tendances qui s'agitaient devant eux et c'est ainsi que je résolus le
problème. »

1. *Zur eigen. Lebens.*, p. 205.

C'est précisément cela qu'il reprochait à la Révolution française. L'idéalisme de ses législateurs répugnait
à son réalisme. Il raisonnait comme Burke dont les
idées avaient eu une grande influence sur lui. Les *Considérations sur la Révolution française* du grand publiciste anglais étaient le *Credo* de sa foi politique[1].

Mais dans Ranke, il y avait autre chose. S'il n'aimait
pas les idées de la Révolution française, c'est qu'il y
voyait un danger pour l'Allemagne.

Pour lui, un des traits les plus marqués du génie
français était le goût de la propagande. « Pour répandre leurs idées, disait-il, les Français partent volontiers
en guerre. » Et il en voyait des preuves dans toute
l'histoire moderne, « depuis le jour où de jeunes
nobles, dans leur amour pour la gloire, s'embarquaient
pour l'Amérique sous les ordres de Lafayette, jusqu'aux
guerres de conquête (*Eroberungsgelüste*) de la Révolution et de Napoléon[2] ». De là sa psychologie toute
particulière du peuple français qu'il exposa au début
de son *Histoire de France* : « Doué d'un sentiment
national puissant, ambitieux, amoureux des conquêtes,
guerrier, le Français est toujours prêt à l'offensive, se
défend sans cesse contre des ennemis réels ou imagi-
naires et opprime les peuples libres[3] ».

Il en résulte pour Ranke que, chez les Français,
révolution et esprit de conquête sont deux termes synonymes. Il ne peut voir un mouvement de liberté sur
les bords de la Seine sans croire qu'aussitôt des armées
conquérantes vont marcher sur le Rhin. Il le montre
parfois d'une manière amusante dans sa correspondance.

En août 1830, par exemple, voyageant en Italie, il
apprend dans un village perdu des Apennins, la nou-

---

1. Voir sur les rapports de Burke et de Ranke, Ottokar Lorenz. *L. v.
Ranke*, p. 83-85.
2. *Abhandlungen und Versuche*, t. II, p. 422.
3. Préface de sa *Französische Geschichte*.

velle « des trois glorieuses ». Aussitôt il s'agite. « Ce qu'il faudrait à la grande nation, s'écrie-t-il, c'est quelqu'un qui la remette à l'ordre, sans pour cela bouleverser ses voisins ».

En 1848 aussi, « il croit voir pour l'Allemagne un nouveau danger de la part de cette nation toujours prête à partir en guerre (*Schlagfertige französische Nation*)[1] ».

Ranke n'était pourtant pas de ces Teutomanes fanatiques qui, dès qu'on leur parlait de la France, voyaient rouge. Il avait fait dans ce pays de fréquents séjours et il y comptait d'illustres amis. Il aimait même le Français comme individu, goûtait « sa sociabilité et son sens délicat des arts ». Il reconnaissait aussi volontiers ce que la civilisation doit à la « grande nation » et cette fois-ci, je crois, il ne mettait aucune ironie à la nommer ainsi.

Mais ce que Ranke n'aimait pas chez les Français, c'était leur politique. Il croyait que si l'Allemagne voulait faire quelque chose de bon, elle devait prendre le contre-pied de ce qu'avait fait la France, et par conséquent bien se garder de lui emprunter quelque chose.

Ces idées, Ranke les exposa tout au long d'articles publiés dans une *Revue historico-politique*[2] qu'il fonda précisément pour combattre l'influence française en Allemagne : « Les sympathies pour ce qui se passait en France étaient si vives et si générales, dit-il, que je me laissai aller à dire mon mot sur la situation[3] ».

Le programme de Ranke est simple et net : « Organisons-nous chez nous, sans nous soucier d'imiter nos voisins ».

C'était conforme à la philosophie de l'histoire que l'expérience du passé lui avait enseignée :

1. *Abhandl. und Versuche*, t. II, p. 464.
2. *Politische-Historische Zeitschrift*. Berlin, 1831-1836, 6 volumes.
3. Lettre de mars 1831, *Zur. eigen. Leb.*, p. 60.

« Nous avons, dit-il, à entreprendre une tâche qui
ne regarde que nous, une tâche bien allemande. Nous
avons à former un véritable État allemand, qui réponde
au génie de notre race. Avant tout, nous devons nous
garder d'imiter les formes que les Français ont trouvées
bonnes pour eux-mêmes. Les intérêts des Français sont
tout à fait différents des nôtres... Je ne les blâme pas
d'avoir fait ce qu'ils ont fait : qu'ils soient ce qu'ils
veulent ou ce qu'ils peuvent, c'est leur affaire... Quant
à nous, tous les efforts de notre belle époque littéraire,
toutes les acquisitions scientifiques de nos grands
hommes, tout ce qui s'est fait de grand en Allemagne,
n'a jamais réussi que par opposition avec la France [1]. »

Mais ce coup de cloche trouva peu d'écho dans la
foule. La bourgeoisie allemande n'était pas encore pré-
parée à ces idées. « Irrémédiablement impolitique, dit
un des historiens qui plus tard devait la transformer,
elle se contentait de vénérer Canning, de tempêter contre
la réaction, de montrer le poing à Polignac, avant de
retourner à ses affaires ou d'aller se coucher [2]. » Il est
évident que, pour la réveiller de sa torpeur, il fallait
autre chose que des phrases académiques. Or, Ranke,
talent aristocratique, fin, diplomatique, excellait à discuter les questions, mais manquait de la passion nécessaire pour faire partager sa conviction à autrui. Il n'avait
rien de populaire. Ses qualités étaient celles d'un historien, non d'un écrivain politique et encore moins d'un
polémiste. Il parlait à l'intelligence plutôt qu'au cœur
ou à la volonté. Au début de son entreprise il écrivait :
« J'ai besoin plus que jamais de modération, de rete-
nue, d'intelligence, de sagesse. » Mais c'est précisément
le contraire de cela qu'il aurait fallu pour réussir. La
foule n'entend rien aux subtiles distinctions de pensée,

1. *Zur Gesch., Deutschl. und Frankr. im* 19 *Jahrdh.* Leipzig, 1889,
p. 72-73.
2. Sybel, *Die Begründurg des deutschen Reiches*, I, p. 72.

aux finesses et aux nuances. Il faut lui parler une langue directe et vivante. Dès que Ranke donnait ses raisons, elle ne l'écoutait plus[1].

A vouloir du reste satisfaire les uns et les autres, il n'arrivait à contenter personne. « Comme je me trompais, disait-il, en pensant que chacun m'approuverait. Ce fut juste le contraire qui arriva : mes anciens amis, Varnhagen d'Ense et Alexandre de Humboldt qui voyaient le salut du monde dans les progrès de la Révolution, me témoignaient de la froideur et s'éloignèrent de moi. Mes amis d'alors, Radowitz et Gerlach qui venaient précisément de fonder un organe conservateur, ne me toléraient que parce que je n'approuvais pas absolument la Révolution[2] ».

Ranke finit par renoncer à son entreprise. Trois ans après le journal avait cessé de vivre.

Cet échec eut cela de bon pour l'historien qu'il le rendit sceptique sur toute théorie. Douze ans après, il était complètement gagné à la politique du fait. En pleine Révolution de 1848, au milieu de la confiance et de l'allégresse générale, il avait compris que jamais les votes du Parlement ne pourraient faire l'unité. Il n'attendait rien que de la bonne épée de la Prusse.

Cela, il le dit sans ambages au roi Frédéric-Guillaume IV qui, épouvanté par les journées de mars à Berlin, lui avait demandé son avis sur la situation. Ranke répondit sommairement au souverain : « Octroyez une Constitution... Le système constitutionnel doit être envisagé sans amour et sans haine, comme la forme poli-

---

1. Ranke, au début de son entreprise, semblait se rendre compte des difficultés qui l'attendaient. « Je ne sais, écrivait-il le 21 novembre 1831, pourquoi je me suis si vite laissé décider. J'ai une sorte d'excuse à cela. Mes études jusqu'à présent m'ont conduit au seuil de l'histoire contemporaine. Je ne retrouverai pas facilement une si bonne occasion d'apprendre à connaître les affaires, la situation, les intérêts de la société contemporaine. *Zur eigen. Lebens.*, p. 258.

2. *Ibid.*, p. 50.

tique qu'affectionnent les sociétés modernes. Dans l'état
actuel de nos affaires, deux choses militent en faveur
d'une constitution : c'est d'abord que la vieille administration prussienne qui fut si considérable en son
temps, qui a rendu des services si signalés, a cessé
d'exister... Le deuxième motif, c'est que maintenant
les hommes se sont habitués à ne considérer la vie politique que sous la forme constitutionnelle. Les pays des
bords du Rhin ont des institutions juridiques dont les
idées ne cadrent pas avec celles des États héréditaires
de la Prusse ; et ces institutions ont chez eux force de
loi... Si l'on ne tenait pas compte de cela, il y a une
chose alors que nous ne devons pas négliger de considérer : nos rapports avec le reste de l'Allemagne[1]. »

Ranke, dans ces circonstances, faisait preuve d'une
singulière clairvoyance politique. Mais en bon Prussien,
il ne voulait pas que les institutions constitutionnelles
absorbassent tout. L'autorité du roi devait rester intangible. Elle était la pièce maîtresse du nouveau rouage
politique. Le roi ne devait point recevoir de mot d'ordre de la rue et, pour rassurer Frédéric-Guillaume IV
ébranlé par l'émeute berlinoise, il lui disait : « Le peuple
au fond n'a pas d'intérêt pour la politique... ce qu'il
veut, c'est vivre :... chez lui, le cœur est bon, mais il
souffre... Il écoute aussi les meneurs. Dans la révolution, il n'a vu qu'une occasion de témoigner son mécontentement. Faites droit à ses justes revendications,
et il séparera sa cause de celle des émeutiers de profession. Il faut d'abord procurer du travail à ceux qui n'en
ont pas ».

Là-dessus, Ranke développe tout un programme très
hardi qui n'est qu'une sorte de socialisme d'État que
lui auraient envié bien des impérialistes futurs : « On
organisera des escouades de travailleurs, dit-il, qu'on

1. *Zur Geschichte*, p. 592.

emploiera aux constructions publiques, à la régulation
des rivières, au défrichement des terres incultes et aux
autres travaux de cette espèce. Par contre, on n'accor-
dera que peu de droits politiques à ceux qui ne possèdent
rien [1]. »

Pour la politique allemande, Ranke est non moins
catégorique : « La Prusse a une mission en Allemagne ; elle ne doit pas faiblir devant sa tâche ; elle
doit contraindre les récalcitrants par la force. Vous êtes
le maître de la situation, dit-il au roi, puisque vous avez
l'armée. »

Suit un couplet sur l'armée prussienne : « C'est un
arbre aux antiques racines. Les orages ont pu le tirail-
ler et le dépouiller de ses branches, mais, depuis, il a
grandi, fort et superbe... Les autres troupes n'ont pas
une semblable histoire ; elles sont trop faibles pour
s'appeler armées... C'est l'armée prussienne qui seule
a mis un terme aux conséquences dangereuses que pouvait avoir l'union des idées constitutionnelles avec les
tendances destructives. N'est-ce pas elle qui a pu pro-
téger l'assemblée de Francfort ? »

Conclusion : « Avec une armée si belle » on peut
dicter ses conditions aux Allemands ; on peut soumettre « les princes récalcitrants » ; on peut aussi,
« si l'Autriche ne veut pas comprendre que la débarrasser de ses intérêts en Allemagne, c'est lui rendre
service [2] », l'y forcer par les armes « (*Krieg wagen*) [3] »
Et ce mot de la fin, digne de Bismarck : « Je ne doute
pas qu'en s'approchant des éléments révolutionnaires
sous cette forme mitigée, la Prusse n'en retire une plus
grande position dans le monde ; mais il faut que l'action
soit rapide, résolue et énergique [4] ».

1. *Zur Geschichte Deutschlands*, p. 598, 605.
2. *Ibid.*, p. 611.
3. *Ibid.*, p. 615.
4. *Ibid.*, p. 611-615.

Frédéric-Guillaume IV, assez intelligent pour comprendre la situation, mais trop peu énergique pour la dénouer (il disait lui-même aux délégués de Francfort qui lui offraient la couronne impériale : « Frédéric le Grand eût été votre homme, moi, je ne suis pas un grand souverain »), Frédéric-Guillaume IV se contenta de serrer ces consultations dans son tiroir, en laissant à des temps meilleurs et à un autre souverain le soin de les exécuter.

Quant à Ranke, qui momentanément avait quitté ses travaux historiques pour dire son mot sur la situation, il revint à ceux-ci avec plus de sérénité encore. Il savait que la politique qu'il préconisait était la bonne, qu'elle était, comme il disait, dans « la logique de l'histoire de la Prusse », et, en attendant que parût l'homme qui pouvait, qui devait la réaliser, lui, de son côté, allait y préparer la jeunesse par les leçons politiques qu'il voulait donner avec son enseignement de l'histoire.


## VIII


On raconte qu'à un congrès d'historiens, un protestant très zélé, auteur d'une histoire de la Réforme, aussi remarquable par l'orthodoxie de ses opinions que par sa partialité, aborda Ranke en lui disant avec une glorieuse suffisance : « Nous avons ceci de commun, vous et moi, cher collègue, que nous sommes tous deux historiens et chrétiens » — « Pardon, lui répondit Ranke, il y a pourtant une différence entre nous, c'est que, moi, je suis d'abord historien, ensuite chrétien [1]. »

---

1. Ranke était un protestant convaincu, d'une orthodoxie qui n'avait rien d'étroit, mais qui n'en était pas moins positive. Il fréquenta les cultes, jusqu'à un âge fort avancé, tant que sa santé le lui permit. Il lisait le soir la Bible en famille. « En face des problèmes de la vie, disait-il, je confesse humblement ma foi chrétienne. » Il disait aussi : « Je suis

Cette anecdote, très authentique, peint admirablement Ranke. Dès qu'il abordait l'histoire, il laissait ses sentiments particuliers à la porte. Ses idées lui étaient chères, mais plus cher encore son amour de la vérité. Cet homme, si calme d'apparence, se passionnait dès que la vérité était en jeu.

» Ce que je cherche, écrivait-il dans une de ses lettres, c'est la vérité, non la gloire : à cette vérité j'aspire de toutes mes forces... l'erreur petit à petit doit disparaître [1]. »

La carrière d'historien de Ranke n'avait pas eu d'autre origine que cette recherche de la vérité. Lorsqu'il enseignait l'histoire à de jeunes élèves, à Francfort-sur-l'Oder, pour être sûr de tout ce qu'il avançait, il se mit à refaire cette histoire en remontant aux sources. Ce travail décida de sa vocation. Arrivé au xve siècle, au moment où il s'occupait de Louis XI, un roman de Walter Scott, *Quentin Durward*, qui traitait cette période, lui tomba sous la main. « Je le lus, dit-il dans son *Autobiographie*, et j'y trouvai beaucoup d'attrait, mais une chose me choquait, c'étaient les libertés que l'auteur avait prises avec Charles le Téméraire et Louis XI, tout à fait en contradiction avec la tradition historique, même dans le détail. J'étudiais Commines et les récits contemporains et je me convainquis davantage encore qu'un Charles le Téméraire, un Louis XI tels que les avait représentés Walter Scott, n'avaient jamais existé. Le digne romancier le savait bien lui-même ; aussi ne

chrétien avant d'être protestant ». Mais dès qu'il abordait l'histoire, il oubliait sa foi particulière pour se souvenir seulement qu'il était historien. Parlant de Jésus-Christ dans son *Hist. univ.*, t IV, p. 160 et 165, il dit : « En écrivant ce nom, quoique je sois un bon chrétien évangélique, je dois cependant me garder de la présomption d'entreprendre de parler ici du mystère religieux qui, incompréhensible comme il l'est, ne peut être atteint par l'intelligence historique... Le domaine de la croyance religieuse et celui de la science historique ne sont pas opposés l'un à l'autre, mais distincts par leur nature. »

1. *Zur eig. Leb.*, p. 139. Lettre du 17 fév. 1825.

pouvais-je lui pardonner d'avoir prêté à sa narration des traits dépourvus de valeur historique. En comparant ses récits avec la réalité, je me convainquis que la vérité historique était bien plus belle et partant bien plus intéressante que la fiction romantique. Dès lors, je me détournai absolument de celle-ci et je pris la résolution d'éviter, dans mes travaux, toute imagination et toute invention et de m'en tenir sévèrement aux faits[1]. »

Son programme, comme historien, Ranke le résuma ainsi dans la préface de son premier ouvrage, l'*Histoire des peuples germaniques et romans*[2] : « Je veux raconter simplement les choses, comme elles ont été réellement. »

Rien ne paraît au premier abord plus simple et même plus banal que ce programme. Dire la vérité, mais tous les historiens sincères le veulent. Oui, sans doute, mais en pratique combien la chose est difficile à réaliser. Il ne suffit pas, en effet, de le vouloir pour y arriver, il faut encore une grâce particulière qui n'est accordée qu'à bien peu.

Cette grâce qui consiste en certains dons de nature qui sont peut-être bien des qualités négatives, comme l'équilibre des facultés, la pondération du jugement, la sagesse, mais aussi des qualités actives, telles que la bonté et la foi, cette grâce Ranke la possédait au plus haut point. Lui, qui ne s'emballait jamais, qui cherchait toujours à être équitable pour chacun, il disait : « Avant tout, il convient d'être juste et bon[3]. » Il croyait qu'on

---

1. *Zur eig. Leb.*, p. 61.
2. *Vorrede*, p. vii.
3. Cet esprit d'équité, il l'avait aussi pour lui-même. Il était absolument dépourvu de jalousie. Un jour, il était candidat à la chaire d'histoire de l'Université de Munich. Le roi de Bavière lui préféra Görres. « Il n'est que juste, dit-il, que le roi ait fait ce choix. Un tel homme, me semble-t-il, ne doit ni vivre à l'étranger, ni y souffrir la misère. » *Zur eig. Leb.*, p. 189. — Voir aussi dans sa *Correspondance* le ton modéré avec lequel il parle d'un de ses confrères qui l'a pillé sans le nommer (1845).

pouvait arriver à cela par le travail et une hygiène particulière qu'il résumait en ces mots : « Le devoir de
l'homme est d'être en paix avec lui-même et de se
maintenir en état de gaieté[1]. »

Ce fut là, on peut le dire, le secret de sa force. Ce
sage distillait sur ses lèvres le miel de Nestor. Son
expérience était pleine de mansuétude. Il voyait de
haut et il voyait de loin ; il voyait juste aussi. Jamais
sa vision n'était troublée par la passion et par les préjugés. Il arriva de bonne heure à cette sagesse suprême,
fruit de l'expérience et qu'on n'accorde qu'aux vieil-
lards. Et cette sagesse, n'en doutons pas, donna à ses
dons intellectuels toute leur force et toute leur portée.

Ranke n'était pas un génie. Il manquait même d'originalité, mais il était fort intelligent. Fort bien doué,
il avait, dès sa jeunesse, révélé une grande universalité
d'aptitudes. Comme historien, il ne fut l'homme ni
d'une seule idée ni d'une seule science. Sur les bancs
de l'Université déjà, alors qu'en Allemagne commençait ce vaste travail de spécialisation à outrance, il
se vouait aux études les plus diverses : l'histoire, la
philosophie, le droit, la littérature et la théologie. Il
manifestait même une sorte d'effroi pour cette espèce de

---

1. Comme Spinoza, il trouvait que la tristesse et le découragement sont
une diminution de l'être et qu'elles sont nos pires ennemis. « Parmi
toutes les dispositions de l'esprit que nous devons combattre, écrivait-il à
l'un de ses frères prompt au découragement, il y a celle qui paralyse nos
forces au moment où nous en avons besoin. Elle établit son siège dans
les profondeurs de notre existence, tout près de l'amour, de l'enthousiasme, de la volonté, annihilant toutes ces qualités qui peuvent rendre
bonne, grande et heureuse notre activité. Cette mauvaise disposition,
mon cher, a depuis quelque temps plongé en toi ses racines et s'exprime
dans ta lettre. Il me semble et je ne sais pas si c'est avec raison qu'une
telle disposition doit être évitée parce qu'elle provient ordinairement
de quelque chose qui est en dehors de nous et de nos calculs ; et qu'elle
introduit en nous un élément étranger qui nous infecte. La nature nous a
fourni deux moyens de lutter contre cette disposition : la légèreté ou la
colère. Tu en trouveras un troisième que la nature ne donne pas, que
l'homme juste (*der gute Mann*) se donne à lui-même. » *Zur eig. Leb.*
p. 174.

savants, si fréquents en Allemagne, qui ne sont que des érudits. « Cette race colossale, disait-il, peine d'autant plus sur un sujet qu'il est plus insignifiant [1]. »

Niebuhr même ne trouvait pas grâce devant ses yeux, Il le trouvait trop érudit, pas assez littéraire [2]. « Il y a autre chose à critiquer que des textes, disait-il. Les grandes idées de l'histoire doivent aussi être soumises aux investigations de l'historien [3]. »

L'intérêt que Ranke prenait à l'histoire était un intérêt humain « Observer le monde passé et présent, disait-il : le faire entrer en moi dans la mesure de mes forces ; tout ce qu'il y a de beau et de grand, l'attirer à soi et se l'approprier, voir avec des yeux non prévenus la marche de l'histoire universelle et, dans cet esprit, produire de nobles et belles œuvres ; figure-toi quel bonheur ce serait pour moi si je pouvais réaliser cet idéal, même à un faible degré [4]. »

Dans sa conception de l'histoire, Ranke a quelque chose de goëthéen. Il a exprimé admirablement ceci dans ces lignes :

« L'intérêt propre que nous prenons au monde consiste en ce que nous cherchons à faire de ce qui est en dehors de nous quelque chose qui soit au dedans de nous [5]. »

1. Dans sa *Correspondance*, par exemple, il morigène un de ses frères qui étudie « ce pauvre Cornelius Nepos, sur lequel on ne peut rien savoir et sur lequel il ne vaut pas même la peine d'être renseigné, puisqu'il est l'un des auteurs latins les plus insignifiants. » *Ibid.*, p. 166.

2. Il dit de Niebuhr : « J'avais de la peine à le suivre dans ses discussions épineuses sur la constitution romaine, de même Ottfried Müller dans les choses relatives aux Constitutions de la Grèce. » *Zur eig. Leben.*, p. 41. Ailleurs, il dit encore : « Niebuhr perd trop souvent de vue l'enchaînement universel de l'histoire. Chez lui le particulier finit par dévorer le général. » *Ueber die Epochen*. Vorrede.

3. Le professeur qui eut le plus d'influence sur lui à l'Université de Leipzig, où il étudia, fut F. Beck, dont « les connaissances dans les domaines de l'histoire et de la littérature étaient fort étendues. » Par contre, il aimait peu l'illustre philologue Gottfried Hermann, trop grammairien, à son gré, donnant trop d'importance aux questions de pure métrique.

4. *Zur eig. Leben.*, p. 261.

5. *Ibid.*, p. 219.

Ailleurs, il expose la même pensée sous la forme suivante :

« L'histoire n'a d'autre tâche que de comprendre et de fixer les actions et les souffrances de cet être multiple que nous sommes, tout ensemble sauvage, violent, puissant, bon, noble, calme, souillé et pur ; à le suivre dès sa naissance et dans sa formation. *Je relis l'Histoire universelle*. Mon cœur bat souvent en contemplant les choses humaines [1]. »

Pour arriver à cette connaissance de l'homme, Ranke assigne deux tâches à l'historien : la première est de fixer dans sa vérité typique l'individualité des grands acteurs historiques et des nations qu'ils représentent ; la deuxième est de marquer leur rôle dans l'enchaînement de l'histoire universelle, ce qui est pour lui en définitive, le but suprême de l'histoire.

Individualité des peuples et enchaînement de l'histoire universelle, tels sont les deux caractères de l'histoire de Ranke.

Ranke donne d'abord beaucoup de prix à l'étude de l'individu. A l'inverse de Buckle qui croit que les grands courants historiques sont déterminés par des lois physiques, auxquelles les hommes n'ont, pour ainsi dire, aucune part et dont ils ne sont que les instruments, Ranke prétend que l'histoire n'est que « l'œuvre de génies originaux remplissant plus ou moins certaines conditions, et ayant chacun un champ d'action propre [2]. »

---

1. Dans un autre passage de sa *Correspondance*, Ranke dit que la première condition pour faire un véritable historien, c'est d'avoir un réel intérêt pour l'homme. « Si l'on a une vraie sympathie pour la race de ces êtres divers dont nous sommes un exemplaire, ... pour cet être qui a souffert... on se réjouira toujours de savoir comment de tout temps il a vécu ; ... de connaître ses vertus... ses vices... ses joies et ses malheurs, le développement de sa nature dans les circonstances les plus diverses, sans aucun but du reste, comme on jouit des fleurs sans penser à quelle classe elles se rattachent. »

2. « La tâche de l'historien, disait-il, est d'expliquer l'histoire par des motifs humains. »

Sans aller aussi loin que Carlyle dans sa croyance à la mission des hommes historiques, Ranke est persuadé que le développement d'une nation ou d'une époque dépend des grands hommes qui en ont le mieux personnifié l'esprit. « Ce ne sont pas les doctrines qui bouleversent le monde, dit-il, mais les personnalités puissantes qui incarnent ces doctrines [1]. » Or, il est à remarquer — l'histoire le prouve — que ces grandes figures historiques n'apparaissent que comme l'expression d'une tendance générale qui existe aussi en dehors d'eux et qu'elles appartiennent en même temps à un ordre du monde moral qu'elles incarnent [2]. » Les grands hommes sont donc aussi un produit des nations et ils n'apparaissent qu' « avec un état de civilisation relativement avancé [3]. »

Il faut donc étudier avec beaucoup de soin la nation et la race, et, puisqu'elles ne sont pas des forces inconscientes et aveugles, mais des composés ou agrégats d'individus libres, essayer de fixer les traits de « cette individualité collective, » dont les caractères se retrouvent plus ou moins dans chacun de ses enfants.

Si Ranke donne une grande importance à cette « individualité des peuples, » c'est qu'à ses yeux elle détermine leur action historique, c'est-à-dire leur politique, leur art, leur poésie et leur religion. C'est par elle qu'il explique les différences entre peuples, races et époques, et c'est pourquoi il veut la connaître jusque dans ses moindres détails et, qu'il procède, au sujet de chaque peuple et de tous les représentants historiques de ce peuple, à une enquête approfondie. Ranke trou-

---

1. *Zur eig. Leben.*, p. 570. — *Gesch. der römischen Päpste*, 1878, 7te Aufl., II, p. 23.
2. Vorrede (*Wallenstein*).
3. Ainsi Frédéric II pour la Prusse. « Si jamais événement a reposé sur une grande personnalité, dit-il à propos de ce roi, c'est bien l'événement de la guerre de Sept Ans. » C'est grâce à la personnalité de ce roi, dit-il, que la Prusse, dans l'*Histoire universelle*, paraît au premier plan.»

vait que cette enquête on ne l'avait jusqu'alors qu'insuf-
fisamment faite et il demandait que l'histoire universelle, qui ne nous est connue que par la tradition, fût
soumise à de nouvelles investigations.

C'était là une entreprise colossale qu'un homme seul
ne pouvait mener à bien. Ranke se contentait de donner l'exemple. Ses premiers ouvrages, les *Peuples germaniques et romans*, (1824), les *Ottomans et la monarchie espagnole au* xvi⁰ *siècle* (1827), l'*Histoire des papes*
(1834-1836), embrassent l'histoire de l'Europe de la fin
du xv⁰ siècle au début du xvii⁰. Sur tout, il cherche à avoir
des documents originaux, de première main. Il lit toutes
les chroniques, toutes les correspondances de l'époque. A
Berlin, il découvre dans la bibliothèque royale des relations d'ambassadeurs vénitiens, riches en détails typiques
sur la vie politique de cette époque. Ce fut là une trou-
vaille qui eut la plus grande importance sur sa carrière
d'historien. Elle détermina son genre de recherches,
en le poussant toujours plus vers l'histoire diplomatique.
Elle donna même à son talent d'historien quelques-uns
de ses traits les plus marqués : la finesse diplomatique,
la réserve, l'esprit nuancé qu'il contracta au contact de
ces fins diplomates italiens qui observaient tout sans mot
dire et pour lesquels la politique des intrigues et des
marchandages n'avait plus de secrets.

Pour les grandes œuvres politiques qui viennent
ensuite, l'*Histoire d'Allemagne au temps de la Réforme*
(1839-43), l'*Histoire de France* (1852-56) et l'*Histoire
d'Angleterre* (1859-68), Ranke mit surtout à contribution les archives d'État des grandes villes de l'Europe ¹.

---

1. Dans son *Histoire de France*, par exemple, il fit de fréquents
séjours à Paris de 1839 à 1850. « Je suis étonné, écrivait-il, que les Français me laissent découvrir ici une partie de leur histoire. (*Zur eigen.
Lebensg.*, p. 339). — De Londres, où il séjourna souvent et longtemps,
pour l'élaboration de son *Histoire d'Angleterre*, il écrivait : « Aucune
nation ne possède autant de matériaux inédits pour son *Histoire que*
*la nation anglaise*... Dans les riches collections des Archives de l'État

Mais recueillir des matériaux n'était pour Ranke qu'une partie de la tâche de l'historien ; en faire la critique avait à ses yeux plus d'importance.

La critique de Ranke ne ressemble point à celle de Niebuhr, bien qu'elle soit issue de celle-ci. Elle ne s'exerce pas sur le mot, mais sur l'idée, c'est-à-dire qu'elle fait moins la critique du témoignage que celle du témoin.

Et cela se comprend : devant la multitude de faits de l'histoire moderne, il serait impossible d'établir la rigoureuse authenticité de chacun d'eux. On doit se contenter d'examiner leur provenance, c'est-à-dire le degré de foi du narrateur. C'est donc à l'étude critique des sources que Ranke s'attache surtout. Il recherche d'abord d'où les auteurs tiennent les faits qu'ils racontent, s'ils en ont été les témoins ou s'ils les reproduisent par ouï dire ; dans quelles circonstances ils ont écrit leur ouvrage, quel était leur caractère, leur genre de vie, leurs procédés de travail, etc. Et ce n'est qu'une fois en possession de ces renseignements que Ranke accepte le témoignage d'un écrivain sur tel ou tel événement.

Cette critique n'était pas neuve. Bien des écrivains l'avaient déjà employée avant Ranke. C'était celle de Sainte-Beuve, par exemple, pour la critique littéraire[1]. Il faut, pour y réussir, plus de flair psychologique encore que de science. Or Ranke était abondamment pourvu de cet esprit de finesse.

et du *British Museum*, j'ai trouvé bien des détails inconnus qui éclairent d'un nouveau jour la politique du temps. » *Englische Geschichte*, t. I, Vorrede, p. XII.

1. Voir par exemple les portraits que Ranke a faits des historiens de la Renaissance, Machiavel, Guichardin, Jovio, dans ses *Études critiques sur les histor. de la Renaiss.*, qui accompagnèrent la publication de son premier écrit : *Les Peuples germaniques et romans*. Parmi des modèles de critique historique, il faut citer son *Essai sur la conjuration des Espagnols contre Venise*, sa dissertation sur les *Mémoires de la Margrave de Baireuth* ; celle sur les *Mémoires de Frédéric II* ; ses belles pages sur l'historien Clarendon et son lumineux exposé des *Origines des guerres de la Révolution*.

A côté de cet esprit critique si nuancé, Ranke possédait un esprit synthétique d'une rare envergure. C'est
même cette union de deux esprits qui s'excluent d'ordinaire chez le même homme qui constitue l'originalité
de son talent d'historien. Tout en s'attachant à l'étude
du détail précis, son esprit aimait à planer, à embrasser
les ensembles. Tout jeune déjà, lorsqu'il commençait
ses études historiques, il disait qu'il voulait « faire
l'histoire des sommets, établir les liaisons des événements entre eux », « étudier la marche du développement de l'humanité », « atteindre à la moelle de
l'histoire », « faire cesser le fâcheux défaut des histoires
générales qui toutes sont fragmentaires [1] ».

Ranke resta toujours un historien général. Dès ses
premiers travaux, il essaya de faire des morceaux d'histoire universelle. Mais il n'entrevit pleinement sa tâche
que lorsqu'il commença l'*Histoire des papes*. Enthou-
siasmé de ses découvertes, il s'écriait alors :

« Petit à petit s'assoit en moi, presque à mon
insu, l'histoire des moments les plus importants du
monde : rendre cette histoire évidente et l'écrire, sera
l'affaire de ma vie. Je suis content de savoir pourquoi
je vis ; mon cœur bat violemment, lorsque je pressens
le bonheur que me procurera l'élaboration de cette
œuvre importante ; chaque jour je me jure à moi-même
de la mener à bien ; chaque jour je fais le serment de ne
pas m'écarter d'un doigt de la vérité, dès que je l'aurais
reconnue comme telle. On me reproche souvent de trop
étendre mon horizon : on me dit qu'un but plus rappro-
ché se laisserait plus facilement atteindre ; que je me
fais du tort en restant si longtemps en pays étranger.
Mais ces paroles ne font que frapper mon oreille et je
continue, sans les entendre, ma marche en avant [2]. »

---

1. *Zur eigenen Lebensg.*, p. 89 et 164.
2. « J'ai toujours plus la conviction, écrivait-il, qu'en histoire, en fin

C'était en effet une vaste histoire politique de l'Europe, prise pour chaque peuple, au moment le plus brillant de sa vie qu'il voyait ainsi surgir de la poussière des papiers trouvés dans les bibliothèques de l'Italie, de la France, de l'Allemagne et de l'Angleterre.

Dans son *Histoire des peuples germaniques et romans*, il essaie de prouver que malgré le fossé qui semble se creuser entre les deux grandes races de l'Europe occidentale, la race germanique et la race latine, ces peuples ont travaillé tous deux au même but : l'élaboration de la civilisation européenne ; dans son *Histoire des Ottomans et de la Monarchie espagnole*, il nous peint l'époque la plus brillante de la vie de ces nations au moment où « leur histoire a une signification européenne » : l'*Histoire des papes* est conçue comme un vaste fragment d'histoire européenne, au temps où la puissance pontificale atteint son plein épanouissement, dans une de ces « phases décisives, comme il dit, d'où dépendent les destinées du monde[1] » ; son *Histoire d'Allemagne au temps de la Réforme* montre le rôle universel historique de Luther[2]. Son *Histoire de France* et son *Histoire d'Angleterre* sont prises « au moment où l'histoire de ces pays se confond avec celle de l'Europe », pour la France sous le règne de Louis XIV, pour l'Angleterre au moment des luttes religieuses et politiques du xvie et du xviie siècle[3] ».

de compte, on ne pourra rien écrire d'autre que l'histoire universelle. Tous nos efforts tendent à la mettre en lumière. Le détail n'apparaît jamais mieux que lorsqu'il est saisi dans ses rapports avec l'ensemble. »

1. Avant d'écrire cette œuvre, Ranke en avait conçu une plus générale encore, celle de la naissance du protestantisme en face de l'église romaine, et de son développement vis-à-vis du renouvellement du catholicisme. Il y renonça parce que la chose l'eût mené trop loin.

2. Notre histoire d'Allemagne devient alors dans cette époque en même temps l'histoire universelle. Gesch. Deutschlands im Zeitalter der Reformation, Vtes Band, p. 102 (Unsere deutsche Geschichte ist nun einmal in diesem Zeitalter gleichsam die allgemeine Geschichte).

3. *Engl. Gesch. vornehmlich. in* 17tem *Jahr. von von Ranke.* Dritte Auflage. Leipzig, 1870, t. II des *OEuvres complètes.*

Dans tous « ces moments d'histoire universelle », ce que Ranke met surtout en lumière c'est la civilisation. Cela ne veut pas dire que Ranke ait fait des histoires de la civilisation. Au contraire, sa conception de l'histoire est purement politique. On pourrait même trouver que les négociations diplomatiques tiennent une bien large place dans ses livres, mais ce que Ranke considère en fin de compte comme but de l'activité humaine, c'est la civilisation. A cet égard, cet historien national est encore un Allemand du xviiie siècle. Son inspiration paraît plutôt humaine que strictement nationale. Au-dessus des rivalités de races, de peuples et de religions, ce qu'il met en lumière, c'est le triomphe de la culture. Ce mot de civilisation (*Kultur*) revient constamment sous sa plume, comme s'il donnait la clef des tendances de son esprit. Dans son *Histoire de France*, déplorant la mort de Henri IV, il s'écrie : « Si Henri IV avait vécu il aurait peut-être épargné à l'Allemagne les horreurs de la guerre de Trente Ans et sauvé cette *civilisation* de la moitié du xvie siècle qui a pu être surpassée en ce qui concerne le développement des sciences et du génie d'invention, mais qui était comparablement plus répandue dans toutes les classes de la société ». Ailleurs, dans son *Histoire universelle* il montre que si Jules César fut grand c'est parce que ses armées victorieuses ont ouvert à la civilisation de nouveaux débouchés et attaqué pour la vaincre la barbarie dans une place importante du monde.

Avec cela, Ranke n'était pas loin de partager l'idée

---

« L'Angleterre a pris une grande part à l'émancipation politique de l'Europe occidentale ; elle a une constitution qui est devenue celle de la plupart des états modernes : sa part à la réforme a été énorme, elle personnifie l'union de l'esprit nouveau avec la tradition. »

*Avec le peuple français, c'est le peuple dont l'histoire a le plus d'importance et la signification la plus générale.* « C'est entre les deux pôles de la vie politique de ces peuples que s'est agitée la vie européenne. » Vorrede, VI-IX.

de Hegel qui deviendra celle de tous les historiens prussiens, à savoir que la civilisation ne s'élabore que par la guerre ; que les « sanglants combats humains ne sont au fond que la lutte des énergies morales [1] ». Mais Ranke n'étalait point ces idées dans ses ouvrages et surtout il ne cherchait point là triomphant, un prétexte de montrer la supériorité de la race germanique sur les autres races. Il se contentait de croire que « Dieu se sert des guerres pour des fins que nous ignorons et que ce sont des causes morales qui régissent la grandeur et la décadence des hommes et des nations [2] ».

## IX

Avec les caractères que nous venons de reconnaître à l'œuvre de Ranke : la tendance universelle et l'inspiration esthétique, il ne semble guère que cette œuvre puisse être rangée parmi les créations de l'histoire nationale.

Ranke pourtant le croyait. Il pensait que, lui aussi, par ses ouvrages, il avait contribué à servir la politique de

---

1. *Epochen der neuen Geschichte*, p. 7.
2. Ranke a exposé ce point de vue à plusieurs reprises dans ses œuvres. « De la civilisation antique, dit-il à propos des Italiens de la Renaissance, ils n'en avaient pris que l'ombre... C'est pourquoi le jugement de Dieu pesait sur eux. — Le mal s'était accru et passait d'un palais dans l'autre. » *Geschichten der Romanischen und German. Völker*, 3$^{te}$ Aufl., p. 77. — De même, les Espagnols au xvi$^e$ siècle : « La vie, chez eux, se dessécha sur sa plante et ils assistèrent impuissants à la ruine dont ils ne se sont pas relevés jusqu'à présent ». — Il explique de la même manière la décadence des Turcs. « Plusieurs d'entre eux, à vrai dire, possédaient certaines vertus qui sont l'ornement de l'homme : on vante leur sincérité et leur douceur, leur hospitalité ; cependant ils n'ont pas poussé cela jusqu'au libre développement de l'esprit ; ils sont toujours restés des Barbares. De la beauté des choses, ils n'ont jamais senti que la sensualité ; aucun désir chez eux de s'approprier le monde, de le faire entrer en soi véritablement. Ils marchaient sur les débris d'une civilisation plus noble un jour. » *Die Osmanen, und die Spanische Monarchie*, 4$^{te}$ Auflage, p. 76.

A. GUILLAND.

son pays. Il comprenait à vrai dire sa tâche d'historien
autrement que ses confrères. L'historien, à ses yeux,
n'avait d'autre mission que celle de fortifier les jugements
politiques. Pour cela la méthode historique bien appliquée suffisait. En racontant dans un bon esprit les choses telles qu'elles ont été réellement, il trouvait que
c'était encore le meilleur moyen de préparer les générations futures aux tâches qui les attendaient.

Ranke était un élève de Niebuhr : « Ma conception
historique, dit-il lui-même dans son *Autobiographie*,
sortit de l'idée de l'individualité des peuples, en opposition avec les théories françaises de république ou d'empire universel[1] ». Comme Niebuhr, il croyait que l'État
n'est qu'une « modification de la vie nationale, c'est-à-
dire que Nation et État se confondent ».

C'est cette idée qu'il mit à la base de tous ses travaux
et c'est en cela qu'il crut faire œuvre d'historien national.
Et de fait, on pourrait dire de son œuvre qu'elle est
l'expression du développement historique des peuples
de l'Europe moderne : des Italiens, des Turcs, des
Espagnols, des Serbes, des Français et des Anglais. En
racontant cela aux Allemands, il leur indiquait ce
qu'ils avaient à faire.

Mais cela ne suffisait pas aux historiens nationalistes.
Dès 1830 on en voit qui demandent que l'historien
prenne parti. Au moment du soulèvement des Grecs,
ils trouvaient étrange qu'un historien national, au lieu
de s'emporter contre Metternich ou de célébrer sur un
ton lyrique Navarin et Missolonghi, fît des recherches érudites sur les ancêtres de ces hommes héroïques
et nous montrât, en un tableau charmant, ce qu'était
la vie du Péloponèse au xvie siècle. Un peu plus tard,
en 1833, au moment où l'on pouvait déjà prévoir le

---

1. *Zur eigen. Lebensg.*, p. 47. Il se vante d'avoir continué Niebuhr
qui le premier, dit-il, étudia les conditions intimes du développement
historique d'un peuple.

Kulturkampf prussien, ils s'indignaient de le voir peindre avec un amour d'artiste les figures des souverains pontifes dont les excès avaient déterminé la Réforme.

Ce fut le publiciste Gustave Freytag qui se chargea, au nom de ses compatriotes, de dire ses vérités à Ranke.

Mais celui-ci ne se laissa pas émouvoir. Il est vrai qu'après la publication de son *Histoire des Papes*, il écrivit une *Histoire d'Allemagne au temps de la Réforme*, mais ce n'était pas pour obtempérer aux vœux des patriotes prussiens : il voulait simplement donner « une contre-partie à son premier travail ».

Ranke reconnaît pourtant qu'il y avait quelque chose de particulièrement national dans la Réforme allemande qu'il appelait « l'acte par lequel la Nation germanique a le mieux prouvé son unité intime, puisqu'il y eut une époque où le protestantisme fut la religion de tous les Allemands ». Il ajoutait : « Mais cette idée allemande fut peu après refoulée par les efforts puissants du parti adverse... de sorte que l'attention des historiens se porta vers l'État dans lequel la pensée protestante avait déployé la plus grande énergie politique. J'avais même des amis qui considéraient l'histoire de Prusse comme la seconde partie de l'histoire de la Réformation[1]. » Mais lui se tient à l'écart de toute exagération.

Au moment où Ranke terminait cet ouvrage en 1843, l'horizon politique s'était assombri dans son pays. Aux questions d'unité nationale, de grande et de petite

---

1. Ranke disait qu'il croyait par cette *Histoire* avoir contribué à faire connaître Luther aux Allemands. *Zur eig. Lebensg.*, p. 558. — Sybel dit de cette œuvre : « Cette histoire est imprégnée de l'enthousiasme du patriote allemand pour la manifestation la plus élevée de l'esprit germanique. Elle a un ton chaud et puissant, une vie et une grandeur saisissante. » *Gedächtnisrede auf L. v. Ranke*, p. 12. W. Scherrer dit : « Son œuvre fut la plus importante au point de vue national. » *Ubersicht.*

Allemagne, était venu se joindre une question de politique plus brûlante encore, celle des libertés constitutionnelles. Nous savons déjà à quelles conclusions Ranke était arrivé sur ces problèmes. Il ne croyait pas que les institutions constitutionnelles fussent une panacée universelle. « C'est une erreur de notre temps, disait-il, de croire que le bonheur et le salut des sociétés est dans la sagesse des assemblées délibérantes et des Constitutions écrites... La vraie destinée de la Prusse est d'être et de demeurer une monarchie militaire... Le vrai représentant d'un peuple est son roi... Que sert-il de s'insurger contre le droit historique ? Les vents du ciel promènent çà et là les sables du désert, ils laissent les montagnes à leur place. »

Mais Ranke crut que le moment était venu de faire autre chose et, au moyen de l'histoire, il voulut prouver la vérité de sa thèse.

L'histoire qui lui paraissait le plus propre à cela était celle de la Révolution française. La bourgeoisie allemande était alors fort enthousiaste de cet événement qu'elle ne connaissait qu'au travers des apologies de Thiers et de Mignet qui s'étaient répandues en Allemagne par milliers d'exemplaires. Ranke était persuadé qu'en racontant cette Révolution telle qu'elle avait été réellement, on détruirait pour toujours la légende accréditée par les historiens français. Faire cela lui parut une œuvre d'intérêt national, aussi dès 1843 partit-il pour Paris, afin d'y recueillir les matériaux nécessaires.

Ranke nous a raconté dans son *Autobiographie* comment, devant l'insuffisance des pièces d'archives mises à sa disposition, il dut renoncer à son entreprise et comment, au même instant, le hasard lui mit entre les mains une relation de la plus grande valeur sur les affaires de Prusse au xvııı siècle. C'étaient les lettres de Valori, ambassadeur de France auprès de Frédéric

le Grand, qui contenaient des renseignements très
curieux sur la politique du souverain prussien.

« Avec la permission de mon ami l'historien Mignet,
dit Ranke, j'en pris copie et, pourvu de ce riche butin,
je retournai à Berlin... Ce fut le point de départ de mon
travail, *Neuf livres d'Histoire prussienne*, dans lequel
je cherchai à expliquer comment l'électorat de Brandebourg était devenu une puissance de premier ordre[1]. »

Passer de la Révolution française à l'Histoire de
Prusse, ce n'était pas aux yeux de Ranke changer de
sujet, puisque l'une offrait en politique le côté positif
du problème dont l'autre était la négation.

En montrant le développement normal et régulier
de l'État prussien, il aboutissait au même résultat qu'en
racontant la Révolution française : il montrait aux Allemands de quelle manière leur unité pouvait se faire.
Aussi, sans intervenir positivement dans son récit, à la
manière des historiens prussiens, il avoue « qu'il prend
une part vivante à l'événement qu'il raconte, » car sans
cette sympathie, dit-il, « une telle histoire ne serait pas
possible ». Il reconnaît même que dans cette Histoire
il n'a jamais perdu de vue les intérêts généraux de
l'Allemagne : « Les idées de Frédéric le Grand à ce
sujet, dit-il, apparaissent pour la première fois avec
le troisième volume où Charles VII devient empereur[2]. »

Mais il se garde de toute exagération. Loin de voir,
par exemple, chez les rois de Prusse des desseins
étendus et le plan arrêté d'inaugurer une grande politique allemande, il montre, au contraire, que c'est
dans le travail « tout prussien de ces rois » qu'est
l'origine de la situation exceptionnelle qu'ils ont eue
plus tard en Allemagne. Et c'est là une conception très
juste qui, loin de rabaisser la Prusse, la grandit plutôt.

1. *Zur eigen. Lebensg.*, p. 73-74.
2. *Lettre au prince Maxim. de Bavière*, 26 décembre 1847. *Ibid.*,
p. 332.

Cette conception allemande de l'histoire prussienne trouva sa confirmation dans la guerre de 1870. A ce moment Ranke, sans se laisser griser par les victoires, comme beaucoup de ses compatriotes, crut que cette date marquait une nouvelle phase dans l'histoire universelle et qu'elle ouvrait aux destinées de l'Allemagne des perspectives infinies. Dès lors il se livra de préférence à des recherches d'histoire nationale qui se rattachaient surtout aux événements du passé qui étaient en connexion avec cette guerre. Il écrit les *Origines de la guerre de Sept Ans* (1871), les *Puissances de l'Allemagne et la Confédération des princes* (Histoire de l'Allemagne de 1780 à 1790) (1872), la *Genèse de l'État prussien* (1873), et l'*Origine et les débuts des guerres de la Révolution*, 1791-1792 (1875).

Dans le premier de ces ouvrages, les *Origines de la guerre de Sept Ans*, Ranke essayait de montrer les étroits rapports qui existaient entre cette guerre et le conflit franco-prussien de 1870. Il disait dans sa préface : « Après la déclaration de la guerre de 1870, il se passa des jours et des semaines dans lesquels il était impossible de fixer son attention sur quelque chose qui n'avait pas un étroit rapport avec cet événement. En attendant l'issue qui fixait le sort de l'Allemagne et de l'Europe, les regards de l'historien se portaient invinciblement vers les événements lointains du passé qui avaient préparé cette collision. Un de ces événements est la guerre de 1756. N'est-il pas prouvé en effet que la guerre aurait cessé entre la Prusse et l'Autriche sans la participation de la France ?... Aussi, tandis que la jeunesse se préparait autour de moi à prendre part à la guerre, au moment où sonnait l'heure du départ, je repris cet essai déjà commencé et laissé de côté sur cet événement qui avait certains rapports avec le grand combat auquel on s'apprêtait... Je puis donc maintenant essayer de livrer à la publicité cet écrit : c'est le tribut que j'apporte aux grands événements et aux actions de l'année dernière » [1].

Mais Ranke se contente d'indiquer son point de vue dans sa *Préface*. Dans le corps du récit, il n'intervient nullement et bien que la France fût alors l'ennemie de la Prusse il n'en profite pas, comme beaucoup d'historiens de son pays, pour déblatérer contre les « Gaulois turbulents et vaniteux ». Il se contente d'exposer les faits. Il est vrai que ces faits sont parfois d'une terrible éloquence.

Ranke, avec cela, était l'esclave de la vérité historique. Il était incapable de dissimuler des faits, même si ces faits contredisaient ses sentiments les plus chers. C'est ainsi qu'à propos des *Origines des guerres de la Révolution*, il prit nettement parti contre Sybel qui veut absolument faire retomber la faute de cette guerre sur les Girondins. Ranke montre que les Girondins n'en sont pas responsables et que les vrais coupables furent les gouvernements de l'Europe, qui par leur sotte ingérence dans les affaires de France, surexcitèrent l'amour-propre national des Français et rendirent la guerre inévitable ». Il est piquant de constater ici que c'est le vieux conservateur prussien qui prenait la défense des intérêts nationaux d'un peuple, tandis que le libéral-national Sybel trouvait toutes naturelles les prétentions des souverains, formulées par Kaunitz, de dicter aux Français leur ligne de conduite [2]. Mais Ranke était un vrai his-

---

1. *Vorrede*, V-VII. — *OEuvres complètes*, t. XXX, p. 63, 64.
2. Ranke remarque bien qu'à ce moment se fondait en France un gouvernement qui contredisait les principes politiques qui régissaient alors l'Europe. Il ajoute : « Personne ne pouvait nier que les doctrines françaises ne continssent un danger pour d'autres gouvernements qui reposaient sur des fondements analogues à ceux qu'on renversait là-bas... Mais s'il est indéniable que la Révolution se mit en contradiction avec la formation historique (*Gestaltung*) de l'Europe, il est non moins vrai que la constitution d'un tribunal suprême pour juger les affaires de France eût été en contradiction flagrante avec le droit des nations... Toute la question qui se posait était de savoir si oui ou non une nation avait le droit de librement disposer d'elle-même. »

torien qui savait faire à la vérité le sacrifice de ses préférences personnelles.

Ce n'est pas à dire que Ranke fût absolument dépourvu
de tous les préjugés des historiens prussiens. Bien qu'il
n'y eût rien de moins chauvin que sa forme d'esprit, il
croyait volontiers que l'Allemagne nouvelle était appelée
à prendre en Europe la première place. La guerre de
1870 prenait aussi à ses yeux une signification symbolique : ce n'était pas seulement la victoire d'un peuple
sur un autre peuple, c'était aussi la victoire d'une politique sur une autre politique, d'une civilisation sur une
autre civilisation [1]. C'est même pour mettre cette idée
en lumière, qu'il résolut, à l'âge de quatre-vingts ans,
d'écrire une vaste histoire universelle dont il exposait
ainsi l'idée : « La perspective universelle qui s'ouvre
pour l'Allemagne et pour le monde m'a conduit à
vouer mes dernières forces à cette œuvre [2] ».

Dans son idée il s'agissait de montrer la part de
chaque race ou de chaque peuple à l'œuvre de civilisation commune. La mort l'arrêta avant qu'il pût arriver
à l'époque moderne. S'il y était parvenu, nul doute
que, malgré l'idée directrice de son travail, de résumer
dans l'Allemagne impériale la civilisation du XIX^e siècle,
il n'eût rendu justice à la France. Ranke, en effet, malgré
ses idées politiques, n'était nullement de ces Allemands
qui rabaissent le rôle de la France dans l'histoire universelle. En pleine période de victoire, il mettait en garde
ses compatriotes contre ce chauvinisme inintelligent :
« Il y a, disait-il, un patriotisme qui ne se manifeste

---

1. C'est en ce sens, je pense, qu'il faut comprendre les paroles si souvent citées de Ranke à Thiers qui, étonné qu'après la chute de l'Empire
l'Allemagne continuât la guerre, disait à l'historien prussien : « Mais à
qui donc faites-vous cette guerre ? — A Louis XIV, répondit Ranke. »

2. *Vorrede der Weltgeschichte.* Dans un discours prononcé à son
90^e anniversaire de naissance, il disait : « Pour mon compte, jamais je
n'aurais entrepris cette histoire, si le problème politique, représenté par
ces deux grandes puissances universelles, la France et l'Allemagne, n'avait
été résolu après bien des vicissitudes et de grandes luttes. »

que par l'exclusion de l'étranger et la méconnaissance
de sa valeur. Un tel esprit ne ferait que fausser le véritable esprit national… Qui de nous peut se vanter d'être
resté sans influence de l'esprit français » ?

Ranke fut toujours un homme de bon ton et de bonne
compagnie. Dans son pays, il n'eut jamais à se faire
pardonner ses excès de plume. En cela il fut souvent un
bon Prussien, qui, à tous les moments, défendit la
politique séculaire de la Maison des Hohenzollern. A
une époque où les historiens libéraux vilipendaient certains rois de Prusse, tels que Frédéric-Guillaume II,
Frédéric-Guillaume III et Frédéric-Guillaume IV, Ranke
s'efforçait, au contraire, de faire respecter leur mémoire.

Il n'y réussit qu'à moitié pour les deux premiers. Il
se borne du reste à plaider les circonstances atténuantes :
il dit que les événements étaient alors trop forts, qu'ils
dominaient les hommes : que la Prusse ne pouvait à cette
heure prendre en Europe une place disproportionnée à
ses forces : que la seule chose qu'elle pût faire avec ses
moyens était de vivre, de se maintenir. « La politique
de neutralité tant condamnée, ajoute-t-il, eut cela de
bon qu'elle permit le développement des arts : les onze
années qui s'écoulèrent entre la paix de Bâle et la
bataille d'Iéna furent les plus fécondes de la littérature
allemande, les plus riches en productions originales.
C'est l'époque de Fichte et de Schelling, de Voss, de
Wolf et de l'école historique de Göttingue, l'époque qui
a vu naître les *Élégies romaines*, *Hermann et Dorothée*,
*Wilhelm Meister*, *la Cloche*, *Wallenstein*, *Guillaume Tell*,
et la *Pucelle d'Orléans*. La littérature d'alors avait un
caractère d'idéologie cosmopolite ; le temps allait venir
où elle le perdrait et où les impulsions patriotiques
s'empareraient de tous les esprits ».

Pour Frédéric-Guillaume IV, la tâche de Ranke était
plus malaisée. Aucun souverain prussien n'a laissé un
si piètre souvenir que celui-ci et n'a été plus malmené par

les historiens d'ordinaire respectueux pour les Hohenzollern. Ranke trouve des excuses à toutes les actions de
la vie de ce roi : s'il refusa la couronne impériale en 1848,
c'est qu'il jugeait le moment inopportun ; s'il recula
honteusement à Olmütz, c'est que la Prusse n'était pas
prête ; si sa conduite fut vacillante dans la guerre de
Crimée « sa neutralité pourtant lui valut la gratitude
du tzar qui ne l'oublia point en 1870 » [1].

C'est là ce que Nietzsche appelait « faire sa cour aux
puissants » [2]. Il faut remarquer pourtant que cette indulgence, Ranke ne l'a point eue seulement pour les
rois de Prusse, mais pour tous les personnages historiques, qu'il s'agisse de Loyola, de Luther, de Wallenstein, de Gustave-Adolphe ou de Robespierre. On
pourrait même dire qu'elle faisait partie de sa philosophie de l'histoire. Ranke fut l'un des historiens allemands qui accepta le plus complètement la souveraineté du fait. Il est à l'antipode de l'école historique
qui, avec Schlosser, se réclamait de l'impératif kantien ;
dans ses jugements historiques il ne tient compte que
du temps et des circonstances.

« Je ne sais, dit-il à propos de Frédéric-Guillaume III,
si l'on a le droit de parler comme on le fait de fautes
commises, d'occasions perdues, de négligences coupables. Les événements dominent les hommes ; ils se
déroulent avec un caractère d'inéluctable nécessité ; ils
portent en eux le cachet de la fatalité ».

---

1. Ranke a édité en 1874 la Correspondance de Frédéric-Guillaume IV
avec le baron Bunsen ; en 1886, il a publié dans l'*Allgemeine deutsche
Biographie* une biographie fort sympathique de *Frédéric-Guillaume IV*.

2. Nietzsche n'aimait pas Ranke ; il disait de lui : « Il est aussi à sa manière l'avocat du droit du plus fort ». Ailleurs il l'appelait « le plus prudent des hommes acceptant les faits ».

## X

Pour devenir vraiment nationale, une histoire doit joindre une autre qualité à celles que nous avons énumérées : elle doit avoir la beauté de la forme. Cette qualité Ranke la possède au plus haut degré. Il est un des grands classiques allemands du XIXᵉ siècle. Ses œuvres sont un durable enrichissement de la littérature de son pays.

Au moment où Ranke débutait, en 1824, l'Allemagne n'avait pas d'historien littéraire : elle en était encore aux gros in-8º bourrés d'érudition à l'usage des seuls initiés. Partout ailleurs en Europe, on voyait paraître des œuvres fraîches et originales. On doutait d'en voir de pareilles en Allemagne lorsque Ranke publia son *Histoire des peuples germaniques et romans*, un livre simple, clair, d'une grande élégance de forme. La haute société littéraire de Berlin, en vedette pour saluer à l'horizon l'apparition d'un Augustin Thierry, crut voir en Ranke l'homme qu'elle attendait. Elle lui fit fête.

« On compte sur moi pour renouveler l'histoire », écrivait Ranke à son frère. Cette histoire, en effet, il allait la restaurer, mais point tout à fait comme on s'y attendait. Il n'allait pas créer des chefs-d'œuvre, beaux surtout par la forme ; l'intérêt historique primait tout en lui ; mais, par l'ordre lumineux de sa narration, par sa prose élégante et claire, il devait montrer pour la première fois aux Allemands « que la science spéciale la plus précise peut parler une langue accessible à tous, pour le plus grand profit de la nation »[1].

Lui, à vrai dire, n'était satisfait qu'à moitié. « Les choses que je fais, écrivait-il alors à son frère, souffrent

---

1. Treitschke, *Deutsche Geschichte*, t. III, p. 432.

d'être trop savantes. Je voudrais écrire quelque chose qui pût être lu par tout le monde »[1]. C'était là son ambition et Berlin allait lui montrer comment on y arrive.

Berlin, à ce moment, n'était pourtant guère la capitale littéraire des Allemands. C'était une ville de philistins, où régnait une simplicité primitive. La Cour, la première, donnait l'exemple de cette simplicité. Les habitudes parcimonieuses du roi Frédéric-Guillaume III y avaient réduit la représentation au minimum. « Une fois par année, dit Lord Loftus qui était alors secrétaire d'ambassade à Berlin, le roi donnait un déjeuner dinatoire qui commençait à dix heures du matin, et comme c'était dans les sombres jours de janvier, on devait se raser à la chandelle. A une heure le dîner était servi et à six heures la compagnie se retirait, pour permettre à Sa Majesté de se montrer le soir à quelque théâtre [2] ».

Au point de vue intellectuel aussi, la capitale de la Prusse laissait à désirer. Elle possédait bien la première université de l'Allemagne, mais en Allemagne une réunion de savants n'a jamais constitué la société. Quant à ce qu'on appelle « le monde », il se désintéressait totalement des choses de l'esprit. Un homme qui n'est guère suspect de partialité pour la noblesse, l'historien de Treitschke, reconnaît qu'à cette époque l'aristocratie prussienne avait besoin qu'on lui apprît « le respect auquel ont droit les savants ».

Les nobles du reste paraissaient rarement à Berlin. Ceux qui ne passaient pas l'hiver à la campagne dans leurs propriétés allaient de préférence dans quelque capitale de province : Münster, Magdebourg ou Breslau. A Berlin, où ils n'avaient pas même de pied à terre, on ne voyait pas, comme dans la capitale de l'Autriche, de somptueux palais.

1. *Zur eigen. Lebens*, p. 166.
2. *Diplomatic reminiscences*, I, p. 259.

Aussi la vie qu'on y menait était-elle fort monotone. A en croire Alexandre de Humboldt, habitué aux élégants salons de Paris, il fallait même un certain courage pour y vivre. « Berlin, disait-il dans son dialecte berlinois, je suis saôul de toi ; tu es et tu restes une ville d'ours »[1]. En fait de société, il n'y avait que quelques maisons de fonctionnaires intelligents comme Ancillon, ou de riches banquiers juifs comme les Mendelssohn et les Meyerbeer : ou des salons de dilettantes et d'artistes, tels que celui de Rahel et de Varnhagen d'Ense, sorte de bureau d'esprit un peu quintessencié qui singeait le ton des salons parisiens de la Restauration. Partout du reste on imitait la France comme un modèle[2] et Ranke qui, avec des idées et des goûts très germaniques, avait, pour la forme, certaines qualités françaises : la mesure, le tact, la sobriété et l'élégance[3], Ranke reconnaissait tout ce qu'il devait à la société berlinoise. « Le contact d'hommes supérieurs, dit-il dans son *Autobiographie*, et la société de femmes distinguées agirent sur moi d'une façon autrement efficace que ne pouvait le faire une ville de province de médiocre importance ».

Ranke avait le sens inné de la forme : toutes ses œuvres sont très claires et très agréables à lire. Esprit

---

1. « Berlin ik her die dick en sat, du bist en blivst en Barenstadt. »
2. Même à la cour du roi Frédéric-Guillaume III, le français restait la langue usuelle. La reine Louise, malgré sa haine de la France, ne goûtait que la culture française. En 1810, elle avait comme secrétaire particulier un descendant de réfugiés huguenots, le portraitiste Pierre-Barthélemy Fontane, grand-père du romancier Théodore Fontane, qu'elle avait attaché à sa personne « à cause de son français exquis ». (Th. Fontane, *Meine Kinderjahre*). — Treitschke signale dans son histoire cette influence de l'esprit français sur la littérature berlinoise qu'il nomme « un berlinisme fortement imprégné de culture française ».
3. Il goûtait, chose rare pour un Allemand, la littérature du siècle de Louis XIV. Il disait par exemple des Provinciales de Pascal qu'elles sont le chef-d'œuvre polémique de l'histoire moderne »; il appelait Descartes un des esprits les plus originaux de son temps ». Son portrait de Voltaire, fin, spirituel, est un des morceaux les plus judicieux qu'on ait écrits sur cet écrivain ; Gœthe lui-même n'en a pas mieux parlé.

fin et nuancé, ce qu'il excelle surtout à raconter c'est
la politique des mobiles, des dessous et des négociations diplomatiques. Personne, parmi les historiens de
son pays, ne l'a égalé pour l'intelligence des questions
politiques. Comme narrateur explicatif, il est inimi-
table. Intellectuel comme Voltaire, il comprend tout et
rend admirablement l'esprit des choses. Quoi de plus
attrayant par exemple que ces lignes qui ouvrent son
récit des *Ottomans et de la monarchie espagnole* : « Les
débuts des Ottomans sont assez humbles. Ils racontent
que le fondateur de leur royaume et de leur nom Osman
travaillait lui-même à la charrue avec ses valets, et que
lorsque l'heure du repos de midi approchait, il déployait
un drapeau pour appeler ceux-ci. A l'origine il n'avait
pas eu d'autres compagnons d'arme et c'est sous cet
étendard qu'ils se sont d'abord rassemblés. Mais déjà,
ajoutent-ils, il avait un pressentiment de la grandeur
future de sa maison : il avait vu en rêve sortir de son
nombril un arbre qui ombrageait toute la terre [1] ».

Ce fragment donne bien le ton du genre de Ranke.
Sa narration court toujours vive et légère, avec de sobres
images, semées en passant. En de gracieux tableaux, il
fait défiler sous nos yeux les jeunes chrétiens prison-
niers du sultan « revêtus de légers vêtements de toile
ou d'étoffe de Salonique et coiffés de bonnets en drap
de Brousse » [2] : ailleurs il nous peint au XVIe siècle, à
Lesbos, « la vie du peuple grec... labourant ses champs,
plantant ses vignes, soignant ses fontaines et cultivant
ses prairies [3] ».

Dans ses grandes peintures historiques, Ranke est
moins heureux : il manque de relief et de couleur : il
ne sait pas, comme Macaulay et Michelet, représenter
en fresque de grandes scènes de la vie des peuples. Et

1. *Die Osmanen und die Spanische Monarchie*, p. 3.
2. *Ibid.*, p. 7.
3. *Ibid.*, p. 17.

cela manque dans certains de ses ouvrages, dans son
*Histoire d'Allemagne au temps de la Réforme*, par
exemple, où l'on s'attendrait à trouver quelques grands
tableaux ou quelques fortes peintures de la vie du
temps [1]. En revanche ses petits tableaux de genre et
ses portraits sont achevés, qu'il s'agisse de représenter
la cour de Ludovic le Maure, Florence au temps de
Savonarole, l'intérieur du sérail des sultans, etc.

Ranke a peu de couleur, mais il rend admirablement
ce qu'on pourrait appeler la physionomie morale des
individus, des choses et des groupes humains, bref ce
qui constitue l'atmosphère d'un milieu. Voici, par
exemple, une vue de la Genève de Calvin qui est de
ton très juste :

« Genève resta toujours la ville industrieuse qu'elle
était, mais tout y devint ordre, discipline et travail. Elle
continua d'être un point central important pour les
communications de l'Europe centrale... Et tous les
exilés pour leurs croyances qui peuplaient ses églises
et ses écoles se répandaient ensuite dans le monde...
La réforme luthérienne était laissée bien en arrière. »

Ce portrait de Calvin humaniste est aussi très bien
saisi :

---

1. Voici par exemple dans son *Hist. d'Angleterre*, t. I, p. 144
(*Sämmtliche Werke*, t. XIV) la description du mariage d'Anne Boleyn.
« Le jeudi avant Pâques, le lord-maire et les corps de métier de Londres
allèrent la chercher à Greenwich, avec des barques superbement pavoisées,
au son des instruments de musique et au bruit des salves des canons de
la tour. Le samedi, son cortège parcourut la cité jusqu'à Westminster.
Le roi avait nommé 14 chevaliers des *Bath ordens* : ceux-ci dans leur
nouveau costume et une grande partie de la noblesse qui se sentait elle-
même honorée dans l'élévation d'Anne, l'accompagnaient: elle était sur
une couche superbe traînée par des chevaux qu'elle dominait. Au-dessus
d'elle un baldaquin que portaient les barons des cinq ports. Les cheveux
dénoués, gracieuse comme toujours et paraissant être dans des dispositions d'intense bonheur. Le dimanche, elle fut conduite à l'église par l'ar-
chevêque de Cantorbery et six évêques, l'abbé de Westminster et douze
autres abbés, revêtus de leurs costumes sacerdotaux ; elle était vêtue d'une
robe de pourpre, ses suivantes d'une robe écarlate, ainsi que l'exigeaient
les anciens usages. »

« Calvin ne pouvait souffrir qu'un homme se prétendît savant pour avoir étudié quelques passages de Mélanchton. Il travaillait à son ordinaire bien avant dans la nuit et le matin à son réveil, il repassait en silence tout ce qu'il avait lu ; cette méditation paisible le rendait heureux. Il a dit souvent qu'il n'aurait jamais rien tant souhaité que de passer ainsi sa vie : car il était timide de nature et fuyait le combat [1]. »

C'est surtout dans son *Histoire des papes*, son chef-d'œuvre, que Ranke a montré toutes les ressources de son talent de portraitiste et de narrateur. Il y a là une série de tableaux, de portraits, de vues de Rome, d'intérieurs de palais, de conférences de cardinaux, le tout entremêlé de réflexions sur la politique des papes, de considérations théologiques et de discussions artistiques qui montrent toute la richesse de son esprit.

Ranke ne compose point ses ouvrages selon les bonnes recettes classiques. Il y a dans sa composition un laisser aller plein de charme qui nous repose des ouvrages historiques écrits en compartiments méthodiques par les professeurs de lycée qui savent mettre les liaisons et les gradations nécessaires.

Analyste très subtil des passions humaines, c'est surtout dans le portrait moral qu'il a réussi. Ses intérieurs d'âme, il les nuance avec l'art d'un Tolstoï ou d'un George Eliot. Il les voit à toutes les heures de leur vie, les surprend dans leurs habitudes journalières, avec leurs gestes, leurs tics familiers qu'il saisit au passage, ne négligeant aucune des particularités physiques qui nous aident à mieux comprendre leur nature. C'est ainsi que nous apprenons que le pape Grégoire XV était « de petite taille, flegmatique, courbé par l'âge, débile et maladif [2] ; » nous voyons l'empereur

---

1. *Gesch. Frankreichs.*
2. *Geschichte der römischen Päpste*, ihre Kirche und ihr Staat im 16 und 17 Jahr., II Band, p. 297.

Charles-Quint malade, « le dos courbé, pâle comme un mort, les lèvres blêmes, se traînant péniblement dans sa chambre en s'appuyant sur une canne [1] ». Ailleurs, c'est le sultan Mourad III qu'il nous représente à une réception d'ambassadeurs « fixant les gens de ses grands yeux ternes et tristes, hochant la tête et pressé de retourner à ses jardins [2] ». Plus loin, c'est le pape Léon X qui « sort de Rome, sans surplis et chaussé de bottes, à la grande douleur de son maître de cérémonies [3] ».

Ranke aime à noter les traits familiers qui donnent du relief à une physionomie. C'est ainsi qu'à propos du pape Alexandre VI, il nous dira : « Il avait amené de Louvain sa vieille bonne pour tenir son ménage. » Il a des portraits en deux lignes : « Le père de Paolo Sarpi était un petit homme noir, impétueux, rageur. » D'un autre, Pierre Aldobrandini, neveu du pape Clément VIII, il dira : « Il avait la figure trouée de la petite vérole, souffrait d'un asthme et toussait toujours [4]. »

C'est par la multitude de petites touches, ajoutées les unes aux autres, que Ranke nous fait entrer dans l'intérieur des personnages. Ses figures sont toutes peintes de la même manière.

En voici quelques exemples empruntés à ses *Papes romains* : « Léon X, passionné de musique, se faisait donner pour lui seul, dans son palais, des concerts qu'il accompagnait de sa voix de basse…; plein de bonté et de sympathie personnelle, très libéral, d'une excellente nature, sans sa famille, il eût toujours bien agi [5]. » « Adrien VI était un homme juste, pieux, actif, très sérieux, plein de bienveillance et d'intentions pures, se

---

1. *Sämmtliche Werke*, t. V, p. 73.
2. *Die Osmanen.*
3. *Die röm. Päpste*, I, p. 77.
4. *Ibid.*, t. II, p. 205.
5. *Ibid.*, I, p. 57-58.

A. GUILLAND. 7

levant avec le jour, disant sa messe et se rendant à ses affaires ou à ses études qu'il n'interrompait que pour prendre un frugal repas ; dépaysé au milieu des grandeurs de Rome, il n'aimait que l'art hollandais et ne voulait rien connaître de la secte des poètes italiens [1]. » Et tous les autres revivent avec leurs traits individuels : Clément VII, « très instruit, très intelligent, discoureur habile » ; Paul III, « avec ses façons larges, superbes, classique dans l'art de choisir et de peser ses mots, dans sa diction lente, recherchée et élégante ; » Paul IV, « grand, maigre, tout nerfs, avec des yeux qui, malgré ses 80 ans, ont encore tout le feu de la jeunesse, ne pouvant s'astreindre à aucune règle, dormant le jour, travaillant la nuit et suivant en tout l'impulsion du moment ; » tous ces portraits et mille autres semblables nous donnent l'illusion que Ranke connut personnellement tous les hommes dont il fit l'histoire.

Et pourtant ce ne sont pas les dons plastiques qui distinguent Ranke comme historien. Il ne s'attachait pas à la forme pour la forme. Son œuvre n'est pas une succession de tableaux, une galerie de portraits. Ce qu'il a voulu peindre ce sont les grands moments de la politique européenne et le détail chez lui n'est jamais donné que pour faire valoir l'ensemble. Aussi, ce qui domine dans son œuvre, ce sont les idées générales, les vues à vol d'oiseau. Les négociations diplomatiques ou les dissertations politiques y tiennent plus de place que les anecdotes : partout Ranke cherche à dégager l'esprit. Il en résulte que sa langue délicate, fine, nuancée, a plutôt un tour abstrait. Ranke, par sa phrase, se rattache aux écrivains du XVIIIᵉ siècle : à Montesquieu dont il a le laisser aller dans le style qui donne à sa phrase le tour de la causerie ; à Lessing auquel il ressemble par la clarté unie à la grâce avec, en plus, une certaine douceur qui

1. *Ibid.*, I, p. 60 et 61.

ne dégénère jamais en fadeur ou en miévrerie. « Tu as
su conserver dans tes vieilles années comme une fleur
de jeunesse, lui écrivait en vers grecs le recteur de
Schulpforta, lors de son quatre-vingtième anniversaire
de naissance, et tes lèvres distillent le miel de Nestor. »
C'est bien cela. Jusqu'à la fin de sa vie Ranke con-
serva la grâce et la fraîcheur de la jeunesse. A quatre-
vingt-quatre ans, il écrivait encore à son vieil ami
de Reumont : « Lorsque le printemps a fait mine de
revenir cette année, j'ai été profondément ému. Il était
lui aussi tout étonné ce printemps que ma quatre-
vingt-quatrième année voulût encore se réjouir des
fleurs et de la verdure. Je lui disais : « Allons, voyons,
nous sommes de vieux amis, laisse-moi encore jouir
de ta compagnie. Il paraît vouloir accéder à mes désirs
mais peut-être est-ce pour la dernière fois [1]. »

L'homme qui écrivait cela dans son extrême vieillesse
n'était pas de cette race dont Frédéric le Grand a pu dire
un jour : « Les Allemands sont des gens laborieux et
profonds, quand ils se sont emparés d'une matière, ils
pèsent dessus. » Léopold de Ranke, en effet, avait deux
qualités de style qui sont rares partout, mais qui
semblent l'être plus particulièrement chez ses compatriotes : la vivacité et la grâce [2].

---

1. *Zur eig. Lebensg.*, p. 545.
2. Ranke a été un admirable écrivain critique. Ses essais en ce genre sont
des chefs-d'œuvre de lucidité. Lorsqu'il discute des problèmes politiques,
il le fait rapidement, sans lenteur, sans charabia germanique. Dans ses
grands résumés synthétiques. il est merveilleux de concision. C'est surtout dans son *Histoire universelle* qu'il a réussi à fixer en traits saisissants les grandes lignes de l'histoire de l'humanité ou les grandes figures
historiques. Il dira par exemple de Saül : « C'est la première figure tragique de l'histoire universelle. » Salomon est pour lui « le type du grand
monarque oriental. » Ce fragment sur Assur donne bien le ton et l'idée de
cette histoire. « Assur n'avait pas une large base nationale ; il ne possédait
ni une religion dépendante des conditions du sol comme l'Egypte, ni une
religion fondée sur l'observation des astres comme Babylone ; c'était une
association guerrière d'origine sémitique qui s'est fortifiée dans sa lutte
contre les indigènes et qui subjugua successivement tous les peuples
qu'elle put, par la force de ses armes. » *Weltgeschichte*, t. I, p. 102.

On comprend, après cela, que Ranke n'ait jamais été très populaire dans son pays. Il n'avait ni toutes les qualités, ni peut-être aussi tous les défauts ordinaires de sa race. Ce qui distingue souvent l'Allemand en histoire c'est l'individualisme poussé parfois jusqu'à l'excentricité. Ranke, au contraire, égal, juste, pondéré, cherchait à tenir la balance entre les opinions opposées, pour être plus sûr d'approcher de la vérité. Cette modération lui fut reprochée comme un manque d'originalité. On s'en prit aussi à sa langue : on dit que si elle avait la transparence de l'eau, elle en avait également la fadeur. Henri Heine le trouvait trop sucré : « Ranke, disait-il en persiflant, un bien joli talent : du mouton bien cuit avec des carottes. »

Les Allemands du Sud, les catholiques de l'école de Böhmer surtout, qui ne goûtaient que la force fruste du vieil art allemand, détestaient « ces importations du Nord » comme ils les nommaient, « ce rationalisme berlinois sec et sans charme [1] ». Les rats de bibliothèque si nombreux en Allemagne trouvaient que ses livres étaient trop peu savants et ne valaient pas la peine de figurer sur les rayons des bibliothèques universitaires [2]. Le plus grand nombre les dédaignaient parce que, disaient-ils, il n'y avait rien à y apprendre [3]. Tous étaient d'accord pour affirmer que Ranke n'était point un véritable historien, qu'il manquait d'originalité et qu'il était terne [4].

Parmi les historiens politiques et les hommes d'État, l'accueil fut encore plus froid. Cette façon prudente et diplomatique de résoudre les questions historiques ne

1. L'historien Höfler attaqua vivement l'*Histoire des papes romains*, Theiner aussi.
2. L'historien Rehm, professeur à l'Université de Marbourg.
3. Eichhorn, *Sur l'Histoire d'Allemagne au temps de la Réforme*.
4. Bergenroth, article des *Grenzboten*, à propos de la publication du 1er volume de l'*Histoire d'Angleterre* qui fut accueilli très froidement en Allemagne.

satisfaisait personne. Les vieux conservateurs prussiens ne lui pardonnaient pas certaines complaisances pour les libéraux. Les libéraux, de leur côté, le trouvaient trop réactionnaire. Les parlementaires de l'école de Gervinus lui préféraient le vieil historien Schlosser qui représentait alors en Allemagne la morale kantienne et la démocratie honnête. Quant aux historiens nationaux, ils lui reprochaient de n'être ni chair ni poisson. Droysen se moquait de sa souplesse et de sa parenté avec « les inconstants romantiques ». Sybel ne comprenait pas « son objectivisme sans couleur ». Treitschke disait : « Celui qui voit l'histoire telle qu'elle est ne remarque à vrai dire que bien rarement cette douce lumière du soleil à peine voilée de temps en temps par de légers nuages, qui, dans les ouvrages de Ranke, éclaire un cercle élégant d'hommes nobles et raffinés [1]. » Mommsen, de son côté, lui reprochait son optimisme : « Vous possédez un don tout à fait surprenant, lui disait-il ironiquement, celui de voir en chaque homme ce qui le rend meilleur. Vous ne peignez pas les hommes tels qu'ils sont, mais tels qu'ils devraient être. » Peut-être ; mais en face de ces historiens brutaux des coups de force, ce sera un jour l'honneur de Ranke de n'avoir jamais ravalé la dignité humaine.

Ranke du reste peut se consoler de n'avoir eu pour lui ni les dilettantes, ni les savants en *us*, ni les historiens passionnés de tendance prussienne. Il a eu et il a encore — chose qui vaut infiniment mieux — la classe des intellectuels : en Allemagne, les dialecticiens comme David Strauss, Julian Schmidt et le chanoine Döllinger ; en France, Victor Cherbuliez, Albert Sorel et Gabriel Monod ; en Angleterre, les historiens Freeman, Seeley, Stubbs, Green et Gardiner, qui le reconnaissent pour leur maître et qui ont le mieux appliqué sa méthode.

1. Treitschke, *Zehn Jahre deutscher Kämpfe*. Berlin, 1879, p. 463.

Ranke a eu aussi l'admiration et l'approbation de quelques hommes d'État de premier ordre. Thiers le considérait comme le plus grand historien du XIX⁰ siècle et Bismarck n'était pas loin de partager cette idée. Comme on l'*interviewait* un jour sur ses trois livres de chevet, il nomma la Bible, Shakespeare et Ranke. Ce jugement n'est point banal dans la bouche de ce grand fabricateur d'histoire.

A la mort de l'historien, Bismarck écrivit à ses fils qu'il s'était toujours senti en étroite communion d'idées avec leur père. C'est que, sous son apparence modeste et paisible, Ranke avait un radicalisme prussien dont s'effraya même un jour le chancelier de fer. On se souvient encore de la stupéfaction que produisit la publication d'une de ses lettres à Manteuffel dans laquelle il conseillait tout simplement au gouvernement impérial d'annexer la Suisse, pour détruire un foyer socialiste dangereux pour le repos de l'Europe. Bismarck se contenta de mettre en marge de cette lettre trois gros points d'exclamation. Mais il avait reconnu de bonne heure l'allié dans Ranke. Il savait que chez ce Thuringien studieux qui ne s'occupait nullement de politique militante, il pouvait trouver un appui précieux. Le roi Guillaume le savait aussi. A une époque où les futurs coryphées de l'Empire menaient une furieuse campagne à la Chambre prussienne contre la réforme militaire, Ranke avait percé à jour les desseins du gouvernement et il approuvait. Un jour même il fut mandé au palais du roi. Là, dans le silence de son cabinet, Guillaume lui exposa sa politique : « Celui qui désire gouverner l'Allemagne, lui disait-il, doit la conquérir ; le plan de Gagern est impossible... Que la Prusse soit destinée à prendre la direction des choses allemandes, c'est ce que toute son histoire prouve ; mais quand et comment, c'est là la question. » Et l'historien ne put qu'opiner du bonnet, car c'était là précisément la politique qu'en 1849 il avait prêchée au propre frère du roi, à l'infortuné Frédéric-Guillaume IV. Aussi, en rentrant chez lui le soir, pouvait-il écrire sur son carnet, à la date du 13 juin 1860 : « Pendant une demi-heure, je me suis trouvé dans la région des conceptions historico-politiques, avec un homme qui comprend et qui peut (*welcher versthet und vermag*).

N'avions-nous pas raison de dire que Léopold de Ranke fut un bon et fidèle serviteur de la monarchie prussienne, un serviteur désintéressé et discret surtout?

# CHAPITRE II

## THÉODORE MOMMSEN

Dès 1835, Tocqueville signalait les progrès de la démocratie, le développement graduel de l'égalité, comme un fait providentiel échappant à la puissance humaine. Ce que nous voyons en effet, dès ce moment, c'est la transformation de la société, moins sous l'effet des théories révolutionnaires, comme on l'a dit, qu'à la suite des conditions nouvelles de la vie économique, causées par l'introduction des machines dans l'industrie, des télégraphes et des chemins de fer. Un monde nouveau s'organise pour le crédit et les finances, l'industrie et le commerce, les canaux, les voies de navigation et les voies ferrées, les bâtiments et les ports, les manufactures, les entrepôts et les mines ; bref ce qu'on appelle la « grande industrie » fait son apparition.

En Allemagne cette transformation se fait un peu plus tard qu'ailleurs. C'est seulement après 1840 qu'on la constate. « A ce moment, dit l'historien Henri de Treitschke, ce qui absorbe l'attention de l'homme, ce sont les élections, les débats parlementaires, les discussions des assemblées, les grandes entreprises économiques. Il cherche des distractions au café ou en fumant un cigare. La vie de famille tarit. Les femmes ne prétendent plus à la domination incontestée de la vie de société et cherchent aussi à rivaliser avec l'homme dans les domaines qui jusqu'alors étaient restés le monopole de celui-ci. Les journaux et la littérature populaire à bon marché éveillent dans les cercles les plus étendus le goût de la chose publique. Le caractère démocratique de l'âge se révèle dans la redingote uniforme, mais commode, qui s'adapte à toutes les classes de la société, dans le port de la barbe, dans le long pantalon, dans les bottes qui font leur apparition dans les salons, où le frac démocratique confond maintenant tout le monde, invités et domestiques [1]. »

Ce n'est pas seulement dans les mœurs que cette transformation s'accomplit, mais aussi dans la vie artistique, intellectuelle et scientifique de la nation.

Jusqu'alors l'Allemagne avait surtout été le pays de la philosophie, des lettres et des sciences historiques. Elle avait peu brillé dans le domaine de sciences naturelles. Maintenant, c'est de ce côté que les Allemands tournent leur attention et ils font quelques-unes des découvertes les plus remarquables de l'époque.

C'est d'un petit laboratoire de Giessen que sort une découverte qui va révolutionner les conditions de la vie : les transformations de la matière organique [2]. En physique, Dove trouve la loi de la direction des vents, fondement d'une science nouvelle, la météorologie. La grande découverte de Helmholtz, la conservation de l'énergie, date aussi de cette époque [3].

Dans la philosophie, une transformation semblable s'accomplit. L'Allemagne qui pendant si longtemps avait été la terre nourricière des systèmes métaphysiques, n'en produit plus. Le seul qui vive encore est celui de Hegel, mais combien transformé ! Les élèves

---

1. *Deutsche Geschichte im* 19ten *Jahrhundert*, t. IV, p. 5.
2. Schwann, théorie des cellules, qui ouvre des voies nouvelles à la pathologie.
3. 1847.

du philosophe tordent si bien la pensée du maître qu'on
ne la reconnaît plus. Sa fameuse loi des contradictoires,
clef de voûte de son système, n'est plus que l'affirmation que rien n'est vrai en soi, mais par rapport à ce
qui l'entoure, que toutes nos connaissances sont relatives, et que, par conséquent, on n'est sûr de rien ; si
bien que la philosophie qui prétendait représenter
l'absolu, aboutit finalement au scepticisme le plus
radical[1].

Les disciples du philosophe, du reste, se détournent
de plus en plus de la philosophie pure, pour se mêler à
la vie publique. Ils renouvellent les fameuses luttes des
Encyclopédistes français du xviiie siècle. On les voit
monter à l'assaut de toutes les citadelles de l'orthodoxie
religieuse, politique ou sociale. C'est le moment où
David Strauss publie sa célèbre *Vie de Jésus* qui produit dans le pays une si grande sensation[2]; où Büchner, reprenant les théories matérialistes d'Helvétius et
de Diderot, affirme l'éternité de l'atome et de la matière[3]; où Moleschott étudie le mécanisme cérébral et
fait l'analyse chimique de la pensée suivant une théorie
que Feuerbach résume dans un jeu de mots intradui-
sible en français : « L'homme est ce qu'il mange (der
Mensch ist was er isst). » C'est un savant allemand,
Karl Vogt, qui, avant Darwin, pose les bases du
transformisme dans son ouvrage l'*Océan et la Mer*, où
il montre que tous les phénomènes généraux sont des
faits de transmutation et de descendance et donne la
première esquisse de sa philosophie monistique qu'il

---

1. Les élèves de Hegel, la gauche hégélienne comme elle se nomme,
dit : « Il n'y a plus de religion, mais des religions ; plus de morale, mais
de mœurs ; plus même de principes, mais des faits. » Hegel qui aimait à
dire que son système était le pilier de la société monarchique et religieuse, produisit quelques-uns des athées et des théoriciens anarchistes
les plus militants du xixe siècle.
2. La première édition date de 1835.
3. *Kraft und Stoff*. Frankfurt, am R. 1855.

devait développer plus tard dans sa fameuse controverse avec R. Wagner, de Göttingue, et dans ses célèbres *Lettres physiologiques*, qui, pour la verve et l'esprit, peuvent se comparer aux pamphlets de Voltaire. Au même moment, un autre savant, Feuerbach, reprend la lutte des philosophes français du xviiie siècle contre le christianisme dans ce livre subtil et étrange qu'il appelle l'*Essence du Christianisme* [1].

Ce vent de critique s'étend alors à tout en Allemagne et la littérature en est la première atteinte. A la génération romantique du début du siècle, enthousiaste et idéaliste, succède une génération positive, éprise de faits et de réalité concrète. La poésie se meurt. La littérature romanesque est abandonnée aux femmes, comme un genre inférieur. Le seul littérateur de talent qui consente à faire du roman est Gustave Freytag, et il le fait moins par sentiment artistique que pour agir sur ses contemporains. Réaliste humoriste, dans ses comédies et ses romans, où il prêche la simplicité de la vie bourgeoise et le goût de la vérité, il mène une guerre impitoyable contre le romantisme [2].

Le romantisme est considéré comme l'ennemi par toute cette génération réaliste. Pour le combattre, Freytag fonde, à Leipzig, avec son ami Julian Schmidt, une revue, les *Grenzboten,* dont les tendances politiques sont en même temps nettement prussiennes [3].

---

1. *Das Wesen des Christentums*. Leipzig, 1841.
2. Gustave Freytag débuta en 1844 par un drame qui ne fut jamais représenté, *Le Savant*, qu'il écrivit pour travailler à l'éducation populaire. « Chaque progrès politique, disait-il, dépend de l'élévation de la force populaire (Steigerung) dans tous les domaines de la vie réelle ». Une autre pièce, *Valentine* (1846) avait pour but de railler « la vie de petite ville de l'Allemagne d'alors ». Les *Journalistes* (1852) étaient aussi une satire de la vie germanique de son temps. Dans son roman *Doit et Avoir* (1853), il voulait montrer que « l'homme doit veiller à ce que les pensées et les désirs de l'imagination ne prennent pas trop d'empire sur sa vie. »
3. Les *Grenzboten* ne furent pas précisément fondés par G. Freytag et J. Schmidt. La Revue existait déjà auparavant. Fondée en Belgique par un réfugié allemand d'Autriche, Kaufmann, elle avait été transportée à Leipzig,

Les deux choses, du reste, vont de pair dans leur esprit. En déclarant la guerre à la jeune Allemagne, au romantisme féodal et catholique, en coupant ce que Julian Schmidt appelait « les parties mortes de la littérature allemande » ; en poursuivant de leur haine « l'artificiel, le maniéré, le faux, la délicatesse morbide, funestes à la prospérité nationale et mortelles pour la discipline, la moralité et le sentiment du devoir germanique », ces hommes entendaient travailler au triomphe de la politique prussienne en Allemagne [1].

Gustave Freytag, un vrai Prussien, d'esprit positif et solide, impitoyable aux chimères, fut un des plus actifs propagateurs de cet esprit en Allemagne. Grâce à lui, Leipzig devint un foyer ardent de propagande prussienne. Autour de son journal, se groupèrent, dès 1848, des hommes d'origine et de tendances diverses, mais qu'unissait tous le même amour des institutions des Hohenzollern [2].

C'est là que pour la première fois, avant les histo-

---

où Freytag, en juillet 1848, en prenait la direction et en faisait une Revue de tendance nettement prussienne. Julian Schmidt collaborait déjà au journal lorsque Freytag se l'adjoignit comme co-directeur. Il y resta jusqu'en 1861, moment où il fut remplacé par le Dr Moritz Busch, plus tard secrétaire du prince de Bismarck.

1. Julian Schmidt est l'auteur d'une histoire de la littérature allemande depuis la mort de Lessing (en 3 volumes, Berlin, 1866), écrite à un point de vue protestant et prussien. Adversaire du catholicisme et du romantisme, il ne voyait dans la littérature de ces tendances que « des excroissances malsaines qu'il fallait extirper ». Le caractère rationaliste de la littérature française, lui semblait moins dangereux pour l'Allemagne que le romantisme. Il n'aimait en littérature que les esprits sains « les *Gesunde Menschen* ». Sa conception littéraire ressemble fort à celle du critique français Edmond Scherer.

2. On y voyait Salomon Hirzel, le fameux libraire, fondateur de la grande maison de Leipzig, Stephani, qui fut plus tard bourgmestre de la ville, Karl Mathy, directeur du Kreditanstalt, Max Jordan, Zarncke, Gutschmidt et plus tard Treitschke. Tous ces hommes qui formaient une société politique, les *Maikäfer*, se réunissaient trois fois par semaine dans une brasserie « le Kitzing » et là, tout en buvant de la bière, ils discouraient sur l'avenir de l'Allemagne. « Dans ce petit cercle de conspirateurs, dit Treitschke, furent formés bien des projets politiques qui se réalisèrent plus tard. »

riens, Freytag célébra la mission allemande des Hohenzollern, en montrant que cette mission avait commencé le jour où « pour devenir une grande puissance, l'État prussien s'était incorporé petit à petit les États pour lesquels l'heure de la mort avait sonné ». Il disait :

« Malgré ses frontières déchirées, son arrondissement incomplet, la Prusse est en réalité un État qui a un passé, une conscience nationale, une idée qui dirige sa politique... Le malheur est que cette idée dépasse l'étendue de son territoire actuel et qu'elle est aussi grande que l'Allemagne tout entière. Quant à nous, Prussiens, nous consentons à nous dépouiller de nos prérogatives pour nous dévouer au bien de tous : abandonnons tout sentiment personnel pour le bien des autres Allemands, afin qu'ensemble nous honorions le nom germanique. »

Dès 1848, Freytag prévoyait que ce ne seraient pas les discussions des Parlements qui feraient l'unité, mais la bonne épée de la Prusse. « Quand pour accomplir cette unité, disait-il, nous devrions même marcher contre les Allemands (ce qu'à Dieu ne plaise), la Prusse marcherait... Et peut-être au fond est-ce là ce qui nous distingue nous Prussiens des autres Allemands, car nous sommes prêts *à verser la dernière goutte de notre sang pour ce que nous voulons*. Nous, nous avons un but, une grande idée pour laquelle nous vivons : nos adversaires ne l'ont pas. Que pourrions-nous craindre ? *Ne sommes-nous pas un peuple de guerriers !* [2].

1. *Politische Aufsätze*, Leipz., 1888, p. 82, 83.
2. *Ibid.*, p. 86. Freytag disait plus tard : « S'il m'a été facile dans les luttes de mon temps de me trouver du côté où était le succès, je le dois non à moi-même, mais au sort qui m'a *fait naître Prussien, protestant et Silésien*, à proximité de la frontière polonaise. Comme enfant de cette contrée, j'appris de bon heure à aimer *ma nationalité d'Allemand en opposition avec la race étrangère* ; comme protestant, je suis arrivé plus rapidement et sans luttes douloureuses à la science libre ; *comme Prussien, j'ai été élevé dans un État où le dévouement de chacun à la patrie est de règle.* » *Erinnerungen aus meinem Leben.* Leipzig, 1886.

Tous les libéraux allemands n'étaient pas alors de
l'avis de Freytag. Il n'y en avait même qu'un fort
petit nombre. Démocrates convaincus, c'étaient des
ennemis acharnés de l'ancien régime et de l'esprit
féodal. Moltke, qui les détestait, disait tout joyeux,
après l'avortement du Parlement de Francfort, en 1849.
« La démocratie a fini de jouer son rôle pour le moment ; mais il y aura peut-être d'autres luttes fort graves : le temps des héros va venir après le temps des
braillards et des écrivains. ..... Pour le moment
l'ordre sera rétabli et cela est désirable, car, comme on
en a fait la remarque fort juste, l'ordre a quelquefois
produit la liberté, mais jamais la liberté n'a produit
l'ordre. »

Tous les libéraux allemands n'étaient point encore
gagnés à cette idée. Il en est beaucoup parmi eux qui,
même après l'échec de 1848, croyaient encore aux
victoires paisibles et graduelles de la démocratie sans
épée et sans César au bout. Cependant, chose curieuse,
la plupart avaient les yeux tournés vers la Prusse, un
état aristocratique et militaire, sans se rendre compte
de ce qu'il y avait d'incompatible entre leurs idées et
la forme du gouvernement prussien.

Il est vrai qu'ils se faisaient de la Prusse une idée
singulière. Ils croyaient que pour obéir à sa mission en
Allemagne, elle serait obligée de devenir démocratique
et libérale. Du reste, lorsque l'événement trompa
leur attente, ils ne s'en montrèrent pas autrement
affligés. Ces libéraux, formés par des philosophes qui
leur avaient appris que « le tribunal du monde est le
tribunal de l'histoire », étaient tout prêts à se résigner
au fait accompli. Ils n'eurent donc pas de peine à se
laisser convaincre et l'on en vit même qui, du jour au

—————————

1. Moltke, *Corresp.*, p. 391 (sept. 1849).

lendemain, après Sadowa, firent leur *mea culpa* et se mirent à adorer ce qu'ils avaient brûlé la veille.

On vit aussi, chose étrange, des hommes qui, comme Frédéric-David Strauss, avaient passé leur vie à détruire les légendes bibliques, devenir hiagographes à leur tour et créer la légende des Hohenzollern [1].

Mais cette chose ne peut étonner que ceux qui considèrent ces hommes superficiellement ; au fond, la différence était peu considérable entre les démocrates incroyants ou qui professaient la religion de Darwin ou de Strauss et les militaires prussiens, ces royalistes du droit divin qui croyaient en la toute puissance de Sabaoth, le Dieu des armées. Tous deux avaient le même culte : le culte de la force et étaient imbus du même esprit : l'esprit réaliste.

De cet esprit, la Prusse avait à en revendre. Sauf pour la littérature qu'elle dédaignait, elle possédait tous les genres de réalisme : le réalisme politique, le réalisme administratif, le réalisme militaire et le réalisme économique. Et comme par-dessus le marché elle y joignait le pouvoir d'écraser le Welche détesté, tous les démocrates, après les succès, oublièrent leurs anciennes rancunes pour célébrer ensemble bruyamment les victoires.

Cette forme d'esprit réaliste de l'Allemagne nouvelle fut cultivée dans les Universités allemandes à partir de 1850. L'homme qui l'a le mieux représentée est l'histo-

---

1. Fr. David Strauss, ce critique si avisé quand il s'agit de Jésus-Christ, écrit sans sourciller, au sujet de Frédéric le Grand, que si ce roi conquit la Silésie c'est qu'il voulut affranchir des Allemands du joug de la catholique Autriche.

Le même Strauss écrivait que la Prusse n'avait jamais fait que de « saintes guerres », tandis que toutes les entreprises des Français (François Ier, Louis XIV, Napoléon) n'avaient eu pour mobile que le goût de la rapine et la rapacité (*Raublust*) et qu'en conséquence la France en 1870 n'avait reçu que le châtiment qu'elle méritait. Il caractérisait ainsi la guerre de 1870 : « Une œuvre de salubrité publique accomplie par l'Allemagne, la France étant pourrie jusqu'aux moelles », (von dieser allgemeinen Faulniss und Auflösung aller sittlichen Bände).

rien Théodore Mommsen que nous allons étudier maintenant.

I

Théodore Mommsen est une des plus curieuses
figures de l'Allemagne contemporaine. Il réunit en lui
tous les contrastes. C'est un grand savant et c'est un
homme d'imagination ; c'est un démocrate et personne
plus que lui n'a contribué, par son *Histoire romaine,* à
propager l'idée du Césarisme ; c'est un idéaliste et un
homme de fait ; enfin c'est un enthousiaste et pourtant
peu d'hommes ont davantage poussé les générations
nouvelles à considérer les rêves comme « vanité et éclat
trompeur[1] ».

Né en 1817, dans le Schleswig, à Garding, où son
père était pasteur, Mommsen grandit dans cette étrange
contrée des bords de la mer du Nord, assez riante à l'intérieur, avec ses prairies et ses grandes fermes aux toits
bas, mais désolée sur les côtes où l'on ne voit que de
vastes déserts de bruyères, avec des tourbières, des dunes
de sable, incessamment rongées par les flots de la mer,
une mer grise, courroucée, qui fait songer aux vers de
Henri Heine :

« Devant moi s'étale le grand désert des eaux ; derrière moi il n'y a qu'exil et douleur : au-dessus de ma
tête voguent les nuées, ces grises et informes filles de
l'air, qui de la mer, avec des seaux de brouillard,
puisent l'eau, la traînent à grand'peine et la laissent
retomber dans la mer, besogne triste et fastidieuse, et
inutile, comme ma propre vie. »

S'il fallait en croire un historien de l'école de Taine,

---

1. « En avançant en âge, dit Moltke, l'on devient raisonnable et l'on
jette par-dessus bord tout enthousiasme comme n'étant que vanité et
éclat trompeur. » *Correspondance*, p. 358.

rien ne serait plus propre à engendrer le découragement et la mélancolie que la vue de cette terre. Eh
bien ! Mommsen offre le type de la nature la plus vive,
la plus allègre et la plus primesautière.

C'est là une chose qui n'est pas rare en Allemagne.
Avec nos idées françaises, on se figure volontiers que
le Nord, triste et froid, produit des hommes placides et
moroses, tandis que le Midi, plus frais et plus riant,
fournit une race plus aimable et plus légère. En Allemagne, c'est souvent le contraire qui est vrai. C'est
surtout du Midi, dans les riches plaines de la Souabe et
dans les fertiles pays de vignobles de la Moselle et du
Rhin, que sont sorties les natures germaniques légen-
daires, puissantes et lourdes, vastes cerveaux spéculatifs qui enferment en eux tout un monde ; c'est là
que les poètes ont chanté sur des rythmes graves et doux
l'essence de la vie germanique, et que les romantiques
ont célébré la vieille Allemagne impériale et catholique.
Dans le Nord, au contraire, dans les plaines intermi-
nables de la Poméranie et du Brandebourg qui n'ont
guère produit que des soldats et des diplomates, tout est
porté vers l'action[1]. Les littérateurs y sont combattifs
et se transforment rapidement en critiques. Voyez, par
exemple, les romantiques berlinois : comme ils dif-
fèrent des romantiques de Heidelberg ! Outranciers et
paradoxaux ils s'appellent la Jeune Allemagne, comme
les romantiques parisiens de 1830, la Jeune France de
Th. Gautier, avec lesquels ils ne sont pas sans offrir
des ressemblanes. L'un d'eux, Gutzkow, célèbre Néron
comme l'homme capital de l'antiquité. Un autre, Th.
Mundt, prêche l'union libre. Un troisième, Wienbarg,

---

1. Treitschke remarque que c'est la Haute-Allemagne qui a fourni les
poètes : Goethe et Schiller, Uhland et Rückert. C'est du nord, au contraire, dit-il, que sont venues toutes les Révolutions. *Deutsche Gesch.*,
t. IV, p. 429.

A. GUILLAND.                                              8

écrit des *Campagnes esthétiques*[1], dans lesquelles il célèbre la vigueur indomptée des Germains du Nord.

« J'aime assez Uhland, comme j'aime un blond
« Allemand du sud, né au milieu des montagnes, des
« vignes en fleurs, des châteaux en ruines ; mais je ne
« l'aime que par instants, à de certaines heures...
« C'est notre rôle à nous, hommes du Nord, de recom-
« mander l'action et la lutte à cette Allemagne méri-
« dionale, si facile à endormir, si prompte à se bercer
« de mille songes ».

Révolutionnaires, ils le sont tous, même le doux
poète Heinrich Laube qui croit que le vrai romantisme est la théorie du Sans-Culottisme, qui prend
parti pour Robespierre, célèbre « Lafayette et le drapeau tricolore » et garde au fond du cœur une profonde pitié pour les Polonais, « ces opprimés ».

Ces esthéticiens en lunettes ont à vrai dire souvent la
fantaisie un peu lourde. Mais, moins artistes que
savants, ils ne tardent pas à se tourner vers la critique
et, comme les descendants des romantiques français, ils
deviennent, pour employer les expressions de Paul
Bourget, « les pionniers d'un âge d'exégèse et de documents » ; ils avivent le goût du réel et poussent
l'homme à l'action et à la lutte.

Théodore Mommsen est bien de cette race d'hommes.
Volontiers outrancier et paradoxal, toujours vibrant et
prêt à l'action, nul mieux que lui n'était fait pour secouer
de sa torpeur « l'Allemand du Sud toujours prêt à se
bercer de mille songes ».

Avec sa figure de nerveux mobile, extraordinaire-

---

1. Wienbarg, *Aesthetische Feldzüge*, Hambourg, 1834. « Qui écrit
pour la jeune Allemagne, dit-il, proclame par cela même qu'il ne reconnaît pas l'aristocratie des anciens jours, qu'il dévoue l'érudition décrépite
de la vieille Allemagne aux caveaux souterrains des pyramides d'Égypte,
qu'il déclare la guerre aux vieux Philistins et qu'il est décidé à les
poursuivre sans relâche jusque sous la mèche de leur classique bonnet de
nuit. »

ment expressive, ses yeux pétillants de malice, sa lèvre narquoise et sarcastique, Mommsen rappelle Voltaire. Il rappelle aussi Moltke, dont il a le masque glabre avec quelque chose d'impitoyable et de dur dans l'allégresse. Et c'est bien ainsi qu'il nous apparaît au travers de son œuvre : une nature à la fois primesautière, pétulante et vibrante, unie à une nature d'homme de fait, positif et pratique, habile à démasquer les sophismes, à crever les ballons qu'enfle la vanité, à poursuivre impitoyablement les chimères..

Dans Mommsen il y a deux hommes qui n'ont pas toujours fait bon ménage ensemble, mais qui sont pourtant inséparables : le savant et l'artiste.

Le savant est sans doute l'un des plus merveilleux du XIXᵉ siècle. Ce que Mommsen a embrassé dans son savoir est prodigieux.

À considérer son œuvre — cette œuvre colossale pour l'étendue et la profondeur des recherches qui comprend, outre le *Corpus inscriptionum latinarum* qu'il dirige depuis plus de cinquante ans, d'innombrables mémoires sur les sujets les plus divers : archéologie romaine, linguistique, épigraphie, numismatique, droit, mythologie ; — à considérer aussi la large culture encyclopédique et humaine dont il a donné les preuves dans tout ce qu'il a écrit, parlant avec la même compétence d'une inscription japygienne ou des fragments retrouvés de l'aveugle Appius, ou de Cassiodore, de Jordanès, de l'agriculture chez les Carthaginois et chez les Chinois ; — à considérer surtout le noble esprit avec lequel il a toujours considéré la science, la voulant largement humaine, nullement étroitement nationale, travaillant à ennoblir l'esprit et mettant en garde ses compatriotes contre la spécialisation à outrance qui est leur défaut[1] ; — à considérer tout cela, Théodore

_____

1. « Il faut se spécialiser dans une branche mais ne point s'y enfermer,

Mommsen est l'un des plus beaux représentants de
cette science allemande du XIXᵉ siècle, dans ce qu'elle a
eu de noble, de grand et de désintéressé.

Mais à côté de cela il y a dans Mommsen un artiste,
le plus mobile, le plus fantasque qu'on puisse imaginer.
Et c'est même une chose qui paraît étrange avec cette
science prodigieuse. L'homme qu'on se représenterait
volontiers sous les traits d'un savant grave et austère
est en réalité un homme de passion, un impulsif, qui,
sans doute, ne vibre point à la manière de Michelet pour
toutes les causes nobles et belles, qui ne s'éprend point
de sympathie et de compassion pour tout ce qui a vécu et
souffert sur la terre, mais un enthousiaste cérébral qui
s'échauffe pour tout ce qui a brillé dans le monde, pour
tout ce qui s'est distingué par sa force et par son génie.

Cet artiste serait peut-être toujours resté inédit sans
une circonstance fortuite. Vers 1850, un éditeur berlinois cherchait des collaborateurs pour une collection
de manuels d'histoire. Il s'adressa à Mommsen pour
écrire l'*Histoire romaine*. Il pouvait mal tomber.
Mommsen était bien le premier savant pour les choses
romaines, mais les grands savants d'ordinaire sont
moins propres que d'autres à écrire des œuvres de
vulgarisation. Le hasard voulut que Mommsen fût un
grand écrivain. Comme écrivain même, il avait fait son
apprentissage dans le genre qui prépare le mieux à faire
une œuvre vivante, le journalisme.

C'est là un trait de plus à noter dans la physionomie
de ce savant. Mommsen n'appartenait plus à la vieille
race des professeurs germaniques qui ne vivaient que

disait-il dans un discours sur Leibniz, prononcé à l'Académie des Sciences
de Berlin ; par cette branche, au contraire, il faut arriver à posséder des
connaissances sur tout... Que le monde est petit et misérable aux yeux de
l'homme qui n'y voit que des écrivains grecs et latins, des couches de
terrain ou des problèmes de mathématiques. » Voir aussi la belle lettre
qu'il a écrite à ses élèves, lors de son 80ᵉ anniversaire de naissance. *Gazette
de Francfort*. La traduction en a paru dans la *Revue Bleue* de 1897.

pour leur science. Il s'était passionné pour la chose
publique. Originaire de Schleswig-Holstein, il avait été
formé dans cette université de Kiel qui contribua si fort
à répandre dans les duchés les idées de patrie allemande. Mommsen était profondément patriote. Il s'in-
dignait qu'on pût trouver que ses concitoyens eussent
la moindre goutte de sang danois dans les veines : « Il
y a des fous, disait-il, qui prétendent que le Schleswig
et le Holstein ne sont pas des terres allemandes ».

Mommsen en même temps était libéral. Né, comme
Niebuhr, dans la Ditmarschie, cette glorieuse république de paysans « qui, pendant plus de trois cents
ans, avait maintenu son indépendance contre les
Danois et qui, après sa soumission par ceux-ci, avait
conservé des droits précieux[1] », il se distingua toujours
par l'ardeur de ses sentiments démocratiques.

Pendant la révolution de 1848, il se lança en plein
dans le mouvement politique. Bien qu'il n'ait point
siégé au parlement de Francfort, il fut un des plus
fougueux défenseurs des droits de la nation. Ce fut en
cette circonstance qu'il devint journaliste. Pendant
quelques mois, il rédigea à Redensborg une feuille libérale, le *Journal du Schleswig-Holstein*, dans laquelle il
défendit les principes de la politique libérale.

Après l'avortement du Parlement de Francfort, il
s'occupa encore de politique. En 1851, étant à Leipzig
où il professait le droit romain à l'Université, il fut
destitué avec deux de ses collègues, les philologues
Haupt et Jahn, pour avoir pris part au mouvement
libéral, qu'on appelle les désordres de mai[2]. Exilé d'Allemagne, il se retira à Zürich où il professa pendant
deux années le droit romain à l'Université de cette
ville.

1. Treitschke, *Deutsche Gesch.*, III, p. 589.
2. Voir Sybel, *Die Begründung des deutschen Reiches*, t. II, p.
99-100.

Cet exil, du reste, ne fut que temporaire. Le gouvernement prussien ne lui tint pas rigueur de son opposition libérale. En 1854 il l'appelait à l'Université de Breslau.

C'est que Mommsen, tout en étant très libéral d'esprit, était aussi très Prussien de sentiments. Il n'aimait certes pas la politique de Frédéric-Guillaume IV. Il avait en horreur l'entourage de ce souverain très pieux et très conservateur, ces *Junker* « ces vieux encroûtés, comme il les nomme, dont l'opiniâtreté passe aux yeux des naïfs pour l'énergie conservatrice ».

Mais pour lui la Prusse n'était pas là. Elle était dans la tradition éclairée et large de Frédéric le Grand.

Il se disait que, pour vivre, la Prusse serait bien forcée d'y revenir, le jour où, pour faire l'unité, elle devrait faire appel au sentiment national allemand. Il partageait la confiance de ce libéral qui disait à Victor Cherbuliez en 1866 : « Les Hohenzollern prouveront au monde qu'un roi de Prusse peut unir aux vertus militaires, au sentiment du devoir, à l'esprit d'application de ses ancêtres, le courage de la pensée et cette générosité du caractère qui a confiance dans la liberté et se plaît aux choses difficiles[1] ».

Mais la différence de Mommsen avec les autres nationaux-libéraux est que lui resta fidèle à son idéal de jeunesse. Il sut résister à toutes les séductions des victoires. Aussi bien après 1866 qu'après 1870, il ne renia jamais ses idées de libéral. Ce qu'il voulait c'était une Allemagne grande, forte, éclairée, une Allemagne qui brillât sur le monde par l'éclat de sa science ; « Les événements de ces dernières années, disait-il, ont convaincu les savants eux-mêmes que le gouvernement avait eu de bonnes raisons pour s'occuper pendant quel-

---

1. *L'Allemagne politique depuis la paix de Prague.* Paris, Hachette, 1870.

ques années exclusivement des intérêts politiques : maintenant que l'œuvre est terminée, il est temps de revenir à la science[1] ».

Aussi lorsqu'il vit la politique impériale s'engager dans une voie anti-libérale, fût-il un de ses adversaires. Il ne put jamais devenir le partisan des lois d'exception. Bismarck ne put jamais l'entraîner dans sa lutte confessionnelle. Au moment où sévissait l'odieuse campagne antisémite qui entraîna maint ancien libéral national, Mommsen flétrit éloquemment ces luttes de race et de religion qui-nous ramènent aux plus tristes jours du moyen âge. Loin de-croire, comme les nationalistes étroits et jaloux, que les Juifs soient un obstacle à la formation d'une puissante nation, il montra, au contraire, que par leur esprit moderne, tout porté vers le progrès, ils sont plus propres que d'autres à faire disparaître ce qui reste encore « de trop teuton et de trop particulariste dans les mœurs allemandes[2] ».

Mais ce fut surtout dans sa lutte contre Bismarck que Mommsen montra ses idées libérales. Cette lutte est restée légendaire en Allemagne. Mommsen fit partie du Reichstag impérial dans les premières années de l'Empire. Il siégeait sinon parmi les progressistes avérés, du moins parmi les vrais nationaux-libéraux qui, comme Lasker, Bamberger et Virchow, ne pactisèrent jamais avec la réaction. Il arriva même à Mommsen dans une assemblée publique, de flétrir d'une

---

1. Il trouvait, en effet, que la science allemande, depuis 1860, n'était plus ce qu'elle avait été : « Elle s'est étiolée, disait-il. Des aspirations naguère ardentes ont été arrêtées. Des germes pleins de promesse ont été desséchés... Notre gouvernement ne doit pas avoir de soin plus pressant que celui d'entretenir et de fortifier les sources de la grandeur de l'Allemagne. Notre tâche est difficile, mais nous pouvons et nous voulons développer *la science allemande.* »

2. « Je suis d'avis, disait-il, que la Providence a mieux compris que M. Stöcker, pourquoi le métal germanique, pour prendre sa forme, a besoin de quelques 0/0 d'Israël. » *Auch ein Wort über unser Judenthum.* Berlin, 1880.

manière très véhémente la politique sans honnêteté de Bismarck[1] « qui spécule toujours, disait-il, sur la crédulité publique[2] ». Bismarck qui donnait d'ordinaire peu d'importance à de tels propos se sentit cette fois blessé au vif par les paroles du professeur. Il l'assigna devant les tribunaux. Mommsen se défendit lui-même[3]. « Je n'ai fait aucune attaque personnelle ; j'ai discuté des opinions et des faits ; j'estime que j'ai le droit de combattre tout système qui me paraît contraire au bien du peuple. Celui qui représente un de ces systèmes peut se croire visé s'il le veut. Je n'ai pas désigné une personne plutôt qu'une autre. Si M. de Bismarck se sent insulté, il y en a mille autres qui le sont avec lui, notamment M. le conseiller commercial Baare, M. Wagener, d'autres encore ». Et le professeur septuagénaire fut acquitté.

Eh bien, chose curieuse, cet amour si fort de la liberté, on ne le voit nulle part dans son histoire romaine. Mommsen y condamne bien, si l'on veut, l'absolutisme. Il dit, par exemple :

« La constitution politique la moins parfaite, pourvu qu'elle laisse un peu de jeu à la libre décision de la majorité, est supérieure au plus original des absolutismes. Elle est susceptible de progrès et dès lors elle vit. L'absolutisme est ce qu'il est, partant, chose morte ».

Mais ce qui ressort puissant de cet ouvrage, c'est une apologie toute crue du Césarisme. Mommsen se défend d'avoir voulu faire cette apologie. Il veut qu'on distingue entre le coup d'État de Jules César et les autres coups d'État. « Les circonstance étaient telles à Rome, dit-il, que la dictature s'imposait ». Il dit aussi : « Vouloir établir une comparaison entre les coups d'État des Napoléonistes et l'acte de Jules César est absurde ».

1. Réunion du Tempelhof, septembre 1881.
2. Schwindelpolitik.
3. Plaidoirie du 9 janvier 1882.

Il ajoute : « Dans tous les autres cas, il n'y eut que
parodie et usurpation... C'est parce qu'il n'y avait pas
le parlementarisme à Rome que la tyrannie fut une
nécessité[1] ». C'est possible, mais il n'en est pas moins
vrai que, par la chaleur qu'il a mise à glorifier l'acte de
Jules César, Mommsen a contribué plus que personne
dans son pays à rendre possible la politique bismarckienne
ou tout au moins à l'excuser. C'est là, verrons-nous,
un tour que l'artiste a joué à l'homme politique, après
en avoir tant joué au savant. Mais avant de voir cela,
disons d'abord quelques mots de son *Histoire romaine*.


## II


L'*Histoire romaine* de Mommsen c'est deux choses :
c'est d'abord le résumé le plus lumineux, le plus exact
et le plus vivant des conclusions auxquelles est arrivée la
science historique sur les choses de Rome ; c'est ensuite
un jugement extraordinairement partial de la politique
romaine. Et ces deux choses, qui ont un caractère
absolu, s'opposent autant que choses peuvent s'opposer.

La science chez Mommsen est aussi objective que ses
jugements sont subjectifs. Dans tous ceux-ci on sent
l'influence des idées du temps. Partout on retrouve le
libéral national de 1848 avec ses rancunes et ses colères,
ses plaintes et ses espérances.

C'est sous ces deux aspects — qui sont en réalité
les deux faces de l'esprit de Mommsen, le savant et le
politique — qu'il convient d'étudier cet ouvrage.

Dans l'exposé scientifique de l'*Histoire romaine* on
ne sait ce qu'on doit le plus admirer, ou de la science

---

1. *Römische Geschichte*, II, 117. — « La dictature, dit-il ailleurs,
était une nécessité dans un pays et dans un temps où le système repré-
sentatif n'avait pas rendus inutiles les sauveurs de la société. »

colossale de l'auteur ou de l'art avec laquelle elle est
mise en œuvre.

C'était une entreprise colossale que celle de résumer
tous les travaux sur la matière depuis Niebuhr. Mommsen lui-même avait contribué à ce travail par la quan-
tité fabuleuse de mémoires qu'il avait écrits sur les
points les plus spéciaux du droit romain, de l'archéologie ou de l'histoire. Or tout cela est assimilé d'une
manière merveilleuse dans une narration historique
qui est un des chefs-d'œuvre de l'historiographie.
L'histoire romaine est une œuvre extraordinaire dans sa
condensation, comme il n'en existe nulle autre au
monde, enfermant dans des dimensions si restreintes
(3 volumes in-8°), tant de choses et de si bonnes choses.
Mommsen raconte d'une manière si attrayante que
dès les premières lignes vous êtes entraîné. Ses grands
tableaux sur les premières migrations des peuples en
Italie, sur les débuts de Rome, sur les Étrusques, sur la
domination des Hellènes en Italie ; ses chapitres sur les
institutions romaines, le droit, la religion, l'armée et
l'art ; sur la vie économique, l'agriculture, l'industrie
et le commerce ; sur le développement intérieur de la
politique romaine ; sur les Celtes et sur Carthage ; sur
les péripéties de la Révolution romaine depuis les Gracques à Jules César ; sur l'Orient grec, la Macédoine ;
sur la soumission de la Gaule ; tout cela forme un ensemble admirable.

Comme peintre de grands tableaux historiques, je ne
vois parmi les historiens contemporains qu'un homme
qui puisse être comparé à Mommsen, c'est Ernest Renan : c'est la même touche large, le même sens des proportions, le même art de faire voir et de faire comprendre, de rendre vivantes les choses par les détails
typiques qui se gravent pour toujours dans la mémoire[1].

---

1. Mommsen disait lui-même : « Reconstruire partout le détail est
chose impossible. Mieux vaut s'en tenir aux grandes lignes. »

Comme tous les historiens allemands issus de Niebuhr, Mommsen donnait une grande importance au développement de la vie individuelle des peuples. Rome lui paraissait particulièrement propre à faire comprendre cela. Il se proposait d'apprendre à ses contemporains à poser et à résoudre le problème national, car cet État fut, comme il le dit, « le modèle du processus par lequel le particularisme cantonal par où commence l'histoire de tous les peuples passe au particularisme de l'unité nationale par lequel ils achèvent ou doivent achever la révolution de leur progrès ».

Mais quelle richesse de développements il donne à cette idée ! Depuis le moment où Niebuhr l'appliquait pour la première fois, les progrès des sciences biologiques étaient venus au secours des sciences historiques et Mommsen, comme Taine, profite, pour son histoire, de toutes ces découvertes. C'est d'abord dans les conditions physiques du sol qu'il cherche l'origine de certaines particularités du génie romain [1] et il se met à nous décrire « les grandioses luttes naturelles des eaux et des volcans dont les plaines du Latium ont été le théâtre [2] » ; puis, aidé de la préhistoire, de l'ethnologie générale, de l'étude comparée des idiomes italiques, il nous montre ce qu'étaient les peuples primitifs de l'Italie, particulièrement le peuple latin « qui marque le début de la civilisation italienne et le point de départ de l'histoire nationale [3] ».

C'est à l'étude de la « cellule primitive » du peuple

---

1. Mommsen était loin de partager les idées des historiens matérialistes de l'école de Buckle et de Taine qui croient que toutes les particularités d'un peuple, même les particularités morales, peuvent s'expliquer par des raisons physiques : le sol, l'air et la nourriture. Il reconnaît qu'il y a dans l'esprit humain quelque chose de spontané et de vivant que ne sauraient expliquer des causes physiques. En parlant de Polybe, il reproche à cet historien d'avoir « méconnu les forces morales de l'humanité et de n'avoir eu qu'une conception toute mécanique de l'univers ».

2. *Römische Geschichte*, I, p. 32.

3. *Ibid.*, I, p. 18.

romain, comme il la nomme, qu'il donne toute son
attention, puisque c'est à ses qualités que Rome a dû de
dominer d'abord en Italie, puis sur le monde. Cette
psychologie du peuple romain, Mommsen la prend dès
ses origines, et cherche à montrer les raisons qui expli-
quent la supériorité de ce peuple sur les autres peuples
de l'antiquité. « L'Italien, dit-il, abandonna de bonne
heure l'arbitraire : il obéissait à l'État parce qu'il avait
appris à obéir à son père. L'individu y mourait, mais
il y gagnait une patrie et un sentiment patriotique que
le Grec ne connut pas. Seul il acquit, parmi tous les
peuples cultivés de l'antiquité, l'unité nationale qui le
rendit maître de tout le monde hellénique morcelé, et
finalement de toute la terre [1]. »

A côté de ce sentiment du devoir, ce que Mommsen
trouve, pour expliquer les succès futurs de Rome, c'est
la « claire intelligence de la race, son sens pratique
qui a fait d'elle le peuple politique par excellence »,
ayant à un degré éminent le « sens du possible », sensée
dans ses lois « dont la sage simplicité s'ignore », dans
sa religion « toute simple aussi, toute spirituelle et qui
à l'origine, ne chercha jamais à représenter des images
de la divinité », une religion sans temple,... qui n'était
guère qu'une loi morale rédigée par des prêtres :... une
religion aussi démocratique que la religion grecque était
aristocratique ».

Après avoir ainsi fixé la psychologie du peuple romain, Mommsen va en suivre toutes les manifestations
dans sa vie et expliquer toute son histoire par ces
idées. On reconnaît là la méthode que Taine a illustrée
dans ses grands ouvrages critiques, notamment dans son
*Histoire de la littérature anglaise*. L'inconvénient de cette
méthode est que l'histoire prend un caractère d'enchaînement si nécessaire et si rigoureux que tout y paraît

1. *Ibid.*, p. 29.

mécanique. « Les événements y sortent si naturellement les uns des autres, dit avec raison M. Gaston Boissier, et avec un enchaînement si logique, que nous sommes exposés, si nous n'y prenons garde, à y faire la part des calculs et des combinaisons trop belle et à en supprimer le hasard. Cette merveilleuse série de conquêtes, qui commence aux portes de Rome pour ne s'arrêter qu'aux limites du monde civilisé, nous paraît être la réalisation d'un plan conçu dès le premier jour et qu'on n'a pas cessé de poursuivre. On suppose que le Sénat de Romulus, ce conseil de quelques pâtres qui délibèrent dans un pré, a rêvé la conquête du monde et s'est mis tout de suite en marche pour exécuter son dessein[1]. »

On ne peut faire critique plus fine de l'œuvre de Mommsen.

L'histoire de Rome, Mommsen l'a conçue à un point de vue purement politique. Il donne à vrai dire une grande importance à toutes les manifestations de la vie nationale — ses chapitres sur l'agriculture, l'industrie, le commerce à Rome ; sur l'économie nationale ; sur l'art et la littérature latine sont parmi les meilleurs que nous possédions — mais la politique reste bien à ses yeux la manifestation la plus importante de la vie d'un peuple, car c'est celle « qui détermine et conditionne toutes les autres[2] ».

Il y a deux manières d'étudier l'histoire politique : la manière philosophique — celle de Tocqueville — qui s'intéresse surtout aux institutions et s'occupe moins des événements proprement dits que de leur signification, des causes qu'il faut leur assigner et de leurs conséquences. On peut dire que cette manière est

---

1. Préface de l'*Histoire romaine* de Michelet, édit. C. Lévy, 1898. (*Rev. des Deux-Mondes*, 1er avril 1898.)
2. Il s'excuse presque en abordant les chapitres de l'art et de la littérature romaine de leur donner une place aussi importante. *Röm. Gesch.*, I, p. 146.

la seule scientifique, puisque l'auteur n'a qu'un but : se laisser instruire par les faits, sans chercher à exprimer ses sympathies ou ses antipathies pour telle ou telle forme politique.

L'autre manière, la plus fréquente, consiste à juger les faits historiques d'après une certaine norme politique, sociale ou religieuse. On a l'histoire du point de vue libéral, du point de vue réactionnaire ; l'histoire de l'individualiste et du socialiste ; l'histoire du protestant et du catholique.

Les Allemands avaient longtemps échappé à cette forme d'histoire qui a surtout fleuri, dans la première partie du XIXᵉ siècle, chez les Anglais et chez les Français. Niebuhr et Ranke, les précurseurs de l'histoire nationale, s'en tenaient, comme nous l'avons vu, à l'exposé impartial des faits, sans prendre parti pour telle ou telle forme politique. Dès 1850 on voit naître une autre classe d'historiens. La Révolution de 1848 avait eu pour résultat de former des professeurs qui s'étaient plus ou moins frottés de politique et qui avaient fait partie du Parlement de Francfort. En rentrant dans la vie académique, ils transportèrent dans leurs chaires les préoccupations du dehors et ils mirent à traiter les questions politiques du passé, un peu de la passion qu'ils avaient eue pour les choses de leur pays.

Mommsen est le premier en date de ces historiens. L'histoire romaine est pour lui quelque chose de vivant et d'actuel. Il entre en plein dans les luttes politiques qui déchirèrent la République. Il prend parti pour les monarchistes nationaux contre les républicains aristocrates, et il le fait avec une passion, une véhémence qui laissent bien derrière elles le subjectivisme d'un Macaulay ou d'un Thiers.

En écrivant son histoire pourtant, Mommsen ne croyait pas faire œuvre d'homme de parti : il s'imaginaît que ses jugements étaient conformes à l'expérience du passé. En réalité, ces jugements, s'ils dérivent pour une grande part de sa conception de la vie historique, dépendent aussi très souvent de ses sentiments patriotiques, des circonstances politiques au milieu desquelles il a vécu, on pourrait dire aussi de ses impressions toutes subjectives d'homme d'imagination et d'artiste.

C'est sous ce quadruple aspect que nous allons les examiner.

La philosophie de l'histoire de Mommsen est celle de la lutte pour la vie : luttes à l'intérieur pour la formation de l'unité politique, luttes à l'extérieur pour assurer la grandeur de la nation, l'histoire de Rome se résume pour lui en une série de luttes grandioses [1].

Au début, ces luttes n'ont qu'un caractère mercantile et stratégique. Le Latium, agricole et commerçant, entouré de tribus hostiles mène de front le commerce de la guerre « Tout le développement futur de l'État romain est enfermé là. »

Ensuite, viennent les luttes intérieures : luttes politiques entre patriciens, plébéiens et non-citoyens, les uns cherchant à limiter le pouvoir de l'individu au profit du pouvoir central, les plébéiens cherchant à conquérir des droits politiques égaux à ceux des patriciens, les non-citoyens et les étrangers s'efforçant d'obtenir des droits égaux aux citoyens.

Sur ces luttes politiques viennent se greffer des luttes sociales, qui, bien que différant des premières, se confondent souvent avec elles et, en se croisant et en s'entrecroisant, forment la trame même de l'histoire romaine : ce sont les luttes engagées entre les capita-

1. La vaillante branche des Italiens, dit-il, la plus passionnée de toutes ne s'est jamais lassée de lutter chez elle et chez ses voisins. *Röm. Gesch.*, I, 97.

2. *Röm. Gesch.*, I, p. 47.

listes et les grands propriétaires fonciers d'une part et
la classe moyenne d'autre part.

Parallèlement à ces luttes, Mommsen montre dans
des tableaux magistraux, l'extension de Rome par les
conquêtes, conséquence de cette loi historique en vertu
de laquelle, dit-il : « une nation qui est devenue état
cherche à absorber ses voisins restés mineurs en politique. »

Mommsen revient à plusieurs reprises sur cette loi
de la vie historique des peuples, qu'il considère comme
une loi aussi fatale que la loi de la pesanteur. « Le but
de l'histoire, dit-il, est la civilisation [1]. » Or, pour triompher, la civilisation exige « l'écrasement des branches
moins susceptibles de culture ou moins développées
par des nations d'un niveau plus élevé [2] ». La guerre
« devient alors la grande machine qui élabore le
« progrès [3] » et la prospérité d'un pays demande que
les luttes se transforment en guerres, le pillage en
conquête pour que la puissance politique de l'État
commence à s'organiser [4]. »

C'est bien là, il faut le reconnaître, la philosophie (
l'histoire qui convenait au peuple qui, coup sur cou_ ,
devait déchaîner trois guerres pour asseoir sa prépon-
dérance d'abord en Allemagne, puis en Europe et dans
le monde. Mommsen ne prévoyait sans doute point ces
guerres lorsqu'il écrivait son ouvrage en 1854, mais il
les justifiait d'avance en montrant que la politique ne va
point sans les guerres et que ces guerres ont une force
plastique qui manque aux révolutions.

En affirmant cela, Mommsen ne disait pas, avec
Hegel, qu'au fond de toute guerre il y a une idée morale
et que force et vertu sont deux termes synonymes. Lui

---

1. *Kultur muss sein. Röm. Gesch.*, t. III, p. 242.
2. *Ibid.*, t. I, p. 9.
3. *Ibid.*, III, 245.
4. *Ibid.*, I, 97.

ne s'embarrasse nullement de morale. Il constate tout
simplement une loi historique, c'est que partout le fort
l'emporte sur le faible.

« L'histoire dans son irrésistible tourbillon, dit-il,
brise et dévore sans pitié les nations qui n'ont pas la
dureté de l'acier et aussi sa souplesse[1]. »

L'histoire devient dès lors le tribunal du monde et
le succès est l'unique critère de la valeur de la politique. « Si les Celtes ont été vaincus par les Romains,
ce n'est pas par hasard :... cette catastrophe n'était que
méritée ; c'était en quelque mesure une nécessité historique[2]. »

On peut s'étonner de voir de telles doctrines dé-
fendues dans la patrie de l'impératif kantien et des
grands apôtres modernes de la conscience morale.
Mais l'Allemagne de 1850 n'était plus l'Allemagne de
Fichte et de Kant. Elle s'était mise à l'école des philosophes pratiques qui lui montraient que, les situations
changeant incessamment, la valeur du droit n'est plus
que relative, et par conséquent ne dépend que de la force
qui l'étaie : que cette force venant à manquer, il n'est
que juste que le faible soit sacrifié : que dans l'écrou-
lement final l'innocent soit pris et que le coupable rusé
s'en tire les braies nettes, il n'y a pas de quoi s'affliger :
que c'est là une loi du monde, que toutes nos protestations ne sauraient changer.

Cette philosophie pratique que Bismarck résumait
un jour en disant : « Même s'il dispose d'arguments
médiocres, l'homme a toujours raison, s'il a pour lui
la majorité des baïonnettes[3], » est au fond la philosophie
qui se dégage de l'*Histoire romaine* de Mommsen.
Cette œuvre n'est partout que glorification de la force
même si celle-ci a été employée contre le droit. Le vaincu

1. *Röm. Geschichte*, t. III, p. 299.
2. *Ibid.*, p. 298.
3. Lettre de Bismarck du 21 décembre 1863.

pour Mommsen a toujours tort. L'historien prend parti
pour Jules César, l'homme dissimulé et retors contre
ce qu'il appelle « les honnêtes médiocrités du Sénat ».
Mais cela ne lui suffit pas, il faut encore qu'il assai-
sonne ses propos d'ironie. Rien ne lui paraît plus dé-
lectable que de tourner en ridicule la vertu de ces gens
honnêtes mais bornés [1].

« On se complimentait réciproquement du courage
héroïque qu'on avait montré : que Bibulus eût déclaré
plutôt mourir que de vouloir céder : que Caton encore
dans les mains des sergents eût continué à pérorer,
c'étaient là de grandes actions patriotiques [2]. »

Jules César, au contraire, est un homme accompli
parce qu'il fut un pince-sans-rire sans égal : « Chaque
fois qu'il paraissait en public, son collègue Bibulus
annonçait aussitôt les observations météorologiques
politiques connues : César, lui, ne s'inquiétait pas de
ce qui se passe au ciel : il ne s'occupait que des affaires
terrestres [3]. »

L'objet constant du mépris de Mommsen est
l'honnête citoyen qui a lutté pour sauver ce qu'il
croyait la liberté de son pays, pour en empêcher la
chute ou tout au moins la retarder [4]. Il n'a rien compris aux scrupules de conscience de Cicéron, dont il fait
un grotesque, une sorte de pleutre, « un de ces tièdes
que vomit l'évangile et dont l'enfer ne veut pas ».
Mommsen pose volontiers pour l'homme dégagé des

---

1. *Röm. Gesch.*, III, p. 219.
2. *Ibid.*, 214.
3. *Ibid.*, III, 213.
4. « On est attristé, dit avec raison l'historien Freeman, de voir au
fond des jugements historiques d'un tel savant la morale de l'Avaux de
Macaulay ; on est étonné de voir en lui la politique d'un Jingo œcumé-
nique, s'aplatissant devant la force brutale pour l'adorer. » *Historical
essays*, second series. London, 1873, p. 290. Voir aussi lord Acton.
*Germam Schools of history*. « Comment des hommes si éminents, si
prompts à s'enquérir de chaque nouveauté ont-ils pu adhérer à des maximes pour la destruction desquelles l'humanité a déjà consacré tant d'efforts. »

« préjugés bourgeois de la morale courante ». Il s'emporte contre ceux qui ne voient pas dans la duplicité
de César la « marque du génie et qui ajoutent à leur
inintelligence l'ennui de leurs sottes déclamations ».

C'était là, semble-t-il, la principale leçon qu'il voulait
inculquer aux Allemands de son temps. Trop longtemps
on avait représenté le bon Germain comme un être naïf,
dépourvu de malice. Mommsen ne veut plus de cela :
« Nous ne sommes pas des naïfs, dit-il d'une manière
assez comique, et nous ne voulons l'être à aucun prix ».

Le vœu de Mommsen a été exaucé. On ne saurait
taxer de naïveté la nation qui a produit Bismarck. Le
malheur est que l'esprit n'a pas toujours masqué chez les
Allemands cette politique à la Machiavel. Au Reichstag
naguère, toutes les fois qu'un député protestataire —
danois ou polonais — faisait entendre des réclamations
au nom de ses compatriotes, d'immenses éclats de rire
partaient de tous les bancs.

« Peut-on en vouloir aux Prussiens, dit à ce sujet
Victor Cherbuliez, de ce je ne sais quoi d'âpre et de
dur qui est en eux, de ce goût d'empiéter qui inquiète et moleste le voisin, de leur ingénérosité à l'égard
des petits [1] ? »

Cette ingénérosité à l'égard des petits forme un des
traits caratéristiques de Mommsen dans son *Histoire
romaine*. Il est plein de superbe vis-à-vis des peuples
qui ont été écrasés par les Romains. Tout son sentiment
de supériorité du Germain se révèle dans certains de
ses portraits. Quelle ironie méprisante, par exemple,
que celle qu'on trouve dans cette caractéristique du
Gaulois ;

C'est « l'honnête Paddy qui a toujours eu horreur du
travail des champs, qui aime le cabaret et les rixes ;
bavard et hyberbolique, poétique et éloquent, curieux

---

1. *L'Allemagne politique*, p. 107.

surtout, badaud, arrêtant les colporteurs pour se faire
raconter des histoires. Bon peuple de gobe-mouches,
qui a une piété d'enfant; qui considère son prêtre
comme un père et lui demande conseil pour tout.
Incapable de prendre un juste milieu entre la trop grande
confiance et la défiance... Une population sans énergie,
curieuse, crédule, aimable, intelligente, mais absolument dénuée de sens politique et incapable de changer[1]. »

Si l'Irlandais est égratigné dans les lignes, un peu plus
loin, c'est le tour du Français : « Le Gaulois certes est
un peuple intelligent, mais léger; admirablement doué
au point de vue littéraire, mais dépourvu de sens moral
et de sens politique : fournissant de bons soldats, mais
de mauvais citoyens : guerriers destructeurs, les Celtes
ont renversé beaucoup d'États sans parvenir chez eux
à en fonder un, ni une civilisation forte[2] ».

Mommsen n'aimait pas les Français. En 1870 il
salua la guerre comme une guerre de délivrance qui
allait enfin débarrasser son peuple de la « stupide
imitation française ». Dans une lettre adressée aux
*Italiens* pour les détourner de s'allier à la France, il
parlait sur un ton de prophète de la ruine prochaine de
la moderne Babylone, de la déchéance de cette littérature française « aussi sale que les eaux de la Seine » :
l'empereur Napoléon III, aux bons offices duquel il n'avait
pas dédaigné de recourir pour ses travaux scientifiques,
y était traité de « chevalier d'industrie dont la cour
n'était qu'un ramassis d'aventuriers qui avaient voulu
abaisser le monde au niveau du demi-monde ». Et, célébrant le retour à la patrie allemande de la terre
d'Alsace, l'historien s'écriait :

« Nous voyions avec douleur le drapeau français
flotter sur cette merveilleuse cathédrale de Strasbourg.

1. *Römische Geschiche*, t. III, p. 299-300.
2. *Ibid.*, p. 241-245.

chef-d'œuvre de l'architecture allemande. Si nous lisions les poésies écrites par Gœthe étudiant à Strasbourg et dans son *Autobiographie* la délicieuse idylle de Sesenheim, la plus vive, la plus belle *incarnation poétique de l'amour allemand*[1], nous ne fermions pas le livre sans nous demander comment nos pères avaient pu laisser ravir ce champ sacré de notre poésie par des étrangers pour qui ces fleurs n'exhalaient pas tous leurs parfums et que nous savions occupés à extirper notre langue, nos coutumes et notre culte[2]. »

Mommsen est un ardent patriote allemand et c'est ce que son histoire montre à chaque ligne. Vis-à-vis de la race germanique, il trouve les autres peuples mesquins. On pourrait croire que s'il a écrit cette *Histoire romaine*, c'est qu'il avait une vive admiration pour le peuple latin. En réalité il l'aime médiocrement. S'il reconnaît tout ce qu'il a fait de grand, grâce à ses qualités de caractère, à la forte discipline de son éducation dont la « sagesse fut aussi simple que profonde », il ne goûte pas son esprit : il le trouve à la fois trop juridique et trop rhétorical, manquant de poésie et de profondeur de sentiment : « Parmi les nations douées pour la poésie, dit-il, la nation italienne ne compte pas. Il manque à l'Italien la passion du cœur, la nostalgie d'un idéal humain... L'ironie et le ton de la nouvelle, tels qu'on les rencontre chez Horace et Boccace conviennent à son regard aigu et à son aimable adresse. Les petits vers d'amour de Catulle et des poètes napolitains, la comédie et la farce sont son élément... Pour la rhéto-

---

1. « Au point de vue scientifique, Mommsen a longtemps dénié toute valeur aux savants français. Parlant d'inscriptions apocryphes, il s'écriait d'un ton victorieux : « N'a-t-on pas tout dit en disant qu'elles sont de provenance française. » Dans ses *Provinces romaines*, publiées en 1885, il ignorait les travaux étrangers ou les citait ironiquement. Depuis, Mommsen a rendu justice aux remarquables travaux de la nouvelle école française.

2. *Röm. Geschichte*, I, p 227.

rique et l'art dramatique, aucune nation ne peut lui être comparée, mais il n'a rien achevé. La Divine Comédie, les Histoires de Salluste, de Machiavel, de Tacite et de Coletta sont plutôt le fruit d'un goût rhétorical que d'une passion franche et naïve. Dans la musique ils n'ont montré que des talents de virtuoses... Le domaine des Italiens n'est pas l'âme. La beauté n'a son plein effet sur eux que si elle est sensible. De là leur maëstria dans les arts plastiques et dans l'architecture. Ils furent les premiers artistes de l'Europe pendant la Renaissance, et leurs monuments durent encore [1] ».

Cette façon de procéder de Mommsen péremptoire et hautaine tient à la fois à son esprit et à ses sentiments. Mommsen est systématique comme Taine. En écrivant l'histoire, il poursuit la démonstration d'idées et par conséquent il écarte tous les faits qui détruiraient ou atténueraient ces idées. Il veut à tout prix que le peuple romain soit ce qu'il a établi au début. Le manque d'esprit génial chez le Romain en dehors de la politique est pour lui un dogme, que l'histoire est chargée de démontrer et c'est ainsi que de déduction en déduction il en arrive à cette formule lapidaire qui résume son idée : « Rome n'a produit qu'un seul homme de génie, Jules César ».

A ce peuple romain puissant dans la politique et dans les guerres, Mommsen en oppose d'autres qui lui paraissent plus complets : les Grecs et les Allemands. « Tandis que sur le sol vert de l'Italie, dit-il, ne sont tombées que quelques gouttes de la coupe d'or des muses, eux seuls ont eu une source poétique libre et jaillissante[2]. » Art puissant, profondeur de la pensée et du sentiment, science originale, tels sont les apanages des races helléniques et germaniques. Dans son esprit

1. *Römische Geschichte*, I, p. 219.
2. *Ibid.*, I, p. 225.

Mommsen les oppose constamment à la race latine. La
race germanique surtout prend à ses yeux une valeur
symbolique. Dans les critiques qu'il adresse à l'esprit
latin, on sent qu'il fait secrètement l'éloge de l'esprit allemand. Il remarque, non sans fierté, que les seules parties
de la Gaule qui aient résisté énergiquement et victorieusement aux Romains sont celles dont les habitants
avaient dans les veines des gouttes de sang germanique [1] ».

Et il en est ainsi tout du long de son œuvre, si bien
que son *Histoire romaine* devient à sa manière une
sorte d'apologie de la race germanique.

Ses auditeurs et ses lecteurs ne s'y sont pas trompés.
Peu de temps après la publication de cet ouvrage, on a
vu surgir des œuvres qui s'inspirant de ses leçons ont
fait servir la psychologie des races à la glorification
de leur pays. Une science nouvelle naquit, la Völker-
psychologie, avec laquelle les professeurs d'histoire et
de géographie, les ethnographes et les maîtres d'école,
expliquaient la supériorité de la race germanique sur
les autres races. *Deutschland vor Allem und über Alles
in der Welt.* C'est ainsi qu'on a pu lire dans des manuels allemands de géographie destinés aux écoles :
« L'Allemagne est vraiment le cœur de l'Europe et
comme dans l'organisme le cœur a pour fonction de
faire circuler à travers les membres un sang qui renou-
velle les parties vieillissantes et fortifie les plus jeunes,
ainsi l'Allemagne a pour mission dans l'histoire de
rajeunir par la diffusion du sang germanique les membres
épuisés de cette vieille Europe ». Et dans ce même
manuel on enseignait aux jeunes Allemands que tout
ce qu'il y a de bon en France c'est à la race germanique
qu'on le doit; que non seulement les Flamands, les
Normands et les Bourguignons sont des Allemands,

1. *Römische Geschichte*, III, p. 298.

mais que les Champenois avec « leur stature imposante,
leurs cheveux blonds et leurs yeux bleus » ; les Langue-
dociens « descendants des conquérants visigoths » et
les Provençaux fortement mâtinés de Goths et de
Burgondes doivent être rattachés à la race germanique ;
que la seule partie vraiment française du pays est l'Ile-
de-France, « la farce du pâté français, un ferment de
pourriture qui a réussi lentement à faire lever et à
corrompre le reste [1] ».

La punition des érudits allemands a été de trouver
de plus sots qu'eux qui ont fait de leur enseignement
une vraie caricature. Tombant sur des cerveaux mal
préparés ou mal équilibrés, cet enseignement a fait
pousser de singulières fleurs. On en a vu quelques
échantillons dans la riche littérature qu'a fait éclore la
guerre de 1870. Ils sont légion les témoins d'alors
qui ont vu dans cet événement la confirmation de toutes
les leçons qu'on leur avait apprises dans les écoles et
qui ont montré dans leurs *Souvenirs de guerre*, qui foi-
sonnent aujourd'hui outre-Rhin comme de la mauvaise herbe, combien la race germanique était supérieure
aux autres races et combien les Français avaient mérité d'être châtiés par les Allemands, ces justiciers de
l'histoire.

Il serait sans doute ridicule de rendre Mommsen
responsable de toutes ces élucubrations, mais n'est-il
pas en quelque mesure l'auteur de cet état d'esprit ?
N'a-t-il pas contribué du moins à le rendre possible par
ses leçons sur la psychologie des Latins et des Gaulois [2] ?

1. A. Hummel, *Handbuch der Erdkunde*, 1876.
2. Rien de plus significatif à cet égard que certaines de ces élucubrations dans lesquelles on retrouve des phrases textuelles de Mommsen.
Un soldat qui fait la campagne de France écrit au jour le jour ses impressions à son père. Celui-ci qui est un maître d'école saxon et qui personnifie bien le Teuton légendaire, à la fois enthousiaste et réaliste, goin-
fre et un peu ivrogne, d'un positivisme terriblement brutal, envoie à son
fils « des bas de laine et des saucisses », des conseils pratiques sur le
moyen « d'améliorer son français et de ne manquer aucune occasion de

Il en a été de même au point de vue politique. Par les leçons qui se dégagent de son œuvre, Mommsen a abouti juste à faire le contraire de ce qu'il voulait faire.

Sa conception de l'histoire romaine d'abord a subi fortement l'influence des événements dont son pays avait été le théâtre depuis 1848. La grande idée de cette histoire est que chez les Romains démocratie et royauté sont la même chose. Cette idée sortit sans doute de l'analogie de situation qu'il voyait entre l'Allemagne démocratique et la Rome de Jules César.

A l'origine on peut comprendre que ces deux termes fussent synonymes et Mommsen montre admirablement que l'État romain construit sur le modèle de la famille constituait une sorte de famille en grand avec un chef, le roi. « La commune romaine, dit-il, se compose de paysans libres et égaux et ne peut se glorifier d'aucune noblesse par la grâce de Dieu[1] ». Le roi n'est qu'un

---

le perfectionner », le tout entremêlé d'imprécations contre Sodome, d'effusions lyriques sur la pureté de la race germanique et la mission des Allemands dans le monde. « Le calme germanique, la fermeté, l'intelligence, la discipline et la conscience nous donnent une supériorité sur les Français forts en gueule et suffisants. » « Votre haine des Français est juste. Aucune pitié pour la nation. » — « La nation allemande surpasse bien la française par la moralité. » Les comparaisons de Turcos et de Français : « Le Turco, dit ce galant magister, est encore au dessous de la femme. » Vous êtes l'admiration du monde entier... Les gamins des rues de Londres, les enfants des nègres sur les côtes d'Afrique, les Peaux-Rouges d'Amérique maintenant savent cela : « Le guerrier allemand est le premier de la terre. Ah ! je suis bien heureux de voir se réaliser la prédiction que je faisais il y a vingt ans à mes élèves : « L'Allemagne unifiée sera la terreur du monde, mais elle sera aussi la bénédiction et le modèle de l'univers. » Et cette petite phrase : « L'Allemand n'aime guère les Français, mais il boit volontiers ses vins. » 300 *Tage im Sattel. Erlebnisse eines sächsichen Artilleristen*, 1870-71, Dresden, 1892.

Ailleurs, dans les lettres d'un colonel de uhlans, nous trouvons du Mommsen plus distingué : « Le caractère français, dit ce psychologue en uniforme, est le résultat de deux grands héritages du passé : l'un des Gaulois ou Celtes, l'autre des conquérants du pays... Chez les Gaulois, la gloire est la gloire des armes, particularité du Romain aussi qui se considéra toujours comme le maître du monde. Chez les Français, cet amour de la gloire est arrivé à son plus haut point d'expression. Les Français ne peuvent se faire à l'idée qu'il y ait un peuple supérieur à eux. » etc. Berg (Moritz von) *Ulanenbriefe von der I Armee*. Bielefeld, 1894.

1. *Römische Geschichte*, I, p. 62.

délégué du pouvoir de la nation; il ne fait par conséquent qu'un avec elle : donc royauté et démocratie
sont bien à l'origine des choses identiques.

Mais où Mommsen tombe dans l'erreur, c'est lorsqu'il
croit que les luttes politiques de Rome après l'abolition de
la royauté n'ont d'autre but que de revenir à cette première royauté démocratique. Pour lui, les révolutions des
Gracques à Jules César n'ont pas d'autre signification.

Cette conception de l'histoire romaine qui consistait
à mettre la liberté romaine avec Jules César en opposition avec la république aristocratique qui ne répré-
sentait que des intérêts de caste, est renforcée chez
Mommsen par la considération de ce qui venait de se passer dans son pays. Il avait vu le libéralisme impuissant à
créer l'unité allemande. Anarchie de tous côtés, désillu-
sion des patriotes. Sa conviction était que l'épée seule
pouvait trancher le différend et que c'était là la mission
de la Prusse. Pour lui, le roi de Prusse devait faire en
Allemagne ce que Jules César avait fait à Rome. De là la
passion qu'il met à défendre le dictateur. Toute sa colère
de démocrate prussien éclate dans son livre. A tout instant, on croirait qu'il fait allusion aux choses de son pays.

Les aristocrates romains sont pour lui des « Junker »
des « conservateurs encroûtés » « une camarilla de
défenseurs du trône et de l'autel ». Lorsqu'il parle de
la pusillanimité de Pompée qui remet « honteusement
l'épée au fourreau quand il s'agit de marcher » on sent
dans ses paroles tout le ressentiment du patriote devant
l'indigne reculade de Frédéric-Guillaume IV à Olmütz [1].

---

1. Les allusions au caractère fermé et borné de la noblesse prussienne
sont fréquentes dans son œuvre :

« L'exclusion des plébéiens de tous les emplois et du sacerdoce, dit-il;
l'impossibilité juridique maintenue avec une grande opiniâtreté de pouvoir conclure un mariage entre de vieux citoyens et des plébéiens im-
prima dès le début au patriciat le cachet de la noblesse exclusive et privi-
légiée d'une manière absurde. » *Röm. Geschichte*, t. I, p. 259.

Voir aussi sur l'aristocratie romaine, t. II, p. 68 et 69.

Semblablement lorsqu'il s'emporte contre les démocrates, ces « orateurs de carrefours et de clubs », ces
« longues barbes qui pérorent avec leurs voix de basse
taille au milieu des blouses », on se croirait au milieu
d'une assemblée de démagogues et « de vieilles barbes
de 48 ».

Lorsqu'il arrive à Jules César, Mommsen devient
lyrique : enfin voici le sauveur de la société, l'homme
de génie qui va organiser la Rome démocratique.

Si Mommsen a une admiration si vive pour cet
homme, c'est qu'il voit en lui un des rares échantillons
de l'humanité qui ait été complet. Il énumère toutes ses
qualités : « une activité incroyable qui lui permettait de
se mêler de tout avec aisance, sans jamais sentir le poids
des affaires les plus lourdes : un esprit toujours alerte et
clair, remarquable par la netteté des ordres qu'il donnait ; une mémoire incomparable ; un esprit merveilleusement équilibré ; le sens des réalités de la vie poussé
jusqu'au génie ; la passion pour toutes les tâches qu'il
entreprenait, et toujours aussi modérée par la raison ;
la curiosité de l'esprit sans cesse en éveil, tellement
qu'au milieu des fatigues des camps il trouvait encore
le temps d'étudier les flexions des substantifs et la
métrique des vers latins. »

Mommsen ne sait ce qu'il doit le plus admirer dans
César, de l'homme d'État ou du soldat « l'inventeur de
la stratégie nationale ». « Si après mille ans, dit-il, nous
nous inclinons avec respect devant ce que César a
voulu et a fait, la cause n'en est pas en ce qu'il a désiré
et obtenu une couronne, chose qui en soi a aussi peu
de valeur que la couronne elle-même, mais en ce que
son puissant idéal : un état libre sans un maître, ne
l'a jamais quitté et l'a préservé aussi comme monarque
de tomber dans la royauté ordinaire [1]. »

1. *Römische Geschichte*, t. III, p. 211.

C'est là une affirmation qui nous paraît excessive. Mommsen pourtant l'accentue encore en donnant à Jules César la palme sur tous les génies humains. Parmi les modernes, il n'y a que deux hommes qui se soient approchés de lui à la fois comme homme d'état et *comme soldats, Cromwell et Frédéric le Grand*. Mais, quelle différence encore, « le Puritain, dit-il, paraît grossier et rude à côté du Romain composé d'un métal si fin »… Et il ajoute : « L'harmonie des dons est ce qui élève Jules César au-dessus de tous les autres chefs. Il ne voulut point user de la force brutale pour faire un dix-huit Brumaire… Seul parmi tous ceux qui ont eu la puissance, il a gardé le sens du possible : il ne visa pas à conquérir le monde ; il ne veut pour l'empire qu'une frontière sûre et rationnelle. »

Emporté par son lyrisme, Mommsen se fait devin et annonce ce que l'Empire eût été si César eût vécu. « Il n'eût point été un vulgaire despote, dit-il, et ne fut point tombé dans l'ornière commune ? » Voilà qui est très beau, mais en est-il vraiment si sûr ?

Lorsqu'on lit cette apologie de Jules César d'un lyrisme si débordant, on se rend vite compte que ce n'est pas la simple analogie des situations entre Rome et l'Allemagne de son temps qui a ainsi échauffé Mommsen. Il y a une cause plus intime et plus profonde qui est dans la nature même de l'historien.

Dans un passage célèbre de ses *Pensées*, Pascal distingue entre trois sortes de grandeur : les grandeurs charnelles, les grandeurs de l'esprit et les grandeurs de la sagesse, c'est-à-dire entre « les génies terrestres puissants qui ont donné des batailles pour les yeux, entre les princes de l'art et de la science qui ont rempli le monde de leur éclat et de leur lustre, et entre les saints dont la grandeur réside dans la charité ». Il n'est pas besoin d'avoir beaucoup pratiqué Mommsen pour voir quel ordre de grandeurs il admire : il est pour les gran-

deurs de la chair. Un des mots qui revient le plus fréquemment sous sa plume et qui semble trahir ses
préférences intimes est celui de passion. Lorsqu'il rencontre les fortes individualités d'homme d'action qui
ont fait quelque chose de grand sur la terre, son âme
d'artiste vibre et son imagination s'enflamme. C'est là
le genre de beauté qu'il comprend. Il ne juge pas en
historien, mais en poète. Ces natures énergiques et pas-
sionnées l'enthousiasment et il parle d'elles comme
Shakespeare. Entre les hommes honnêtes mais médiocres comme Pompée et les natures perverses mais
violentes et emportées comme Catilina, il n'hésite pas ;
ses préférences sont pour Catilina[1].

Mommsen, pourtant dans sa conception artistique
des héros historiques, ne va pas aussi loin que Frédéric
Nietzsche qui, dans son admiration de toutes les forces
naturelles, du déploiement de toutes les énergies humaines, aboutit à la morale des princes et des artistes
de la Renaissance païenne. Non, Mommsen voulait que
l'action des grands hommes fût appliquée à des buts
élevés. Il ne séparait pas la beauté de la morale. Dans
son Histoire, il flétrit « la mollesse des mœurs, le caractère efféminé des lettrés et des élégants marchait de
pair avec la politique des démagogues inconsistante,
arrogante et myope. » Il méprise les dilettantes raffinés
qui, sur la fin de la République, annoncent déjà la décadence romaine, ces « Métellus et ces Lucullus, qui
dans les guerres, étaient moins soucieux de reculer les
frontières de l'empire que de dresser la liste du gibier et
des oiseaux fins qu'ils pourraient importer à Rome. »

Mais si la conception de la vie de Mommsen n'est
pas celle des esthètes, on pourrait aisément s'y trom-

---

1. Catilina, qui au début de la bataille avait renvoyé son cheval et tous
ses officiers, montra dans ce jour que la nature l'avait destiné à des choses
non ordinaires et qu'il s'entendait à la fois à commander comme général
et à combattre comme soldat. *Röm. Gesch.*, III. p. 192.

per. Et ce qui le montre le mieux, c'est que l'auteur de
l'*Histoire romaine* a trouvé de chauds admirateurs parmi
eux. Serait-ce trop dire que de prétendre qu'il a préparé
Nietzsche et l'a rendu possible dans son pays ? En tout
cas, personne plus que Mommsen n'a contribué à
réagir contre la conception chrétienne de la vie humaine[1]. Son idéal, tel du moins que nous le révèle son
*Histoire romaine*, est celui que Machiavel développe
dans son *Discours sur Tite-Live* : « Notre religion couronne plutôt les vertus humaines et contemplatives
que les vertus actives. Elle place le bonheur suprême
dans l'humilité, l'abjection, le mépris des choses humaines, tandis que la foi païenne faisait consister le
souverain bien dans la grandeur d'âme, la force du
corps et toutes les qualités qui rendent l'homme redou-
table. Si la nôtre exige quelque force d'âme, c'est plutôt celle qui fait supporter les maux que celle qui
pousse aux grandes actions. »

Toute l'apologie de Jules César aboutit à cette conclusion ; c'est pourquoi malgré ses protestations tant
répétées d'avoir voulu diviniser des héros, créer des
hommes-Providence et susciter des sauveurs de société, Mommsen a été, en Allemagne, un des plus ardents apôtres de la théorie « la force prime le droit ».
En célébrant comme il l'a fait l'énergie et l'habileté
déployées pour atteindre un but de domination, il a
propagé en Allemagne l'idée du Césarisme, dont le rôle
historique semble être pour lui de conduire par tous les
moyens les troupeaux humains vers la civilisation. En
ce sens, on peut bien dire que son disciple le plus direct
est Nietzsche qui, poussant sa théorie jusqu'à ses conclusions logiques, a salué dans le prince de Machiavel
« le type splendide des conducteurs d'hommes ».

---

1. C'est une des raisons, paraît-il, qui explique pourquoi il n'écrivit
pas la suite de son *Histoire romaine*. Le problème historique des *Origines du christianisme* l'embarrassait.

## III

Peu d'œuvres historiques ont eu un succès plus retentissant que l'*Histoire romaine* de Mommsen. Lorsqu'elle parut, en 1854, l'effet fut immense et se répercuta au loin dans la nation. Les Universitaires, à vrai dire, n'étaient pas contents. L'historien, dans son œuvre, bouleversait toutes les idées reçues et traitait avec un manque absolu d'égards des hommes qu'on était habitué à vénérer. Cicéron, par exemple, y était traité de « pleutre », de « mauvais feuilletoniste », de « vaniteux malade », de « compilateur », de « médiocre avocat » et « d'égoïste myope ». L'œuvre du même Cicéron ne compte pas dans la littérature latine. « A celui qui va chercher une œuvre classique dans un tel fatras, dit avec dédain Mommsen, il n'est qu'un conseil à donner, celui d'un beau silence en matière de critique[1]. »

Mais ce qui faisait son infériorité comme historien scientifique faisait en même temps sa force comme historien narratif. Les Allemands n'avaient encore possédé aucun talent qui sût raconter les choses avec tant de vigueur. Mommsen venait d'accomplir un prodige : celui de faire de l'histoire romaine quelque chose d'actuel et de vivant. Sous sa plume, mœurs, coutume, vie privée, lieux et hommes ressuscitent. « L'*Histoire romaine*, dit avec raison l'historien Treitschke, appartient aux plus belles choses qui aient jamais été écrites dans notre langue et il ne devrait y avoir aucun jeune homme ou aucun soldat que ne ravissent ses peintures d'Hannibal et de César[2]. » Les portraits de Mommsen sont en effet merveilleux. Quoi de plus beau, par exemple, que son Sylla :

1. *Römische Gesch.*, t. III, p. 624.
2. Th. Schiemann, *H. v. Treitschke*. München, 1896, p. 227.

« Sylla était un sanguin aux yeux bleus, un blond
à la peau blanche dont le visage se colorait au moindre
mouvement, bel homme au reste, avec des regards de
feu. Il ne semblait pas devoir jouer un bien grand rôle
dans l'État. Il ne désirait de la vie que la joie et les
plaisirs. Élevé dans le raffinement et le luxe, il devint
bientôt maître de tous les plaisirs, avec un sensualisme
intellectuel de dilettante que pouvait donner l'alliance
de la finesse hellénique avec la richesse latine ; bon
camarade dans les salons ou sous la tente, on était toujours sûr de le trouver à l'heure du danger : il aimait
le bon vin et les femmes plus encore... Ces débauches
n'épuisaient point sa santé. Dans sa vieillesse, il chas-
sait encore : après le sac d'Athènes, il rapporta à Rome
les écrits d'Aristote, ce qui prouve qu'il s'intéressait
aux plus sérieuses lectures. Il avait en horreur le Ro-
manisme : chez lui rien de cette morgue épaisse qu'af-
fectaient envers les Grecs les grands personnages de
Rome : rien de leur solennité de nobles bornés. Il se
vantait de la chance qu'il avait toujours eue et répétait
que l'improvisation lui avait toujours mieux réussi que
l'entreprise longuement méditée. A demi lion, à demi
renard, mais le renard en lui était plus dangereux que
le lion. A juger ce caractère, au point de vue de l'absence complète en lui d'égoïsme politique, mais à
ce point de vue seul, qu'on me comprenne bien, j'estime que le nom de Sylla peut encore être nommé
après celui de *Washington !*... Tout compte fait, on
placera non loin de Cromwell le sauveur de Rome,
l'ouvrier qui acheva l'unité de l'Italie [1] »

Parmi les dons que possède Mommsen comme historien, il en est un pour lequel il n'a pas été surpassé
dans son pays : le don plastique. Tout se colore et
s'anime sous sa plume. En deux coups de pinceau, il

---

1. *Römische Geschichte*, t. II, p. 366-373.

fait surgir les lieux. Il nous montre par exemple « Tra-
simène et sa route, qui traverse des pâturages humides
et des marécages fermés par des hauteurs boisées et
escarpées ; » ailleurs, il nous fait voir « l'immense forêt
des Ardennes, où le berger ménapique et trévère mènent
paître au milieu des chênes serrés leurs cochons à
demi-sauvages [1]. »

Mommsen a le style pittoresque même pour exprimer des choses abstraites. C'est ainsi qu'en cinq lignes
il nous décrit le retour de Pompée : « Il avait deux
choses à faire : tirer le glaive contre l'aristocratie (à
cause du droit d'appel méconnu et du tribunat violé) et,
soldat de la cause de l'ordre, marcher contre les bandes
de Catilina. Impossible qu'il ne saisît pas l'occasion.
Eh bien ! quand il n'a plus qu'à tendre la main pour
prendre le bandeau royal et le ceindre sur son front,
convoitant cela de toute son âme, le cœur et la main lui
font défaut à l'heure décisive. » Ailleurs, il nous dit d'intrigues qui se succèdent l'une à l'autre sans résultat :
« elles crevaient dans l'air comme des bulles de sa-
von ». Cicéron, avec ses discours pompeux est un
général qui « emporte à grands fracas des forteresses
en carton ».

Mommsen excelle toujours à rendre la réalité du
passé vivante en empruntant des images au monde
physique, ou aux circonstances historiques qui nous
sont familières. On sait tout le parti qu'Ernest Renan
a tiré de ce procédé dans ses *Origines du Christianisme*
et dans son *Histoire d'Israël*. Mommsen, lui aussi, a
des trouvailles merveilleuses ; il appellera, par exemple,
l'Alexandrinisme « une littérature de serre chaude » ; le
*De natura Rerum* de Lucrèce l'Arabie Pétrée de la poésie :
les critiques des Védas « des botanistes littéraires » ;
Théodore de Mitylène « le premier des maires de pa-

---

1. *Röm. Gesch.*, II, p. 229.

A. GUILLAND.

lais » ; Labiénus « un maréchal napoléonien » ; Salonique avec les émigrés pompéiens « un nouveau Coblentz » : Sylla « un Don Juan » : Caton « un Sancho Pança ». Il dit : « Les idées des Romains sur les Vestales étaient celles des Italiens du Décaméron sur les nonnes. » Fabius « sec, réfléchi et ferme, serviteur zélé, pratique et froid » lui rappelle un général prussien, parce qu'après « les prières et les sacrifices aux dieux, il ne demande le triomphe qu'à la stratégie la plus prudente et la plus méthodique. »

Il y a bien sans doute un peu d'arbitraire dans ce procédé. Lorsque Mommsen nous parle, par exemple, de *meetings* et de *clubs* romains, de salons, de *pfennigs* gaulois, de *Junker*, de la « haute finance de la capitale », des sbires, des ultras, de la *Volkspartei*, des lansquenets, des maréchaux, du prince Arioviste, on trouve qu'il pousse la couleur locale un peu loin. A force de moderniser les choses, il finit par les travestir. Et ce qui aggrave encore ce défaut, c'est que Mommsen use avec un luxe vraiment trop grand de termes étrangers. Pour donner plus de couleur à sa phrase, quand les mots allemands lui manquent, il a recours aux mots français. Ceux-ci émaillent sa prose : il dira : die Blasirtheit, bornirt, chicaniren, die chikanöse Opposition, peroriren, haranguiren. Les écrivains allemands comme David Strauss, formés à l'école de Lessing et des prosateurs du xviiie siècle, trouvent la langue de Mommsen exécrable. Sans doute, elle manque d'élégance et de limpidité, mais, par contre, comme elle est vivante et expressive[1] !

Le public a donné raison à Mommsen. Au moment

---

1. Voici par exemple une image très réelle de la Rome républicaine : « Représentez-vous Londres avec la population naguère esclave de la Nouvelle-Orléans, avec la police de Constantinople, avec les agitations politiques de Paris de 1848 et vous aurez le tableau assez exact de la magnifique cité républicaine dont Cicéron et ses contemporains déplorent la ruine dans leurs boudeuses épîtres. » Ch. XIII.

où parut l'*Histoire romaine,* on était las des styles bien
peignés et académiques. C'était l'époque où Taine disait en France : « Le meilleur style est l'art de se faire
écouter. » Cet art, Mommsen le possède à un suprême degré. Avant tout, il veut donner l'impression
du réel. Aucune rhétorique. Sa phrase dure, aux arêtes
vives et tranchantes, fait surgir les choses avec l'apparence de la vie. Il y a dans son style une certaine brutalité pittoresque qui est la marque de l'âge et que ses
contemporains goûtèrent surtout en lui.

Une transformation, en effet, s'opérait alors dans les
mœurs littéraires de l'Allemagne. Le réalisme qui partout en Europe faisait son apparition gagnait là aussi
la nouvelle génération. Les Allemands n'eurent pas en
littérature les émules de Gogol, de Flaubert et de
Taine, mais ils eurent des historiens d'un réalisme
puissant et Mommsen est au premier rang de ceux-ci.

Trois œuvres à ce moment passionnaient la jeunesse
allemande, le *Faust* de Gœthe, le *Monde comme volonté
et comme représentation* de Schopenhauer, et l'*Histoire
romaine* de Mommsen.

On n'a pas de peine à comprendre ce qui, dans ces
trois œuvres, séduisait cette génération rassasiée de
rêves, positive et éprise de réalité. Le *Faust* de Gœthe
lui prêchait cette philosophie à laquelle le poète, après
avoir tant tourné, avait abouti et qu'il résumait dans
ces mots : « L'action console de tout. »

Le *Monde comme volonté et comme représentation,* ce
livre de métaphysique pratique basée sur l'expérience,
qui ne donnant que des faits, offrait une sorte de philosophie de la vie point belle sans doute, désolée souvent,
mais réelle et qui dans sa fureur nihiliste poussait à
l'action ; cette philosophie, assaisonnée d'un esprit
mordant et brutal, habile à démasquer les sophismes et
à montrer avec crudité les plaies de la vie, était bien
celle que devait goûter cette génération désabusée et

revenue de toutes ses illusions, et précisément à cause
de cela, prête à se lancer en plein dans le *struggle for
life*.

Schopenhauer, l'apôtre de la philosophie nouvelle,
avait longtemps attendu son heure. Pendant trente ans
les exemplaires de la première édition de son ouvrage
étaient restés empilés dans l'arrière-boutique du libraire.
Et brusquement, du jour au lendemain, en 1844, l'édition s'enlève. Schopenhauer devient l'écrivain le plus
lu, le plus goûté, le plus commenté. Il avait enfin
trouvé son public [1].

Il en est de même de Mommsen. C'est parce qu'il
était sous l'empire des préoccupations et des passions de
son âge, qu'il a pu écrire une œuvre aussi vivante et
saisissante. Il a senti comme personne ce qu'il fallait à
la nation et les qualités qu'il était nécessaire de lui in-
fuser. En faisant la guerre aux illusions dangereuses, en
poursuivant de ses sarcasmes les rêveurs, abstracteurs
de quintessence, en raillant les esprits honnêtes et bien
intentionnés, aux « formules de maîtres d'école »,
comme il disait ; en répétant sur tous les tons : oui notre
âge est de fer : il a préparé la génération de son temps
pour les luttes futures.

L'*Histoire romaine* fut un acte, l'un des plus signifi-
tifs peut-être, de cette étrange période qui va de 1850 à
1870. Mommsen, dans cette œuvre, se donna tout entier et ce fut un peu pour cela qu'il eut tant de prise
sur ses contemporains. Au lieu d'une œuvre d'érudition froide et sans vie, à laquelle ne pouvaient s'inté-

---

1. L'influence de Schopenhauer a été très forte sur les écrivains du
nouvel empire allemand. Non seulement des écrivains comme Nietzsche,
Max Nordau, Düring sont sortis de lui, mais même des écrivains comme
Treitschke qui ont combattu le philosophe ont exprimé les idées de celui-ci
en termes presque semblables. Les boutades de Treitschke contre les
femmes par exemple sont du pur Schopenhauer. L'ironie que goûtent le
plus les Allemands, celle de Treitschke et de Bismarck, a la même saveur
que l'ironie de Schopenhauer.

resser que les savants de profession, il écrivit une histoire passionnée dans laquelle la population retrouvait toutes ses douleurs et toutes ses espérances [1].

Mais cette œuvre n'eut pas de lendemain. Bien qu'il ne s'arrête qu'au seuil de l'empire, Mommsen n'écrivit jamais la suite. Trente ans après, en 1885, il publia bien un nouveau volume, les *Provinces romaines*, mais là on ne retrouvait plus les qualités qui font le charme de l'*Histoire romaine*. Cette œuvre nouvelle, c'était le savant qui l'avait faite : elle était mesurée dans ses jugements, elle contrastait même avec sa devancière par le calme et la sérénité scientifique, mais, comme à côté de celle-ci, elle paraissait terne et sans relief ! L'intérêt humain, qui donne tant de prix à l'*Histoire romaine,* ne s'y retrouvait plus. Mommsen le sentait bien. En produisant ce nouveau-né, il réclamait pour lui l'indulgence. « Il doit être lu, disait-il, comme il a été écrit, avec renoncement. » L'historien — j'allais dire le poète — avait raison. En 1885, le vieillard ne retrouvait plus l'enthousiasme de ses jeunes années ; le grand coup de soleil de 1848 avait cessé de briller !

1. Mommsen a reconnu plus tard que son *Histoire romaine* était empreinte de partialité et il avait envie d'atténuer certains jugements. Il ne le fit pourtant pas. « La considération qui l'arrêta, dit Julian Schmidt, est que son ouvrage doit être considéré comme une œuvre d'art qu'on gâterait en la modifiant. Il préféra donc la laisser telle quelle. » J. Schmidt, *Deutsche Rundschau*, t. 44, p. 66.

# CHAPITRE III

## HENRI DE SYBEL

Un publiciste allemand de grand talent, Karl Hille-brand, écrivait en 1874 : « L'histoire en Allemagne, malgré l'impartialité dont ses chefs se piquent, est avant tout nationale et protestante. MM. les Professeurs peuvent se faire toutes les illusions qu'ils veulent sur leur « objectivité », sur leur « incorruptibilité scientifique », sur « la droiture de leur conscience » et « l'infaillibilité de leur méthode » ..... qu'ils le veuillent ou non, qu'ils le sachent ou pas, ils ont servi les intérêts nationaux et protestants. Ils ont plié l'histoire à leur fantaisie. Parmi les faits, ils ont choisi ceux qui rentraient dans leur point de vue. La science apprise sur les bancs de l'Université, ils ont vite fait de l'oublier : la tendance nationale et protestante seule leur est restée. »

Ces lignes ne s'apppliquent à aucun historien mieux qu'à Henri de Sybel qui fut par excellence, en Allemagne, le représentant de la tendance nationale et protestante. Il ne s'en est du reste nullement caché. La science historique dans ses résultats aboutissait pour lui aux mêmes conclusions que ses idées politiques et religieuses. Ces idées, il mit une grande passion à les défendre.

Jusqu'à présent, les historiens nationaux que nous

avons rencontrés n'intervenaient pas dans leurs récits
pour défendre un point de vue politique personnel.
Niebuhr et Léopold de Ranke s'étaient contentés de
mettre eu lumière le développement historique des
peuples dont ils s'occupaient, en laissant aux lecteurs
le soin de tirer les leçons politiques que ce point de
vue comporte. Mommsen avait fait un pas de plus :
retrouvant à Rome une situation qui n'était pas sans
analogie avec la situation de l'Allemagne après 1848,
il l'avait montré avec une ardeur qu'on n'avait point
encore trouvée chez les historiens de son pays. Avec
Sybel, nous allons rencontrer un historien qui subordonne tout à ses idées et pour lequel toutes les circonstances du passé vont servir de prétexte à prouver
l'excellence des institutions des Hohenzollern et la
vérité des principes de la politique nationale libérale.
Ces idées, il les a surtout développées dans sa grande
*Histoire de l'Europe pendant la Révolution française* et
dans son ouvrage non moins considérable sur les
*Origines du nouvel empire allemand* [1].

## I

Faire la psychologie de Henri de Sybel c'est faire
la psychologie du national libéral, dont il a, peut-être, le
mieux en Allemagne représenté les tendances et l'esprit.

Un libéral national était un homme pour lequel la
nationalité ne consistait nullement dans des caractères
de race et de langue. Il fallait y joindre certaines
idées politiques et des croyances religieuses spéciales.

---

1. *Geschichte der Revolutionszeit*, 5 Bände. Düsseldorf. 1853-1871.
Il existe une traduction française de cet ouvrage due à la plume de
M<sup>lle</sup> Dosquet. Elle a paru à la librairie Alcan, sous le titre de *Histoire
de l'Europe pendant la Révolution française*, 6 volumes. — L'autre
œuvre, *Die Begründung des deutschen Reiches*, 7 Bände. München,
1889-1896.

Pour être national en Allemagne, vers 1850, il était nécessaire d'être protestant, sinon de foi, du moins d'esprit, et prussien pour les idées politiques. Quant au libéralisme des hommes de ce parti, il n'avait rien à voir avec celui des Canning, des Cavour et des Laboulaye qui aimaient la liberté en soi, tandis qu'eux ne la concevaient qu'avec certaines institutions, dont ils voyaient le modèle en Prusse.

Il a fallu certaines circonstances de caractère, de vie et d'éducation pour créer ce type qui s'est recruté surtout dans la bourgeoisie éclairée, parmi les gens exerçant des carrières libérales, professeurs, publicistes et lettrés. Ces conditions, Henri de Sybel est un des Allemands qui les a le mieux réalisées.

Esprit positif et solide, dépourvu d'imagination et de finesse, avec un cerveau dogmatique, un peu hautain dans son doctrinarisme, mais agissant et sain, Henri de Sybel, par ses origines, se rattachait au double courant qui a constitué ce parti : l'esprit bourgeois et l'esprit aristocratique. Par son père, il appartenait à une famille de la noblesse westphalienne qui avait fourni des fonctionnaires, des juristes et des pasteurs ; par sa mère, qui descendait d'une famille de fabricants et de marchands de la vie industrielle d'Eberfeld, il sortait de la bourgeoisie.

Ce double caractère aristocratique et bourgeois faisait le fond de la nature de Sybel : extérieurement, cet homme grand, aux larges épaules, cordial, gai, bon compagnon, grand abatteur de besogne, sachant jouir de la vie, avec sa rondeur mêlée à la dignité importante de bourgeois, ressemblait tout à fait à un *self made man* des États-Unis [1]. Par ses idées et ses goûts, par contre, il se rattachait à la classe aristocratique des

---

1. Article nécrologique de la *Neue Freie Presse*, 6 août 1895. — Voir aussi P. Frédéricq, *L'Enseign. de l'hist. dans les Universités allemandes.*

fonctionnaires prussiens dont le baron Stein fut le
modèle. A cela il joignait quelques particularités qui
lui venaient de sa nature et des circonstances au milieu
desquelles il avait vécu.

Sybel était un Rhénan protestant. Cette qualification
qui aujourd'hui ne nous dit pas grand'chose, avait,
vers 1840, une signification particulière. Les Rhénans,
d'une manière générale, étaient plus libéraux que les
autres Allemands du Nord. La domination française
qui s'était chez eux mieux implantée qu'ailleurs y
avait laissé le goût de la liberté, qu'on retrouve chez
tous ses hommes politiques. Je sais bien que pour
beaucoup d'Allemands cette liberté française, qu'ils
appellent une liberté de l'État et qu'ils opposent à la
liberté municipale, n'en était pas une. Ils faisaient bon
marché aussi de l'égalité politique qui, depuis la domination française, avait aboli, dans ce pays, les distinctions de classes et confondu sous une même dénomi-
nation tous les citoyens.

Sybel était de ces gens. En sa qualité de Rhénan
protestant, il s'était senti, comme tous ses coreligion-
naires, attiré vers la Prusse, à laquelle, dès 1815, ils
avaient fourni le plus solide appui, tandis que la majorité catholique conservait de la sympathie pour les
idées françaises. Et cela semblait naturel. Noyés au
milieu d'une population catholique hostile à leurs idées,
ces protestants considéraient la Prusse comme le rempart de leur foi. Mais le plus étrange est qu'élevés dans
un pays où les libertés publiques avaient pénétré dans
les mœurs, ils firent de véritables tours de force pour
montrer que la Prusse, état militaire et féodal, était
seule capable de sauver ces libertés. Comme beaucoup
d'Allemands protestants, ils étaient portés à confondre
les libertés religieuses, intellectuelles et économiques
qui existaient réellement en Prusse avec les libertés
politiques que cet état ne possédait point.

La petite ville de Düsseldorf où naquit Sybel, en 1817, fut précisément un de ces centres de culture protestante où cet esprit pouvait le mieux se développer. Ville d'art, depuis que l'électeur palatin Charles Théodore y avait fondé cette célèbre Académie de dessin où professèrent Cornélius, Schadow et Bendemann, on y rencontrait alors des musiciens comme Félix Mendelssohn, des littérateurs comme Karl Immermann qui y dirigeait le théâtre où l'on représentait des pièces allemandes et étrangères, Shakespeare, Calderon, Gœthe et Schiller. La maison du père de Sybel, avocat distingué, était un des centres de réunion de cette société artistique. « Je reconnais, dit plus tard l'historien, tout ce que je dois à ce milieu incomparable. » Il aurait pu ajouter que ce milieu d'art protestant était en même temps un foyer d'influence prussienne qui, pour l'esprit et les tendances, différait totalement des autres centres artistiques des pays du Rhin, de culture exclusivement catholique.

On comprend dès lors que ce soit parmi les protestants du pays du Rhin que soit né ce libéralisme allemand qu'on a appelé le libéralisme national dont le triple caractère est d'être très prussien d'esprit, anticlérical et anti-français. Ses premiers chefs furent des Rhénans : Hansemann, von der Heydt, Sybel le père, Kamphausen, Mevissen, qui formèrent Henri de Sybel, le futur théoricien du parti. Dès 1840, en effet, celui-ci mit au service de leur cause un talent de publiciste et d'historien de premier ordre. Ce fut lui qui propagea par ses ouvrages leurs idées dans l'Allemagne entière et qui préluda à la formation du grand parti de l'Empire, le parti national libéral [1].

1. « Les idées nationales-libérales, dit fort justement l'économiste G. Schmoller, ont été une combinaison de vieilles idées féodales aristocratiques prussiennes avec les idées rhéno-libérales. Sybel a été le champion scientifique de ce constitutionalisme rhénan modéré, avec une couleur à

## II

Lorsqu'il débuta dans la vie politique, vers 1840, Henri de Sybel était un jeune historien qui venait de terminer ses études à l'Université de Berlin, ou il avait été formé par deux maîtres : l'historien Ranke et le juriste Savigny.

Le premier, Ranke, l'avait initié à la méthode critique et Savigny lui avait fourni sa philosophie de l'histoire : deux sciences, deux vérités à ses yeux, qui se complétant l'une l'autre devaient servir à prouver scientifiquement un certain nombre de problèmes politiques.

Dans le système historico-politique de Sybel, qui n'est au fond que l'exagération de celui de Ranke, la critique historique est un élément de premier ordre. Comme, en effet, le jugement politique dépend de la connaissance des faits historiques, il est nécessaire, avant tout, d'établir la vérité de ces faits d'une manière irréfutable.

Sous la direction de Ranke, Sybel était devenu un critique de premier ordre. Doué d'un esprit net, lucide et vigoureux, il ne fut dans son pays égalé par personne dans l'art de classer les autorités, dans la manière d'établir l'authenticité des sources et de faire la lumière au milieu des témoignages contradictoires. Ses essais critiques sur *Jordanès*, sur l'*Histoire de la première croisade*, sur l'*Origine de la royauté en Allemagne*, sont des chefs-d'œuvre de précision, de lucidité et de bon sens.

Mais pour Sybel l'histoire n'était pas seulement scientifique par l'exactitude de la recherche, elle l'était encore par la somme de vérités morales, sociales et politiques

---

la fois bourgeoise et aristocratique (*Kaufmännisch-aristokratische Farbe*). » Il aurait pu ajouter : « Une couleur très protestante en opposition avec le libéralisme égalitaire des catholiques rhénans. »

qu'elle peut établir. C'est là du moins ce que lui avait
appris le juriste Savigny qui, en montrant que les
sociétés, depuis l'origine du monde, évoluent toujours
dans le même sens et de la même manière, en concluait
que le nombre d'expériences politiques qu'a faites
l'humanité peut se ramener à quelques types : que ces
expériences s'étant répétées sous des formes analogues
à toutes les époques de l'histoire, il suffit d'interroger
le passé pour avoir la clef de tous les problèmes politiques du jour.

Avec cette théorie de l'école historique de droit, Sybel
ne devint pas simplement comme Niebuhr et Ranke un
défenseur de la théorie des nationalités, et comme
Mommsen, un partisan de la lutte pour la vie historique ;
il essaya encore d'expliquer par ce moyen tous les grands
faits de l'histoire et de la politique contemporaine.

Or, à quels résultats l'amenait cette philosophie de
l'histoire doublée de la critique des textes ? A prouver
d'abord que si la Révolution française avait échoué,
c'est que les principes politiques en étaient faux ; que
notre temps ne saurait s'accommoder ni des théories
communistes qui sont à sa base, ni de l'empire universel
napoléonien qui en fut la conséquence ; que l'organisation des États sous la forme nationale est le grand
fait de l'histoire du XIXᵉ siècle ; que l'Allemagne doit y
arriver aussi, et qu'il lui faut pour cela exclure de son
sein tout ce qui tend à détruire sa vie nationale : le catholicisme et la politique anti-allemande des Habsbourg. Les

---

1. Un vrai historien, dit-il, doit réunir trois conditions : il doit être
un investigateur doué du sens critique, un homme doué aussi du sens
politique et un artiste qui sache exposer.

« Comme chercheur, disait-il, l'historien a le devoir de mettre de côté
tout sentiment personnel. »

Pour comprendre le sens des événements dans leur fond, le point de
vue subjectif aura toujours le plus de valeur.

Au point de vue artistique enfin, c'est toujours la personnalité de l'artiste qui imprimera son cachet à la narration. » *Historische Zeitschrift*,
t. 56, p. 484. Article sur *G. Waitz*.

Habsbourg écartés, les Hohenzollern prendront la direction du mouvement. « C'est ainsi, dit naïvement le critique Julian Schmidt, que les opinions politiques de l'auteur aboutissaient aux mêmes conclusions que la science. »

Pour Sybel, cette conviction avait une grande importance. Elle lui permettait d'affirmer ses jugements comme des vérités indiscutables. Et il ne s'en fit pas faute. Dès ses premiers ouvrages, il exprime ouvertement ses croyances de protestant, de national et de libéral.

Dans un écrit sur *Jordanès* (1837) qui lui sert de thèse de doctorat, il voit déjà dans cet historien l'apôtre de l'idée nationale en face du rêve de domination universelle, césarienne et catholique. Un autre petit ouvrage, *Les Sources de la première croisade* (1841), lui sert à dissiper « le nimbe des légendes romantiques », à partir en guerre « contre les moines et leur façon mensongère d'écrire l'histoire » et à nous montrer de quelle manière lui, Sybel, conçoit la religion. « Les Croisés, dit-il, n'ont pas réussi parce qu'ils méprisaient les ressources terrestres de l'esprit humain… A chaque difficulté, ils pliaient le genou en terre et demandaient des secours à Dieu, comme si Dieu avait eu en provision des miracles pour les sortir de toutes les situations critiques… Aussi les nations qui comme les nôtres mettent la perfection religieuse non dans le renoncement, mais dans le juste emploi des choses terrestres, quelque tiède que soit leur foi, ont accompli ce que ni le zèle d'Urbain ni la puissance de Baudouin n'ont pu faire ». Et pour terminer, ce jugement de justicier hégélien : « Ce n'est ni l'impétuosité de Zenki, ni la fermeté de Noureddin, ni la valeur de Saladin qui sont les causes de l'échec des Croisés : dans les grands courants de l'histoire, rien ne s'engloutit sans espoir qui n'ait commencé à se détruire soi-même [1]. »

_____

1. *The history and literature of the Crusades,* translated from

Dans un troisième ouvrage sur les *Origines de la royauté allemande*, de caractère purement scientifique pourtant, Sybel s'efforce de montrer, à l'inverse des historiens catholiques qui, dans leur haine de l'Allemagne protestante, essayaient de couper tout lien entre le passé et le présent, que la royauté allemande eut une évolution toute spontanée, et qu'elle ne subit nullement l'influence de l'Etat romain pour son développement.

Cette thèse qui flattait le point de vue national de Sybel et qu'il s'efforçait de faire prévaloir par des considérations ethnologiques, économiques et sociales fut loin de rencontrer l'adhésion des savants de son pays. Dans le camp même des historiens prussiens, le grand médiéviste Waitz le battit victorieusement, grâce à sa connaissance plus approfondie du sujet et des sources, son sens juridique et même son coup d'œil d'historien[1].

Avec ce genre d'esprit combattif et incisif, Sybel sem-

---

the German by Lady Duff Gordon, p. 124, 125. Sybel est revenu souvent sur cette idée. « Aujourd'hui, dit-il, dans un autre essai sur les croisades, il n'y a plus d'opposition comme au moyen âge entre le ciel et la terre : la perfection religieuse, on ne l'attend plus de la mortification mais du juste emploi des choses terrestres.

« De nos jours, le sentiment religieux pourrait dire plus justement encore que saint Bernard : il vaut mieux combattre les dispositions pécheresses de notre âme que de convertir Jérusalem. » *Kleine hist. Schriften*, II, p. 103. — « Au moyen âge, dit-il ailleurs, on se détournait avec mépris de la science et de l'art... La *patrie*, l'*État*, le *devoir du citoyen*, tout cela, pour la tendance qui régnait alors, était sans charme et sans valeur : car cela appartenait au monde terrestre, dévoré par le péché. On n'avait plus alors le pressentiment de ce simple sentiment humain qui trouve que c'est aussi servir Dieu qu'agir et travailler et qui sait, avec un visage joyeux et calmement se pénétrer aussi de l'éternelle présence de Dieu. Cela ne suffisait pas alors. On voulait saisir Dieu avec les sens. »

1. L'historien Treitschke, qui sur bien des points est aussi partial que Sybel, reconnaît que ce dernier se laissait trop souvent égarer par la passion patriotique. Voici ce qu'il dit de lui à propos de ses *Origines de la royauté allemande* : « Sybel a la tendance des cerveaux philosophiques de construire l'histoire et d'embrasser hardiment dans un tout, sans que ce soit toujours d'une manière heureuse, des époques entières ; il lui arrive d'attribuer témérairement au moyen âge des tendances du xviiie et du xixe siècle. C'est le défaut de son livre qui ne contient aucun fait faux, mais par contre beaucoup de jugements erronés. » Schiemann, *Treitschke*, p. 229.

blait plutôt fait pour réussir dans le pamphlet que dans l'histoire. Il fut, en effet, un merveilleux auteur de brochures de circonstance. A tous les moments critiques de la politique prussienne, il en écrivit. Sa première œuvre en ce genre est un pamphlet anti-catholique, la *Sainte-Tunique de Trèves*, publié en 1844.

Cette année, en effet, les catholiques rhénans, comme pour prendre leur revanche du Kulturkampf, avaient exhibé à Trèves « la sainte tunique sans couture de Notre Seigneur », comme ils disaient, conservée au chapitre de la cathédrale. « Pendant sept semaines, dit Treitschke dans son *Histoire*, des milliers de pèlerins affluèrent à Trèves : dans toutes les villes et les villages du beau pays de la Moselle, les cloches sonnaient quand un cortège de pèlerins passait bannière déployée: les aubergistes, les marchands d'objets religieux de la ville épiscopale faisaient des affaires d'or. D'ardentes prières retentissaient dans la cathédrale : « Sainte Tunique, priez pour nous [1]. »

Sybel, en entendant cela, « bondit sous le coup de cette insulte faite au bon sens et à l'honnêteté du peuple allemand » et, dans un pamphlet incisif, écrit à la manière de Voltaire, il résolut de tuer, une fois pour toutes, « la sainte tunique de Trèves et toutes les saintes tuniques de l'Univers [2]. »

Sybel a joué un rôle important dans les luttes confessionnelles de son pays. L'ultramontanisme n'a pas eu d'ennemi plus vigilant que lui. En 1847, il publiait une brochure, les *Partis politiques dans les provinces rhénanes*, dans laquelle il écrivait : « Etre ultramontain et patriote allemand, sont deux choses qui s'excluent : on ne peut servir deux maîtres à la fois, le pape et le roi ; entre les deux, il faut choisir. »

1. Treitschke, *Deutsche Geschichte im 19ᵗⁱⁿ Jahrb.*, V, p. 335-336.
2. Le pamphlet fut écrit en collaboration avec un savant orientaliste de l'Université de Bonn, Otto Gildemeister...

Au moment où il écrivait ce pamphlet, en 1847, Sybel était déjà un homme fort en vue en Allemagne. Professeur à l'université de Marbourg, il avait pris une part active à la vie politique de la nation. Prussien et libéral, il siégea d'abord à la Chambre hessoise, en attendant de devenir membre de la Chambre prussienne. Sybel n'était pas de ces libéraux qui croyaient que la liberté suffisait à constituer l'unité des Allemands. Il savait que, sans la Prusse, cette unité ne pourrait jamais se faire, mais il croyait aussi que pour rendre sa mission en Allemagne populaire et efficace, la Prusse devait se mettre à la tête du mouvement libéral. « La position de la Prusse en Allemagne, écrivait-il, et vis-à-vis du reste de l'Europe, est telle qu'elle a besoin, dans une égale mesure, de deux choses qui malheureusement semblent trop souvent s'exclure : une forte unité et une forte liberté. Pour vivre, et finalement pour grandir, elle doit avoir à la fois un souverain puissant et une opinion publique; posséder en même temps la puissance militaire et des institutions parlementaires. Pour l'élaboration d'un tel problème quinze ans sont peu, et si la tâche, aujourd'hui, attend encore sa solution complète et durable, on peut pourtant dire que l'idée de la liberté n'est pas un instant sortie des préoccupations du gouvernement prussien. Elle est indestructible : elle est dans notre sang; elle appartient irrémissiblement à l'air que nous respirons[1]. »

Précisant davantage sa pensée, Sybel ajoutait :

« Une chose est sûre, c'est que ceux qui mettent obstacle aux efforts tout allemands de la Prusse rendent service, non pas à la cause de la liberté et de la constitution parlementaire, mais bien aux partis féodaux et légitimistes, en Allemagne et en Europe. Faites-vous des vœux pour la liberté, demandez au gouvernement prussien de ne pas faiblir dans la cause allemande. »

---

1. *Kleine historische Schriften*, t. II, p. 389.

Ce que Sybel entendait par la liberté, ce n'était pas ce qu'on enferme ordinairement dans ce mot en France ou en Angleterre. Il l'a dit plus tard au début de son *Histoire de la formation de l'empire germanique* : « Je ne veux pas de la liberté au sens courant du mot, de cette liberté qui n'est qu'un affaiblissement du pouvoir au profit des droits individuels ; ma liberté est un renforcement de la puissance de l'État, par la coopération patriotique du peuple à tous les devoirs de l'État[1]. » Au fond, le principe fondamental de sa politique était, non la liberté, mais l'individualité nationale, qui s'oppose souvent à la liberté politique. « On en reviendra, disait Tocqueville, de cette chimère des nationalités, qui éclipse pour le moment la passion de la liberté politique. » Et Tocqueville avait raison. Sybel qui, plus tard, devait faire si bon marché des libertés essentielles quand il eut un gouvernement fort, se chargea, dès 1850, de prouver la vérité du mot de Tocqueville dans la lutte qu'il entreprit contre les idées de la Révolution française.

Dès 1848, frappé de voir combien ces idées étaient vivaces en Allemagne, Sybel avait résolu de les combattre en montrant où « conduisent, en pratique, les théories de la démocratie radicale et le dogme de la souveraineté populaire issu de la Révolution française. »

Son intention n'était d'abord que d'écrire un petit essai, une brochure[2], en style vivant. Mais comme il arrive souvent, la brochure s'enfla en volume et les volumes à leur tour se succédèrent les uns aux autres. Pendant vingt ans, avec une patience infatigable que ne lassait aucune recherche, Sybel s'enfonça dans son sujet ;

---

1. *Die Begründung des deutschen Reiches*, t. I, p. 31.
2. « J'avais résolu, dit-il, d'écrire un petit essai ou une brochure pour expliquer au peuple dans quelle misère la grande révolution française avait plongé les basses classes par ses tendances communistes. » *Pariser Studien*, p. 303.

il lut tout ce qu'on avait publié : ouvrages généraux, mémoires, correspondances. Lorsque les sources imprimées furent épuisées, il eut recours aux sources inédites, papiers d'État et documents d'archives. A une époque où, à Paris, les archives n'étaient que difficilement ouvertes aux Français, il obtint, par une faveur particulière de Napoléon III, d'avoir accès aux dépôts les plus précieux du ministère de la guerre, et à ceux de l'intérieur et des affaires étrangères. Ces renseignements recueillis à Paris, il les compléta par d'autres, qu'il alla chercher à Londres. à Bruxelles, à La Haye, à Berlin.

Sybel, en écrivant cette histoire, n'avait qu'une idée ou plutôt qu'une passion : dissiper pour toujours le nimbe d'héroïsme qui s'attache à la Révolution française.

« Comme la Révolution, disait-il, a commencé avec la lutte d'une monarchie féodale et sous le cri de la liberté et de l'égalité, pendant longtemps on s'est accoutumé à considérer comme d'une égale importance mouvement révolutionnaire et mouvement libéral et sous la réserve de blâmer les excès révolutionnaires, on s'est habitué à qualifier les dispositions des partis d'alors comme d'autant plus libérales que ceux-ci se sont avancés loin dans les voies révolutionnaires[1]. »

Sybel croyait qu'en mettant sous leur vrai jour les actions des acteurs de ce grand drame, transfiguré par les historiens français de la Restauration ; en découvrant les intentions secrètes de ces hommes, telles qu'on peut les retrouver dans les papiers d'État ; en montrant les réels motifs qui les faisaient agir, il les réduirait à leurs vraies proportions. Le malheur est que Sybel avait son idée en disant cela. On en avait fait des géants, lui voulait en faire des pygmées, et la prétention était aussi ridicule que l'autre.

---

1. *Gesch. der Rerolutionszeit*, IV[ter] Band.

A côté de ce but, Sybel en poursuivait un autre. Les bourgeois libéraux, en Allemagne, n'aimaient pas la Prusse. Ils avaient des préventions contre cet état qu'ils appelaient la terre du caporalisme et de la bureaucratie. Ce sont ces préventions que Sybel voulait dissiper. Et son ouvrage devait aussi servir à cela. Il s'agissait d'abord de montrer par l'histoire que la Prusse avait une mission à accomplir en Allemagne, mission, que du reste, elle n'avait jamais perdue de vue, même dans les époques les plus troublées de son histoire, comme celle de la Révolution. Il s'agissait ensuite de prouver que cette liberté que les libéraux allaient chercher bien loin, en France, la Prusse pouvait la leur donner, ses institutions étant les plus libérales de l'Allemagne. Et là-dessus, Sybel faisant un parallèle de la Prusse avec l'Angleterre et les États-Unis disait :

« *Dans ces trois États, ce fut le parti le plus animé des idées d'unité nationale, d'indépendance et de dévouement qui prit la direction des affaires.* En Prusse, cette direction échut au roi et à ses serviteurs, tandis que les hautes classes se tenaient à l'écart par inimitié ou par indifférence, et que la masse du peuple restait complètement étrangère à la politique. »

Mais ce n'est pas tout. Sybel, avec son *Histoire*, voulait encore prouver aux Allemands une troisième chose : c'est que l'Autriche devait être exclue de la future confédération germanique, parce qu'elle n'avait rien d'allemand : « L'esprit jésuitique des Habsbourg, disait-il, a détruit en elle le principe de la vraie vie germanique », et cela, il s'efforçait de le montrer pendant toute l'époque révolutionnaire.

C'est ainsi que fut montée en Allemagne, en 1853, cette énorme machine de guerre en cinq volumes compacts qui était certes une œuvre de science de premier ordre, à cause de la masse considérable de faits nouveaux qu'elle mettait à la lumière, mais qui était un long pam-

phlet historique, destiné à redresser le jugement des
Allemands qui ne croyaient pas encore à la mission
historique des Hohenzollern[1].

Sybel devait réussir. La science en impose toujours
à nos voisins et la sienne était prodigieuse. Benjamin
Constant disait : « J'ai quarante mille faits et ils char-
gent à volonté. » Sybel en avait trouvé plus de quarante
mille dans les liasses de papiers qu'il avait dépouillés
dans les archives. Sa bonne foi, certes, était indiscu-
table, mais c'était un homme passionné qui poursuivait une thèse et, involontairement, il allait droit aux
témoignages qui flattaient sa passion. « Le mensonge,
dit un proverbe allemand, n'est souvent pas dans ce
qu'on dit, mais dans ce qu'on tait. » Sybel, une fois
de plus, va nous le montrer.

### III

Reconnaissons d'abord, avant de critiquer cet ouvrage, qu'il est un des chefs-d'œuvre de l'historiographie
au XIXᵉ siècle. Sybel, en premier lieu, a renouvelé bien
des points de cette histoire en mettant au jour des révélations nouvelles. On peut même dire qu'il fut le premier
à recourir aux sources. Avant lui, c'était pour ainsi dire
à priori qu'on faisait l'histoire de la Révolution. Mignet,
dans sa large esquisse, l'avait racontée d'après les témoins
qui vivaient encore sous la Restauration. Thiers, aussi,
s'était contenté de questionner les survivants de cette
époque. Edgard Quinet, qui vint un peu plus tard (1846),
eut une relation manuscrite : les mémoires du conven-
tionnel Baudot ; mais ce fut tout. Le seul qui mit à
contribution les archives à Paris fut Michelet, qui

---

1. L'historien Erich Marcks remarque dans l'excellente notice qu'il a
publiée sur Sybel que cette Histoire est l'œuvre « qui contribua le plus à
l'éducation politique de la nation qui fut si difficile (*mühselig*) ».

écrivit la première partie de son histoire au dépôt
central où il était chef de la section historique[1]. Après
le 2 décembre 1853, retiré en province, il explora
aussi les archives de Nantes et les précieux dépôts de
la Vendée. Et, malgré la passion, l'ardeur avec laquelle
il se saisit des faits pour les brandir comme des dards
vainqueurs, il faut reconnaître que ces faits existent,
qu'il les donne. « Qu'on m'attaque sur le sens des
faits, disait-il, c'est bien. Mais on devra d'abord reconnaître qu'on tient de moi ces faits dont on veut se servir contre moi[2]. »

Sybel a accru, dans des proportions merveilleuses,
la connaissance de ces faits nouveaux de la Révolution,
et il a soumis à une critique très serrée tous ceux que
nous connaissons déjà. Il avait peut-être une supériorité sur les historiens français, c'est qu'il n'était dupe
de rien. Il ne connaît pas le respect qui s'attache à certaines légendes. Aucune considération ne l'arrête dans
son investigation[3]. Et il faut reconnaître que sa haine
clairvoyante l'a parfois admirablement servi. Tout sort
renouvelé de son enquête : les événements, les hommes
et les institutions. Il met même plus de coquetterie
qu'il n'en faut à se montrer en désaccord avec la plupart
des historiens qui l'ont précédé. Mais, tout en faisant
des réserves sur ses jugements, le plus souvent contesta-
bles, et sur lesquels nous reviendrons, il faut reconnaître
que cette histoire est le tableau le plus complet que
nous ayons de la vie de l'Europe à la fin du xviiie siècle,
car il ne s'agit pas seulement de l'histoire de la Révolu-

---

1. Il consulta avec fruit les procès-verbaux manuscrits des Assemblées,
estropiés presque toujours par *Le Moniteur* ; les récits des fédérations
venues des villes et des villages ; les registres de la commune, des Comités
du Salut public et de la Sûreté générale. Beaucoup de ces documents ont
disparu, incendiés pendant la Commune.
2. Préface de la *Révolution française*.
3. Un étranger, dit-il dans sa *Préface*, ne risque pas d'être entretenu
par des erreurs longtemps caressées, et des jugements injustes et quelquefois dangereux, même pour notre époque.

tion française, mais de celle de l'Europe entière à cette époque, Sybel étant de ces historiens qui pensent qu'un événement ne peut nous livrer tous ses secrets que s'il est éclairé par les autres événements contemporains.

L'histoire de Sybel est purement politique, mais c'est en même temps une étude économique et sociale. En ne séparant point la politique de la vie nationale, comme tous les historiens de la tendance que nous étudions, il est amené à donner une grande importance à toutes les manifestations de cette vie : à l'économie rurale, aux finances, à l'industrie, au commerce, aux systèmes d'impôts, à l'armée. Ces chapitres, qui sont peut-être les meilleurs de l'ouvrage, nous présentent le tableau le plus complet de l'Ancien Régime (il ne faut pas oublier que Taine est venu plus de vingt ans après Sybel), et de la vie intime de la Révolution, à toutes ses phases.

L'importance donnée à la vie économique de l'ancienne France a eu pour premier résultat de modifier l'idée même qu'on se faisait de la Révolution. Jusqu'à Sybel, ce n'est guère que politiquement qu'on avait étudié cet événement ; les luttes parlementaires remplissaient presque uniquement les ouvrages des historiens qui, expliquant la marche de la Révolution par ces luttes, étaient amenés, en excusant les excès dont elle se rendit coupable, à distinguer entre 1789 et 1793, entre les belles espérances de la prise de la Bastille et les sanglantes horreurs de la Terreur. Sybel montre qu'en réalité cette distinction ne saurait exister.

« On a souvent nommé ces premières années, dit-il, le beau moment de la Révolution française ; en réalité, elles furent à l'année 1793 ce que la semence est à la récolte. » Et il en fait la démonstration ou plutôt, en exposant l'histoire de la vie économique de la Nation, il prouve que cette Révolution eut avant tout un caractère social, qu'elle fut en réalité une sorte de translation de la propriété, une nouvelle répartition des richesses. Il exprime cela ainsi : « La lacune la plus grande de toutes les précédentes histoires de la Révolution est d'avoir sur les faits économiques de cette histoire observé un profond silence, si bien que le lieu commun a longtemps prévalu que le siècle dernier avait visé à une révolution politique, le nôtre à une révolution sociale et que le premier instigateur de cette révolution en France a été Babœuf. Aujourd'hui, il n'en est plus de même : notre regard s'est aiguisé et nous reconnaissons que les communistes les plus extrêmes ont eu dans le chapitre jacobin de la Révolution leur modèle... Mais il s'en faut encore de beaucoup qu'on ait suffisamment éclairé cette histoire au moyen de cette idée[1]. »

Mais, une fois en possession de cette idée, au lieu d'en poursuivre calmement la démonstration, Sybel, quand il étudie le détail de la Révolution, fait preuve d'un esprit singulièrement partial. Il n'est équitable ni pour les événements, ni pour les hommes : pour les événements, en ce qu'il cherche constamment à rabaisser leur importance historique ; pour les hommes, en ce qu'il montre invariablement ceux-ci sous le jour le plus odieux.

Ce parti pris, Sybel le révèle d'abord en diminuant la portée de la Révolution française. Or, sans vouloir faire de cet événement « la chose unique » que certains historiens y voudraient voir encore, on est bien forcé de reconnaître que c'est le fait le plus important de l'histoire moderne et que son caractère ne fut nullement local et accidentel, mais universel. Sybel ne peut faire moins que d'en convenir en une certaine mesure. « Ce qui se passa à Versailles, dit-il, eut le mérite de donner aux peuples et aux souverains un grand enseignement sur la direction à imprimer à leur politique. » Plus tard,

---

1. *Oekonomische Verhältnisse*, chap. iv du 2ᵉ livre.

lorsque la Révolution fit de la propagande en Europe, il avoue aussi que les effets de cette propagande furent loin d'être tous mauvais.

« Bien que la Révolution ait fait fausse route, dit-il, tout finit pourtant par concourir au triomphe d'une bonne cause, et dans ce sens il est vrai de dire que la Révolution a hâté l'avènement de la liberté ; sans elle un siècle se serait peut-être encore passé avant que la moitié de l'Europe se fût complètement affranchie, par des voies pacifiques, des derniers restes de l'état féodal [1]. »

Mais c'est tout ce qu'il accorde et avec quelle mauvaise grâce encore ! Du reste ce qu'il offre d'une main il le retire de l'autre. A peine a-t-il concédé ceci qu'il cherche à en amoindrir la portée.

La Révolution n'est d'abord pour lui qu'une des formes de la fin de l'ancien régime, et comme telle, elle doit être mise sur le même pied que les autres manifestations de ce fait, qui sont la chute de la Pologne et la destruction du saint Empire germanique.

« Ces trois événements, dit-il, sont solidaires ; les accidents extérieurs peuvent être divers ; le fond est identique. Partout, à Paris, à Varsovie, dans l'Empire allemand, c'est le moyen âge qui s'écroule ; partout une nouvelle politique triomphe : la moderne monarchie militaire, celle qui nivelle et qui centralise. »

Mais si Sybel révèle du parti pris en voulant que ces événements ne soient pas sortis expressément les uns des autres et que la France ne soit pas l'initiatrice du grand mouvement qui a transformé l'histoire moderne, il en montre bien davantage dans les efforts qu'il fait pour mettre ces événements au même niveau, en leur donnant une égale importance.

Après la signification de la Révolution, ce sont les

1. Livre V, ch. I.

événements qu'il rabaisse. Il ne faut évidemment pas demander à Sybel un récit enthousiaste des « grandes journées révolutionnaires ». Il ne leur a même consacré que fort peu de place, en donnant la raison qu'il a voulu surtout faire l'histoire des institutions[1]. Mais dans les quelques mots qu'il en dit, il ne dissimule pas son dédain. Il parle avec ironie de l'engouement de toute une population qui « croit que c'est avec de l'enthousiasme qu'on fonde la liberté ». Évidemment Sybel n'est pas de ces hommes qui comme Michelet vibrent à tous ces élans de générosité d'un peuple. Nature méthodique et positive, il est plutôt porté à se défier de l'enthousiasme populaire. En revanche, lorsqu'il arrive à l'histoire de la République, il prête un esprit complaisant à toutes ses horreurs ; il appuie avec une évidente satisfaction tous les côtés sombres et tragiques de cette époque. Il ne voit bientôt plus que cela. Tout ce qui peut augmenter l'impression de crimes, de scélératesses, il s'en saisit avidement. On a remarqué que si Taine n'avait vu dans la Révolution[2] que des scélérats, c'est qu'il était surtout allé chercher ses renseignements dans les rapports de police. Sybel a dû faire de même, car il ne mentionne guère que les excès et les violences.

Il arrive même une chose singulière, c'est que lui qui prétendait n'être qu'un historien des institutions, qui dans la préface de son ouvrage annonçait le projet d'étudier la société de l'époque révolutionnaire, ce qu'elle avait été, ce qu'elle avait fait, en déterminant son influence sur la société moderne, arrive par haine de cet événement à ne plus donner de prix qu'à l'accident. Les petits faits, dès qu'il s'agit de crimes, s'accumulent sous sa

---

1. Je me suis efforcé, dit-il, de porter la lumière sur certains côtés des événements laissés dans l'ombre jusqu'ici. Je m'étendrai surtout sur la situation financière et économique de la République française ainsi que sur les relations de la France avec les autres états de l'Europe.
2. Les tomes II, III et IV des *Origines de la France contemporaine*.

plume, mais lorsque le moment vient de montrer l'œuvre
de la Convention, ses fruits solides et durables, l'historien s'esquive.

La passion joue aussi de mauvais tours à Sybel. Elle
l'amène souvent à se contredire. En décrivant l'ancien
régime, il montrait éloquemment par la triste situation
de la France que la Révolution était nécessaire. Mais
lorsqu'il arrive à la Révolution elle-même, il regrette cet
ancien régime, trouve qu'il « n'était pas si mauvais et
qu'il aurait suffi d'améliorer les institutions en faisant
quelques réformes de détail » pour que tout fût pour le
mieux dans le meilleur des mondes.

Cette haine de la Révolution a plusieurs causes chez
Sybel, dont la première et la plus forte est dans sa
forme d'esprit.

Vis-à-vis de la Révolution française on a toujours pu
constater deux classes de gens, dont les uns sont aussi
excessifs dans leur admiration que les autres le sont
dans leur haine.

Ces deux classes de gens sont en réalité deux classes
d'esprits, et l'on pourrait même dire que c'est entre elles
que le monde se partage : les idéalistes et les réalistes.
Les idéalistes ne sont pas tous des poètes, comme le
furent ses premiers et ardents admirateurs : Klopstock,
Schiller et Wordsworth, mais aussi des penseurs et des
hommes politiques qui, avec Fox, Fichte, Kant et
Herder, répétèrent aux générations suivantes les nobles
paroles de ce dernier : « La semence tombe dans la
terre ; longtemps elle paraît morte, puis tout à coup elle
pousse son aigrette, déplace la terre dure qui la recou-
vrait, fait violence à l'argile ennemie et la voilà qui
devient plante, qui fleurit et mûrit ses fruits ».

On peut bien reconnaître que toutes les grandes
espérances qu'avaient rêvées ces nobles esprits ne se sont
point réalisées, que la Révolution est restée bien en deçà
de ce qu'elle avait promis, qu'elle n'a nullement récon-

cilié les classes de la société dans un amour fraternel,
qu'elle n'a fait cesser sur la terre ni les injustices, ni
l'arbitraire, ni les guerres. Oui, c'est vrai. Mais ses
aspirations en sont-elles moins nobles pour cela ? Ne
peuvent-elles pas ailleurs, en d'autres circonstances,
transformer la société ? Qui peut assigner à l'humanité
sa marche ? On parle de la banqueroute de la Révolution française, comme si celle-ci était finie. Pour
beaucoup elle continue. Le ferment introduit par elle
dans la société la travaille encore. A ce point de vue,
il n'est pas exagéré de dire qu'elle ressemble au christianisme qui, après dix-huit siècles, est loin d'avoir réalisé
sur la terre son idéal d'humanité. Qui peut nier pourtant qu'il n'ait fini par modeler notre race et qu'il ait
fait pénétrer plus de justice et plus d'amour dans le
monde. Les progrès s'achètent lentement. Ce n'est que
petit à petit que les sociétés s'imprégneront de l'idéal
de la Révolution. Nous ne sommes qu'à l'aurore de ce
mouvement. « L'Europe moderne, dit avec raison Frédéric Harrison, regarde la date de 1789 comme une date
qui marque dans l'humanité la plus grande évolution
que le monde ait connue depuis le christianisme ».

Mais en face des idéalistes qui rêvent cela, les réalistes
pessimistes forment un bataillon compact. On connaît
leurs chefs : ce sont Burke, Mallet-Dupan et Taine.
Sybel, par les tendances de son esprit, appartient entièrement à ce groupe. Burke fut une de ses premières
admirations et resta, je crois, la plus forte. Il disait de sa
*Lettre sur la Révolution française* : « C'est mon évangile politique ». Il vantait « la profondeur et la clairvoyance » de l'homme qui, dès octobre 1790, prédisait que « cette Révolution se terminerait par le pouvoir
militaire et absolu ». Comment, dès lors, douter de la
vérité des principes politiques d'un tel prophète ? Aussi,
renchérissant encore sur le critique anglais, Sybel fait-il
dans son ouvrage une critique plus acerbe que celui-ci

des droits de l'homme, « des pauvretés indignes d'un homme intelligent », dit-il et sur lesquelles il écrit sept pages de discussion âpre et passionnée, assaisonnées d'une amère ironie à l'adresse de ces naïfs qui « s'imaginent qu'on fonde un État ou qu'on accomplit une Révolution avec des espérances et de l'enthousiasme ».

« Rien, dit-il, n'est plus pénible, plus fastidieux, plus humiliant à lire que ces discussions dans lesquelles on cherchait à faire décréter à la majorité des voix ce que signifient les mots de droit et de liberté... On détruisait avec un zèle infatigable les derniers vestiges de la tradition afin de pouvoir édifier l'État selon les lois de la nature ».

Quand on va au fond des choses on voit qu'une si belle passion n'était pas là uniquement pour réfuter des idées politiques qui lui déplaisaient. Il y avait une cause plus intime et plus secrète : la peur. On a pu dire avec raison du pamphlet de Burke : « Jamais œuvre ne fut plus superbement et plus passionnément nationale que la polémique qu'il engagea contre la Révolution française ; toutes les fiertés, toutes les jalousies, toutes les animosités de l'Angleterre y trouvèrent leur expression : la rancune de la guerre d'Amérique, l'orgueil d'être seul digne d'un gouvernement libre, l'antipathie du rigorisme protestant et de la licence gauloise, font de cette formidable invective une sorte de manifeste du patriotisme britannique »[1]. Eh bien, pareil jugement peut être porté sur l'*Histoire de l'époque révolutionnaire* de Sybel. Sous couvert de faire le procès à la Révolution française, c'est en réalité à l'esprit français et à l'histoire de France qu'il le fait.

Sybel n'aimait pas la France. Il reconnaissait certes au

---

1. A. Sorel, *L'Europe et la Révolution*, 2e édition, 2e volume, 1889, p. 145-146.

peuple français de grandes qualités, — les solides vertus
de la bourgeoisie, le sens esthétique, l'intelligence et
l'esprit industrieux des habitants qui réussissent merveilleusement dans tous les arts[1] — mais il ne croyait
pas qu'en politique la nation eût fait une seule œuvre
durable ou tout au moins digne d'être imitée par les
Allemands[2]. La raison qu'il en donnait était que le
Français moyen est incapable de faire lui-même ses
affaires et qu'il a en tout besoin de la tutelle de l'État.
« Tandis que la nature de la race anglo-saxonne, dit-
il, est résumée par le mot *Self Government*, celle des
Français se résume par un continuel effort vers la Centralisation ». L'avortement de la Révolution française n'a
pas d'autre cause à ses yeux : « Pour expliquer la Révolution, dit-il, il faudra toujours revenir à cette question :
comment est-il possible que l'enthousiasme de 1789,
qui aspirait si fort à la liberté aboutit, après six ans, à
un résultat aussi meurtrier. Sans doute l'incapacité des
chefs dans la première moitié de la Révolution, le manque
d'expérience de la masse dans la pratique des choses
politiques et l'excitation des passions populaires pour
la guerre étrangère y contribuèrent. Mais la faute capi-

---

1. « La grande masse de la bourgeoisie moyenne à Paris, disait-il
dans une curieuse brochure publiée peu après 1870, sous le titre : *Que
pouvons-nous apprendre de la France ?* se distingue par son application, son activité et ses goûts modestes. C'est là une chose qu'il ne faut
point oublier lorsqu'on lit dans les journaux les récits des scandales,
lorsqu'on feuillette les livres du jour, lorsqu'on voit les théâtres et les
restaurants. Là on ne fait jamais allusion à cette saine vie de famille, à
ce travail toujours actif,.... précisément parce que dans tout ce monde qui
travaille et qui compose la majorité du peuple français, il n'y a point de
ces scandales qui affriandent la curiosité publique. » P. 6.

2. Dans un curieux essai, il compare le Français au Polonais. « Comme
lui, dit-il, il est turbulent, instable et léger ; ses impressions sont très
vives. Il a une grande mobilité de sentiments qui fait de lui un artiste
délicat qui goûte les plaisirs esthétiques et sensuels, etc. Au point de vue
religieux, comme le Polonais, il ignore ce qu'est le sentiment individuel
et intime de l'Allemand. Pour lui, la religion se résume dans une série
de pratiques extérieures dont on peut s'acquitter *tout en gardant sa frivolité naturelle, son fanatisme et son intolérance*. » *Deutsche Rundschau*, t. I, p. 17.

tale fut l'absence absolue d'intelligence pour ses deux
idées fondamentales : la liberté et l'égalité ».

Sybel, en nous définissant la liberté, va nous montrer
que les Français en sont incapables : « La vraie liberté,
dit-il, est le droit (*Befugniss*) pour l'homme de développer toutes les dispositions morales de sa nature d'après
sa libre décision. La vraie égalité consiste à reconnaître
que cette liberté existe pour tous les hommes qui ont
droit à une égale protection et à une égale capacité juridique. De là l'idée démocratique vraie et éternelle qui
prétend fixer le droit politique de l'individu, non à la
manière féodale, d'après le hasard aveugle de la naissance, mais seulement en tenant compte du travail qu'il
a fait et en donnant le pas au patriote capable et instruit,
même s'il sort de la plus humble chaumière, sur le descendant de la noblesse égoïste ou ignorant. Libre carrière pour le talent et le mérite, c'est là la signification
de liberté et d'égalité ».

Vous vous arrêtez surpris et vous vous dites :
« Comment la Révolution française n'a point établi
cela! Mais c'est précisément elle qui l'a introduit en
Europe ». Sybel répond à cette objection par une distinction : « Les Français, dit-il, ont totalement échoué
dans la première des tâches qu'ils s'étaient assignée,
celle de fonder la liberté dans leur pays et ils n'ont qu'à
moitié réussi dans l'autre qui fut d'établir l'égalité des
citoyens ».

Là dessus il nous expose ce qu'il appelle la fausse
notion de l'égalité des Français : « Les Français, dit-il,
prétendaient que les hommes sont nés égaux en droits
et que c'est la tâche de l'État de réaliser cette égalité en
exigeant pour tous : droit de suffrage égal, droit d'éli-
gibilité aussi, une part égale à la puissance politique.
Cette prétention devait les amener rapidement à la re-
vendication qui en est la conséquence logique : droit
de possession égal, droit de jouissance égal, ainsi que

droit de travail égal. Et nous savons comment Robespierre et Hébert se sont approchés de la réalisation de cette idée. C'est là que se trouve la source de l'échec de la Révolution, la raison de tous les coups de force, l'origine de l'instabilité de toutes ses œuvres, tant au XIXᵉ qu'au XVIIIᵉ siècle[1]. »

Ce qui frappe le plus dans ce morceau c'est le ton d'assurance dans la démonstration. Pour Sybel, évidemment, ce sont là des vérités irréfutables. Il ne se contente pas du reste de les exposer, il faut qu'il les explique et naturellement c'est par « la psychologie du Français qu'il le fait ».

En décomposant le type gaulois, Sybel ne trouve aucun des traits qui font le vrai démocrate « ni le besoin d'obéir à la loi établie, ni le respect de l'État, ni celui des particuliers ».

« Chacun, dit-il, parle de ses droits et nul ne se demande quels sont ses devoirs envers soi-même et envers ses concitoyens ; quels efforts aussi il faut pour mettre l'État à même de satisfaire aux vœux de tous. »

Le remède alors à ce mal ? Sybel n'hésite pas. Il leur faut un homme. Si la nation avait été capable d'en choisir un librement qui eût été accepté de tous, la chose eût été excellente, mais comme elle ne sut le faire, ce fut l'homme qui s'imposa, Napoléon, qui devint ainsi le sauveur nécessaire.

Sybel était de cette classe d'historiens qui croient à la nécessité des grands hommes. L'exemple de pays comme l'Angleterre, l'Amérique ou la Suisse où des œuvres politiques admirables ont été faites par des collectivités dans lesquelles il n'y eut pas d'hommes de génie, mais seulement des esprits droits, honnêtes et bien intentionnés, n'est pas un exemple probant à ses yeux. « Je soutiens avec Treitschke, écrivait-il dans

---

1. *Gesch. der Revolutionszeit, édit de Stuttgart*, 1878, t. IV, p. 44.

une de ses lettres, que ce sont les hommes forts qui font
le temps. La masse ne fait rien ; elle sent les besoins très
pressants. Les hommes cultivés, eux, entrevoient l'idéal
de l'avenir mais confusément. Pour le réaliser, il faut un
homme, l'homme fort, qui non seulement reconnaisse
comme les autres l'idéal des temps, mais qui trouve en
lui les vrais moyens d'atteindre le but. Ainsi Bismarck
avec l'unité allemande. Quand et où la réforme sociale
trouvera-t-elle son Bismarck ? Elle m'apparaît maintenant
être presque au point où se trouvait en 1844 le mouvement allemand de l'unité : un effort louable, d'obscures
exagérations, des expériences fausses [1] ».

Pour la Révolution française, Bonaparte fut cet
homme. Par la faute de la nation, il devint « le sauveur », c'est-à-dire l'homme assez « puissant pour réunir en les ordonnant les acquisitions positives de cette
révolution, pour assurer à la masse du peuple le règne
et la jouissance (*Behagen*) de l'existence civile et ouvrir
ensuite aux forces actives du pays des carrières glorieuses [2] ».

« Il n'y a point à chercher l'origine du coup d'État
dans la fourberie, la duplicité du chef militaire, dit-il
ailleurs. Elle était une conséquence de la situation... En
septembre 1797, le sort de la République était à tous
égards scellé. L'attentat du 18 fructidor avait montré de
nouveau que sur la base des idées radicales un véritable
État était impossible, autant sous la forme de la constitution de 1795 qu'avec les prescriptions de la constitution de 1791. Il était à prévoir qu'avec de telles théories
la condition de toute vie politique saine, le respect de
la loi, ne seraient jamais atteints. La politique se dis-
solvait dans une perpétuelle oscillation entre l'anarchie
et le coup d'État, jusqu'à ce qu'enfin s'élevât un maître,

---

1. Cité par Erich Marcks, étude sur Sybel.
2. *Gesch. der Revolzt.*, t. **V**, p. 530.

assez fort pour museler les autres et, en anéantissant la liberté, capable de mettre un terme au mauvais emploi qu'on en faisait. »

Sybel pense que si la Révolution à ses débuts avait trouvé cet homme, Bonaparte n'eût pas été nécessaire, mais il n'y en eut point. Le seul qui sortît de l'ordinaire, Mirabeau, n'a « qu'une gloire impure ». La vie dissolue qu'il avait menée détruisit en lui tout ressort moral. Il eut certes d'éminentes qualités d'homme d'État : l'intelligence souveraine qui domine les événements et sait les diriger ; la volonté unie à l'ardeur de la conviction. Mais esclave de son passé et de sa vie, il ne put prendre la place à laquelle il avait droit et, par la fatalité qui pesait sur lui, il en fut « réduit aux intrigues d'une Cour aux abois, qui croyait encore que des expédients pourraient la sauver ».

Dès la mort de Mirabeau, pour Sybel, le règne des médiocrités commence : l'Assemblée est soumise à toutes les fluctuations de la volonté populaire. C'est la foule qui commande. La Commune avec ses énergumènes qui s'appuient sur la populace est maîtresse de l'Assemblée et plie toute une nation à sa volonté.

Parmi ces hommes qui désormais dirigent la politique de la France, Sybel ne distingue plus que deux catégories : les cuistres et les filous.

Les cuistres, naïfs bien intentionnés, sectateurs de l'idée pure, cerveaux étroits, sont à ses yeux fort dangereux, car ils ont la foi et peuvent se porter, par fanatisme, aux pires extrémités. Les autres, les filous, n'ont vu dans la Révolution qu'une situation à exploiter. Ce sont les plus nombreux. Il ne serait même pas nécessaire de pousser beaucoup Sybel pour lui faire avouer que tous les hommes de la Révolution furent plus ou moins de cet acabit, un naïf révolutionnaire étant pour lui le plus souvent doublé d'un criminel. Ce qu'il y a de certain, c'est qu'il ne craint pas les généralisations témé-

raires. Il dira, par exemple : « Pour les Français, la
fraternité n'était qu'un prétexte pour attaquer par goût
de la rapine tous les peuples voisins. » Ailleurs : « Le
cri de liberté n'avait été de toutes parts que le signal du
despotisme et de la guerre. » Et ceci : « Personne en
France n'éprouvait le moindre attachement pour l'état
de choses existant. Tout en rêvant les utopies les plus
brillantes, on s'habitua à exploiter la situation présente
au profit des intérêts privés. » Enfin ceci : « La liberté
pour les hommes de la Révolution fut la licence de
faire ce que bon leur semblait, l'absence de tout gouvernement gênant et la possibilité de satisfaire leurs
convoitises. »

Avec cela, que devient le sentiment de dévouement
à la patrie qui poussa les volontaires à la frontière ?
Sybel ne croit pas à ce sentiment. Soldats et officiers
ne sont pour lui que de vulgaires pillards. Les généraux étaient « dans l'impossibilité de mettre un frein à
la cupidité de leurs officiers et de leurs commissaires
et à la grossière indiscipline des soldats (*die Solda-
tesca*). »

En lisant ces choses, vous vous demandez si vous
rêvez. Quoi, tous les officiers des ambitieux, les armées
révolutionnaires « des bandes indisciplinées qui n'a-
vaient de goût que pour la rapacité et le lucre. » Alors,
vous songez à d'autres témoignages, à celui de Stendhal qui fit la première campagne d'Italie et qui ne
tarit pas en éloges sur le désintéressement des soldats
et des chefs. Vous vous rappelez aussi les belles paroles
de Tocqueville : « J'ai longtemps étudié l'histoire, et
pourtant je n'ai jamais vu révolution où l'on trouve
des hommes d'un patriotisme si sincère, d'un tel sacrifice et d'une plus entière hauteur d'esprit. »

Qui des deux a raison de Sybel ou de Tocqueville ?
En pénétrant un peu au fond de son œuvre, vous ne
tardez pas à être fixé : vous vous apercevez finale-

ment que cet historien si impeccable, qui a tout lu, tout vu, tout contrôlé, a de singulières complaisances pour les témoins qui flattent son point de vue. Lui, si dur lorsqu'il s'agit non pas de terroristes, mais de libéraux de la nuance de Lafayette, Duport, Barnave et Lameth, il est plein de condescendance pour les monarques absolus de l'Europe « qui, dit-il, tandis que les révolutionnaires brisaient tous les obstacles qui barraient leur route, s'inquiétaient avec sollicitude de la prospérité et des *vœux* de leurs peuples. » Où donc a-t-il vu cela?

Ailleurs Sybel se porte garant de la sincérité de Marie-Antoinette. Il affirme qu'elle était prête à faire « l'essai loyal de la monarchie constitutionnelle, à condition que la sécurité du roi fût garantie et que celui-ci eût le pouvoir nécessaire pour rétablir l'ordre »; il dit aussi que si elle voulait fuir, c'est qu'elle voulait « se mettre à la tête du mouvement catholique, vendéen ou provençal (Varennes n'était pourtant ni au sud, ni à l'ouest de la France) »: il sait aussi qu'en cas de victoire, la nouvelle constitution « eût consacré la chute de la féodalité et des privilèges de naissance, l'unité de gouvernement et la liberté de commerce et d'industrie ». Sur quel témoignage s'appuie-t-il pour affirmer tout cela? Sur aucun. Il le croit et cela lui suffit [1].

Sur la captivité et sur la mort du petit dauphin au Temple, Sybel fait un récit tragique dont les grandes lignes et les détails sont empruntés à Beauchesne, dont il ne contrôle nulle part le romanesque larmoyant. Un témoin à charge avec lui a toujours chance d'être écouté, surtout s'il s'agit de montrer la férocité native des révolutionnaires. C'est ainsi que pour la Terreur,

---

1. Il reconnaît bien que ce ne sont là que des hypothèses. « Rien n'est certain, dit-il. »

— la partie la moins sûre de son histoire — il suit à la lettre le témoignage plus que suspect de Mortimer-Ternaux. Ailleurs, on le voit invoquer l'autorité de M. Poujoulat.

On passerait peut-être ce parti pris à Sybel s'il n'était souligné par le ton du récit. Les faits ne lui suffisent pas pour montrer ses sympathies ou ses antipathies, il faut que ces jugements malveillants soient exprimés d'une manière acrimonieuse. Il ne peut, par exemple, prononcer le nom de Lafayette sans qu'aussitôt les épithètes de « vaniteux insupportable, d'outrecuidant et d'incapable, de faux-bonhomme et de poltron » pleuvent sous sa plume. S'il signale quelque faiblesse inhérente à l'esprit français, il ne manquera jamais d'ajouter par antithèse : « la grande nation. » Il y a dans son ouvrage quelques petits tableaux ironiques qui en sont l'ornement. Voici, par exemple, la manière dont il raconte la fameuse scène de la Convention qui précéda l'expulsion des vingt-sept Girondins :

« Alors, Barère fit la dernière tentative et proposa immédiatement que la Convention sortît en masse, son président en tête, pour donner la preuve de sa liberté. Une approbation générale répondit à son appel, et les députés se mirent en marche, à l'exception d'une centaine de membres de la Montagne qui restèrent sur leurs bancs... Ils arrivèrent jusqu'à la porte principale du château où Henriot, quelque peu éméché, se tenait à cheval devant une batterie des artilleurs démocrates. Il répondit à l'allocution du président par quelques obscénités, et après avoir échangé quelques paroles, il fit partir cette troupe d'hommes qui se nommait la représentation de la France en criant : « Canonniers à vos pièces ». Et lorsque la Convention chercha un refuge dans le jardin, elle n'eut pas un meilleur sort. Elle se laissa docilement ramener dans la salle par

Marat qui, entouré d'une bande de voyous (*Strassen-buben*), s'avançait triomphant[1] ».

Il y a autre chose dans l'*Histoire de l'époque révolu-tionnaire* qui révèle peut-être mieux encore le parti pris de Sybel, c'est les efforts constants qu'il fait pour vouloir que son pays ne doive rien à la France.

Un des traits communs à tous les historiens de tendance prussienne est de croire que la Prusse, bien avant la Révolution, a accompli, pour elle-même et à elle seule, l'œuvre de cette Révolution dans la réalisation des principes de justice et d'égalité sociales et dans l'évolution de la société moderne. Sybel n'y manque pas : il montre dans les institutions prussiennes le solide rempart de la liberté germanique.

Ailleurs, il ne veut pas que les Allemands des autres pays soient redevables de quelque chose à la France. Nous savons, par exemple, que les Français, dans les provinces des bords du Rhin, furent accueillis avec enthousiasme par la population. Sybel n'en veut rien savoir : « Là, dit-il, la population frémissait en proie à une rage impuissante. C'est alors que furent jetés en Allemagne les premiers germes du sentiment national ; dès ce moment commença à naître dans des milliers de cœurs irrités la conviction que nul citoyen allemand ne saurait jouir de l'existence en sécurité autour de son foyer si la nation entière n'était réunie en un puissant État allemand. »

Sybel confond tout simplement deux dates : 1793 et 1807.

Mais c'est surtout dans l'exposé des origines des guerres de la Révolution que cet amour-propre national éclate. Le patriotisme de Sybel ne peut supporter que les coalisés, dont la Prusse était, soient responsables de cette guerre. Il faut à tout prix qu'il

1. Sybel, *Gesch. der Revzt.*, II, p. 293 (édit. de Stuttg., 1878).

en rejette la faute sur les Girondins. Il reconnaît bien, à vrai dire, que dès le 12 mars, Frédéric-Guillaume II voulait la guerre « pour châtier les Jacobins, sauver chevaleresquement Louis XVI et les émigrés, et enfin ajouter à ses États une vaste province polonaise », mais il n'en est pas moins vrai, à ses yeux, que ce fut la Gironde « qui entreprit cette guerre pour renverser la constitution monarchique de 1791, Louis XVI et les Feuillants ». Quant à l'Empereur Léopold II, il assure qu'il « ne cherchait qu'à défendre contre les attaques des Jacobins cette constitution, dernier rempart qui les protégeait encore contre l'établissement de la République. »

Pas un seul instant, Sybel ne se demande en vertu de quel droit l'empereur Léopold et le roi de Prusse s'arrogeaient cette prétention d'intervenir dans les affaires de France.

Il trouve tout naturel que ces souverains fissent des démonstrations sur les frontières de ce pays qu'ils n'avaient, dit-il, nullement l'intention de violer, pour faire peur à la nation. Il les approuve de désirer « que la France devînt une monarchie sagement réglée et non un champ de bataille de désordres sauvages » ; il les justifie enfin de vouloir « donner au gouvernement français la force nécessaire pour écraser la propagande révolutionnaire qui menaçait l'Europe. »

Et si les Girondins prennent ombrage de tout cela, si leur patriotisme un peu jaloux se rebiffe contre de telles prétentions et s'inquiète des menées de Marie-Antoinette avec les émigrés, Sybel y trouve un motif de plus pour s'emporter contre eux.

« Avaient-ils raison, s'écrie-t-il, de s'effrayer de ces quatre mille émigrés répartis entre Coblentz, Worms et Ettenheim ? Que pouvaient cette poignée d'hommes contre un peuple qui, malgré toutes ses divisions, avait prouvé au mois de juin qu'il pouvait mettre sur pied quatre millions de citoyens armés[1]. »

Mais la question n'est pas là. Il s'agit tout simplement de savoir s'il était admissible qu'un peuple qui venait de révéler son esprit d'indépendance et sa volonté de faire ses affaires seul, tolérât que des étrangers s'immisçassent dans sa politique. A cette question, Sybel se garde bien de répondre ; et pourtant, personne n'était mieux qualifié que lui pour le faire, puisqu'il fut dans son pays un des hommes qui revendiquèrent avec le plus d'énergie le principe de l'indépendance nationale. Mais lorsqu'il s'agit des affaires de France, Sybel n'est plus de cet avis.

Ce n'est pas seulement pour la France vis-à-vis de la Prusse que Sybel montre qu'il a deux poids et deux mesures, mais aussi pour les autres parties de l'Alle-

---

1. Rien ne prouve mieux le parti pris de Sybel contre la France que la *Préface* dont il accompagna la publication du V⁰ volume de son histoire qui parut en mars 1871. La France vaincue ne lui semble plus un danger pour son pays. « Depuis 1870, dit-il, nous autres Allemands, nous considérons d'un cœur plus calme que du temps de notre morcellement les vicissitudes de la politique française. Le danger de guerre est écarté par la défaite de Napoléon. Le danger de l'invasion des idées françaises (1789, 1830, 1848) est aussi amoindri. La marche de notre état est profondément différente de celle de la France après 1789. Notre empire est sorti du principe des nationalités inconciliable avec les fausses idées d'égalité de la Révolution française Ces idées dénient tout droit à l'existence individuelle, soit qu'il s'agisse d'un peuple, soit qu'il s'agisse d'un individu. La prétendue libération universelle des Girondins, les conquêtes universelles de Napoléon n'étaient pas autre chose que des applications logiques de ce principe fondamental qui, en France même, a étouffé le libre développement des individus. Le principe des nationalités, par contre, repose sur des idées absolument opposées à celle-là, à savoir que la liberté personnelle ne peut subsister que sous la protection d'un gouvernement dont les chefs parlent la langue de leur peuple, partagent leurs idées, sentent les battements de leur cœur... Comme base : respect de l'individu ; l'accord de la liberté et du pouvoir est la conséquence du principe des nationalités. Est-ce trop avancer que de croire que l'Allemagne écartera de son état la fausse égalité et la licence, qu'elle saura se tenir à l'abri de ces deux excroissances despotiques, l'église et le radicalisme autoritaire, dont la Commune et les Jésuites sont les plus frappants exemples — excroissances qui entravent la réalisation d'un état libre. » *Geschichte der Revolutionszeit*, IV<sup>ter</sup> Band, Vorrede VIII et IX. Bonn, 1871.

magne, vis-à-vis des Hohenzollern, et particulièrement pour l'Autriche. Sybel fut dans son pays l'un des adversaires les plus ardents de la politique autrichienne. Dès 1848, il prônait la formation de la petite Allemagne sous l'hégémonie prussienne, à l'exclusion de l'Autriche. Dans ses *Préfaces*, brochures et pamphlets, il traitait couramment les Autrichiens « de crétins, de peuple sans culture » qui ne méritait pas d'être rattaché à la grande patrie allemande. Dans son histoire, les mots sont moins gros, mais il n'en exprime pas moins cette idée et il essaie de la justifier. Il le fait de deux manières : d'abord en esquissant la philosophie de l'histoire des deux États ; ensuite, en montrant le rôle que chacun d'eux joua pendant l'époque révolutionnaire[1].

Sybel commence par poser que dans tout État moderne « les progrès de la civilisation ont eu pour fondement le principe de l'indépendance dans l'art et dans la science ».

Il n'a pas de peine à nous montrer que la Prusse, en Allemagne, a le mieux réalisé ces conditions, tandis que l'Autriche s'en est le plus écartée. Tout, pour lui, revient à une question de religion. « En embrassant le protestantisme, dit-il, l'électeur de Brandebourg devint, du même coup, le défenseur de l'Allemagne indépendante ; l'Autriche, au contraire, en détruisant chez elle l'œuvre de la Réforme et en confiant l'éducation du peuple aux Jésuites, s'est définitivement aliéné le vrai esprit germanique.

---

1. Dans les premières éditions de l'*Histoire de l'époque révolutionnaire*, Sybel attaquait ouvertement l'Autriche dans ses *Préfaces*. Il effaça plus tard les expressions trop vives, mais à Vienne on n'a point oublié ses attaques. Peu de Prussiens — parmi ceux qu'on appelait à Vienne « les architectes de la Kleindeutsche Geschichte » — furent autant détestés que Sybel sur les bords du Danube. A sa mort, la *Neue Freie Presse* disait que Sybel n'avait qu'à s'en prendre à lui de cette haine : « Qui sème le vent, récolte la tempête. » Voir dans Sybel, *Kleine hist. Schriften*, II, p. 8, ses attaques virulentes contre l'historien autrichien Vivenot.

« L'éducation des jésuites, dit Sybel, incomparable lorsqu'il s'agit de former des hommes pour les faire arriver à un but donné, commence précisément par la négation de toute individualité et de toute libre disposition de soi-même. Le signe le plus certain auquel on pût alors reconnaître une nationalité autrichienne était son absence de participation aux progrès qui s'accomplissaient dans le reste de l'Allemagne. »

Sybel voit là l'origine du conflit entre la Prusse, l'État allemand vraiment libre, « qui sut, au siècle dernier, défendre avec conscience et dévouement les vrais intérêts de l'Empire au-dedans et au-dehors et l'Autriche, l'État qui, sachant que la constitution avait perdu toute influence, se dégagea sans scrupules de ses devoirs de soumission aux lois de l'Empire, sitôt que les intérêts de sa maison l'exigeaient. »

Cette supériorité de l'État prussien, Sybel ne l'attribue pas seulement à la pensée protestante, mais aussi au travail de ses rois. « C'est grâce aux rois, dit-il, que l'État a grandi fort, énergique, résistant, puissamment formé, gouverné par une volonté unique, mais qui savait, dans toutes les circonstances, envisager le bien de l'ensemble et celui des particuliers. Sur ce fond solide, le plus grand et le plus glorieux de ces rois a proclamé de sa propre décision de souverain les deux droits élémentaires de la liberté (chose rare alors en Europe), la liberté de conscience et l'indépendance de la justice ».

Sybel ne pousse pas le sentiment monarchique jusqu'à soutenir qu'un roi de Prusse, parce qu'il fut roi de Prusse, a été nécessairement un grand souverain; il concède qu'il y en eut de médiocres, mais il est une chose, du moins, qu'il veut trouver chez tous, c'est le souci de la grandeur de leur maison uni au sentiment de leur mission en Allemagne.

Dans son ouvrage, il le montre d'une manière fort

inattendue, à propos de Frédéric-Guillaume II. Si ce souverain abandonna la coalition et conclut la paix séparée de Bâle, pour Sybel il ne trahit nullement les intérêts allemands. Au contraire, ces intérêts le demandaient ; « Si, à ce moment, dit-il, ses intentions furent mal interprétées en Allemagne, c'est que le peuple ne connaissait pas les motifs cachés de la politique viennoise et son absolue indifférence aux intérêts allemands[1]. »

Peu d'années après, c'est le tour de l'Autriche de conclure avec la France la paix de Campo-Formio. Cette fois-ci, Sybel fait preuve de moins de magnanimité. C'est à peine s'il y a assez d'eau dans le Danube pour laver les Autrichiens de leur crime de forfaiture. En livrant des terres allemandes à la France contre la cession de la Vénétie, il trouve qu'ils ont donné « une nouvelle preuve de leur politique égoïste et profondément indifférente à l'Allemagne[2]. »

Les arguments ne font jamais défaut à Sybel lorsqu'il s'agit de laver la politique prussienne de tout soupçon de duplicité. Il le montre surtout au sujet du second partage de la Pologne.

Tout en se voilant la face et en affectant de déplorer « cette catastrophe, la plus grande que le monde ait vue depuis la destruction de Jérusalem », il trouve des raisons péremptoires pour prouver que la résolution de s'approprier une province polonaise était décidément, pour le roi de Prusse, la seule qui ne « menât pas à une calamité publique et qui fût compatible avec le devoir du gouvernement prussien[3]. »

Sybel reconnaît bien que la Pologne ne s'était rendue

---

1. *Gesch. der Revzt.*, t. IV, p. 249.
2. *Ibid.*, t. IV, p. 619.
3. Le même Sybel, expliquant l'agression de Frédéric II contre Marie-Thérèse : « Si le roi de Prusse prit la Silésie, c'est qu'il voulait régénérer l'Allemagne et remplacer l'ancienne constitution par une confédération solide et durable. »

coupable d'aucune offense à l'égard de la Prusse, que
celle-ci fut agressive envers le pays « dans le sens le
plus complet du mot et sans l'ombre d'un droit »...
Mais il excuse la chose en disant « qu'au milieu de la
crise de la Révolution française, qui vint mettre subitement en question tous les droits existants..., le sentiment de la conservation personnelle devait tout pri-
mer... » ; que, du reste, la Pologne avait mérité son sort,
« la justice de l'histoire exigeant qu'on ne garde pas le
silence sur les fautes par lesquelles une nation a provoqué elle-même sa ruine »...: et qu'en définitive, tout
doit céder le pas à cette considération qu'un « million
d'Allemands furent arrachés par là à une domination
étrangère qui leur était odieuse et que le premier d'entre tous les États vraiment allemands y gagna une
étendue de pays compacte et considérable. »

Cette dernière raison, au fond, est la bonne pour
Sybel. Pourquoi, dès lors, en invoquer d'autres? Qui
veut trop prouver ne prouve rien. A force de vouloir,
en toute occasion, innocenter ses compatriotes, les
montrer blancs comme neige, Sybel ébranle son crédit
d'historien. Il en est de lui comme de Taine. Lorsqu'on
voit l'auteur des *Origines de la France contemporaine*
emprunter à une ménagerie d'animaux féroces les épithètes les plus vitupératives pour flétrir les hommes de
la Révolution, on dit, involontairement, avec le bon
sens populaire : « Tu te fâches, donc tu as tort. » Les
mots, chez Sybel, sont moins gros que chez Taine, mais
la sérénité manque autant à son œuvre. On rend hom-
mage, certes, à sa science, prêt à profiter de tout ce
qu'elle a de bon et même d'excellent, mais on ne prend
son livre qu'avec infiniment de précautions; on ne le
lit, si je puis ainsi dire, que sous bénéfice d'inventaire.

## IV

Avec les qualités dont il était doué, il semble que Sybel dût être appelé à jouer dans son pays un rôle politique important. Il devait en effet s'occuper de politique militante, mais ce ne fut que plus tard, en 1861, lorsqu'il fut élu député à la Chambre prussienne. Au moment où il écrivait la première partie de son *Histoire de l'époque révolutionnaire*, la vie politique était complètement morte en Allemagne. Aucune grande question ne passionnait les esprits. Il n'y avait non plus pas de tribune d'où un homme pût faire entendre ses idées. Les rares parlements des États particuliers n'agitaient que des questions d'intérêt local. La presse, d'autre part, n'était pas un instrument puissant comme en France et en Angleterre : le métier de journaliste, en Allemagne, ne conduisait à rien; il ne conférait pas même l'influence ou les honneurs. Devant cette disette de tribunes, il est tout naturel que la chaire universitaire soit devenue pour certains professeurs un lieu dont ils se servirent pour faire connaître leurs idées.

Depuis 1848, ils étaient un certain nombre, débris des Parlements de Francfort, d'Erfurth et de Gotha, qui enseignaient dans les universités allemandes. Bismarck s'est toujours beaucoup raillé de ces professeurs parlementaires qui par leurs discours avaient cru pouvoir faire l'unité allemande. A défaut d'autre chose, ils rapportèrent de leur passage dans les affaires le goût des questions actuelles et l'art de les traiter d'une manière vivante. Lorsqu'ils rentrèrent dans la vie privée et qu'ils réintégrèrent leurs chaires universitaires, ils transformèrent celles-ci en tribunes d'assemblées. Ce fut surtout vrai pour l'enseignement de l'histoire. Tout en conservant leur solide érudition, ils donnèrent plus

de soin à la forme et inaugurèrent des cours plus ora-
toires qui n'étaient pas sans ressembler à ceux des historiens français de la Restauration, Michelet ou Guizot.
Il est vrai que ce n'était ni l'amour de l'humanité, ni
celui de la liberté qui les inspirait. Ils prêchaient aux
Allemands l'excellence des institutions des Hohenzollern. Ils établirent leur siège dans les universités les plus
diverses. Entre 1850 et 1870, on en voit tour à tour
ou simultanément à Berlin, à Kiel, à Iéna, à Bonn, à
Heidelberg, et même à Münich[1] et à Fribourg en Brisgau[2]. Parmi tous ces hommes, il y en a trois qui se
sont surtout distingués : Häusser, Droysen et Sybel.

Häusser fut au dire de ceux qui l'ont entendu le plus
éloquent professeur d'histoire en Allemagne au XIXᵉ
siècle. Ses cours à l'Université de Heideberg attiraient
une foule immense d'étudiants ; ceux-ci venaient de
toutes parts l'entendre, autant pour ce qu'il disait que
pour la manière dont il le disait. C'était un libéral et,
chose curieuse alors pour un libéral du Sud, un partisan décidé de la Prusse. Il est vrai qu'il s'attachait
moins à ce que la Prusse était à ce moment en politique qu'à l'esprit qu'elle représentait, à la mission qu'il
lui voyait en Allemagne. Il disait aussi que cette mission
était essentiellement libérale[3]. Ardent patriote, pénétré
du rôle que l'Allemagne unifiée et forte jouerait dans
le monde, il mit toute son éloquence au service de cette
idée. En stimulant en outre le sentiment patriotique de
ses auditeurs, il les préparait à accepter l'hégémonie
prussienne qui, à ses yeux, pouvait seule réaliser cette

1. Sybel (1856-1861).
2. Treitschke (1864-1866).
3. Häusser fonda en 1847 un journal à Heidelberg, la *Deutsche Zei-
tung*, auquel collaborèrent tous les libéraux d'alors : Dahlmann, Beseler,
Gervinus. Il croyait surtout à la valeur des conquêtes morales de la
Prusse en Allemagne. En 1864, il protesta contre l'annexion des duchés,
qui, disait-il, amoindrira le prestige moral dont la Prusse a besoin vis-à-
vis du reste de l'Allemagne.

unité. Grâce à lui, Heidelberg devint dans le Sud une
citadelle avancée de l'idée prussienne[1].

Häusser a réalisé toutes les qualités des historiens
nationaux. Comme eux, il a été avant tout un homme
d'action pénétré de l'idée que c'est par l'histoire que se
résoudraient les problèmes politiques de l'âge. Il disait
que le rôle des historiens en Allemagne était de devenir
« les éducateurs et les conducteurs de la nation ». Il
disait aussi que la valeur historique d'un ouvrage
dépend moins de sa richesse d'informations ou de la
beauté de sa forme que du profit que la nation peut
en tirer. « Il faut cultiver le sens historique de la nation,
disait-il, et en initiant celle-ci à notre méthode, lui
apprendre à résoudre les problèmes du moment. » Il
y tâcha lui-même en écrivant une *Histoire d'Allemagne
depuis la mort de Frédéric le Grand jusqu'aux traités
de 1815*[2], qui est le premier plaidoyer en faveur de la
Prusse venant d'un Allemand du Sud et d'un libéral.

Häusser n'est pourtant pas un vrai historien de l'Allemagne nouvelle. Ou plutôt il lui a manqué quelque chose
pour le devenir complètement : la forme. Son œuvre
certes est une œuvre remarquable. Elle est claire, bien
ordonnée, mais il lui manque quelque chose de génial
ou même de très original. Elle eut de l'influence par
les idées qu'elle propagea, mais elle n'est pas restée un
durable enrichissement de la littérature allemande au
XIXe siècle. Aujourd'hui elle est presque oubliée.

Droysen subit la même défaveur que Häusser. Son
influence fut plus grande comme professeur que comme
historien. Comme historien, il est l'auteur d'une vaste

1. L'historien qui reprit sa succession à Heidelberg fut Treitschke, en
1867. Treitschke non moins éloquent, mais plus étroitement prussien
encore, était à ce moment libéral.
2. *Gesch. Deutsch. seit dem Tode Friedr. des Grossen.* Berlin.
1854-57 Bände. Treitschke appelle cette histoire « une perle de l'historiographie allemande au XIXe siècle », mais Treitschke veut parler des
idées, non de la forme.

*Histoire de la politique prussienne*[1], l'œuvre type de
l'érudit allemand, vrai travail de bénédictin, bourré de
science, méticuleux et exact jusqu'à la fatigue, mais
précisément à cause de cela, peu maniable et incapable
de devenir une lecture pour tout le monde. Ajoutez à
cela une langue extraordinairement pénible. Formé par
Bœck le philologue et par Hegel le philosophe, qui lui
fournirent l'un sa méthode de recherche, l'autre ses
idées[2], Droysen a à la fois le style lourd du philologue
qui veut tout dire et le style abscons et hérissé d'abstractions du métaphysicien. A ceux qui voudraient voir
jusqu'à quel point dans l'abstrus peut arriver la prose
d'un Allemand, je conseille de lire un petit opuscule
de Droysen, la *Science de l'histoire*, véritable casse-tête
chinois écrit en charabia germanique.

Mais cet écrivain étrange était, ce qui arrive quelquefois, un professeur incomparable. A ce point de vue,
il ressemblait à son maître le philologue Bœck qui
écrivait des ouvages épineux et qui faisait des leçons
claires. Comme on lui en demandait la raison, il répondit : « C'est que dans mes livres je dépose ma science et
que dans mes cours j'expose mes idées. » Droysen,
semblablement, fut un mauvais écrivain mais un orateur éloquent. « Il commençait à mi-voix, dit le pro-

---

1. *Geschichte der preussis. Politik*. Berlin, 1855-1876, 12 Bände.
2. Droysen fut le représentant par excellence de l'Hégélianisme en
histoire. Dans ses premiers ouvrages. *Histoire d'Alexandre* et *Histoire
de l'Hellénisme*, il chercha à appliquer directement les théories du
maître en montrant dans Alexandre « le porteur de la civilisation grecque
dans le monde. » Très Prussien de sentiments, il voyait dans la Prusse une
sorte de Macédoine destinée à faire pour l'Allemagne civilisée (*gesittet*),
mais politiquement impuissante, ce que la Macédoine avait fait pour la
Grèce « Les Grecs par eux-mêmes, dit-il, n'avaient pas su réaliser leur
unité nationale : ni Athènes, ni Sparte, ni Thèbes, n'avaient réussi à se
mettre à la tête du mouvement. Ils étaient sans cesse en rivalité les uns
avec les autres. L'esprit cantonal les dominait. Ils ne considéraient pas la
grandeur de la Grèce. La Grèce n'était rien pour eux. Il fallut qu'un
barbare le vît, fit la synthèse de leur civilisation et la répandit dans
le monde. » « Quel résultat, ajoute-t-il, eut eu la victoire de Démos-
thènes, sinon de continuer un état de choses déplorable. »

fesseur Frédéricq, à la manière des grands prédicateurs afin d'obtenir le silence le plus complet. On aurait entendu voler une mouche. Penché sur son petit cahier bleu et promenant sur son auditoire des regards pénétrants qui perçaient les verres de ses lunettes, il parlait des falsifications de l'histoire. C'est à son cours d'encyclopédie et de méthodologie historique qu'il avait l'air profondément écœuré des faussetés que l'on débite sous le nom d'histoire et son expression habituelle de mécontentement nerveux, ajoute encore à l'énergie et à la verve impitoyable avec laquelle il déroulait son sujet, parlant en serrant les lèvres et en poussant fréquemment des soupirs de colère et de mépris. A chaque instant une plaisanterie très réussie, toujours mordante et acérée, faisait courir un sourire discret sur tous les bancs. Tantôt il décochait un trait à un personnage historique, tantôt il se gaussait d'un savant contemporain, de Schliemann par exemple, ou d'un de ses collègues du haut enseignement qu'il nommait par son nom. Le sujet était traité avec une grande originalité, une abondante richesse d'exemples caractéristiques et une verve endiablée qui semblait seulement se cacher sous une façon de parler froidement comique. La leçon se termina au milieu d'un éclat de rire homérique, provoqué par une anecdocte présentée par Droysen avec un humour irrésistible. Jamais je ne me suis autant amusé à un cours d'université... Mais rarement encore j'ai entendu des choses aussi sérieuses et aussi solides[1].

Comme propagateur des idées prussiennes qu'il exposa tour à tour aux universités de Kiel, de Iéna[2] et de Berlin, Droysen, selon les paroles de son biographe, Max Duncker[3], « sut inspirer aux bourgeois l'amour de

---

1. P. Frédéricq, *De l'enseignement supérieur de l'histoire. Revue de l'Instruction publique en Belgique*, 1882, t. XXV.

2. A Iéna, Droysen fonda un séminaire historique, spécialement destiné à l'étude de l'histoire de Prusse.

3. *Abhandlungen aus der neueren Geschichte.* Droysen, p. 350-390.

l'armée et des institutions des Hohenzollern, créées par les rois de Prusse pour le bonheur de tous les Allemands [1] ».

Droysen était en effet un vrai et un bon Prussien qui n'avait foi qu'en la Prusse et qui ne s'enthousiasma jamais, comme ses collègues, uniquement pour la liberté.

Il avait été façonné tout jeune à ces idées par son père, aumônier d'un régiment prussien pendant les guerres de l'Indépendance, et qui ne cessait de répéter à son fils comme un *memento mori* : « Rappelle-toi le mal que nous ont fait les Welches. » Droysen qui avait toutes les qualités du vrai Prussien, l'opiniâtreté, l'esprit pratique et vigilant, sans ombre de dilettantisme, ne démordant jamais d'une idée dont il avait reconnu l'utilité [2], s'attacha invinciblement aux destinées de l'État qui représentait le mieux ces qualités. Il resta étroitement Prussien et rien que Prussien comme Gustave Freytag. Avec Treitschke, il devint l'apôtre le plus pur de l'impérialisme [3].

Tout autre fut le rôle de Sybel comme professeur. Dans son enseignement, l'auteur de l'*Époque révolutionnaire* ne séparait pas le libéralisme de la poli-

1. Il écrivit pour cela sa *Biographie de York*, un des héros de guerre de l'Indépendance.

2. En voyant toutes ces qualités, ce père, comme le père de Thomas Diafoirus, augurait fort de la judiciaire de son fils. « En fait de patience, d'opiniâtreté, du sens de l'ordre, il ne lui manque rien, disait-il. »

3. Un autre professeur de la même tendance est Max Duncker, qui tour à tour enseigna à Halle, à Tübingue, à Berlin, avant de devenir directeur des archives prussiennes. C'est lui qui, parlant de la mission des professeurs d'histoire dans les Universités, disait à Sybel, au moment où celui-ci se rendait à Munich : « Les avant-postes sont plus importants encore que les postes de l'intérieur. » Libéral à la manière de Dahlmann, il voulait par ses leçons préparer « l'avènement de l'état constitutionnel allemand » vraiment national. Il était avec Gustave Freytag un des familiers du Kronprinz, le futur empereur Frédéric III. Ses œuvres sont : *H. de Gagern*, 1850. — *Vier Monate ausw. Politik*, 1851. — *Feudalität und Aristokratie*, 1858. — *Gesch. des Alterthums* (1852-1857). — *Aus des Zeit Fried. des Grossen*, 1876, ce dernier sa meilleure œuvre, très sûre d'informations et très sobre de forme.

A. GUILLAND. **13**

tique prussienne. Ecrivain politique de premier ordre,
discuteur et dialecticien infatigable, il cherchait plutôt à
convaincre par le réseau serré de ses arguments que par
le pathétique et l'éclat de son éloquence. Il fut surtout
un vigoureux orateur d'opposition dont le beau moment se trouve à l'époque du conflit de 1861 à 1862
entre les libéraux et le gouvernement prussien.

Il avait débuté vers 1840 dans la petite université
hessoise de Marbourg, mais alors absorbé presque
entièrement pas ses travaux scientifiques, il ne laissait
pas soupçonner l'orateur qui était en lui. A Munich, où
il professa ensuite dès 1856, il avait un public plus
nombreux, mais là il trouva, comme il dit, le terrain
singulièrement dur à labourer[1]. Dès qu'il voulut commencer son enseignement dans le sens national libéral,
il fut attaqué avec la dernière violence par le vieux
bavarois et par le parti catholique. Chaque jour voyait
surgir un nouveau pamphlet contre lui. L'*Almanach de
Münich*, très répandu dans la population bavaroise,
terminait ses vœux pour 1860 par ces paroles : « Tu
verras bientôt que la vraie lumière n'est pas la lumière
du Nord et tu adresseras avec moi cette prière à Dieu :
« Ne nous induisez pas en tentation, mais délivrez-nous
« du Sybel, amen[1] ».

Pendant quatre ans ces attaques se renouvelèrent
avec la même violence, si bien que Sybel qui ne s'était
jamais senti à Munich que « comme un missionnaire en
pays étranger » quitta cette ville à la première occasion.

---

1. Le roi Maximilien connaissait ses sentiments libéraux, sa haine de
l'ultramontanisme et son admiration pour la Prusse. Il avait longtemps
hésité avant de l'appeler à l'Université de Münich. Ce ne fut qu'après
une entrevue avec l'historien, dans laquelle celui-ci exposa ses idées qu'il
se décida à le faire venir. « Dans cet entretien, dit Sybel, je lui expliquai
comment en 1848 j'étais devenu peu à peu Gothaen et comment aujour-
d'hui des questions et des tendances tout à fait différentes me paraissaient
diriger le monde. Je conclus en disant que j'étais ce que j'avais été
avant, un *whig* modéré, partisan d'un monarchisme dans le sens personnel
du mot. » Varrentrapp, *Biographische Einleitung*, p. 83.

En 1861 la chaire du professeur Dahlmann étant devenue vacante à Bonn, ce fut lui qui en prit la succession.

A Bonn, commence la véritable carrière politique de
Sybel. « Vous n'avez sans doute pas compté en rentrant
à Bonn, lui écrivait Gustave Freytag, sur une vie tran-
quille, coulant paisiblement; les combats de Munich
seront à peine plus dégoûtants que ceux qui vous atten-
dent ici. Mais nous ne sommes pas sur la terre pour
nous reposer. En vous voyant sur le premier champ
de bataille de l'Allemagne, c'est pour moi, comme pour
beaucoup de braves gens, l'essentiel. »

Freytag avait raison. Une période de luttes ardentes
allait commencer pour Sybel. L'État sur lequel il avait
fondé toutes ses espérances, et dont il disait naguère
encore : « La position de la Prusse en Allemagne et
même en Europe est telle qu'elle a besoin de deux choses
au même degré, — deux choses qui paraissent s'exclure
— d'une forte unité et d'une forte liberté ;... de liberté
surtout, car celle-ci est entrée d'une manière indéra-
cinable dans le sang et dans la chair de notre État;
elle appartient à l'air que nous respirons: c'est elle
qui nourrit la force de l'État prussien, lui donne la vie
et la prospérité[1], » eh bien, cet État trahissait la confiance qu'il avait mise en lui en déclarant la guerre
aux représentants de la nation au sujet des crédits
militaires que ceux-ci refusaient de voter.

Sybel prit une part active à cette lutte. Il venait d'être
nommé député du district d'Eberfeld et siégeait dans la
Chambre prussienne. Avec les professeurs Gneist et Virchow, il fut un des plus ardents à combattre l'obstination
du gouvernement. Dans un discours véhément il alla
jusqu'à prédire un cataclysme, en en faisant retomber
toute la responsabilité sur ces souverains « aveugles qui
restent sourds aux justes plaintes de leurs sujets ».

1. *Kleine histor. Schriften*, II, p. 389.

Sybel, comme tous les professeurs libéraux, n'avait pas deviné Sadowa. La veille de la bataille encore, il ne voyait dans Bismarck qu'une sorte de Polignac qui ne cherchait la guerre que comme dérivatif aux difficultés intérieures et escomptait déjà les victoires pour étouffer les libertés. Mais lorsque la victoire fut là, décisive et complète, ses yeux se dessillèrent. Plein d'admiration, il comprit que ce hobereau qu'il avait pris pour un casse-cou était un politique très avisé dont l'audace toute calculée était pleine de prudence, un joueur sûr de sa force, hardi et heureux. Dès lors, il ne s'obstina plus dans son erreur : il fit son *mea culpa*. Il ne chipota plus sur les crédits militaires : « Pour garder ce qu'elle a pris, dit-il, la Prusse a besoin d'une forte armée. Elle en a besoin aussi pour assurer la paix à l'Europe. L'Allemagne doit être invincible dans le monde[1]. »

Dès ce moment on peut dire que le libéralisme de Sybel est fortement ébréché. L'historien proteste bien encore son attachement pour la liberté. Quelques années après, à l'inauguration de la statue du baron Stein à Nassau (fin de 1872), il s'écrie :

« Oui, le peuple prussien a mérité d'être appelé à la liberté, car il a appris à l'école d'un malheur sans exemple que la liberté, loin d'être le bouleversement de l'égoïsme, signifie travail utile à tous, devoir politique, efforts patriotiques. Puissent ces idées rester vivantes dans les cœurs, pour le plus grand bien des droits du peuple et de la puissance de l'État. »

Oui, Sybel disait encore cela, mais le moment n'allait pas tarder à venir où, complètement gagné à la politique bismarckienne, il dirait juste le contraire.

Au fond, ce revirement étrange ne pouvait étonner que ceux qui connaissaient Sybel superficiellement. En réalité il avait toujours été plus prussien que libéral.

1. Lettre citée par Varrentrapp, p. 126.

Il avait déployé plus d'éloquence à revendiquer les droits des Hohenzollern que ceux de la liberté. Et il suffit pour s'en rendre compte de jeter un coup d'œil sur les *Essais historiques et politiques* qu'il publia dès 1847 jusqu'en 1871[1].

Comme publiciste, Sybel mériterait une étude à part, tant son action pendant les années de la préparation de l'Empire fut féconde. Il ne se passait pas de semaine qu'il ne fît paraître une brochure, qu'il n'écrivît un article de journal ou une étude de revue. Il fonda même pour les besoins de sa cause un périodique historique, l'*Historische Zeitschrift,* « destiné, comme il disait, à propager dans la nation la bonne méthode historique et à inculquer aux Allemands des principes politiques sains. » Plus la fausse science, ajoutait-il, peut nous faire de mal dans l'état actuel de nos affaires, plus il est désirable de donner à la vraie science un organe et d'amener la foule à la conscience de la valeur que la science historique a pour notre vie nationale. Je ne crois pas que dans notre domaine il y ait une tâche plus urgente que celle-ci[2]. »

L'*Historische Zeitschrift* qui est encore aujourd'hui la première revue scientifique d'histoire en Allemagne a joué un très grand rôle dans le développement de la vie nationale. Fondée à Munich en 1857, elle s'adressait non aux spécialistes, mais au grand public. « Notre polémique, écrivait Sybel à l'historien Waitz auquel il exposait son idée, n'est pas pour nos savants confrères qui sont d'accord avec nous sur la question. Elle n'est pas davantage pour les dilettantes de la littérature, car ni vous ni moi nous n'espérons les améliorer. Ce que

1. Ces essais et d'autres publiés jusqu'à sa mort (1895) ont été réunis en trois volumes par l'éditeur Cotta à Stuttgard, sous le titre *Kleine historische Schriften.*

2. Varrentrapp, *Abhandlungen und Versuche.* München, 1897, p. 86.

nous désirons, c'est faire naître (*erzeugen*) dans la masse
de nos gens cultivés, la connaissance de la vraie technique de notre histoire... Si nous parlons des historiens
ultramontains, n'est-ce pas notre devoir d'expliquer
leur manque d'esprit scientifique?... Notre but n'est pas
de servir l'Église, mais la science [1]. »

De quelle manière il entendait servir la science,
Sybel l'expliquait ainsi dans la préface de son nouveau
recueil : « L'observateur doué du sens historique
remarque que la vie des peuples se manifeste sous
l'empire de lois morales, comme un développement
naturel et individuel qui produit spontanément à l'intérieur les formes de l'État et de la Culture qui ne peuvent
être ni enrayées ni hâtées arbitrairement, ni subir la
contrainte d'une règle étrangère. Cette conception exclut
donc :

« *La féodalité* qui, dans la marche en avant du progrès, voudrait introduire des éléments morts pour
essayer de les ressusciter ;

« *Le radicalisme* qui met l'arbitraire subjectif à la
place de l'évolution organique ;

« *L'ultramontanisme* qui soumet le développement
national et spirituel à l'autorité d'une église extérieure ».

C'était là ce que Sybel appelait fonder « un organe
indépendant de caractère purement scientifique et qui
ne devait être le porte-parole d'aucun parti ».

En réalité c'était l'organe d'une conception de l'histoire purement protestante et nationale. Je sais bien
que Sybel prétendait que cette conception aboutissait
aux mêmes résultats que la science. Il le disait, mais il
n'était guère en état de le prouver. Prouve-t-on cela? Il
avait certes pour collaborateurs les premiers historiens
de l'Allemagne, Mommsen, Strauss, Zeller, Häusser,

---

1. Lettre de mai 1857, citée par Varrentrapp. *Ibid.*, p. 87.

Droysen, Dahlmann, Bernhardi, Waitz, Giesebrecht, Loebell. L'on peut même concéder que, pour la rigueur de leur méthode critique et pour leur science, ces hommes étaient supérieurs aux historiens catholiques de la Grande-Allemagne, mais ils n'en représentaient pas moins une tendance aussi étroite que ceux-ci. Pour entrer dans la maison, il fallait montrer patte blanche et cela ne conférait pas toujours un brevet de stricte probité scientifique, témoin lorsque Palacky, l'historien tchèque et protestant, dont le grand mérite aux yeux de Sybel était d'être l'ennemi de l'Autriche catholique et féodale, publia un article dans lequel il fut convaincu d'avoir falsifié des textes. Lorsque l'historien autrichien Höffler, qui l'avait pris la main dans le sac, offrit d'en faire la preuve dans la *Revue*, Sybel s'y refusa[1].

En disant qu'il ne fondait pas une *Revue* pour quelques douzaines de spécialistes, mais « pour grossir le courant du mouvement national », Sybel indiquait du même coup l'esprit dans lequel il allait diriger son entreprise.

Jusqu'alors l'Allemagne ne possédait pas de grandes revues de forme littéraire semblables aux revues anglaises et françaises. C'est un peu cette lacune que Sybel voulut combler. Son intention était de mettre les questions historiques à la portée du grand public. Pour cela, il fallait éviter ce qu'il y a de trop technique dans les discussions, et s'en tenir aux grands faits, aux résultats, aux idées. Personne n'a plus fait que Sybel pour orienter les études historiques en ce sens. Il en donna

---

1. Il en fut de même plus tard lors de la fameuse querelle entre Treitschke et Baumgarten. La *Revue* prit ouvertement le parti de Treitschke bien que la vérité scientifique fût du côté de l'autre. L'historien H. Baumgarten (1825-1893) était un historien national-libéral, partisan de l'hégémonie prussienne, mais qui ne renia jamais ses convictions de libéral. Voir sur son conflit avec Treitschke, *H. Baumgarten*, ein Lebensbild von Erich Marcks. München, Cotta, 1893.

les premiers modèles. Comme polémiste, Sybel est
admirable : il a le style nerveux et rapide de la discussion, le trait aigu, acéré, l'esprit mordant, et le don
d'ironie. Le ton de ses articles est toujours vif et tran-
chant. Avec cela, c'est un dialecticien habile et fertile
en ressources. Personne ne s'entend comme lui à trouver le point faible de l'adversaire. Pour défendre ses
causes il déploie souvent un talent d'avocat très retors.
Son érudition prodigieuse le sert admirablement.
L'histoire pour lui est un vaste arsenal qui lui fournit
des armes pour défendre toutes les causes, qu'il s'agisse
de montrer comment dès le xiiie siècle « le petit
peuple des Danois, puissant, prudent et guerrier a toujours essayé d'atteindre une position disproportionnée à
ses moyens... jusqu'au jour où l'Allemagne, réunissant
ses forces, l'a ramené à ses conditions justes et naturelles [1] » ; ou qu'il s'agisse de prouver avec de nouveaux arguments la thèse qu'il avait développée dans
son *Histoire de l'époque révolutionnaire*, à savoir que
l'Autriche était incapable d'aspirer à gouverner les
Allemands, parce que, pendant les guerres de la Révolution, elle avait trahi les intérêts germaniques en
signant la paix de Campo-Formio.

Et il faut reconnaître que ces sortes d'articles, Sybel
les fait avec une incontestable supériorité. A ceux qui
voudraient se rendre compte de toute la richesse des
ressources dont il dispose, je recommande la lecture
de l'étude très amusante qu'il a consacrée à l'historien
Vivenot.

L'historien viennois Vivenot avait attaqué assez vivement Sybel sur le rôle qu'il fait jouer à l'Autriche pendant l'époque révolutionnaire. Quelques années après
il publiait lui-même une monographie sur le duc

---

1. *Rechts. und Machtverhältnisse Deutschland und Danemark
im* 18ten *Jahrh. Kl. hist. Schrift.*, II, p. **108.**

Albert de Saxe-Teschen, feld-maréchal de l'Empire, qui commanda l'armée du Haut-Rhin d'avril 1794 à mars 1795. Or, dans cet ouvrage, bien qu'officier de l'armée autrichienne, l'historien fait un récit assez confus des opérations militaires d'alors. Il faut voir comme Sybel l'arrange : « Lorsqu'un profane, dit-il, parcourt l'histoire spéciale d'une armée et de son chef, il s'attend d'abord à trouver des renseignements exacts et précis sur la force et sur la composition de cette armée puisque pour lui, laïque, la compréhension des actions des chefs ou de leurs fautes paraît dépendre surtout de ces circonstances, et cela d'autant plus que l'auteur du livre est un officier, un capitaine impérial et royal (*K. K. Hauptmann*) et qu'en outre il est en possession de tous les actes des Archives impériales et royales de la guerre. Mais ou le vol militaire de M. de Vivenot s'élève trop haut ou sa manière d'écrire va trop bas, le fait est que c'est une tâche particulièrement difficile de trouver quelque chose parmi les renseignements qu'il nous donne et j'avoue, pour ma part, qu'après avoir passablement pratiqué les histoires militaires de toutes les nations de l'Europe sur l'époque révolutionnaire, n'avoir jamais rencontré un morceau de la force de celui-ci [1] ».

Là-dessus, suivent quelques conseils ironiques sur la manière de faire l'histoire, sur l'art de choisir et de classer ses documents et sur la façon de les mettre en œuvre. « Maintenant, dit-il, s'il a quelque souci de sa réputation littéraire, il fera encore autre chose : il renoncera à écrire l'histoire lui-même aussi longtemps qu'il n'aura pas acquis, par une étude de plusieurs années, les connaissances élémentaires de l'historien ; il se bornera à... réunir les documents. Mais même pour l'élaboration d'un tel ouvrage, il ne se fiera pas à ses propres lumières ; s'il est intelligent, à l'avenir il

1. *Kleine hist. Schriften*, t. II, p. 332.

ne laissera rien imprimer sans avoir préalablement soumis les épreuves à un réel connaisseur. Il n'en manque
pas à Vienne, même parmi ceux qui sont le moins
suspects de sympathie pour la Prusse.

« Lorsqu'on a affaire à un adversaire si inhabile,
c'est bien le moins, pour le combattre loyalement,
qu'on lui fournisse la possibilité de trouver des armes
efficaces et qu'on lui montre la manière dont ses mains
faibles pourront s'en servir. »

Tous les articles de critique de Sybel sont écrits sur
ce ton agile, net et coupant. Il y en a sur tous les sujets
depuis l'*État politique et social des premiers chrétiens*
jusqu'à *Napoléon III*, depuis le *Socialisme, le commu-
nisme et l'émancipation de la femme* jusqu'à la *Politique
cléricale au* XIXᵉ *siècle*. Partout Sybel se montre le même
polémiste alerte et vigoureux.

On comprend qu'il ait eu beaucoup de succès en
Allemagne. Depuis Lessing, on ne connaissait plus
cette manière vive et piquante d'aborder et de discuter
les questions. Mais on peut se demander aussi si ces
articles étaient bien à leur place dans une *Revue historique* qui prétendait être purement scientifique.

Après 1870, la verve de Sybel se ralentit un peu.
Non pas que le talent de l'historien fût en baisse, mais
la partie étant gagnée, celui-ci pouvait se reposer de
ses luttes. Jamais victoires ne furent saluées avec plus
d'enthousiasme que celles de la Prusse par Sybel. « Que
je suis heureux, écrivait-il au début de la guerre, de
voir ces grands jours dans lesquels la nation s'est élevée
d'un bond à la hauteur de sa destinée [1] ». A la nouvelle
de la capitulation de Paris sa joie n'a plus de bornes : « A
la lecture de ces nouvelles des larmes coulaient le long de
mes joues. Qu'avons-nous fait, mon Dieu, m'écriai-je,
pour voir de si grandes et si formidables choses ? Com-

1. Lettre à Baumgarten du 4 août 1870.

ment pourrons-nous vivre désormais. *Ce qui pendant vingt ans* a été le fond de tous nos désirs et de tous nos efforts s'est accompli d'une manière infiniment magnifique. Comment à mon âge doit-on prendre une nouvelle matière pour ce qui nous reste à vivre ? »

D'opposition au gouvernement il ne pouvait plus être question maintenant. Depuis plusieurs années du reste Sybel s'était converti à la politique de Bismarck[1] ainsi que la plupart des chefs du parti national-libéral. Des vieux libéraux de marque fidèles à leur idéal de jeunesse il ne restait plus guère que Mommsen, Hoenel, Rickert et Virchow. Sybel, du reste, âgé, était visiblement fatigué de la lutte. La dernière fois qu'il prit part aux joûtes politiques, ce fut en 1874, lors du célèbre Kulturkampf dont il fut un des plus ardents protagonistes au Reichstag. Il était alors entièrement gagné à Bismarck qui venait de conquérir pour la seconde fois l'Allemagne en donnant le coup de grâce au parti libéral (1881). Sybel ne protesta pas. Appelé depuis cinq ans à la direction des Archives à Berlin, il ne s'occupait plus de politique et il consacrait ses dernières forces à écrire l'histoire de la fondation du Nouvel Empire allemand, un grand ouvrage qui ne devait être interrompu que par sa mort[2].

Voici la manière dont il explique l'origine de ce travail : « Après avoir dans mon *Histoire de l'époque révolutionnaire de 1789 à 1800* raconté la décomposition du Saint-Empire germanique, aucun désir ne

1. En 1867, il écrivait : « Les libéraux qui désirent un changement de personne pour le ministère des affaires étrangères, comme condition de leur acceptation, font une lourde faute. L'ennemi se chargerait de le leur apprendre. Qu'ils s'informent à Vienne ou à Francfort s'il y a un événement qui pourrait être accueilli avec plus de joie que le renvoi de l'homme hardi et génial qui, après cinquante ans de marasme, a rendu le nom prussien respecté et craint dans le monde. » Varrentr., p. 125.
2. *Die Begründung des Deutschen Reiches* durch Wilhelm I, vornehmlich nach den preussischen Staatsakten. 7 Bände. München und Leipzig, Oldenburg, 1889-1895.

pouvait davantage me tenir à cœur après les grands événements de 1806 et de 1870, que celui de raconter la résurrection de l'Empire allemand. » ´

Écrire cette œuvre était aussi pour Sybel accomplir un acte national, car il croyait ainsi travailler à assurer les grands résultats de la guerre de 1870[1]. Il voyait en effet une corrélation intime entre les événements de 1789 et ceux de cette guerre. Dans la première de ses œuvres, l'*Histoire de l'époque révolutionnaire*, il avait exposé le côté négatif du problème politique vital du xix° siècle. En racontant maintenant l'histoire de l'œuvre de la Prusse en Allemagne, il pensait qu'il en allait montrer le côté positif. Après avoir critiqué, il s'agissait donc de construire. La question était de savoir si Sybel, dans sa nouvelle tâche, réussirait aussi bien que dans la première. C'est ce que l'examen de son *Histoire de la fondation de l'empire allemand* va nous apprendre.

## V

Comme historien, dans son *Histoire de l'époque révolutionnaire*, Sybel avait révélé des qualités de tout premier ordre. Chercheur infatigable, discuteur actif, l'esprit toujours en éveil, c'était un critique incomparable. Et il ne se montrait pas seulement supérieur dans cet art préliminaire de dépouiller les dossiers, de classer les pièces et de les analyser, de déterminer les sources authentiques et de faire jaillir la lumière par l'étude des témoignages contradictoires, mais aussi dans la critique des idées et des grands faits politiques, dans l'analyse des négociations et dans la discussion des affaires.

1. Cité par Varrentrapp, p. 130.

Mais ses dons s'arrêtaient là. Il ne possédait point l'art de faire revivre les grands personnages historiques : il donnait l'idée de ce qu'ils avaient fait, non de ce qu'ils avaient été et malgré sa connaissance des dessous de la politique, des secrets de la diplomatie, il n'était pas parvenu à présenter un tableau vivant du grand mouvement qu'il avait voulu peindre.

Nous avons déjà vu que ce défaut tient à une lacune de l'esprit de Sybel : son manque de sens psychologique. Intéressé surtout par le jeu des combinaisons diplomatiques, préoccupé aussi de résoudre les grands problèmes politiques qui sont enfermés dans les actions des hommes d'État, il en oublie un peu trop que ce sont ces hommes, avec leurs passions et leurs intérêts, qui font l'histoire. Nulle part dans son *Histoire de l'époque révolutionnaire*, il n'est parvenu à nous donner une idée de la riche complexité de la nature humaine. On dirait que pour lui l'homme n'est qu'un cerveau. Les événements semblent sortir de la pure logique des situations. Les caractères sont conçus comme quelque chose d'absolu.

Sybel qui reproche d'une manière si véhémente aux révolutionnaires d'avoir toujours raisonné sur des abstractions, ne fait au fond pas autre chose. En abordant l'histoire il a sur chaque type ses idées, par conséquent son siège fait, comme c'est le cas d'ordinaire, mais au lieu de tenir ces idées comme provisoires, prêt à les modifier suivant ce qu'il rencontrera, il ne cherche au contraire dans les faits que la confirmation de son point de vue. Or les caractères, à de très rares exceptions près, — et cela est vrai aussi pour les logiciens de la Révolution, — ne sont jamais constants avec eux-mêmes. Ils dépendent des mille circonstances qui les modifient. Aussi, pour les peindre avec vérité, faut-il pouvoir les surprendre à toutes les heures de leur vie. Un homme peut affirmer très sincèrement une

chose aujourd'hui et agir demain dans un sens dia-
métralement opposé. Faute d'une intelligence assez
souple pour entrer dans les replis des âmes, Sybel n'a
jamais pu pénétrer dans les caractères un peu riches
en nuances. Et cela est surtout vrai lorsqu'il peint des
femmes. On l'a vu déjà à propos de Marie-Antoinette.
Pour comprendre une nature aussi mobile et aussi fantasque, il aurait fallu cette finesse d'esprit ou cette souplesse de Sainte-Beuve, rompue à toutes les métamor-
phoses, ce flair délicat capable de saisir les nuances les
plus fugitives du cœur. Sybel qui juge en logicien,
d'après les situations, échoue totalement. Dans tous
les mensonges de la reine, dans sa duplicité, dans ses
détours, il voit des preuves nouvelles de la pureté de ses
intentions. Même à la fameuse lettre au comte Mercy
qu'il cite : « Je dois les endormir pour pouvoir mieux
les tromper plus tard », il trouve des explications qui
atténuent la chose. « Elle était persuadée, dit-il, que tout
ce que Barnave et les siens offraient, ne garantissait pas
sa sécurité pour l'avenir. » Qu'en sait-il? Quelle preuve
donne-t-il que Marie-Antoinette pensait réellement cela?
Aucune que sa conviction personnelle, ou pour mieux
dire sa passion.

La passion est en effet la grande ennemie de Sybel.
C'est elle qui l'égare et qui fausse son jugement, qui
l'empêche de voir clair et de distinguer les choses. S'il
*ne veut à aucun prix* que Marie-Antoinette ait fait des
fautes, c'est qu'il veut que la responsabilité de la guerre
retombe sur les Girondins. Et cela il ne le fait point
intentionnellement, mais par une sorte d'infirmité
naturelle dont nous allons voir maintenant des preuves
abondantes dans cette page d'histoire contemporaine
qu'il avait pourtant en partie vécue.

On pouvait croire, en effet, qu'écrivant non plus
l'histoire d'une époque déjà ancienne pour laquelle il
n'avait jamais ressenti le moindre enthousiasme, mais

celle d'un événement auquel il avait été étroitement
mêlé et dont la réalisation avait été le grand événement
de sa vie, Sybel allait faire quelque chose de vivant.
N'avait-il pas connu personnellement la plupart des
acteurs de cette grande époque? N'avait-il pas eu les
confidences d'hommes très haut placés[1] qui avaient pu
l'initier à tous les dessous de la politique prussienne
et sans lesquels, écrit-il lui-même, une telle œuvre n'eût
jamais pu être écrite. Ne détenait-il pas enfin comme
directeur des Archives les secrets de tous ces événements? Eh bien, malgré cela, il n'est point parvenu
à nous faire un tableau animé de la vie politique de
l'Allemagne dans cette seconde moitié du siècle. Il reste
l'historien critique et diplomatique que nous connaissons. Les belles parties de son *Histoire* sont l'exposé
des grands problèmes politiques et des négociations
diplomatiques; la question du Schleswig-Holstein,
par exemple, chef-d'œuvre de lucidité et d'intelligence,
pour autant du moins qu'on fasse abstraction des jugements de l'auteur, dans lesquels se montre son parti
pris prussien; ses récits des campagnes du Danemark
et de l'Autriche, d'une clarté et d'une simplicité dignes
de tous les éloges : son exposé des origines de la guerre
de 1870, où il révèle la même fermeté critique, la même
sagacité qu'autrefois surtout dans la page où pièces en
main il réduit à néant les assertions mensongères de
Gramont. Mais tout ce qui ferait le charme de cette
histoire manque totalement. On y chercherait vainement, non seulement un tableau un peu animé de la vie
allemande à cette époque, mais même une caractéristique intéressante de la politique prussienne, dans ce
qu'elle a d'humain, par conséquent de vivant. Il n'en a
senti ni le véritable esprit, ni la vie intérieure. Ce qu'il
aurait fallu pour cette œuvre, c'était une certaine chaleur

---

1. Bismarck, *Vorwort*, p. XII.

de cœur, un peu d'enthousiasme. Or Sybel n'a pas
cette chaleur et son enthousiasme, — modéré du reste
— est purement cérébral. Aussi n'est-il parvenu qu'à
créer une œuvre exacte et vraie, sans doute, si l'on
s'en tient aux faits, mais dépourvue de cette vérité humaine supérieure.

« A aucun endroit de ce livre, dit Sybel dans sa
*Préface*, je n'ai cherché à dissimuler mes opinions
prussiennes et nationales-libérales ». Et cela semble
naturel ou tout au moins conforme à sa philosophie de
l'histoire, Sybel étant de ces historiens qui ne jugent
la valeur d'une politique que par son issue.

La Prusse ayant réussi à faire l'unité allemande, c'est
par rapport à la politique prussienne que tout doit
être jugé dans l'histoire de l'Allemagne au XIXᵉ siècle.

On voit aisément à quelles conclusions cette idée,
logiquement déduite, doit aboutir : les deux instruments de l'unité germanique ont été l'administration
prussienne et l'armée : l'une, par le Zollverein, a préparé la domination de la Prusse en Allemagne, que
l'autre a accomplie sur les champs de bataille.

L'unité allemande n'a pu se faire que le jour où Frédéric le Grand a eu un vrai successeur. Ce successeur
est le roi Guillaume qui, dès 1848, avait dit le mot de
la situation. « Ce n'est pas à la Gagern que les choses se
décideront, mais par les armes : quand et comment,
c'est là le secret de l'avenir ».

C'est cette idée que Sybel cherche à mettre en lumière dans son histoire. Il reconnaît que « pour vivre »,
la Prusse devait marcher, que « l'immobilisme pour elle
était la mort », que l'enjeu de sa vie était l'établissement
de sa puissance en Allemagne et que la civilisation
germanique réclamait impérieusement cela ». A propos de la question du Schleswig-Holstein, il reconnaît
qu'au fond, pour la Prusse, cette question n'était
qu'une question d'intérêt, « la question de vie ou de

mort de son commerce[1] ». Semblablement, il explique les origines de la guerre austro-prussienne, moins par le résultat arbitraire de passions personnelles que par le conflit inévitable de vieux droits accrus pendant des siècles avec les besoins nationaux pressants, toujours plus forts ». « L'état de malaise qui en résulta, ajoute-t-il, était insupportable et il n'y avait qu'une crise puissante qui pût conduire à une guérison durable. C'est pour le salut de l'Allemagne que cette guérison s'est faite[2] ».

Il reconnaît enfin que la guerre de 1870 était inévitable (cette guerre que dans sa correspondance il avoue avoir attendu vingt années !), parce qu'au fond ce n'était qu'une de ces luttes nécessaires de la vie historique « entre un jeune État qui veut faire sa place au soleil et une vieille nation qui lutte pour une position à garder ».

Après cela, vous vous attendez à ce que, fidèle à sa philosophie de l'histoire, Sybel écrive sans ménagements cette œuvre de conquête, en justifiant, comme Mommsen l'avait fait dans son *Histoire romaine*, les guerres prussiennes par la loi darwinienne du droit du plus fort.

Eh bien ! non ! Lorsqu'il s'agit d'aller jusqu'aux conséquences logiques de sa thèse, il recule. Il lui répugne d'avouer que son pays ait pu avoir recours à des moyens répréhensibles pour arriver à ses fins. Aussi lorsqu'il aborde l'origine de ces trois guerres s'efforce-t-il d'en faire retomber la faute tour à tour sur les Danois, sur les Autrichiens et sur les Français.

Au moment de pénétrer en Silésie, Frédéric le Grand disait cyniquement : « Je prends d'abord ; je trouverai toujours des pédants pour prouver mes droits[3] ».

---

1. *Die Begründ.*, III, p. 30 ; IV, p. 81.
2. *Ibid.*, Vorwort.
3. Bismarck disait aussi : « Les arguments les plus médiocres sont bons

Ces pédants-là n'ont jamais manqué en Allemagne, surtout parmi les historiens, et Sybel va nous en offrir un bel échantillon.

Déjà dans son *Histoire de l'époque révolutionnaire* Sybel s'était montré casuiste fort expert dans l'art de faire passer pour blanc ce qui est noir et noir ce qui est blanc [1]. Mais cela n'était rien en comparaison des efforts qu'il tente maintenant pour montrer que la politique de la Prusse — disons si l'on veut la politique de Bismarck — fut toujours irréprochable de correction et de loyauté.

Le public en Allemagne était pourtant d'un autre avis. Au moment où l'on annonça la publication de l'ouvrage de Sybel, la curiosité fut vivement piquée. On s'attendait à des révélations sensationnelles, et l'on s'en réjouissait. Le peuple qui a l'instinct de la justice et qui sait s'enthousiasmer pour les grandes et nobles causes est aussi plein d'indulgence pour les fripons heureux. Vis-à-vis de ces hommes, il est comme l'enfant qui applaudit aux méfaits de Guignol rossant le commissaire.

Bismarck, habile entre les habiles, joignant à son habileté la forfanterie cynique, lui inspire une grande admiration ; il est prêt à l'excuser de tous ses méfaits. Mais avec Sybel, sa curiosité n'est point satisfaite. Il

---

quand on a pour soi la force des baïonnettes ». Mais, à côté de cela, les rois de Prusse ont toujours mis beaucoup de soins à sauver les apparences. Lorsque Frédéric-Guillaume III, de connivence avec la France, envahit dans la Haute-Bavière Nüremberg, Sybel nous apprend que le roi ne se décida à ce pas qu'après avoir fait faire des recherches d'archives approfondies dont les titres remontaient en partie au XVe siècle contre les dynastes circonvoisins, les chevaliers de l'empire et la ville de Nüremberg. Ce fut seulement alors qu'il s'en empara. » Sybel ajoute étonné : « Il en résulta entre Vienne et Berlin des récriminations et des reproches qui n'auraient pu être plus vifs si l'état de guerre avait existé. »

1. Dans ses *Kleine hist. Schriften*, III, p. 184, il dit de la conquête de la Silésie : « Ce qui poussa Frédéric II à cette conquête, ce ne fut pas le désir d'agrandir son territoire, mais celui de maintenir la paix en Europe. » Il est à peine besoin de rappeler les paroles mêmes de Frédéric : « Mes états manquaient de ventre, je pris la Silésie. » Ou bien : « Un état jeune vigoureux, etc. » Voir *Mémoires et Correspondance*.

se trouve en face d'un être prodigieux, surhumain, sans aucun de ces traits qui rendent une physionomie réelle et vivante. Fidèle à sa méthode, l'historien, dans le portrait qu'il en trace, ramène tout « au génie politique incommensurable de cet homme » qui fut un « politique de grande race, qui sacrifia tout à l'intérêt de l'État ». « Toute autre considération, ajoute-t-il, était pour lui secondaire. Libre échange ou protectionnisme, institutions féodales ou démocratiques, liberté religieuse ou hiérarchie, questions qui, pour des milliers d'hommes, sont les principes déterminants de toute leur existence, n'étaient pour lui que des moyens d'action bons ou mauvais, selon les circonstances ; il n'avait en vue que l'agrandissement de la Prusse, et ses adversaires ont pu quelquefois l'accuser d'être l'opportuniste le plus dépourvu de principes qui fût jamais. Tandis que Frédéric le Grand considérait l'État comme un instrument de civilisation, Bismarck a toujours été un pur utilitaire, se demandant jusqu'à quel point tel art ou telle science pouvait contribuer à la prospérité de l'État prussien. »

Mais ce qu'on cherche en vain dans l'œuvre de Sybel, c'est les moyens dont cet « utilitaire sans scrupules » se servit pour faire l'unité allemande. L'historien met un point d'honneur à vouloir qu'il n'ait nulle part cherché à tromper ses adversaires ; il en fait une sorte de parangon de vertu, dont les actions ne furent déterminées que par « de nobles motifs, et toujours inspirées par le sentiment du devoir ».

Rien n'est plus significatif à cet égard que la manière dont il explique l'origine des trois guerres qui ont présidé à la fondation du nouvel Empire.

C'est d'abord l'histoire de la question du Schleswig-Holstein.

Jamais encore Sybel n'avait mieux montré les ressources de son esprit fertile en expédients pour essayer

de laver le gouvernement prussien de tout reproche de
duplicité. Il examine avec un très grand soin les deux
questions invoquées par les Allemands pour justifier
leur intervention dans les affaires des duchés ; la question politique ou constitutionnelle et la question juridique ou de succession.

La deuxième de ces questions, résolue suivant les circonstances en deux sens absolument opposés et toujours dans l'intérêt prussien du moment, lui paraît
décidément mauvaise et il l'abandonne, non sans gour-
mander avec une certaine âpreté ses compatriotes qui
s'obstinent encore à s'en servir et compromettent ainsi
une bonne cause.

Reste la première, la question politique, la bonne, et
c'est sur celle-là qu'il fait porter tout le poids de son
argumentation. Mais il reconnaît que cette question politique est fort embrouillée, car elle se double, elle aussi,
de questions dynastiques qui plongent leurs racines
jusqu'au xv° siècle et qui demandent la « solution de
droits compliqués de particuliers, de princes, de rois ».
Il nous montre les juristes de la couronne s'évertuant
à décider si c'est le droit des peuples et de l'État qui
possède la plus haute autorité ou si c'est le droit privé
des princes ; si un droit établi depuis quatre siècles
prête à chaque agnat un droit personnel intangible,
ou si le pouvoir légal de l'État est investi du droit de
régler une nouvelle succession au trône, en d'autres
termes : si le droit de succession doit être jugé d'après
les principes du système féodal ou d'après les principes
qui, d'après la Révolution anglaise, règlent les affaires
du monde politique [1].

1. Parmi ces juristes de la couronne complaisants, il s'en est trouvé
un, le Berlinois Helwing, pour défendre les droits des Hohenzollern à la
couronne des duchés. « Cette opinion partait d'un bon naturel, dit ironiquement l'historien Treitschke, mais malheureusement elle était insou-
tenable. » Treitschke. *Deutsche Geschichte*, t. V, p, 579.

En réalité, tout cet appareil de droit savamment agencé n'était destiné qu'à tromper la galerie. « La question des duchés, disait cyniquement de Roon, n'est pas une question de droit, mais une question de force, et la force nous l'avons[1] ». Tout le parti militaire en Prusse disait la même chose. « Pensez, disait le général de Manteuffel au général Fleury, que je suis divisionnaire et que je n'ai jamais vu le feu. »

Aussi, chose curieuse, tous ces féodaux étaient-ils pour le droit des peuples qui permettait à la Prusse d'intervenir dans le Schleswig-Holstein, tandis que l'Allemagne démocratique, en soutenant Augustenbourg, était pour le droit féodal.

Ce que l'on aimerait trouver dans Sybel c'est ce chapitre de haute comédie humaine dans lequel Bismarck joua le premier rôle ; voir l'habileté consommée qu'il déploya pour pousser les Danois à la résistance en leur faisant dire sous main que les Anglais les soutiendraient dans leurs revendications[2] ; les subterfuges dont il usa pour lever les scrupules juridiques (*Rechtsbedenken*) de son roi, qui était un croyant et qui avait souci de la légalité ; les manœuvres qu'il employa pour engager l'Autriche dans l'affaire ; la manière dont il s'y prit, après avoir reconnu l'imbécile dans Augustenbourg, pour le faire tomber dans le panneau ; comment ensuite il s'entendit au moyen de la presse stipendiée et des encouragements qu'il donnait aux libéraux des duchés à « lâcher, comme il disait, contre la puissance danoise tous les chiens qui voulaient aboyer[3] » ; la manière plus habile encore qu'il employa pour pousser la légitimiste Autriche à proposer à la diète des mesures de rigueur contre Augustenbourg ; puis l'habileté consommée qu'il déploya pour chasser celle-ci

1. Bernhardi, *Der Streit um die Elbherzogthümer*, p. 163.
2. Voir là-dessus les *Mémoires* de Beust, I, p. 242.
3. Lettre au comte d'Arnim.

des duchés, après en avoir fait sa complice : toute
cette politique si adroite, qui n'était que la mise en pratique d'un plan lentement mûri qu'il exposait déjà dès
1862 :

« *Il est certain que toute l'affaire danoise ne pourra
avoir sa solution pour nous, comme nous l'entendons, que
par une guerre ; nous ne serons pas embarrassés d'en
trouver le prétexte quand le moment propice pour entrer
en campagne sera là*[1] » : toute cette politique, dis-je, on
ne la voit guère dans l'ouvrage de Sybel. Il semble
pour cet historien que dans ces événements tout ait
suivi une marche logique et naturelle et que la Prusse
n'ait dû intervenir que pour mettre fin à un désordre
qui menaçait de se prolonger[2].

Dans la rupture entre la Prusse et l'Autriche, conséquence de la question danoise, Sybel ne veut pas non plus
que le gouvernement prussien ait eu des torts. Si la flotte
prussienne, malgré les assurances qu'elle avait données
de ne rien faire sans l'Autriche, s'empare du port de
Kiel, il s'écrie : « Que vouliez-vous qu'elle fît d'autre,
puisque l'Autriche, par sa position géographique, ne
pouvait utiliser ce port. était-ce une raison pour que la
Prusse, située autrement, ne s'en servît pas[3]. »

Lorsque dans l'automne de 1865, Bismarck part subitement pour Biarritz où se trouvait alors Napoléon III,
Sybel nous assure que c'était moins pour sonder les
intentions de l'empereur des Français que « pour de-

---

1. Lettre du 22 décembre 1862.
2. Combien plus franc est l'aveu de l'historien de Treitschke qui flétrit « les petites intrigues et les manœuvres maladroites et répugnantes
des diplomates qui voudraient nous faire croire aux soi-disant droits des
Hohenzollern sur les duchés », au lieu d'avouer sincèrement la vérité qui
est que « nous ne voulons pas de nouvelle cour ;... que le particularisme
des Holsténois ne s'est déjà que trop marqué ;... qu'il s'agit de la prospérité d'une terre allemande qu'il faut rendre heureuse malgré elle ;... que
la germanisation du nord du Schleswig est une affaire pressante ;... enfin,
que la Prusse doit annexer cette terre pour être capable d'une grande
politique allemande. » *Zehn Jahre deutscher Kämpfe*, p. 9-26.
3. *Die Begründung*, t. IV, p. 105.

mander aux puissantes vagues de la baie de Biscaye
des forces pour ses nerfs fatigués [1]. »

Après la guerre, si la Prusse annexe le Hanovre et
la Hesse électorale, vous ne devineriez pas pourquoi
elle le fait. C'est pour punir la France de sa sotte ingérence dans les affaires allemandes. Le morceau vaut la
peine d'être cité. Le voici : « La Prusse n'avait entrepris cette guerre que dans l'intention de réformer la
Confédération et pour la possession du Schleswig-
Holstein, ne pensant nullement faire des annexions plus
étendues. C'est Napoléon, par son opposition à l'unité
allemande, qui a forcé Bismarck à donner au roi la
force nécessaire à la défense des intérêts allemands en
fortifiant la puissance particulière de la Prusse [2]. »

Quand un avocat en est réduit à de pareils arguments,
il faut décidément que sa cause soit mauvaise !

Les origines de la guerre de 1870 sont un problème
historique que Sybel a voulu traiter à fond. Il sent
trop bien que pour la postérité, le peuple qui l'a voulue
portera une lourde responsabilité, aussi s'efforce-t-il d'en
faire retomber toute la faute sur la France. A cette
question il ne consacre pas moins de la moitié d'un
gros volume [3], au risque même de détruire l'harmonie
entre les différentes parties de son ouvrage. Mais,
malgré ses soins et sa peine, on peut se demander s'il a
beaucoup fait avancer la question.

Il est d'abord fort difficile d'établir ce qu'on pourrait
nommer les causes lointaines de cette guerre. Est-ce,
comme le croit Sybel, la jalousie des Français pour
Sadowa « cette superbe victoire qui éclipsait Solférino
et toutes les victoires de Napoléon III? » qui serait une
de ces causes? Il resterait alors à déterminer quelle
sorte de Français voulaient cette revanche.

1. *Die Begründung*, V, p. 212.
2. *Ibid.*, p. 253.
3. Le VIIe, p. 234-416.

Ce n'étaient pas les intellectuels, les libéraux qui de tout temps avaient soutenu la Prusse ; ce n'était pas le fond de la population profondément indifférente, sous le deuxième Empire, à ce qui se passait ailleurs ; ce ne pouvait être que le parti militaire et le parti clérical. Mais que représentaient-ils dans la nation ? Je sais bien que, décidés à entrer en campagne, ils avaient mille moyens de surexciter l'opinion publique et de créer une agitation factice. Mais, jusqu'à quel point le firent-ils ? jusqu'au moment du moins où les rapports furent subitement tendus entre la Prusse et la France, à la suite de la candidature Hohenzollern, qui reste par conséquent la vraie cause de la guerre.

C'est bien plutôt du côté des Allemands, si nous voulions peser les impondérables, que, dès 1867, nous pourrions trouver les causes morales de cette guerre. Leur sentiment national du moins se montra autrement susceptible et jaloux que celui des Français. Cette question du Luxembourg qui n'était pour Napoléon qu'une question de compensation que Bismarck lui avait fait entrevoir comme prix de sa neutralité, soulève en Allemagne une passion qui étonna profondément en France. Sybel reconnaît implicitement qu'après Sadowa le peuple allemand qui avait conscience de sa force ne jugeait plus la situation telle qu'elle était avant la guerre. Alors que reproche-t-il à la France ? Il avoue aussi que si l'empereur des Français avait été fin, il eût profité de ce que la Prusse était occupée en Bohême pour s'emparer du Luxembourg. « Personne, dit-il, n'eût fait de cela en Allemagne un *casus belli* [1] ». Mais réclamer ce duché après la victoire lui paraît un peu naïf.

Bien qu'il avoue tout cela, Sybel n'en persiste pas moins à dire que la susceptibilité nationale des Français était plus grande que celle des Allemands. Il reconnaît

1. *Die Begründung*, V, p. 302.

bien, à vrai dire, que la question du Luxembourg en Allemagne prit subitement « les proportions d'un événement national »; que Bismarck qui n'avait pas compté là-dessus en fut d'abord un peu surpris, mais que, se ressaisissant aussitôt, il décida pour rassurer l'opinion publique de se faire interpeller sur cette question par un député libéral, Benningsen »[1]. Qui ne voit que c'est à cette minute même que Bismarck, s'il ne l'a pas entrevu jusqu'alors, a compris de quelle manière et avec quels moyens il pourrait grouper étroitement tous les Allemands autour de la Prusse?

Une guerre nationale était seule capable de faire cela[2].

Si la guerre n'éclata pas à ce moment, nous savons maintenant pourquoi : Bismarck se réservait d'en choisir l'heure. Toute son habileté, dès lors, devait consister à faire déclarer la guerre par la France.

On a beaucoup discouru jusqu'à présent sur l'origine de la candidature Hohenzollern et l'on n'est guère mis au clair sur la question de savoir si elle vint de Madrid ou de Berlin. Il semble bien que Bismarck en ait été l'initiateur[3], mais en attendant que les archives

---

1. Sybel nous fournit lui-même ce détail inconnu jusqu'alors et si suggestif. Toute la diplomatie de Bismarck ressemble sur ce point étonnamment à celle de Frédéric le Grand. Lorsque Bismarck écrit à l'ambassadeur Goltz à Paris : « Continuez à amuser les Français », on croirait entendre Frédéric le Grand dire de ces mêmes Français, au moment de les trahir : « Faites patte de velours à ces bougres. » Lettre à Podewils. *Politische Correspondenz*, t. I, p. 99.

2. Sybel cite le très curieux entretien qu'il eut avec Napoléon III à Paris, qu'il vit en 1867, au moment où il travaillait dans cette ville à son *Histoire de l'époque révolutionnaire*. « Bismarck a essayé de me duper, disait Napoléon, et un empereur des Français ne peut pas se laisser duper. » Voir pour rectifier Sybel sur toute cette question l'ouvrage de Rothan, *La question du Luxembourg*, complété par les révélations de lord Loftus *Dipl. remin.* 2e série, I, p. 171 et 284.

3. Les récentes révélations de Moritz Busch ne laissent plus de doute à cet égard. « Bismarck, dit celui-ci, avouait que cette candidature était un traquenard qu'il avait tendu à Napoléon et il ajoutait que ni le roi Guillaume, ni le Kronprinz n'avaient jamais eu le moindre soupçon de cette manœuvre. »

de Madrid nous en donnent la certitude, en livrant les
secrets qu'elles détiennent encore, il est permis, en tout
cas, d'affirmer que s'il ne l'imagina pas de toutes pièces,
il s'en servit fort adroitement pour les besoins de sa
politique. Après les révélations du frère du candidat lui-
même, le roi Charles de Roumanie, la lumière semble
être complètement faite sur ce point[1]. En Allemagne,
personne aujourd'hui n'en doute. « Les soupçons de la
France, dit à ce propos Hans Delbrück, sont aujour-
d'hui pleinement justifiés. C'est le roi de Roumanie
qui, pour des raisons difficilement compréhensibles —
on assure qu'il ne voulait pas laisser peser sur la famille
la responsabilité de cette guerre — a livré le secret que
le ministre des affaires étrangères garde avec un soin
jaloux ».

Après cette déclaration, on est bien forcé de reconnaître que, dès le début, Bismarck intrigua pour faire
réussir cette candidature. Il écrit une lettre à Prim une
année avant que le public sût un mot de la chose[2]. Ce
qu'il veut évidemment, c'est « tâter le pouls » à l'opinion publique en France, voir si cette opinion se
cabrera à l'idée qu'un Hohenzollern puisse monter sur
le trône d'Espagne. Une fois qu'il est édifié là-dessus,
il n'a plus qu'à laisser aller les choses, se contentant
d'intriguer par-dessous, pour que le prince de Hohenzollern ne refuse pas absolument cette candidature.

C'est là une chose que Sybel n'admet pas. On dirait
presque qu'il met un point d'honneur à vouloir que,
dans tous les incidents de cette candidature, Bismarck
ait toujours agi d'une manière correcte et loyale. On le

---

1. *Aus dem Leben König Karl's von Rumänien.* Stuttgart, Cotta,
1894, 2ter Band.
2. Cette lettre de Bismarck à Prim à Madrid fut portée par Lothar
Bucher. Voir les mémoires de Moritz Busch, trad. franç. Paris, Char-
pentier, 1899. Voir aussi *Preussische Jahrbücher*, 1895, n° d'octobre,
p. 28. — Lord Loftus, *Diplomatic reminiscences*, II° part., 1er vol.,
p. 284.

voit surtout dans son récit qu'il fait de ce qu'on pourrait appeler les trois phases de la crise : 1° la visite de
Rancès à Berlin; 2° la double négociation de Bismarck
avec Prim et avec le prince Antoine, père du candidat;
3° la dépêche d'Ems.

Pour la visite de Rancès, on sait de quoi il s'agit.
Deux mois après la publication de la brochure de Salazar qui, le premier, lança ouvertement la candidature Hohenzollern, Rancès, ancien ambassadeur d'Espagne à Berlin, alors à Vienne, vient trois jours à
Berlin, d'une manière assez mystérieuse. Il a des
entrevues plus ou moins secrètes chaque jour avec
Bismarck. Est-il vraisemblable que dans ces entretiens
il *n'ait absolument pas été question de la candidature
Hohenzollern*, comme l'affirme Sybel? Quelle preuve
donne-t-il de cette affirmation? Aucune, si ce n'est sa
conviction personnelle. Tel n'était pourtant pas l'avis
du monde diplomatique à Berlin. Cette visite inopinée,
tombant juste après le lancement de la candidature
Hohenzollen, paraît louche aux diplomates. Lord Loftus, qui se fait leur écho, dit : « Évidemment, ce n'est
pas le pur désir d'offrir ses civilités à Bismarck, qui a
amené Rancès à Berlin ». Il flaire « anguille sous roche.
Le gouvernement français, averti, s'inquiète. Benedetti
est chargé de demander des explications à Bismarck.
Ces explications ont lieu et il n'est pas satisfait. Il
croit lire dans les paroles de Bismarck des réticences :
il soupçonne « qu'on ne lui dit pas la vérité[1] ». Sybel,
au lieu d'examiner impartialement ce que peuvent
avoir de fondé ces présomptions, s'emporte contre
« l'esprit soupçonneux de Benedetti qui d'un rien tire
des conséquences arbitraires[2] ».

Si Sybel ne voit là rien d'anormal, il ne verra rien

1. *Ma mission en Prusse*, p. 308.
2. *Die Begründung*, t. VII, p. 245. — Lord Loftus, *Diplom. Reminisc.*, II, vol. I, p. 291.

non plus d'étrange dans le travail de taupe que Bismarck
poursuit simultanément à Madrid et à Sigmaringen,
conseillant d'une part à Prim de s'adresser directement
au prince, en l'assurant que l'affaire qui n'a pas réussi
avec le roi « pourra réussir derrière le dos de celui-ci »,
et exerçant d'autre part une pression sur le père du
prince pour l'engager à accepter pour son fils la couronne d'Espagne[1]. Bien qu'il narre tout au long ces
faits, Sybel, soit par inaptitude psychologique, soit par
passion, n'en cherche point la signification. Pas une
minute, il ne se demande pourquoi Bismarck qui, pour
empêcher le roi de Prusse de s'en mêler, prétendait
naguère que cette affaire n'avait aucun caractère politique, s'en occupe pourtant, lui, homme purement politique[2].

Quelle raison donne-t-il aussi de ce subit revirement?
Aucune, sinon qu'il est bien permis à un homme de
changer d'avis[3]. Cette raison n'est point pour nous une
raison suffisante.

Il eût pourtant été facile à Sybel de justifier la conduite du gouvernement prussien en montrant que si la
France faisait de cette question Hohenzollern une affaire nationale, Bismarck avait raison de pousser sous
mains cette candidature pour voir jusqu'où les prétentions de la France pouvaient aller. Mais avec la passion
qui le possède, il ne s'avise pas même de cet expé-
dient.

Pour la dépêche d'Ems, le parti pris de Sybel saute

---

1. Voir *Aus dem Leben König Karl's von Rumänien*, II[ter] Band.
2. Ce qui montre combien Prim fut joué dans cette affaire, c'est la
déclaration spontanée qu'il fait à l'ambassadeur de France à Madrid :
« Ma consolation est que je n'ai pas imaginé cette candidature : *on me
l'a mise en mains*. Comme on me l'apportait toute prête, je ne pouvais
pas, dans notre situation, la refuser. » *Die Begründung*, t. VII, p. 262.
3. Il dit aussi, sans être dupe, je pense de la valeur de cette raison
que la situation de l'Espagne paraissait à Bismarck meilleure. « Le gouvernement venait de réprimer énergiquement deux émeutes et l'on pouvait envisager l'avenir avec plus de sécurité. »

encore davantage aux yeux : « Un abrègement, dit-il ingénuement, n'est pas une falsification ». Il suffit, pour s'en convaincre, de comparer les deux rédactions. Tout le monde reconnaît que la seconde a un ton provocant que n'avait pas la première. Du reste, qui en doute, maintenant? Ne savait-on pas aussi depuis longtemps que c'était cette dépêche qui avait été la cause directe de la déclaration de la guerre? « Une dépêche fut apportée au Ministère des Affaires étrangères, dit le maréchal Lebœuf, devant la Commission d'enquête. Elle fut lue en Conseil; je ne me rappelle pas les paroles, mes souvenirs ne sont plus assez exacts, mais la dépêche était d'un caractère tel qu'au Conseil des ministres un brusque revirement se fit; on résolut à l'instant la mobilisation »[1]. Mais ce qu'on ignorait, jusqu'au moment où Bismarck en fit lui-même le cynique aveu, c'est que c'était lui-même, par d'habiles coupures, qui avait donné à la communication ce ton agressif. Ce fut bien là une mutilation intentionnelle, et, comme le dit justement l'historien allemand Philippson, « elle faisait dire au roi juste le contraire de ce qu'il avait voulu dire »[2].

Il est difficile chez Sybel de doser avec exactitude la part de parti pris et celle de ce manque de sens psychologique qui l'a empêché de mettre sur pied des personnages historiques vivants, de rendre avec vraisemblance le drame ou la comédie de l'histoire. Il semble que le parti pris l'emporte dans l'explication des événements et que l'absence de sens psychologique se fasse sentir

---

1. Cité par W. Oncken, *Zeitalter des Kaisers Wilhelm I*, t. I. p. 792. Voir aussi Lord Loftus, II part, t. I, p. 194 ; de Parieu, *Considér. sur l'hist. du second Empire*, 1873, p. 22.

2. *Journal de Genève*, 13 février 1895. — Bismarck a trouvé dans son pays des apologistes de « ce faux » non parmi les moindres hommes. « Bénie soit la main qui a tracé ces lignes, dit H. Delbrück... Si la chose n'avait pas réussi, Bismarck en eût trouvé une autre... Un bon diplomate a toujours plusieurs flèches dans son carquois. » *Preuss. Jahrb.*, t. XIX, p. 739.

surtout dans ses portraits synthétiques, lorsqu'il ramasse ses observations et cherche à dégager les traits d'une physionomie. Rien ne le montre mieux dans son *Histoire de la fondation de l'Empire allemand* que les portraits en pied qu'il a essayé de faire des grands acteurs de ce drame. Qui reconnaîtrait, par exemple, Bismarck dans ces lignes :

« Bismarck était alors dans sa trente-sixième année, au moment le plus puissant de la floraison de la vie humaine. Une haute stature qui dépassait de la tête la plupart des humbles mortels, un visage resplendissant de santé, un regard brillant d'intelligence ; dans la bouche et dans le menton, l'expression d'une volonté indomptable... La conversation toujours pleine de saillies heureuses, d'images colorées et de tournures pittoresques. « Il me prenait pour un œuf, disait-il de Frédéric-Guil-« laume IV, sur lequel il voulait couver un ministre »[1].

Comme dans ce portrait tout est terne, neutre et banal dans l'expression ! Ce qu'il dit de Bismarck pourrait aussi bien se rapporter à n'importe qui. Aucun trait individuel, aucun mot expressif et vivant qui vous fasse plonger au fond de la nature de cet homme extraordinaire !

Et il en est ainsi de ses autres portraits. Dans Guillaume Ier, il ne voit que le chrétien humble et soumis :

« Toujours il marchait sous les yeux du Très-Haut... Sa foi était le pain de sa vie, la consolation de ses douleurs, la règle unique de ses actions. Se sentant impuissant dans la main de Dieu, il était fort vis-à-vis du monde »[2].

Et le portrait se poursuit ainsi pendant plusieurs pages sur ce ton mielleux et onctueux. Comme on sent avec cela que Sybel s'est appliqué ! Il s'est dit évi-

1. *Die Begründ.*, t. II, p. 143-145.
2. *Ibid.*, p. 282-283.

demment que pour célébrer dignement les mérites du
fondateur de l'Empire allemand, il fallait emboucher la
trompette des éloges. Il le tente, mais combien lourdement et d'une manière empâtée !

Semblablement ce qu'il y a de génial dans la nature
de Moltke n'est pas même indiqué dans l'ouvrage de
Sybel. Il se contente de montrer quels furent les résultats des « calculs méthodiques d'un homme qui a tout
vu, tout prévu, tout calculé, tout compris et qui n'avait
rien laissé au hasard », mais vous cherchez vainement
une image un peu nuancée de cette activité[1].

Il y a dans cette *Histoire de la fondation du nouvel
Empire* quelques anecdotes, mais comme elles sont
contées froidement! En voici une assez amusante qu'il
dut tenir de la bouche du chancelier lui-même :

« En mars 1848 Bismarck se promenait avec le roi
Frédéric-Guillaume IV sur la terrasse de l'Orangerie à
Potsdam. Le roi se plaignait de ne pouvoir venir à bout
de la révolution. Le prince répondit que l'absence de
courage compromettrait tout. « Du courage, du cou-
« rage, et encore du courage, s'écriait-il, et la victoire
« restera à Votre Majesté ». A ce moment, la reine
sortit de derrière un buisson : « Mais, Monsieur de Bis-
« marck, dit-elle, comment osez-vous parler ainsi à
« votre Roi ». « Laisse-le, seulement, répondit celui-ci
« en riant, je l'aurai bientôt réduit », et il continua
d'exposer sa tactique prudente »[2].

Sybel évidemment raconte bien, mais il peint mal.
Bismarck, qui était à l'antipode de cette forme d'esprit,
Bismarck, pour qui toute l'histoire se résumait en anec-

---

1. Voir, par exemple, sur la stratégie de Moltke au V<sup>e</sup> vol., p. 104 et
suiv. : « Moltke reconnaissait l'impossibilité de régler de loin chaque
détail... Il éveillait l'esprit d'initiative de ses subordonnés et cette impulsion se marquait à tous les degrés de l'échelle du corps d'armée... Il se contentait au début de la guerre de donner la direction générale ; dans le
détail, ce qu'il avait prévu ne s'est pas toujours réalisé... etc. »

2. *Die Begründung*, t. I, p. 251.

dotes, illustra un jour cette chose d'une manière assez
piquante. Comme il lisait le volume de Sybel qui contient le portrait de Radowitz, il s'écria : « Un Radowitz
tel que le peint l'historien n'a jamais existé ». Alors il
se mit à faire le portrait du vrai Radowitz, de celui
qu'il avait connu. « Ce n'est pas avec des matériaux
diplomatiques, concluait-il, qu'on apprend à connaître
les hommes, mais dans leur vie de tous les jours »[1].

Bismarck aurait pu ajouter que pour faire l'histoire
psychologique il faut une intelligence particulièrement
souple et alerte et, à défaut de légèreté d'esprit, de la
bonne humeur ou plutôt un sens de l'ironie des choses
qui n'est peut-être à tout prendre qu'une certaine mo-
destie ou une manière de se déprendre de soi. Cet état
d'esprit, le plus éloigné qui soit de toute espèce de
fanatisme et même de toute passion, demande un fonds
de scepticisme bienveillant que Sybel ne possédait à
aucun degré. Il fut surtout un homme de foi. Il croyait
à la vérité de certains principes politiques et il croyait
aussi que les principes suffisent toujours à nous donner
la clef des caractères. Bref, il avait la passion du doc-
trinaire.

Mais cela peut-être fit sa force et contribua à son succès. Tel qu'il est, cet exposé lucide et froid de la politique toute réaliste qui présida à la formation du nouvel
empire n'en paraît que plus saisissant. Si Sybel n'a
pas la chaleur qui réchauffe, il a du moins la lumière
qui éclaire.

« Je renonce, dit-il dans sa Préface, à produire des
effets romantiques,… sacrifice qui ne m'est imposé que
par le désir de présenter la vérité historique dans toute
son intégrité »[2].

---

1. Cité par le baron Alfred d'Eberstein, *Kritische Bemerkungen
über H. von Sybels Begründung des deutschen Reiches*. Wiesbaden,
1890.
2. Vorwort, p. VII.

Sybel, en effet, croyait qu'il y a toujours un peu d'arbitraire dans le tableau historique, que la reconstruction des ensembles est toujours problématique, et comme il tâchait d'instruire, non d'amuser, il dédaignait un peu l'image. Dans ses ouvrages, il ne voulait que dégager l'esprit, tirer des leçons. De là le tour abstrait de sa narration explicative où les expressions de : « Il semble prouvé que... Avant d'examiner... voyons... La première question qu'il convient de se poser. Si l'on résume..., l'on trouve, etc... » reviennent à tout bout de champ.

Mais Sybel ne se trompait pas lorsqu'il affirmait qu'avec cela il aurait une action plus forte sur ses contemporains. Au moment où il écrivait, la tâche la plus pressante pour l'historien était de former le jugement politique de la nation. Sybel y était admirablement propre. Esprit lucide, net et coupant, avec sa façon un peu maigre et sèche mais incisive ; avec son ironie un peu froide, mais d'un effet sûr[1] : intelligence vigoureuse et rapide, prompte à la riposte, habile à manier les idées et à les présenter sous le jour le plus avantageux ; avec son talent tout particulier de mettre ces idées sous l'autorité de la science, Sybel avec son œuvre méthodique a fait plus que n'importe qui dans son pays pour la diffusion des idées politiques nationales-libérales qui sont devenues celles du nouvel empire. Lord Acton l'a dit admirablement : « Il a discipliné le talent lourd et diffus, étrangement impolitique des studieux Germains ; il leur a inculqué le goût de la réalité ».

---

1. C'est surtout dans la critique qu'il a le mieux réussi. S'il n'a pas la couleur, il a le trait. Ses portraits, quelquefois légèrement caricaturaux ne manquent pas de relief. En voici un en trois traits assez réussi :
« Le professeur Bayrhoffer, de Marbourg, était un petit homme menu avec un nez pointu et un filet de voix ; jusqu'alors il ne connaissait du monde que la logique de Hegel ; il ne la quitta que pour se plonger aussi exclusivement dans les principes de Robespierre. » *Die Begründung*, I, 210.

A. GUILLAND. 15

Ce sont là des services réels, que les Allemands ne sauraient oublier. Sybel fut véritablement leur éducateur politique.

Mais après cette œuvre critique, qui préparait les esprits à la politique impériale, il en restait une autre à faire, celle qui devait glorifier le travail accompli par les Hohenzollern.

Pour cette œuvre nouvelle, ce n'était plus un dialecticien qu'il fallait, mais un poète ou un orateur doué de cette chaleur d'âme qui faisait un peu défaut à Sybel. Cet historien, les victoires de la Prusse eurent le don de le faire éclore : c'est Henri de Treitschke, le coryphée de l'impérialisme que nous allons étudier maintenant.

# CHAPITRE IV

## H. DE TREITSCHKE

De 1875 à 1895, on vit professer à l'Université de Berlin un homme étrange : une sorte de prédicateur ou mieux d'apôtre, dont l'orthodoxie consistait à prêcher l'excellence des institutions de Hohenzollern. Et cela il le faisait avec un luxe d'images, une richesse de formes qui contrastait avec la sécheresse du sujet. Pour l'éclat et la passion, sa langue rappelait celle de Carlyle, avec, en plus, une verdeur d'expression telle qu'un de ses auditeurs nous assure que la moitié de ses paroles n'aurait jamais pu souffrir l'imprimé.

Cet homme se nommait Henri de Treitschke ; il était historiographe de Sa Majesté le roi de Prusse et professeur d'histoire moderne et contemporaine à l'Université.

Lorsqu'il paraissait en chaire, grand, bien découplé, avec son visage sympathique, empreint d'une bonhomie un peu grave, son regard limpide, qui respirait la loyauté, il produisait une grande impression. Mais dès qu'il ouvrait la bouche, on était déconcerté : une voix anxieuse, rauque, étranglée, comme celle des sourds-muets s'échappait de sa gorge ; ses gestes étaient uniformes : « sa tête oscillait continuellement comme prise d'un tremblement nerveux[1] » ; avec ça, un débit saccadé, qui ne

---

1. Frédéricq (P.). *L'enseignement supérieur de l'histoire en Allemagne. Rev. de l'Inst. sup. en Belgique*, t. XXV.

semblait connaître ni points ni virgules, avec des arrêts bizarres au milieu d'une phrase, comme si l'orateur était obligé de s'arrêter brusquement pour reprendre son souffle. Vous vous demandiez étonné ce que cela signifiait. Enfin, vous aviez le mot de l'énigme. Cet orateur était un sourd qui ne s'entendait pas parler.

Cependant l'auditoire était plein : on applaudissait avec frénésie. Vous-même, si vous parveniez à vaincre l'étrange impression du début, et si vous vous habituiez à son organe défectueux, vous vous sentiez invinciblement attaché à ses paroles. Ce n'était certes pas un orateur de race. Il n'avait rien d'attique ni de cicéronien. Lui-même disait de son éloquence : « Je ne parle nullement d'une manière fluide et je ne rends pas facile la tâche de mes auditeurs. Mais du moins avec moi sont-ils assurés de ne rencontrer jamais de trivialité. Ma parole vient du cœur, et c'est là qu'en définitive je dois mettre mon espérance. Orateur élégant, je ne le serai jamais et les sots panégyriques des feuilles d'ici ne m'abusent nullement[1] ».

Mais s'il n'était pas un orateur disert, Treitschke enchaînait par la vigueur de sa dialectique et par l'originalité de sa forme. Personne comme lui ne connaissait le secret de remplir un auditoire. Étudiants, officiers, fonctionnaires se pressaient à ses leçons. Il n'y avait que les femmes qui n'y parussent pas, ce Prussien galant homme professant, paraît-il, à l'égard du beau sexe, les opinions de Schopenhauer qu'il exprimait avec une crudité qui mettait en joie son auditoire de jeunes Teutons.

Ce qui faisait son succès, c'est qu'au travers de ses discours, toujours enflammés et très montés de ton, on sentait un ardent souffle patriotique et l'écho des fanfares de 1870. C'était la note qui vibrait en permanence

---

1. Th. Schiemann, *H. v. Treitschke*, p. 188.

dans ses cours. Treitschke vivait, positivement, sous le coup des grandes victoires prussiennes.

A cela il joignait un don de forme tout à fait extraordinaire. Ce sourd avait des yeux qui savaient voir. En des tableaux charmants, il évoquait tous les lieux où se déroulait l'histoire : les villes, les campagnes, les champs de bataille.

Il nous montrait Cologne et sa cathédrale merveilleuse, Bonn au bord du Rhin mélancolique et superbe avec ses sept collines lui faisant ceinture ; Heidelberg avec son château, « couvert de lierre et comme découpé dans les floraisons des arbres » ; Dresde « moitié résidence, moitié ville d'étrangers avec la beauté harmonique de son style baroque » ; l'Erzgebirge « avec ses châteaux des princes électeurs surplombant l'abîme, ses petites villes montagnardes aux jolies maisons grimpant sur les flancs des collines avec leurs ateliers bourdonnants de tisserands et d'horlogers » : la Souabe « avec son sol varié, ses hauts plateaux rudes, ses vallées alpestres couvertes de forêts et de vignes riantes [1] ».

En écoutant cet orateur si habile dans l'art de faire revivre les choses de l'histoire, vous vous disiez qu'il devait certainement être un écrivain. Et vous ne vous trompiez pas. Dès 1879, avec une sage lenteur, il écrivait une œuvre considérable, une *Histoire d'Allemagne au xix° siècle* qu'il poussa en cinq volumes jusqu'à 1848.

Avec cette œuvre, Treitschke donnait à ses compatriotes ce qui leur avait manqué jusqu'alors : une histoire nationale, écrite dans un style populaire et vivant. Les tableaux y sont bien parfois chargés de couleurs. Le point de vue ultra-prussien y domine aussi avec une brutalité qui vous choque. D'un bout à l'autre, on y

---

1. *Deutsche Geschichte im XIX^{ten} Jahrbundert*, t. I, p. 309 ; t. II, p. 302 ; t. III, p. 503, 505, 585.

respire une odeur de combat. Mais cela sans doute n'a pas peu contribué au succès de l'œuvre, dans cette Allemagne impériale, bardée de fer et hérissée de canons. De suite, elle reconnut dans Treitschke son historien.

Le monde universitaire fut plus lent à se rendre aux mérites de l'ouvrage.

Habitués à tenir en médiocre estime les œuvres trop littéraires ou attrayantes de forme, les savants allemands ne virent d'abord dans cette œuvre que le parti pris et l'outrance[1]. Plus tard ils sont revenus à récipiscence. Aujourd'hui, on dirait même qu'ils veulent se faire pardonner leur lenteur en faisant de Treitschke une sorte de Dieu. L'historien était à peine descendu dans la tombe[2] que des éloges hyperboliques partaient de tous côtés. Un comité présidé par le prince de Bismarck se forma aussitôt pour lui élever un monument. A entendre ces hommes, l'historien prussien éclipsait tous les historiens de son pays. On oubliait que dans le domaine scientifique, il en est de plus grands que lui, pour ne citer que Léopold de Ranke.

Il est vrai que Treitschke est un artiste incomparable. Nul dans son pays ne peut rivaliser avec lui pour la magie de la forme. Avec cela, il est le plus brillant représentant de l'historiographie prussienne.

Taine aurait dit de lui qu'il est le type parfait du groupe. Dernier de la lignée, il résume admirablement les qualités et les défauts de ses prédécesseurs. Il a porté au suprême degré leur esprit, leurs tendances et leur méthode. Étant le plus fort, son action aussi a été la plus étendue. L'étudier, c'est donc faire connaître sous sa forme la plus saisissante l'un des facteurs les plus puissants de l'unité germanique.

---

1. Ce sont bien, je crois, les étrangers qui les premiers ont signalé les qualités durables de Treitschke comme historien. Voir l'article de A. Ward, *English historical Review*, t. I, p. 809 (1866).

2. Treitschke est mort en mai 1896.

# I

Treitschke, le grand historien prussien, n'était Prussien ni d'origine ni d'éducation. Né dans une vieille famille saxonne de l'aristocratie, de sentiments à la fois très particularistes et très conservateurs[1], élevé par un père et par une mère profondément attachés à leur roi et à leur pays, il n'avait dans son enfance, comme il le dit lui-même, sucé que « le doux lait de la patrie saxonne ». Pourtant, sa mère, qui avait grandi pendant les guerres de l'Indépendance et qui ne rêvait que des héros de ce temps : Bülow, Blücher et Gneisenau, développa chez ses enfants des sentiments patriotiques allemands. Elle leur faisait lire les fameux vers des poètes guerriers d'alors :

> *Vaterland, ich muss versinken*
> *Hier, in deiner Herrlichkeit.*

Comment cet amour patriotique allemand, qui fut le sentiment le plus fort de Treitschke, arriva-t-il à s'identifier avec la politique prussienne ? C'est ce qu'explique l'éducation qu'il reçut dans les écoles.

Ce n'est pas seulement dans les universités qu'enseignaient les apôtres de l'idée prussienne. On en trouvait aussi dans les écoles secondaires. Treitschke, à Dresde, eut pour maître, en 1849, un de ces hommes, le D$^r$ Böttiger. Celui-ci apprenait à ses élèves à ne point considérer la France ainsi que la terre classique de la liberté, comme l'enseignaient alors les radicaux

---

1. H. de Treitschke est né à Dresde en 1834. Son père est le général Édouard de Treitschke qui fut au service du roi de Saxe et dont il est fréquemment question dans les mémoires du duc de Saxe-Cobourg-Gotha.

allemands ; qu'au contraire « rien n'était plus mortel à la liberté que l'esprit du peuple français ». Et pour leur prouver cela, il leur racontait l'histoire de la Révolution française à la manière de Sybel.

Quand cet enseignement était terminé, il leur montrait alors l'État qui seul était capable de donner à l'Allemagne ce qui lui manquait : la liberté et l'unité ; pour cela il leur faisait l'histoire de la Prusse.

Treitschke profita admirablement de ses leçons. A 14 ans, en pleine crise de 1848, il avait manifesté des velléités républicaines. Sans aller aussi loin que ses camarades, qui, dit-il, « portaient sur leur cœur le portrait de Robert Blum, ce Christ offert en sacrifice à la tyrannie », il nous raconte qu'il faisait des vœux pour l'élection du général Cavaignac en France. Mais une année après, tout était changé. Le mentor, chargé de redresser son jugement, l'avait converti à d'autres idées.

A seize ans, Treitschke dénonce avec passion « les fautes du Parlement de Francfort » et condamne avec sévérité la « politique néfaste du roi Frédéric-Guillaume IV qui, en refusant de reconnaître la constitution impériale, fournit aux radicaux le prétexte de crier à la trahison[1] ».

L'Université acheva l'éducation politique du jeune homme. Étudiant itinérant comme on l'est encore aujourd'hui dans son pays, il alla, de 1850 à 1855, cueillir la manne céleste tour à tour à Bonn, à Leipzig, à Tubingue, à Heidelberg et à Göttingue. Ce fut à Bonn, où il fit le stage le plus long, qu'il rencontra son maître, l'historien Dahlmann, l'homme, dit-il, qui eut « sur sa carrière l'influence la plus décisive ».

Le professeur Dahlmann, qui a laissé en Allemagne un nom plutôt que des œuvres et le souvenir d'un enseignement plus encore qu'un nom, était un de ces

1. Th. Schiemann, *op. cit.*, p. 33.

esprits solides, un peu dogmatiques et doctrinaires qui
résolvaient par l'histoire les questions politiques. Ardent
patriote allemand, Prussien, sinon de naissance, du
moins de goûts et d'aspiration [1], il avait d'abord professé
à Kiel, dans cette Université qu'il appelait « une senti-
nelle avancée de la culture germanique dans le Nord »
pour réveiller chez ce peuple trop prompt à l'oublier
« le sentiment de sa nationalité allemande ».

Mais ses débuts n'avaient pas été heureux. Les habitants des duchés ne voulaient pas se laisser convaincre.
Ils sifflèrent le professeur lorsqu'il voulut leur prouver
que le « Schleswig et le Holstein étaient des terres allemandes », de même qu'ils sifflèrent un peu plus tard
un de ses collègues, le Dr Welcker, qui avait voulu,
dans la même Université, célébrer le vingtième anniversaire de la bataille de Leipzig. Les étudiants, fidèles sujets de Sa Majesté le roi de Danemark, ne se contentèrent
pas de cela ; à la place de cet anniversaire, ils fêtèrent le
souvenir d'un obscur combat, — Schesteit — où quelques régiments danois avaient culbuté des Allemands
ligués avec des Suédois.

Dahlmann n'en était pas moins resté à Kiel un des
fervents apôtres de l'idée prussienne et la bonne semence,
à la longue, avait fini par lever.

Plus tard, il prêcha cette idée dans le Hanovre, à
l'Université de Göttingue, où il fut un des fameux « sept »
que le roi Ernest-Auguste destitua pour avoir protesté
contre la suppression de la Constitution octroyée par
son frère. Après quelques années nous le retrouvons à
Bonn où une activité féconde l'attendait. Ce fut là que
Treitschke le rencontra en 1852.

Dahlmann était un libéral national avant la lettre
qui combattait l'influence des idées françaises et pré-

---

1. Il était né en 1785 à Wismar en Poméranie, alors sous la domination suédoise.

conisait pour l'Allemagne un empire libéral avec la
Prusse à sa tête [1].

Un instant, en 1848, il avait cru cette heure venue.
Membre du Parlement de Francfort, ce fut lui qui rédigea cette fameuse Constitution impériale à laquelle le
prince de Bismarck devait rendre plus tard un bel hom-
mage, en la copiant pour sa Constitution de l'Allemagne
du Nord [2]. L'avortement de cette entreprise causa à
l'historien un chagrin dont il ne se remit jamais. Retiré
à Bonn, il écrivait à son ami Gervinus : « Les meilleurs
conseils du monde venant de quelqu'un qui n'a pas la
force à sa disposition ne peuvent plus nous être utiles.
Il faut auparavant qu'un maître s'affirme, d'où qu'il
vienne ».

En attendant que ce maître vînt — et Dahlmann
était sûr qu'il viendrait — il y préparait la jeunesse.
Orateur puissant, il avait une chaleur d'âme communi-
cative. Ce qui frappait, dans tout ce qu'il disait, c'était
la force de sa conviction. C'est par là qu'il agit sur la
jeune génération. Il la pénétrait de sa foi, tout en lui
donnant l'exemple d'une vie irréprochable et d'un
caractère très élevé. « Plus d'un jeune homme, dit
Treitschke dans le remarquable essai qu'il a consacré
à son maître, a appris, en fréquentant ce vieillard, ce
que signifie cette grave parole : « la science ennoblit
le caractère ».

Et Treitschke fut un des premiers à se laisser séduire. « Le jour où j'ai rencontré Dahlmann sur ma
route, a-t-il dit, je vis clairement ce que j'avais à faire et
je pris immédiatement l'engagement de l'accomplir [3] ».

---

1. Dahlmann se faisait fort de prouver que les idées constitutionnelles
sont enfermées dans le vieux droit germanique et qu'en les établissant en
Allemagne, on ne faisait que rendre à la nation ce qui lui appartenait.

2. Le prince de Prusse, le futur roi Guillaume I, disait de Dahlmann
en 1848 : « Dahlmann mérite une approbation absolue pour son idée de
la nouvelle constitution de la vie allemande. ».

3. Th Schiemann, p. 47.

Ce qu'il gagna d'abord, au contact de cet homme, ce fut de considérer la vie du point de vue moral.

Dès ses jeunes années, Treitschke s'était assigné un haut idéal de vie. A quinze ans il écrivait :

« Être toujours probe, honnête, moral ; devenir un homme, un homme utile à l'humanité, un brave homme, voilà ce à quoi je veux tendre. »

A cet idéal de vie il essaya toujours de rester fidèle. D'un bout à l'autre, sa correspondance nous le révèle rude, franc, ardent, dévoué, inébranlable dans ses principes, mais plein de condescendance envers les hommes[1]. Certaines de ses actions font le plus grand honneur à son caractère.

Avec cela, Treitschke était une riche nature, pleine d'exubérance et de sève. Il possédait un optimisme robuste, non point cet optimisme béat des satisfaits, mais l'optimisme d'un homme qui a souffert et lutté et qui ne s'est point laissé abattre par l'infortune. Tout jeune, il en avait donné des preuves. La surdité dont il souffrait était accidentelle. Elle l'atteignit en convalescence d'une maladie d'enfant, la rougeole. Il supporta l'épreuve avec un courage admirable.

« Il s'ouvre devant mon regard enivré le joyeux chemin du bonheur riche en espérance, écrivait-il alors dans une épître en vers adressée à son père ; je dois m'y attacher de toutes mes forces et rester ferme au milieu des orages et des tourmentes du monde. »

Toute sa vie Treitschke resta l'homme de la lutte et du devoir. Dahlmann lui avait appris que la patrie exigeait le dévouement de tous ses enfants. Il résolut de lui consacrer entièrement son existence. Il lui fallut du courage pour cela, car ce qu'il entreprenait allait exiger le sacrifice de ses goûts les plus chers.

---

1. Il est à remarquer par exemple que le plus ancien ami de Treitschke, qui fut dans son pays un des plus ardents antisémites, était un Juif, Alphonse Oppenheim.

Treitschke avait une nature de poète. Ce qu'il révéla d'abord dans sa jeunesse, ce fut des dons littéraires. Il débuta par deux recueils de vers : *Poèmes patriotiques* (*Vaterländische Gedichte*, 1856) et *Études* (*Studien*, 1859). Plus tard il écrivit un drame. La science ne l'attirait pas. Avec un tour d'esprit imaginatif, il avouait qu'il avait de la peine à se plier à la rude discipline des sciences politiques et sociales, du droit et de l'histoire. Il se plaignait de se laisser « trop dominer par ses impressions ». Mais l'amour de la patrie le soutenait. Il avait juré de devenir un homme politique, un historien et il tint son serment. Avec énergie, il se mit aux études les plus arides, les plus contraires à sa nature, et il finit par y réussir. A vingt-deux ans son bagage scientifique était déjà fort considérable.

En devenant un historien politique, Treitschke adopta tout à fait les idées de son maître Dahlmann. Dahlmann était un libéral prussien qui faisait dépendre la liberté du pouvoir et non de la volonté de la nation et qui croyait que la mission des Hohenzollern en Allemagne consistait à doter ce grand pays des institutions constitutionnelles.

Treitschke devint aussi un libéral prussien. Il écrivait en 1860 : « C'est seulement comme état constitutionnel que la Prusse pourra devenir un vrai centre pour tous les Allemands. »

Mais, déjà à ce moment, on peut prévoir qu'il est plus prussien que libéral. S'il n'aime pas ce qu'il y a encore de féodal dans l'État des Hohenzollern et s'il a un goût médiocre pour les hobereaux, « ces nobles entichés d'une orthodoxie étroite et pleine de préjugés », il n'en considère pas moins la Prusse comme le premier des États allemands. « C'est elle, dit-il, qui a fait tout ce qui s'est accompli de grand en Allemagne depuis la paix de Westphalie. » Il dit aussi : « Son existence est la meilleure œuvre politique du peuple allemand. » Et il en tire cette conséquence :

« Les institutions de la Prusse, son droit, son armée, sa marine, ses postes, ses télégraphes, sa banque, doivent s'élargir jusqu'à devenir celles de l'Allemagne entière. »

Le premier acte de Treitschke, comme historien, fut de travailler à la diffusion de ces idées. Il écrivit pour cela un petit ouvrage qu'il intitula la *Sociologie* [1].

Qu'avait à voir la Sociologie avec la politique prussienne ? C'est ce qu'il voulait précisément montrer.

Au moment où Treitschke publiait cet ouvrage, toutes les sciences historiques s'étaient renouvelées en Allemagne par l'application de la méthode historique ; ç'avait d'abord été le droit avec Gneist et Jehring, puis l'économie politique avec Roscher, enfin la littérature avec Julian Schmidt [2]. Et tous ces historiens aboutissaient au même résultat, à savoir que ces sciences devaient être conçues à un point de vue national. La sociologie seule était restée en dehors de ce mouvement. Ce fut là la lacune que Treitschke résolut de combler. Dans sa *Sociologie* il voulait montrer « qu'il ne saurait y avoir de science politique distincte de la société » c'est-à-dire que « tout essor de vie nationale tend toujours vers des réformes à la fois politiques, sociales et religieuses [3] ».

Au fond, ce livre n'était pour lui que l'occasion de montrer deux choses : 1° que la théorie des nationalités était conforme aux données de la biologie des peuples ; 2° que la Prusse, le seul État allemand « de caractère purement germanique, » était le « centre » autour

1. *Die Gesellschaftwissenchaft*. Leipzig. 1859.
2. On pourrait même dire à un point de vue national prussien. C'est surtout vrai de l'histoire de la *Littérature allemande depuis la mort de Lessing* de Julian Schmidt, dans laquelle Treitschke admirait « l'inspiration à la fois nationale et protestante ».
3. *Die Gesellschatwissenchaft*, p. 55.

duquel l'Allemagne morcelée devait s'articuler (*angliedern*). C'est là ce qu'il s'agissait de prouver.

Treitschke s'était rendu compte que, dans un pays comme l'Allemagne, où la science jouit d'un si grand crédit, on pouvait tout faire accepter avec un vernis scientifique. Et c'est ainsi qu'après avoir exposé les principes de la sociologie, il montre que les « étapes de la politique prussienne » sont prédites par cette science. La sociologie lui apprend aussi que dans « les petits États la monarchie n'a jamais été qu'une caricature. » Cinq ans avant que la Prusse dénouât sur les champs de bataille la question du Schleswig-Holstein, Treitschke la résolvait par la sociologie. « La politique, disait-il, ne peut parler d'une Confédération germanique sans déclarer pourquoi, vis-à-vis du Schleswig-Holstein, annexé au Danemark, elle se trouve dans de tout autres rapports qu'avec la Hongrie annexée à l'Autriche. Ce n'est que lorsque la science politique aperçoit les rapports inséparables des points de vue politiques et nationaux qu'elle a le droit de discuter l'une des questions cardinales de notre temps, celle qui justifie la théorie des nationalités[1]. »

Est-ce que Treitschke était dupe de ses paroles ? A voir le mépris que d'autre part il professait pour « la science pure » on ne le dirait guère. Au moment même où il tranchait toutes ces questions politiques par la sociologie, il invectivait dans ses lettres « la vieille science germanique qui a si peu fait pour le développement de la vie nationale ».

« L'Allemagne n'a que trop pensé, disait-il, il est temps qu'elle agisse ». Et, d'accord avec ces idées, ce grand contempteur de la science écrivait à son père : « Je veux voir les hommes, vivre de leur vie, visiter des instituts techniques ou agricoles[2] ».

---

1. *Die Gesellsch.*, p. 14.
2. Th. Schiemann, p. 71, 98.

Evidemment Treitschke n'aimait la science que pour
le profit qu'on en tire. Constamment il la plia à des
fins politiques et nationales. Il ne cultiva pas l'histoire
dans le silence de son cabinet. Il la mit en contact avec
la réalité. Tout ce qui se passait à la rue ou sur les
champs de bataille avait immédiatement son contre-
coup dans ses cours.

Treitschke fut par excellence l'homme de l'actualité
politique. Jour à jour, dans ses idées, on peut suivre
l'influence du dehors. Avec les événements ses opinions se modifient et il est tout prêt ainsi à devenir le
conducteur de l'opinion publique. C'est de lui surtout
que Lord Acton a pu dire avec vérité : « Les historiens
prussiens ont mis l'histoire en contact avec la vie. Ils
lui ont donné une influence qu'elle n'a possédé nulle
part ailleurs, si ce n'est en France ; leur gain est d'avoir
créé l'opinion publique, plus puissante que les
lois. »

## II

La carrière professorale de Treitschke se coupe en
trois parties, de durée et d'importance inégales. La
première, celle qu'on pourrait appeler la période d'ini-
tiation, va de 1859 à 1866 ; elle a pour théâtres succes-
sifs les universités de Leipzig et de Fribourg-en-Brisgau.
La deuxième comprend les années que Treitschke passa
à Kiel et à Heidelberg jusqu'en 1875. La troisième,
qui s'étend jusqu'à sa mort en 1896, embrasse l'enseignement à l'Université de Berlin.

De 1859 à 1866 les grands événements politiques
de l'Allemagne sont la lutte constitutionnelle en Prusse
et les campagnes du Danemark et de l'Autriche. A ce
moment Treitschke est encore libéral et hostile à la
politique de Bismarck dans lequel il voit « une sorte

de Polignac qui cherche dans la guerre un dérivatif aux difficultés intérieures ». Au plus beau moment de la lutte constitutionnelle en Prusse, Treitschke, qui est nettement contre le gouvernement prussien, écrit un *Essai sur la liberté* dans lequel il dit : « Tout ce qui s'est fait de neuf et de fécond au XIX^e siècle est l'œuvre du libéralisme ». Mais il est bien aisé de voir que déjà alors Treitschke ne considère nullement la liberté à la manière d'un Stuart Mill ou d'un Laboulaye, comme quelque chose de bon en soi.

Il ne la veut qu'à certaines conditions. D'abord il la fait dépendre des institutions. La liberté, dit-il, repose sur « la vie nationale sagement organisée, et sur une bonne administration plutôt que sur la puissance des parlements ». Bref, la question nationale le préoccupe au fond davantage que les questions politiques. Il exprime cela en 1863, dans un discours qu'il prononce au cinquantième anniversaire de la bataille de Leipzig : « Une seule chose nous manque encore, l'État..... Notre peuple est le seul qui n'ait pas de législation générale, qui ne puisse pas envoyer de représentants dans les grands concerts des puissances. Aucune salve ne salue le drapeau allemand dans un port étranger. Notre patrie sur les mers est sans couleurs, comme les pirates. »

L'unité, la grandeur de l'Allemagne lui tiennent bien plus à cœur que les formes politiques. Il n'a qu'un désir : « la patrie allemande ». Ces mots « de patrie allemande » reviennent comme un refrain dans tous ses discours. Or, entre 1863 et 1870, il en prononce un fort grand nombre.

Il profite de chaque occasion, — anniversaire de poètes ou de littérateurs comme Uhland, Lessing et Fichte : réunions de sociétés de chants et de gymnastique — pour s'écrier sur tous les tons : « Nous n'avons pas de patrie allemande ; il n'y a que les Hohenzollern

qui peuvent nous en donner une[1] ». Son programme
devient de plus en plus net : il l'allège, comme d'un
lest, de toutes les revendications libérales et ne garde
que la Prusse : « Ce que je veux, dit-il, c'est une Allemagne monarchique sous les Hohenzollern ; c'est
l'exclusion des maisons princières ; ce sont des annexions pour la Prusse ; or, qui peut prétendre que tout
cela se fasse pacifiquement[2] ? »

Ces sentiments, Treitschke les exprime toujours avec
une grande énergie. Nul ne fut un ennemi plus viru-
lent du particularisme. Et ce qu'il y a d'étrange c'est
qu'alors il exposait ses idées, sans ménagements, en
plein pays saxon, à l'Université de Leipzig, à la veille de
la guerre du Danemark. Prenant à partie les diplomates
des états moyens, tels que Malchus, Wangenheim,
Beust et Pfordten il s'écriait : « Ce sont là des lansquenets diplomatiques prêts à se mettre au service de
tout État qui ouvrira un champ à leur ambition. »
Beust était alors ministre tout-puissant en Saxe.

Treitschke lui fut dénoncé dès 1862 comme un adversaire dangereux : une année après, l'historien quittait
la vieille université saxonne pour aller professer l'histoire moderne à l'Université de Fribourg en Brisgau.

Treitschke était non moins l'adversaire du catholicisme que du particularisme. Dans cette Université du
sud de l'Allemagne, d'esprit catholique, il vit qu'il
avait d'autres luttes à soutenir et il annonça comme premiers cours une histoire de la réforme en Allemagne et
une histoire de la République des Pays-Bas, ou, comme
il disait, l'histoire des héros néerlandais et de la plus

---

1. Dans une de ses lettres, datée de 1859, on voit qu'il avait deviné
Guillaume Ier. « Tout notre espoir est en lui, dit-il... Oui, l'Allemagne
va de nouveau saigner pour la liberté du monde, comme elle le fit il y
a deux cents ans, mais cette fois-ci elle aura une Prusse forte à sa tête
et l'issue sera meilleure que cette malheureuse paix de Westphalie ! »
Th. Schiemann, p. 142.
2. *Ibid.*, p. 146.

A. GUILLAND. 16

vieille place de la tolérance religieuse[1]. Immédiatement il fit scandale. L'évêque interdisit ses cours aux catholiques. Treitschke rétorqua. Il s'en prit au clergé, à la prêtraille, comme il disait (*die Pfaffen*), qui cabalait contre lui. Il s'emporta contre « l'épaisse stupidité ultramontaine et les capucinades de théologiens indignes d'un honnête homme. »

Mais il tint bon. Bien qu'il trouvât le « terrain extraordinairement dur à labourer » et « la semence lente à lever » il ne se décourageait pas. « Cette lutte, disait-il plus tard, ne m'a pas été inutile car là j'ai appris à mieux connaître les ombres de la vie germanique... Je vois toujours plus clairement que l'opposition entre catholiques et protestants est infiniment plus profonde que les bonnes gens se l'imaginent. Il ne s'agit pas là de la différence entre quelques dogmes, mais de l'opposition de l'esclavage et de la liberté[2]. »

Au moment où Treitschke renforçait ainsi son prussianisme, le conflit austro-prussien éclatait. Tout le midi était contre la Prusse. A Fribourg particulièrement, l'excitation du public était fort grande. On s'en prenait à tous les partisans des Hohenzollern. Treitschke surtout était visé. La populace menaçante s'attroupait devant sa maison. Des affiches injurieuses contre « le Prussien » étaient placardées à sa porte. Il eut juste le temps de boucler sa valise et de filer sur Berlin. Treitschke ne se doutait pas alors qu'une heure solennelle de son existence venait de sonner.

Sadowa fut en effet l'événement capital de sa vie. Du jour au lendemain Treitschke se trouva un autre homme. Au point de vue politique, il se sépara défini-

---

1. Treitschke considérait ce poste comme un « poste de combat ». Il avait dû sa nomination à l'amitié du ministre badois, Karl Mathy, un libéral qu'il avait connu à Leipzig, où il dirigeait, quelques années auparavant, un important établissement de banque.

2. Th. Schiemann, p. 213.

tivement des libéraux et se convertit entièrement à la
politique prussienne, qu'il avait jusqu'alors toujours
plus ou moins combattue. Sa volte-face fut aussi complète que rapide. Il le dit du reste sans ambages : « Un
roi qui a fait si vite un si beau coup a raison contre
tous. » « Il faut reconnaître, disait-il, que les glorieux
résultats de cette journée ont été atteints, non comme le
croyaient les réactionnaires par le parti conservateur,
mais par le peuple en armes ; non pas non plus avec
les moyens du libéralisme, mais par la discipline monarchique de l'armée. Voilà ce qu'on ne doit pas oublier. »

On ne pouvait dire adieu avec plus de désinvolture
à d'anciens compagnons.

Il fallut du reste à Treitschke un véritable courage
pour se mettre alors du côté de la Prusse. Son père, le
vieux général saxon, n'avait cessé depuis des mois de
dénoncer les « méfaits des Hohenzollern ». « Aussi
longtemps que je pourrai discerner le juste de l'injuste,
le noir du blanc, écrivait-il à son fils, je flétrirai les
tendances actuelles de la Prusse comme odieuses et nui-
sibles ». Puis, lorsque la rupture fut consommée, le
vieux brave s'écrie : « Toutes ces choses nous les voyons
avec angoisse, mais nous n'avons point perdu notre
confiance en Dieu. La force prime le droit. C'est possible. Mais le droit est toujours le droit. Si l'Éternel en
avait jugé autrement pour la Prusse, il nous reste la
conscience d'avoir fait notre devoir jusqu'au bout et de
ne nous être pas laissé manger par le loup sans
protester[1]. »

Mais Treitschke n'écoutait rien. Le poète avait sa
vision. Dans les armées prussiennes, il voyait, lui aussi,
la main de la Providence qui punissait les Habsbourgs
de leurs « péchés anti-allemands ». « Malgré mon chagrin, s'écriait-il, je suis heureux d'avoir vécu de tels

1. Th. Schiemann, p. 240.

jours. C'est pourtant un glorieux État que celui auquel j'appartiens et toute la colère des vaincus ne m'empêchera de crier que c'est un beau jour qui se lève pour l'Allemagne.[1] »

A ce moment l'activité de Treitschke comme professeur se trouvait interrompue. Retiré à Berlin, il écrivait des articles de journaux et commençait une carrière de publiciste qui, poursuivie parallèlement à sa carrière de professeur, devait être des plus fécondes.

Treitschke fut peut-être le premier écrivain politique de son temps. Il possédait toutes les qualités du journaliste : une manière simple, directe, familière et pittoresque de dire les choses ; un style vivant et concret[2]. C'était, du reste, bien l'écrivain qui convenait à cette génération de fer, qui s'était formée au cliquetis des sabres. Treitschke, fils de soldat, avait en lui quelque chose de militaire. Sans son infirmité, il se fût voué à la carrière des armes. Aucune ne lui paraissait plus belle. Je ne sais si parmi les purs écrivains militaires, il en est qui aient égalé Treitschke dans le mépris de l'esprit bourgeois.

C'est en des phrases vibrantes et vigoureuses, qui sonnent comme des appels de clairons, qu'il flétrit les « aspirations pacifiques des peuples industriels ». « Chez les Anglais, dit-il, l'amour de l'argent a tué tout sentiment d'honneur et toute distinction du juste et de l'injuste. Ils cachent leur poltronnerie et leur

---

1. Au moment où il entonnait ce champ de triomphe, un de ses frères qui combattait dans les rangs autrichiens, tombait grièvement blessé à Sadowa.
2. Il y avait, à ce moment, deux grands organes qui défendaient la politique prussienne : les *Grenzboten* qui paraissaient à Leipzig et les *Preussische Jahrbücher* à Berlin. Treitschke avait fait ses débuts dans le journalisme, en collaborant à ce périodique pendant son séjour à Leipzig. A Berlin, il devint l'un des plus assidus rédacteurs des *Preussische Jahrbücher*, dont il prit plus tard la direction qu'il garda jusqu'en 1889. Aujourd'hui cette revue est dirigée par M. Hans Delbrück qui, comme Treitschke, est professeur à l'Université de Berlin.

matérialisme derrière de grandes phrases de théologie
onctueuses. En voyant la presse anglaise tourner ses
yeux au ciel, effarée de l'audace de ces peuples guerriers
du continent sans foi, on croirait entendre nasiller un
vénérable révérend. Comme si le Dieu puissant au nom
duquel les chevaliers bardés de fer de Cromwell combattaient, nous ordonnait à nous Allemands de laisser
l'ennemi marcher tranquillement sur Berlin. O hypocrisie ! ô Cant ! cant, cant [1] ! »

C'est sur un ton lyrique aussi qu'il parle des grandes
boucheries humaines et de leur signification morale, mettant ses auditeurs en garde contre « la sensiblerie bourgeoise » qui prêche la paix universelle, à ses yeux la
« plus dangereuse des utopies ». « Tout théologien
intelligent comprend, ajoute-t-il, que le mot biblique
« tu ne tueras point » ne doit pas être pris plus à la lettre
que la recommandation apostolique de donner son
bien aux pauvres. Il n'y a que quelques *quakers
rêveurs* qui ne voient pas sur quel ton lyrique l'Ancien
Testament célèbre la splendeur des guerres saintes et
justes... Tant qu'il y aura des hommes sur la terre ils
lutteront : la doctrine de la pomme de discorde et le
péché originel sont des faits que l'histoire déroule à
toutes ses pages [2]. »

Ailleurs, c'est avec une forme sombre qui rappelle
l'implacabilité des poètes hébraïques, que Treitschke
célèbre la guerre : « Ce n'est pas aux Allemands,
s'écrie-t-il, qu'il convient de répéter les lieux communs
des apôtres de la paix ou des prêtres de Mammon, ni de
fermer les yeux devant les cruelles nécessités de l'âge.
Oui, notre époque est une époque de guerre, notre âge
est un âge de fer... Si le fort l'emporte sur le faible,
c'est une loi inéluctable de la vie... Ces guerres de faim

1. *Zehn Jahre*. p. 281.
2. *Ibid.*, p. 468.

que nous voyons encore aujourd'hui parmi les tribus
nègres sont aussi nécessaires pour les conditions éco
nomiques du cœur de l'Afrique que la guerre sacrée
qu'un peuple entreprend pour sauver les biens les plus
précieux de sa culture morale. Là-bas comme ici, c'est
la lutte pour la vie : ici pour un bien moral, là-bas pour
un bien matériel [1] ».

Sadowa vint à point pour donner une éclatante
confirmation à la thèse de l'historien. « Longtemps,
dit celui-ci, nous nous sommes escrimés à montrer que
la Prusse seule possédait la force morale nécessaire pour
organiser sur un nouveau plan l'Allemagne : la preuve
vient d'en être faite sur les champs de bataille de la
Bohême. Le rêveur peut gémir de voir la Grèce raffinée
tomber sous la rude patte du Romain, mais la tête
claire du politique admire dans cette conjoncture la
justice supérieure de l'histoire [2]. »

Un tel homme évidemment devait être une précieuse
recrue pour le gouvernement prussien. Bismarck vit
de suite le parti qu'il en pourrait tirer pour sa politique.
Il fit tout pour s'attacher Treitschke. Mais il n'y réussit
pas. L'historien n'avait certes pas de rancune. « A une
époque où le ministère revient aux meilleures traditions frédériciennes, disait-il, tout bon Prussien doit être
gouvernemental [3]. » Mais il était fier. Il venait de
combattre la politique de Bismarck. Il s'en souvenait.
Il ne voulait pas non plus aliéner sa liberté. « J'ai
refusé deux fois les offres de Bismarck, dit-il dans une
de ses lettres, parce que je n'ai pas voulu perdre la
réputation d'un homme indépendant et que je ne vou-
lais pas servir un gouvernement dont j'avais combattu
la politique intérieure [4]. » Du reste, après Sadowa, il

1. *Zehn Jahre*, p. 275, 468.
2. « Weltgeschichte ist Weltgericht. » L'histoire universelle est le
tribunal du monde, dit-il.
3. *Ibid.*, p. 153.
4. Schiemann, p. 248.

jugeait le métier d'écrivain un peu méprisable.
« L'homme qui tient la plume, écrivait-il, sent amè-
rement le peu de valeur de son œuvre. Chaque dragon
qui frappe un Croate fait en ce moment plus pour la
cause allemande que la plus fine tête politique avec la
plume la mieux taillée[1]. »

Avec son tempérament de lutteur, Treitschke
avait besoin d'une action plus directe que celle de
l'écrivain. Dix mois après son arrivée à Berlin il
remontait dans sa chaire de professeur. Ce fut d'abord
à Kiel, puis à Heidelberg, avant de revenir à Berlin où
il devait terminer en 1896 une glorieuse carrière.

A Kiel, où depuis l'annexion prussienne l'on conservait encore certains sentiments fédéralistes, Treitschke
lutta en faveur de la centralisation prussienne. « C'est
une erreur, disait-il, de croire que l'Allemagne puisse
devenir un État fédératif analogue à la Suisse, à l'Amérique ou aux Provinces-Unies, — l'Allemagne doit
devenir une monarchie unifiée et centralisée. »

Parmi les unitariens allemands je ne crois pas qu'il
y en ait eu de plus radical que Treitschke. A entendre ce
Saxon, le roi de Prusse eût dû après la guerre média-
tiser tous les princes rebelles, à commencer par son
propre souverain le roi de Saxe. « L'Allemagne ne
périra pas, s'écriait-il avec allégresse, même si ce capitaine de Nassau doit reprendre la route de la frontière
avec son canon, sa servante et ses sept poules[2]. »

Treitshke inaugurait là cette politique impériale qui
fit de lui le Prussien le plus détesté de toutes les petites
cours allemandes. « Avec la Prusse victorieuse, la
souveraineté des États n'est plus qu'un mythe, s'écriait-
il. Leur existence ne repose que sur le bon vouloir et
sur la modération de la Prusse... Il n'y a que la fidélité

1. *Zehn Jahre*. p. 91.
2. *Ibid.*, p. 113.

à l'Empire qui puisse assurer le maintien des dynasties,
de même qu'il n'y a que la trahison envers l'Empire
qui puisse les précipiter dans l'abîme. Qu'à Munich et
à Dresde, on prenne garde à soi : si jamais le vieil
esprit de la Confédération du Rhin se réveillait, l'Empire accepterait le gant et, pour accomplir sa tâche
historico-universelle, il ne reculerait pas devant
les moyens les plus radicaux de la politique unitaire,
ceux qu'employa la puissance britannique lorsqu'elle
réunit un jour l'Écosse à l'Angleterre. Envers les
membres désobéissants ou récalcitrants, l'Empire monarchique n'est pas tenu d'avoir les ménagements d'un
état fédératif... L'issue d'une telle lutte, c'est-à-dire
celle de l'impuissance contre la puissance, de l'égoïsme
contre l'idée, ne saurait être douteuse[1]. »

Dès ce moment, Treitschke ne considère plus en
politique que la force ; Sadowa avait accompli le prodige de faire d'un monarchiste libéral un Césarien autoritaire.

L'apparition d'un homme tel que Bismarck sur la
scène allemande ne fut sans doute pas étrangère à cette
métamorphose. Comme à tant d'autres de ses compatriotes, cette extraordinaire puissance lui en imposa.
Il fit des retours sur lui-même. « Qu'est la pensée,
s'écriait-il, en face de l'action. » Dès lors la vieille
Allemagne, penseuse, savante et artiste lui paraît bien
mesquine à côté de ce héros de la volonté. Il voit déjà
toute une civilisation naître des victoires de Hohenzollern, et, sur un ton de prophète, il s'écrie : « C'est
le travail de Jules César, dit-il, qui rend possible le
siècle d'Auguste ; Louis XIV ne vient qu'après Riche-
lieu[2]. »

Treitschke s'est toujours défendu d'avoir voulu

1. Zehn Jahre, p. 591-592.
2. Historische und Politische Aufsätze, II, p. 250.

favoriser le culte des héros et d'avoir poussé son pays à
l'adoration des hommes-providence. « La tentation
d'élever des autels au génie, disait-il, est, de tous les
dangers qui menacent l'historien, peut-être le plus
grand [1]. » A ce danger certes il n'a pas échappé. Toute
son œuvre est là pour l'attester. Aucun historien n'a
donné plus d'importance à la personnalité des grands
hommes. Il avait même toute une théorie là-dessus
qu'il résumait ainsi : « Le grand homme ne peut
naître qu'avec un état de culture avancée. Il est le produit de la race, du moment, mais c'est lui par son
énergie individuelle qui résout les grandes crises dont
les nations sortent régénérées. Les peuples n'obtiennent
une position universelle que grâce aux grands hommes
qui savent utiliser leurs forces... On ne peut par exemple
s'imaginer l'Angleterre moderne sans Guillaume III [1]. »

Il est vrai qu'il ne déifiait pas tous les héros de l'histoire. Il établissait entre eux des distinctions. Il les
classait en deux catégories, les bons et les mauvais. Les
bons, pour lui sont ceux qui « ont mis fidèlement
leur force au service de l'histoire » ou, en d'autres
termes, ceux qui se sont entièrement dévoués au bien de
l'État. Les autres sont les hommes qui, dans le pouvoir,
n'ont poursuivi que des fins égoïstes, la satisfaction
d'une ambition insatiable. Distinction terriblement
subtile, qu'il importait d'illustrer par des exemples.
Treitschke choisit pour cela Napoléon Ier.

A la volumineuse étude qu'il consacra à Napoléon Ier,
— étude qui remplit la moitié d'un gros volume in-8°.
Treitschke aurait pu donner comme sous-titre : essai
sur la folie des grandeurs. Pour lui l'empereur des
Français est un monstre. S'il ne va pas jusqu'à lui refuser tout génie, il en fait un génie démesuré et malfaisant. Il lui dénie les talents d'un véritable homme

---

1. *Historische und Politische Aufsätze*, I, p. 28.

d'État. « Les vrais monarques, dit-il, se reconnaissent à ce qu'ils ont toujours été plus grands pendant la paix que pendant la guerre ; c'est ce que ne montra jamais Napoléon [1] ».

A la guerre même, il doute que Napoléon ait révélé les qualités d'un grand chef ; il l'appelle un « Attila grandiose, un Gengiskan monstrueux » représentant l'espèce de soldat la plus haïssable, « celui qui n'aime la guerre que pour elle-même ». Et, partant de cette idée, Treitschke développe, avant Taine, avec beaucoup d'éclat, la fameuse comparaison « du condottiere italien » que Stendhal le premier avait indiquée. « Avec son cerveau puissant, dit-il, si différent des petits crânes des Celtes, avec ses passions soudaines et sauvages, Napoléon était de la tête aux pieds un Italien du xv° siècle qui dut son étrange fortune moins à son génie qu'aux circonstances, qui elles-mêmes ont leur explication dans certaines particularités du caractère français. »

Là-dessus, Treitschke se met à faire, au travers de Bonaparte [2], la psychologie du peuple français, psychologie d'un relief extraordinaire, où tous les défauts de la nation sont éclairés d'une lumière crue et brutale, tandis que les qualités sont soigneusement laissées dans l'ombre.

Tout le monde connaît cette psychologie du peuple français que les historiens allemands ont mise à la mode dans notre siècle. Le Français c'est le Gaulois turbulent, vaniteux, amoureux d'égalité et de gloire, chevaleresque et galant, ardent et généreux, poussant l'amour de la patrie jusqu'à l'héroïsme, sans pouvoir du reste se plier à l'accomplissement de l'obscur devoir journalier [3], manquant de sérieux, ne possédant qu'un

1. *Ibid.*, *Hist. und Pol. Auf.*, t. III, p. 74.
2. L'essai porte le titre de : *La vie politique de la France et le Bonapartisme*. III, 43-427.
3 « La nation, dit Treitschke, a l'habitude de s'excuser de toute

sentiment du droit misérable (*kümmerlich*), ce qui
explique chez lui ses Révolutions et ses coups d'État si
fréquents et au dehors ses agressions constantes contre
ses voisins, ne comprenant nullement la gloire comme
les autres nations et n'ayant jamais, en fait de gouvernement, « connu de milieu entre soumettre autrui et
être soumis ».

Au moyen de cette psychologie sommaire Treitschke
explique toute l'histoire de la France moderne depuis la
Révolution. « Le Français moyen étant né subalterne,
dit-il, il n'a jamais pu produire d'œuvres vraiment
fécondes dans le domaine politique, moral et artistique.
Tout chez lui s'est uniformisé : le droit, l'armée, les
finances, l'instruction, l'Église, l'Université, l'art même
et la science[2]. » « Obéir tous à la même idée, dit-il, avoir
la même foi, c'est à cette uniformité que la France a
sacrifié les biens inestimables de la politique indépendante et du libre mouvement de la vie religieuse[3] » :
en politique, le Français reste éternellement mineur :
lui seul, dans notre siècle, a connu l'absolutisme complet[4]; chez lui, « la police devient la providence du
citoyen paisible et l'effroi du perturbateur de l'ordre[5] »,
son esprit a toujours été réfractaire à la simple notion

---

atteinte au devoir par un bon mot, un couplet, un : que voulez-vous,
c'est plus fort que moi. » (III, p. 129). — Ailleurs : « Il est évident
qu'il n'y a rien chez le Français de la vraie simplicité démocratique.
Déjà à l'époque de la chevalerie, ce sont eux qui répandirent dans le
monde l'honneur chevaleresque et la galanterie. » (III. p. 56). Enfin :
« Chaque Français cherche à briller. L'envie est son péché mignon. »
P. 57.

1. « Les guerres de pillage *(Raubkriege)* de Louis XIV et les conquêtes de Napoléon n'ont pas d'autre origine. Les Français ont une conception romaine de la gloire : fierté nationale et orgueil militaire. »
*H. und P. Auf.*, III, p 75.

2. « La nation, dit-il, ne permet pas qu'on s'éloigne des idées moyen-
nes de la majorité : elle craint la destruction de la toute-puissance de
l'État. » III, p. 60.

3. *Ibid.*, p. 58.

4. *Ibid.*, p. 62.

5. *Ibid.*, p. 60.

de liberté : il a besoin d'être mené, de recevoir un mot d'ordre et c'est pourquoi la forme politique qui a toujours le mieux répondu à son génie est la centralisation bureaucratique [1].

Napoléon — et c'est en cela seulement qu'il fut génial — a compris ce qu'il fallait à ce peuple et le lui a donné. Son œuvre est absolument dans « la logique de l'histoire française » : la centralisation politique et administrative [2] ».

Il était aussi dans la logique de l'histoire du peuple français de vouloir « molester et dominer ses voisins ». Napoléon comprit admirablement cet instinct : toutes les guerres de l'Empire ont là leur origine [3]. Avis aux Allemands : ils doivent monter la garde, car leurs libertés et leur indépendance nationale courent les plus grands dangers [4] ».

On aurait tort de croire que ces jugements de Treitschke sur la politique française lui furent inspirés par la haine de la France. Au contraire, Treitschke aimait bien des choses dans l'esprit français. « La nation, disait-il, me plaît mieux qu'à la plupart de mes compatriotes. » Il admirait l'élasticité avec laquelle la

1. « Lorsque les chefs des libéraux allemands nous représentent dans le « hardi Français le républicain né » et dans l'Allemand « un monarchiste docile », ils méconnaissent à fond l'instinct absolument monarchique du peuple français. La langue française seule connaît l'expression de souveraineté... Ce qu'on appelle les idées de 89 n'est en réalité qu'un chaos trouble d'idées despotiques et libérales qui s'excluent... La centralisation bureaucratique française est la plus odieuse qu'on connaisse. — C'est Paris seul qui décerne les brevets du génie au peuple français. — La France est le seul pays où le nom de province soit synonyme de « stupidité et d'étroitesse » *H. und. P. Aufs.* III, p. 50-70.

2. « Napoléon trouva dans l'administration centralisée la forme qui lui convenait et qui malheureusement subsistera tant que les besoins et les vues de ce peuple ne changeront pas de fond en comble », III, p. 52.

3. « Les plans de Napoléon ont absolument déterminé la politique de la France dans l'histoire moderne... on le voit bien aujourd'hui qu'ils remontent sur l'eau. » *Ibid.*, p. 83.

4. « Les Français feront courir à la liberté du monde les plus graves dangers... si les peuples germaniques ne montent pas la garde. » *Ibid.*, p. 83.

nation sort des malheurs qui semblent le plus irrémédiables. Il reconnaissait volontiers les services que les grands Français ont rendus à la pensée humaine : Pascal, Molière et Mirabeau.

Il s'emportait contre les Teutomanes, « ces spirituels esthéticiens » comme il les nommait, qui en essayant de prouver par l'ethnologie que la race française n'existe pas et autres billevesées semblables « ridiculisent le nom allemand » : il admirait l'esprit de la Réforme française [1] qui a donné au monde la plus belle forme du protestantisme : « le Calvinisme [2] ». Lorsqu'il entendait ses compatriotes tonner contre « les vices de la moderne Babylone », il ne pouvait s'empêcher de les engager un peu à regarder ce qui se passait chez eux : « Sommes-nous, disait-il, assez supérieurs à la France au point de vue moral pour lui adresser de tels reproches. Si les Français aiment les femmes, nous, nous nous saoûlons volontiers et je ne sais pas laquelle des deux choses est la plus belle. »

Mais tout en rendant justice aux qualités du Français pris individuellement, Treitschke n'aimait point sa politique. Il l'aimait d'autant moins, qu'au moment où il écrivait cet essai de 1867 à 1869, il professait à l'Université de Heidelberg. Là, dans ces pays du Neckar et du Rhin, tout près de la frontière française, on était

1. « Nous autres protestants, disait-il, nous ne pouvons voir les soudaines convulsions de la nation sans regretter cet acte criminel qui a chassé la foi évangélique de la France. Quand chez un peuple hardi et spirituel il n'y a plus eu de choix qu'entre l'Église et la plate négation, des collisions terribles ont eu lieu et la société effrayée a cherché son salut dans la servitude. »

2. Treitschke attribuait un peu trop à l'esprit protestant ce qui s'est fait de grand en France. S'il reconnaissait que « les essais parlementaires des Français ne méritent pas complètement le dédain » (III, p. 115) c'est aux protestants doctrinaires qu'il en rapportait l'honneur. Il disait parfois aussi : « Nous autres Allemands nous ne devons pas oublier que la France dans ces luttes sociales a souffert pour le reste du monde » (III, p. 228) et il reconnaissait que les radicaux français dont il n'aimait certes pas les idées avaient souvent fait preuve d'un esprit de sacrifice grandiose et d'une vaillance héroïque » (229).

encore sous le charme « des théories aussi séduisantes
que fallacieuses de la grande Révolution. « C'était là le
« virus qu'il fallait extirper », et, sous couvert de faire le
portrait de Napoléon, montrer qu'un « tel monstre historique » n'avait pu être possible qu'avec une nation
comme la nation française qui n'avait jamais eu « le
sens de la liberté ».

Pour indiquer en même temps ce que l'Allemagne
avait à faire chez elle, Treitschke traçait à ses compatriotes l'histoire toute récente de la formation de l'unité
italienne, avec la figure centrale de Camille de Cavour,
qu'il opposait évidemment comme « génie bienfaisant »
au génie malfaisant de Napoléon.

Je ne crois pas que Treitschke ait jamais senti une
admiration plus vive pour un homme que pour Cavour, si ce n'est plus tard pour Bismarck. L'Italien à ses
yeux avait tous les dons de l'homme d'État : « la souveraine clarté d'esprit, la simplicité géniale, le bon sens
et la mesure. » Cavour l'avait longtemps occupé. A
Kiel déjà, il faisait l'objet de ses méditations. « Depuis
longtemps, dit-il dans une de ses lettres, rien ne m'a plus
puissamment saisi que l'apparition de cet homme. Son
génie absolument pratique est incommensurable. Il
diffère à vrai dire de celui des grands poètes et des
grands penseurs qui nous sont si familiers à nous autres Allemands, mais, vis-à-vis des énigmes du monde,
il est aussi grand à sa manière que Goethe ou Kant ».

Tandis que Treitschke écrivait ces études où les allusions à la politique du jour en Allemagne perçaient à
chaque ligne, l'horizon politique de son pays s'obscur-
cissait et la guerre éclatait entre la France et l'Allemagne.

S'il n'avait dépendu que de lui, cette guerre n'eût
jamais éclaté, car il y voyait « le commencement d'un
duel à mort entre les deux nations. » Mais la manière
dont les choses s'étaient engagées, en lui montrant

dans le Français l'agresseur, réveillèrent toutes ses anciennes rancunes « contre ce peuple de lansquenets », qui veut dominer le monde. Au bruit des préparatifs militaires, le guerrier qui était en lui se réveilla et il écrivit la plus belle poésie que la campagne de 1870 ait inspirée aux Allemands. Il l'appela l'*Ode de l'Aigle noir*. Il y chantait : « Tes ailes bruissent puissamment ! — Aigle noir dont le clair regard — Contemple les armes brillantes — De tes bandes de héros teutons. — O ! combien longtemps, depuis que tu t'es enfui — Du château natal de la Souabe, — Es-tu revenu victorieux — Pendant deux siècles ! — Notre peuple avec des pressentiments joyeux, — Suivait la voie que tu ouvrais. — Retrouverons-nous le bonheur perdu — L'empire du Hohenstaufen reviendra-t-il ?

Entends ! Le Franc impudent — Envie notre bonheur, halète — Et, de sa colère grossière, — Se rit de notre vieux roi. — Sus, guerriers germains ! — Tout l'équipage sur le pont ! — Vaillant cavalier enfourche ton coursier ! — Chasseur, quitte ta retraite ! — Tous en avant pour le dernier voyage sanglant ! — Pour le laurier de la victoire : — Rendez-nous la cathédrale de Strasbourg — Et délivrez le fleuve allemand. »

Lorsque les victoires succédèrent aux victoires, la joie de Treitschke n'eut plus de bornes. Enfin il voyait la réalisation de ses rêves. Cette guerre prenait une signification symbolique. Il s'était écrié un jour : « Dans les grandes crises de la vie des peuples, la guerre est toujours un remède moins violent que les révolutions, car elle garantit la fidélité et son issue apparaît comme un jugement de Dieu. »

Aussi maintenant voit-il s'ouvrir pour l'Allemagne des perspectives infinies. Pour lui le rôle universalo-historique de son pays commence. Il l'aperçoit déjà « balayant les lourdes exhalaisons, les immondices et les dégoûtantes débauches du Second Empire[1] ». Cette victoire, ce n'est pas à ses yeux le triomphe brutal de la force, mais le triomphe de l'idée. Une ère nouvelle s'ouvre pour l'humanité et l'Allemagne « avec sa riche culture morale va devenir l'institutrice des peuples[2] ».

La France, à ses yeux, représentait deux choses : la démagogie révolutionnaire et le cléricalisme. Les victoires de la Prusse écartaient pour longtemps ces deux dangers de l'Europe. Le nouvel empire qui se formait allait montrer au monde étonné ce qu'est « un état national et vraiment libre basé sur la reconnaissance des droits de l'individu ».

Treitschke avait toujours été très protestant de sentiments, en même temps qu'adversaire acharné de l'ultramontanisme. Il disait aussi que le protestantisme était la « marque même de l'esprit allemand ».

Allemand et catholique étaient à ses yeux deux termes qui juraient de se voir accouplés. « Jamais le véritable Allemand, s'écriait-il, n'a pu se plier à une règle religieuse autre que celle de sa conscience. La foi jésuitique resta toujours étrangère à l'esprit de notre peuple... Sur ce sol d'hérétiques, elle ne put jamais planter de racines. »

Et, poursuivant plus loin sa thèse, il essayait de prouver que ce qui a le mieux maintenu la cohésion de la race germanique dans le monde c'est le protestantisme. « Partout, dit-il, il a été le solide rempart de la langue et des mœurs. En Alsace, comme dans les montagnes de la Transylvanie et sur les rivages lointains de la Baltique, aussi longtemps que le paysan chantera dans son vieux cantique :

*Notre Dieu est une forteresse.*

la vie germanique ne sera pas près de disparaître[3]. »

1. *Hist. und Pol. Aufs.*, II, p. 559.
2. *Zehn Jahre*, p. 284.
3. *Ibid.*, p. 313.

Après 1870, Treitschke, qui avait un peu en lui de
l'illuminé, crut que les victoires de la Prusse allaient
ramener tous les Allemands à l'unité de la foi réfor-
mée. Il se mit à prêcher cette nouvelle doctrine un peu
partout, dans ses cours, dans les brochures qu'il publiait, au Reichstag où il venait d'être nommé député.
Comme homme politique même, il ne se distingua
que par la part qu'il prit au *Kulturkampf*. Il annonçait, avec le sérieux d'un Messie, que l'Allemagne
qui « avec Luther et Kant avait donné la Réforme
au monde, la tolérance, le sérieux, la moralité et la
liberté », allait pouvoir enfin régénérer l'univers. « Le
plus grand avenir, disait-il, est réservé à la Prusse, la
plus grande puissance protestante de notre histoire
moderne. » Et il ajoutait : « C'est elle qui aidera
les autres pays à secouer les entraves de l'Église
universelle et à fortifier la puissance nationale de
l'État[1]. »

Pour ruiner le crédit des idées révolutionnaires
d'origine française, la victoire de la Prusse semblait à
Treitschke non moins décisive. Depuis longtemps déjà
les écrivains politiques de sa tendance avaient essayé de
guérir le peuple allemand de ce qu'ils appelaient « la
sotte imitation française ». Mais tous les Allemands ne
s'étaient pas rendus à leurs raisons.

Avec les victoires, ils commencent à ouvrir les yeux.
Treitschke jubile. Il comprend que maintenant il n'y
aura plus besoin de réfuter les « utopies du droit
naturel et du libéralisme bourgeois » et d'essayer de
prouver que « dans la vie d'un État, il n'y a de vrai
que ce qui est fondé sur le droit historique de la nation ».
Sedan s'est chargé de ce soin. Les libéraux fondent
comme par enchantement et tout joyeux l'historien
s'écrie : « Maintenant il n'y a plus que nos socialistes

---

1. *Luther und die deutsche Nation*, brochure, 1884.

A. GUILLAND.                                   17

qui se nourrissent encore des reliefs de la cuisine française[1]. »

Treitschke se faisait du socialisme une singulière idée. Il en était encore à la notion enfantine que le socialisme se réfute par l'expérience de la vie. « La grande erreur des socialistes, disait-il, est de croire que le tout de la vie est d'arriver à la possession des biens matériels. » « Le vrai bonheur de l'existence, ajoutait-il, ne doit pas être cherché dans ce qui est attingible à tous les hommes et dans ce qui leur est commun. Il n'est pas dans la possession des biens économiques ou de la puissance politique, ou de l'art ; il est dans le monde du sentiment, dans la conscience pure, dans la force de l'amour qui met le simple au-dessus du rusé ; il est avant tout dans la puissance de la foi[2]. »

Nous arrivons ici à une page curieuse de la vie de Treitschke : le patriotisme prussien opère en lui une dernière métamorphose, il en fait un homme religieux.

Jusqu'alors Treitschke avait passé pour incroyant. Il posait même volontiers « en fils émancipé de la Réforme » et un jour il avait profondément attristé son père, le vieux général saxon qui était très religieux, en faisant, dans une de ses lettres, profession de foi de libre-pensée. Mais Treitschke, malgré la perte de la foi de son enfance, était resté très attaché à la morale chrétienne. Personne, peut-être, dans son pays, n'avait flétri en termes plus éloquents la corruption de son temps. « La pourriture a envahi le monde de l'argent et les hautes classes, s'écriait-il à propos des Allemands d'Autriche. La presse de Vienne est la plus éhontée de l'Europe, sans en excepter la France. Les journaux ne sont plus aujourd'hui que des entreprises industrielles et l'honnête homme qui s'aviserait de parler de morale à ces

1. *Zehn Jahre*, p. 466 et 516.
2. *Ibid.*, p. 488.

spéculateurs littéraires se ferait rire au nez... Et ce ne
sont pas seulement les grands organes politiques qui
sont la proie des agioteurs. A côté de ces journaux
grouille une nuée de sales petites feuilles qui vivent
positivement de concussion et de piraterie, car, dans cette
ville de mœurs ultra-légères, les consciences vénales
sont nombreuses et quand il s'agit de fermer la gueule
d'un coquin, on ne regarde pas à l'argent[1]. »

Ailleurs, flétrissant l'hypocrisie anglaise, il s'écriait :
« Au parlement, parlait sans pudeur cette morale mercantile des Anglais qui, la Bible d'une main, une pipe
d'opium dans l'autre, répand sur le globe les biens de
la civilisation. »

Et partout dans son œuvre on remarque cet idéalisme dont il voulait faire le trait distinctif de la race
allemande. Il croyait que si l'Allemagne a une mission
à remplir au monde, c'est celle de faire pénétrer plus de
moralité dans les masses.

Or, après 1870 il assista à un singulier spectacle :
ces victoires, sur lesquelles il avait tant compté pour
donner des exemples de vertu au monde, avaient juste
abouti à fin contraire. L'Allemagne triomphante voyait
se lever une société nouvelle composée d'éléments fort
hétérogènes. Une tourbe d'hommes d'affaires plus ou
moins véreux, financiers juifs, boursiers interlopes, se
ruèrent sur la capitale de la Prusse dont ils firent un
champ de spéculations. Tous ces gens, naturellement,
vinrent grossir les rangs du parti vainqueur, si bien que
libéral-national signifia un peu en Allemagne ce qu'opportuniste signifia plus tard en France : des hommes
qui s'appuyaient sur le gouvernement pour faire des
affaires. Le vieux Ranke, de sa solitude, observait avec
angoisse cette transformation de mœurs dont la soudai-
neté le stupéfiait : « Tout s'écroule, disait-il, la religion

---

1. *Zehn Jahre*, p. 370.

est battue en brèche ; bientôt on ne baptisera plus et l'on ne fera plus bénir les mariages ; la sainteté du serment n'est plus respectée... Tout n'est plus qu'industrie et argent... L'origine de tout ce mal est dans nos institutions nouvelles, et pourtant nous ne pouvons les changer[1] ».

Treistchke aussi était arrivé à une constatation semblable. Lui qui avait appelé de tous ses vœux l'avènement de cette classe libre et éclairée, « il trouvait que le résultat ne répondait point à l'attente ». Les vieux liens se dissolvaient et, dans cette société nouvelle, pressée de jouir, il lisait déjà des signes de décadence.

En face de cette société libérale, par contre, il voyait que c'étaient les vieux conservateurs prussiens, ceux dont il avait autrefois combattu les idées étroites et bornées, l'esprit sectaire, la raideur gourmée, qui réalisaient maintenant le mieux son idéal moral. Comme ce libéral allemand qui disait un jour à Victor Cherbuliez : « Oui, ces hommes sont tout d'une pièce, entiers dans leurs idées, raides comme des barres de fer ; mais ils possèdent la plupart une grande qualité, bien rare dans ce siècle de maquignonnage, une parfaite droiture qui me confond. Nous autres démocrates, la politique nous a tous plus ou moins gauchis[2] » ; comme ce libéral, Treitschke trouvait que c'était encore ces hommes qui représentaient le mieux dans son pays les vieilles idées de droiture et de moralité. De là à s'identifier avec leur politique, il n'y avait qu'un pas et Treitschke était d'autant mieux porté à le franchir qu'en 1867 il écrivait déjà : « La tendance conservatrice dont la haine seule peut nier en Prusse la légitimité va trouver maintenant un sol d'action fé-

---

1. L. v. Ranke, *Zur eigen. Lebensg.*, p. 597.
2. V. Cherbuliez, *L'Allemagne politique depuis la paix de Prague.* Paris, 1870, p. 133.

cond[1]. » Et ceci, non moins significatif : « Les vrais
conservateurs prussiens sont plus près de nous que les
flasques bavards qui se bornent à faire l'unité dans
leurs discours patriotiques[2] ».

Il ne s'agissait alors que du dévouement des hobereaux aux Hohenzollern. Maintenant, ce que Treitschke
admire en eux c'est leur haine du Libéralisme et des
Parlements : « Qu'est-il besoin d'un Parlement, s'écrie-
t-il ? Cette assemblée a-t-elle réalisé les espérances qu'on
avait fondées sur elle ? N'avons-nous pas notre roi ? Et
ce roi, est-il entre les mains des financiers un instrument docile comme le fut ce marchand de la race bou-
tiquière des d'Orléans, qui manquait si totalement de
prestige royal. Notre État dépend-il de quelques gros
banquiers[3] ? »

C'est là le dernier terme de l'évolution politique de
Treitschke. L'homme qui avait débuté dans sa carrière
par être un « Gothaen » tout pur ; l'homme qui, plus
tard, sous l'influence de la victoire de Sadowa et de la
politique bismarckienne, s'était transformé un unita-
rien impérial et radical, devient, sur la fin de sa vie,
un monarchiste réactionnaire, anti-libéral et anti-par-
lementaire. Il lâche les uns après les autres tous ses
vieux amis libéraux, auxquels il reproche de manquer
« de cette solidité un peu massive qui fait seule les vrais
hommes d'État » ; il devient le partisan de toutes les
réactions, religieuses, politiques, et littéraires. Emporté
par la logique de ses idées, il en vient à détester toutes
les manifestations de la vie moderne, et finit par proposer à notre imitation l'idéal teuton du moyen âge,
le roi, « chevalier sans peur et sans reproche, redresseur
des torts et défenseur des faibles. »

Avec cet idéal, on comprend que Treitschke, dans

1. *Zehn Jahre*, p. 192.
2. *Ibid.*, p. 28-29.
3. *Ibid.*, p. 516.

son pays, ait peu à peu versé dans les idées les plus rétro-
grades. Il devint antisémite. Et la chose était à prévoir.
Le Juif, par ses qualités et par ses défauts, est à l'antipode de cette conception de la vie féodale. N'est-il pas
l'homme moderne par excellence, exempt de préjugés,
révolté par les abus et les violences? Rationaliste en politique et en religion, il est bien le fils de cette Révolution
française, qu'il n'a point faite, mais qui répondait aux
deux grands dogmes de son histoire : « l'unité divine et
le messianisme, c'est-à-dire l'unité de loi dans le monde
et le triomphe terrestre de la justice dans l'humanité[1] ».

Treitschke avait flairé dans cet homme moderne et
émancipé, qui, dans tous les pays est un élément de
réforme et de progrès, le grand ennemi de cette Allemagne teutone et féodale qu'il essayait de ressusciter.
Dès lors le Juif devint son ennemi. Il le combattit avec
l'acharnement du sectaire. Il s'enrôla dans la bande du
pasteur Stöcker. Il écrivit pour justifier l'odieux anti-
sémitisme une brochure où l'on lit entre autres :

« Si l'on considère tout ce que les Juifs ont fait,
cette agitation puissante qui se manifeste aujourd'hui
n'est que la 'réaction naturelle du sentiment populaire
allemand contre un élément étranger qui n'a pris qu'une
trop large place dans notre vie... Ne nous y trompons
pas : le mouvement est profond et puissant... Il a pénétré
jusque dans les cercles les plus cultivés et aujourd'hui
parmi les hommes qui repousseraient avec horreur
toute idée d'intolérance religieuse et d'orgueil national,
il n'y a plus qu'un cri : « Le Juif est notre malheur[2] ! »

1. Darmesteter (J.), *Coup d'œil sur l'histoire du peuple juif*.
Paris, 1881.
2. *Ein Wort über unser Judenthum*. « C'est faire injure à un Hohenzollern, écrivait-il à la mort de l'empereur Frédéric III, que de croire
qu'il eût été capable de devenir l'empereur des libéraux, c'est-à-dire de
Berlinois frondeurs, de professeurs égarés dans la politique, de quelques
marchands dépités et de la grande puissance internationale juive. »
*Zwei Kaiser*. Berlin, 1888.

Ce fut un spectacle étrange que celui de voir professer l'histoire dans la première université de l'Allemagne par un homme qui, dans sa polémique contre les Juifs, se servait d'arguments dignes de Drumont, appelant par exemple l'Israélite « un Oriental sans patrie, dont les idées sont mortelles à toute vie nationale supérieure, n'ayant de passion que celle de l'intérêt, jamais celle de la politique ou de la patrie et corrompant les pures vertus germaniques par son ironie corrosive et par sa presse vénale et sans scrupules. »

Dès ce moment, Treitschke perd toute valeur comme historien scientifique. L'écrivain politique qui avait débuté quelques années auparavant par des études approfondies où l'on sentait l'heureuse influence de Tocqueville, devient une sorte de sectaire haineux, un outrancier du nationalisme. Par là certes, il acquiert une grande force. Il y développe peut-être aussi puissamment sa personnalité. Mais son crédit comme historien s'en trouve considérablement ébranlé.

Il y a des hommes qui, en vieillissant, s'assagissent et deviennent de plus en plus modérés. Chez Treistchke c'est le contraire qui arriva. Avec les années il accentua son outrance, et c'est dans cet esprit qu'il écrivit son grand ouvrage, l'*Histoire d'Allemagne au* xixᵉ *siècle*, qui, à certains égards, est à peine de l'histoire, tellement le parti pris de l'auteur éclate à chaque page, mais comme cette œuvre est l'une des créations les plus extraordinaires du nouvel empire allemand, nous allons l'étudier avec quelque détail.


## III


Treitschke disait : « On ne peut être l'auteur que d'un seul livre. Il s'agit de le trouver ». Ce livre-là, il eut la chance de le faire : c'est son *Histoire d'Allemagne*

*au xix⁰ siècle,* qui devint l'œuvre de toute sa vie. On peut
dire qu'il y songea dès qu'il entrevit sa carrière d'historien. « Je veux écrire, disait-il en 1861, une *Histoire
de la Confédération germanique,* brève, tranchante, sans
ménagements, pour montrer à la masse paresseuse que
le fondement de toute existence politique, le droit, le
pouvoir et la liberté nous manquent et qu'aucun salut
n'est possible que par l'anéantissement de petits états...
Je ne sache pas d'œuvre historique qu'il soit plus
nécessaire de faire pour éclairer le grand public ; et,
comme parmi ceux qui sont plus instruits que moi il
n'en est aucun qui trouve le courage de l'entreprendre,
je veux l'essayer, bien que je coure le danger, pendant
que je l'écris, de voir la confédération sombrer sous
la malédiction des peuples et quand je remonterai
dans ma chaire de professeur — et je le ferai, car je
sais aujourd'hui combien il est beau d'être maître de
la jeunesse — ce travail n'aura pu que me rendre plus
apte à agir sur la génération nouvelle[1]. »

Dans l'idée de Treitschke, il ne s'agissait d'abord
que de faire une large esquisse « de ce que l'on connaît,
en réunissant les éléments épars[2] ». Mais il ne tarda pas
à se rendre compte que le travail était autrement difficile et long qu'il ne l'avait prévu. Cette constatation ne
le rebuta pas, au contraire. Lorsqu'il vit là l'occupation
de sa vie, il s'en montra heureux.

Pendant vingt ans, jour après jour, Treitschke amassa
les matériaux de cette œuvre. Dès 1865, le prince de
Bismarck lui ouvrait les archives du ministère des
affaires étrangères et lui disait: « Si vous ne trouvez
pas là le linge de notre politique d'alors aussi blanc
que je le voudrais, je crois pourtant que vous n'aurez
jamais à retirer la parole que vous me disiez un jour:

1. Th. Schiemann, p. 156.
2. *Ibid.,* p. 158.

« La Prusse, moins que tout autre État, n'a de raison pour cacher le passé de sa politique fédérale. »

En s'enfonçant dans son œuvre, Treitschke en élargit considérablement le plan. Au lieu d'une *Histoire de la Confédération germanique*, c'est l'histoire de l'Allemagne entière dans notre siècle qui se déroulait sous ses yeux. Il lut tout : les journaux, les mémoires, les ouvrages particuliers. Et de tout ceci, il tira un vaste tableau « de la vie des hommes, comme il dit lui-même, des idées et des institutions qui ont formé l'Allemagne nouvelle [1] ».

Cette histoire Treitschke la conçut à un point de vue purement politique. Il raille même quelque part dans son œuvre ces historiens de la civilisation qui regardent « Volta penché sur ses cuisses de grenouille ou comptent les lampes ou les vieux pots au fond des nécropoles ». Et pourtant il donne une large place à toutes les manifestations de la vie allemande. A côté des grands faits politiques : l'histoire des Congrès, le Kulturkampf prussien, l'organisation du Zollverein qui sont des pages d'histoire générale, chaque État particulier est traité avec un soin merveilleux. Qu'il s'agisse des grandes puissances comme la Prusse, l'Autriche, la Bavière, le Wurtemberg ou des États moyens ou encore des principautés minuscules ou des villes libres, nous avons une histoire fort détaillée, dont le défaut serait presque d'être trop touffue. Bien mieux, dans chaque État, les provinces sont étudiées dans leur physionomie propre : avec Treitschke vous savez ce que furent dans notre siècle le Brandebourg, Posen, la Poméranie ou la Province du Rhin, quelle existence y menaient les paysans, les bourgeois et les nobles. Et cela Treitschke ne le peint pas en traits généraux, plus ou moins vagues ; il aime à surprendre la vie dans ses détails journaliers. Son procédé est celui des peintres réalistes

---

1. *Deutsche. Gesch. im XIX^ten Jahr.*, t. I. Vorrede, VI.

qui, dans quelques faits typiques, nous donnent un
tableau de l'ensemble.

Treitschke est un chroniqueur incomparable. Son
histoire du Congrès de Vienne, par exemple, est une
merveille. On y voit non seulement défiler tous les
ministres et les diplomates, les grands comme Metternich, Nesselrode, Capodistrias, Consalvi « et le riche
groupe des cléricaux »; les petits, tels que les représentants des villes hanséatiques « avec leur bande
d'intrigants, d'écornifleurs et de quémandeurs »: mais
aussi les personnages d'arrière-plan, comme cette
énorme lady Castlereagh qu'il nous montre « avec ses
bigoudis, ses airs langoureux et ses toilettes criardes ».
Et derrière tout ce monde brillant qui s'agite, une amusante peinture de la vie viennoise, « cette ville de
Phéaciens, comme il la nomme, avec ses éternels diman-
ches, ses tourne-broche tournant toujours [1] ».

Et si vous songez que d'un bout à l'autre de cette vaste
histoire qui remplit cinq volumes il en est ainsi ; qu'il
y a la description de toutes les villes allemandes, au
fur et à mesure que leur histoire se déroule ; celle des
universités, des cours, même celles des principautés
minuscules, avec d'amusants détails sur les mœurs
gothiques de ces débris d'un autre âge : celle de
toutes les grandes fêtes allemandes, même des masca-
rades historiques organisées pour tel ou tel anniversaire, vous comprendrez le charme qui s'attache à cette
œuvre. La vie allemande y est représentée avec une puissance de rendu qui égale celle de Macaulay avec quelque
chose de plus fouillé dans le détail et de plus éclatant
dans la forme.

Une telle œuvre qui s'éloignait complètement de la
conception purement scientifique de l'historiographie
allemande ne pouvait s'improviser. Treitschke l'écrivit

1. *Deutsche Gesch.*, t. 1, p. 602.

lentement, en donnant beaucoup de soin à la forme.
Son style est extraordinairement dense, énergique et
pittoresque.

Treitschke n'était pas arrivé du coup à cette forme
concrète. Sa nature passionnée le poussait d'abord aux
développements ovatoires. Dans ses premiers articles,
ses phrases étaient des phrases d'orateur. Ecoutez-le
par exemple appeler de ses vœux l'unité politique de
l'Allemagne :

« Tous les livres, toutes les œuvres d'art qui révèlent
la noblesse du travail allemand ; tous les grands noms
allemands que nous considérons avec admiration ; tout,
tout ce qui annonce la gloire de notre esprit, proclame
la nécessité de l'unité, nous conjure de créer dans l'ordre
politique cette unité qui existe déjà dans le monde de la
pensée. Et notre douleur est décuplée, en pensant que
chaque œuvre isolée est tant admirée, tandis que notre
peuple tout entier est raillé au dehors[1]. »

Quelques-unes de ces invocations sont restées fameuses en Allemagne :

« Allemands, chers compatriotes, s'écriait-il dans
une fête de gymnastes célébrant le 50e anniversaire de
la bataille de Leipzig, vous qui habitez les rivages où
les phares de Lübeck et les blancs rochers d'Arcone
annoncent au marin au retour d'un long voyage la
terre de la patrie ; vous qui venez des Alpes helvétiques
qui se mirent dans le grand lac souabe ; vous dont le
berceau est le gris Palatinat qui domine le Rhin ! Vous
tous de quelque race, de quelque canton que vous
veniez, associez-vous à moi pour crier : « Vive l'Allemagne[2]. »

Mais, peu à peu, Treitschke se dépouille de ce que sa
phrase a de trop oratoire ; il se resserre, se précise ;

1. *H. und Pol. Auf.*, II, p. 86.
2. *Zehn Jahre*, p. 7.

aux développements d'idées générales un peu vagues, il substitue les mots concrets qui font surgir l'image des choses. Déjà, dans ses derniers essais, le peintre s'était révélé dans l'art du portrait et des grands tableaux historiques et ceux qui avaient lu son esquisse de l'*Unité italienne* n'avaient pas oublié ses pages si nerveuses sur le développement historique du Piémont, avec la figure de Cavour, si fièrement campée, rayonnante de vérité dans son réalisme simple et savoureux.

Mais la perfection dans la narration historique, Treitschke ne l'a atteinte qu'avec son histoire. Son premier volume fut une révélation. Enfin l'Allemagne tenait un historien pour qui le monde visible existait, apte aussi à saisir le drame et la comédie de l'histoire, à rendre en traits saisissants les choses inanimées, comme en témoigne ce tableau des funérailles du roi Frédéric-Guillaume III :

« La foule faisait haie, silencieuse, lorsque dans la nuit du 11 juin le cadavre passa la longue avenue des Tilleuls pour se rendre au mausolée de Charlottenbourg où le défunt avait voulu reposer à côté de sa chère épouse Louise. Les lanternes étaient éteintes ; seule la lune, qui sortait des nuages, jetait sa pâle clarté sur les voitures noires qui, sans bruit, glissaient sur le sable mou [1] ».

Ailleurs, il nous montre, dans une charmante aquarelle, le roi Frédéric-Guillaume III jouant avec ses bambins « sous les antiques arbres de son parc, au bord du bleu lac de Havel, se dégelant au milieu d'eux et faisant même rire par ses drôleries la comtesse de Voss, rigide gardienne de l'étiquette [2] ».

C'est surtout comme portraitiste que Treitschke s'est distingué. Ses portraits historiques sont certainement

---

1. *Deutsche Geschichte*, V, p. 30.
2. *Ibid.*, I, p. 148.

les plus vivants de l'historiographie allemande. C'est là
du reste un art où ses compatriotes n'ont jamais excellé.
Bismarck remarquait un jour que ce qui distingue surtout un Anglais d'un Allemand c'est que le premier
attache au physique des gens de l'importance et l'autre
pas. « Lorsque Shakespeare peint Hamlet, disait-il, il
nous représente un homme gras, lent à se mouvoir et
en voyant l'homme nous comprenons le caractère [1]. »

Ce n'est pas à Treitschke qu'on peut adresser un
reproche semblable : sous sa plume, les personnages
historiques ressuscitent positivement. C'est moins la
vision rapide de Michelet ou de Carlyle que le portrait
réaliste de Flaubert ou de Tolstoï. Vous voyez le baron
Stein avec son « petit corps ramassé, sa nuque large, ses
fortes épaules, ses yeux bruns profonds et brillants, son
nez de hibou sur ses lèvres minces » ; Talleyrand avec
« sa haute cravate, sa bouche affreuse, aux dents
noires, ses petits yeux gris enfoncés, sans expression,
ses traits effroyablement communs, froids et impassibles,
incapables de rougir et de trahir les mouvements de son
âme [2] » : le roi Léopold de Belgique « mince, les traits
fatigués et distingués, avec un regard sournois et mélancolique, parlant d'une voix basse et lente, taciturne
toujours, aussi bien dans ses affaires que dans ses
amours [3] » ; le roi Maximilien de Bavière « le plus
bourgeois de tous les rois, avec sa tête qui rappelait à
la fois le colonel français en retraite ou le brasseur bavarois, arrêtant les gens à la rue et causant familièrement
avec eux [4] ».

Et Treitschke n'est pas peintre seulement dans le
détail — tableau ou portrait — il l'est dans l'ensemble ;
ses grandes vues historiques sont admirables. Je ne

1. Bewer, *Bei Bismarck*. Dresden, 1891.
2. *Deutsche. Gesch.*, t. I, p. 616.
3. *Ibid.*, t. IV, p. 83.
4. *Ibid.*, t. I, p. 611.

connais rien de plus séduisant que la peinture qu'il fait
dans son troisième volume de la vie patriarcale des cours
gothiques du nord de l'Allemagne ossifiées dans leurs
coutumes surannées [1].

Sa description de la cour du vieux roi de Saxe Fré-
déric-Auguste est un vrai tableau de genre. « Le roi
avait gardé à sa cour les habitudes et l'étiquette de 1780,
à la grande joie des Berlinois. Il avait un joli talent
musical, mais il ne voulait l'exercer que sur le vieux
piano à queue de Silbermann. Le dimanche, quand il
se rendait à la messe, les enfants des bonnes familles
se répandaient dans les allées du parc pour admirer le
magnifique cortège du roi : les piqueurs, les camériers
et les adjudants marchant en avant : le roi en magnifique
costume ancien, les cheveux en toupet et poudrés, les
mains cachées dans un vaste manchon était en tête.
Derrière lui marchaient les princes Antoine et Maximilien, presque aussi vieux que lui, portant des manchons
également avec le claque sous le bras. Coup d'œil bizarre
auquel seuls les bons Dresdois pouvaient assister sans
rire... On ne rencontrait jamais le roi à pied dans les
rues. Même lorsqu'il y avait une ménagerie qu'il voulait voir, il faisait venir dans son parc les éléphants, les
lions et les serpents [2]. »

Ce qui donne un grand charme au récit de Treitschke,
c'est la langue, nombreuse, ample, musicale, se dra-
pant parfois d'une manière un peu somptueuse, mais
d'un effet toujours puissant.

Le vocabulaire de Treitschke est des plus riches.
Chose rare chez un Allemand il donne parfois avec son
style l'impression d'un prestidigitateur très adroit. On
dirait que la langue n'a pour lui plus de secrets. Il disait
du reste qu'on ne doit pas dédaigner la forme. « Il y a

1. *Altständisches Stilleben in Norddeutschland. Deutsche Gesch.*,
t. III, p. 456-556.
2. *Ibid.*, t. IV, p. 506-507.

autant d'affectation à la mépriser qu'à trop la rechercher », disait-il. Et, il ajoutait avec Gœthe : « La pensée
qui mûrit solitaire amène l'expression juste, comme la
fleur le fruit. »

Dans ce travail de forme qui est au fond un travail
de pensée, Treitschke fait preuve d'une étonnante
virtuosité. Il a des raccourcis de phrases admirables,
lorsqu'il dit par exemple du tzar Nicolas : « C'était un
sous-officier de grand style, incomparable quand il
s'agissait de faire parader un régiment, mais en réalité
ni un général, ni un organisateur. » L'excentrique roi
Louis de Bavière est dépeint d'une manière saisissante
en trois traits. « Ce spirituel artiste ne l'était plus
lorsqu'il s'agissait de sa vieille langue maternelle qu'il
maltraitait cruellement. Quand il avait le désir d'une
œuvre d'art, il renonçait volontiers à tout plaisir, mais
dès qu'il voyait passer une belle femme plus rien ne le
retenait. Il lui témoignait alors son amour avec une
ardeur toute hellénique qui n'était pas sans causer un
brin de scandale dans notre société moderne bourgeoise et rangée. »

A ces qualités Treitschke en joignait d'autres : c'était
un Allemand d'esprit. Si l'on cherche même à déterminer sa qualité maîtresse comme narrateur, on trouve
que c'est l'humour. Son humour est d'espèce bien
germanique : il ressemble à l'humour du poète badois
J.-V. Scheffel ou à celui du prince de Bismarck dans
ses propos de table. Au moment de quitter l'Université,
Treitschke, en prenant congé de ses camarades, avait
fait représenter une pochade dans laquelle il persiflait
avec beaucoup de gaîté deux savants Allemands qui
s'étaient pris de bec sur la question de savoir si le poisson qui avala l'anneau de Polycrate était un hareng ou
un brochet.

Treitschke toute sa vie resta l'homme de cette
pochade. Tout ce qui s'éloignait de son idéal teutonique

de pureté des mœurs, de solidité militaire, de bon sens prussien, d'esprit réaliste, il le raillait avec la même bonne humeur. Il avait en réserve un grand fond de plaisanteries sur tous les ridicules de la vie des petits états. Là-dessus, sa verve était étourdissante. Ecoutez-le, par exemple, raconter les exercices militaires des milices hambourgeoises.

« Le plaisir le plus goûté des citoyens de la ville était d'assister aux exercices de la milice bourgeoise qui se composait de sept bataillons de ligne, de chasseurs, de cavalerie et d'artillerie. Ces troupes regardaient du haut de leur grandeur les Hanséates, ces pauvres diables qui formaient l'armée permanente. Quelle fête lorsqu'au matin, au travers des rues de la ville on voyait défiler ces troupes. Le tambour battait : « Camarade, viens ». Le bourgmestre coiffé de son tricorne, son épée d'opéra-comique au côté, passait les troupes en revue sous les portes de la ville. Après la parade venait une beuverie monstre; les guerriers un peu éméchés, les vivandières au bras rentraient dans la ville, marchant au pas, tandis que les gamins qui les précédaient chantaient sur l'air de : *Apportez le cochon au marché*, le vieux chant national :

> « Les Hambourgeois ont gagné la victoire
> Ho ! ho ! ho ! »

Treitschke excelle toujours dans les tableaux de genre. L'anecdote est son fort. Nul ne sait narrer comme lui « les séances orageuses du Landtag wurtemburgeois, le côté pittoresque et amusant de la vie de *Bursch*, l'histoire des dessous des Congrès, les rivalités des grands hommes des petits pays ». Il connaît à fond la chronique scandaleuse, la vie des théâtres de Berlin, les mœurs philistines des radicaux de la Jeune Allemagne. Ailleurs il nous renseigne admirablement sur le catholicisme rhénan, sur le retour des jésuites en Autriche et sur les idées religieuses de M. de Metternich. Et tout ceci, il le fait avec verve et belle humeur. Quoi de plus joli, par exemple, que ce tableau de la vie conjugale du roi Frédéric-Guillaume IV et de la reine Élisabeth.

« La reine Élisabeth était certes la personne qui tenait le plus au cœur du roi. Celui-ci lui vouait une tendresse sans bornes qui dépassait même la mesure permise à un roi. Lorsque inondé de larmes, fondant d'émotion il se releva du lit où son père était couché, mort, il lui dit : « Elise, soutiens-moi ; c'est maintenant que j'ai besoin de force ». Lorsque accablé par les affaires il revenait auprès d'elle, elle l'accueillait toujours avec la même égalité d'humeur, la même joie et le même amour ; il n'y a que lorsque des accès de colère le mettaient hors de lui-même qu'elle disait, en promenant tout autour ses regards dans la chambre : « Je cherche le roi ». Son heureux intérieur, elle s'efforçait de le rendre aussi intime que le permettait l'étiquette des cours. A la foire de la nuit de Noël, le couple royal descendait pour se promener sur la place du château, et le soir de la saint Sylvestre le veilleur de nuit devait venir au palais annoncer avec sa corne la nouvelle année [1]. »

Voici un tableau du même genre sur la vie de la reine Victoria et du prince-consort vers 1840 :

« Ce qui réjouissait les Anglais dans cette cour, c'était la bonne tenue de la maison, la vie de famille de la reine, la ponctualité aussi qu'elle mettait chaque année à faire un enfant, sitôt que les lois de la nature le permettaient. La cour redevenait même une sorte de force sociale, quoiqu'elle ne fût plus comme autrefois, à l'époque des Stuarts, le point central de la vie de la capitale ; cependant la haute société de Londres, frivole

---

1. *Deutsche Geschichte*, V, p. 17.

à fond, devait, du moins, régler sa tenue extérieure sur
les honnêtes mœurs de la cour. Pour la première fois
depuis l'avènement de la maison Guelfe, la cour entrait
un peu dans la vie de la nation, quoique moins profondément qu'on se l'imaginerait[1]. »

Dans la note humoristique, il y a dans l'œuvre de
Treitschke quelques portraits qui ne manquent pas de
saveur, témoin ce croquis de lord Palmerston : « Lord
Palmerston se moquait des airs sainte nitouche de ses
compatriotes et avouait avec sa sincérité de bon vivant
combien il aimait les femmes et les plaisirs de ce
monde. Dans sa vieillesse même il aimait encore à
s'entendre appeler lord Cupidon. Lorsque le soir, il
rentrait d'une séance prolongée de la Chambre, avec
son pas élastique, une fleur à la boutonnière, le para-
pluie sur l'épaule, son chapeau de haute forme légèrement incliné en arrière, tous ses compatriotes se
réjouissaient de cette vivante apparition de l'antique verdeur de la vie britannique. Toute sa personne respirait
un air de joyeuse satisfaction ; avec sa forte tête carrée
d'Anglo-Saxon, ses yeux brillants qui, bien distants du
nez, rappelaient à la fois la puissance du dogue et la
ruse du renard. Pour ses vassaux, c'était un bon
maître, et il savait, selon la vieille coutume de la
noblesse anglaise, doter de gras bénéfices ses cousins et
amis. Cependant, on n'eut jamais à lui reprocher
d'avoir sciemment casé un imbécile[2]. »

Si le talent de faire des portraits vivants et amusants,
de conter avec verve des anecdotes suffisait pour faire
un grand historien, Treitschke serait certes le premier de
son pays. Mais il faut autre chose que cela. Il faut, avec
la claire intelligence des problèmes politiques, une large
impartialité. Treitschke possédait-il cette impartialité ?

1. *Deutsche Gesch.*, IV, p. 126 et 127.
2. *Ibid.*, t. IV, p. 27.

Lorsque l'on ouvre son histoire, la chose qui frappe le plus est la rare violence du ton. A chaque page, on y lit des phrases comme celles-ci :

« Metternich fut le plus grand menteur et le plus grand coquin du continent[1]. »

« Les Juifs sont les oiseaux à charogne de la misère des paysans allemands[2]. »

« Quelque gouvernement que la France se donne, ce sera toujours le pays de la police, de la soldatesque abaissée au service des sergents de ville, des tribunaux partiaux, de la phrase dans le Parlement, de l'abrutissement du peuple et du fanatisme catholique[3]. »

« Ces Teutomanes en réalité étaient des pendards mal blanchis[4] ».

Le mariage du grand duc Constantin y est raconté de la manière suivante : « Sur un signe de la tzarine la mère envoya ses trois filles et c'est à la plus jeune que le grossier Constantin jeta le mouchoir[5]. » La Cour de Bruxelles devient « la grande agence matrimoniale des Cours de l'Europe[6] ».

Vous n'avez pas besoin de pousser bien loin votre lecture, pour voir que vous n'avez pas affaire à un véritable historien. Le véritable historien respecte ses adversaires, même lorsqu'ils sont le plus à l'antipode de ses idées. Et la chose ici est d'autant plus regrettable, que Treitschke a plus de talent.

L'historien remarque quelque part que dans « les discussions scientifiques ses compatriotes perdent souvent de vue les règles du bon goût et de la politesse ». A ce titre, il est, lui aussi, un écrivain national dans toute la force du terme.

---

1. *Deutsche Gesch.*, IV, p. 265.
2. *Ibid.*, t. IV, p. 529.
3. *Ibid.*, p. 423.
4. *Ibid.*, II, p. 390.
5. *Ibid.*, III, p. 85.
6. *Ibid.*, p. 86.

Mais a-t-il toujours été ainsi, a-t-il toujours voulu l'être ?

Treitschke avait une nature violente et passionnée. Ses amis les plus chers reconnaissent qu'il ne pouvait souffrir la contradiction. « Il parlait volontiers, dit l'un de ceux-ci, mais ce qu'on lui répondait, il ne l'écoutait pas et il s'étonnait qu'on n'approuvât pas ce qu'il disait. Il s'obstinait dans sa manière de voir et il finit par rompre avec ses meilleurs amis [1]. »

Ce sont là, il faut le reconnaître, de bien mauvaises conditions pour écrire l'histoire. Quel est l'homme qui puisse se vanter de posséder en tout la vérité ? Treitschke le reconnaissait et, au début, il fit de louables efforts pour acquérir cette impartialité. « Il me manque le style calme de l'historien, écrivait-il à Sybel en 1864 ; je m'échauffe trop, mais avec le temps j'espère devenir un historien. » Plus tard, il écrivait encore : « Mon sang est trop chaud pour un historien ; je lis Thucydide pour acquérir le vrai style de l'histoire. » Puis brusquement Treitschke change d'avis, il se met à dire que l'histoire doit être écrite « sans ménagements (*rücksichtlos*), avec colère et passion [2] ».

Il écrit dans une de ses lettres : « Être nommé un historien impartial, est une réputation à laquelle je n'aspire pas : c'est là me demander l'impossible... Cette objectivité anémique, du reste, n'est-elle pas le contraire du vrai sens historique... ? Tous les grands historiens ont franchement reconnu leur partialité : Thucydide est Athénien, Tacite aristocrate... Que les faits soient exacts, tout est là pour l'historien ; le reste, son jugement lui appartient [3]. »

D'où vint ce changement ? Ce changement était une conséquence des victoires prussiennes. Au début de sa

1. *Die Nation*, n° 31, 1896, 2 mai.
2. *Deutsche Gesch.*, t. V. Vorrede.
3. Th. Schiemann, p. 226.

carrière Treitschke avait une passion, la passion patriotique, qui conservait du moins quelque chose de noble et de généreux. Elle lui faisait souvent défigurer l'histoire des nations étrangères. Il en convenait le premier avec une franchise qui lui faisait honneur : « Je ne puis oublier, écrivait-il de Louis XIV, que c'est en montant sur les épaules de notre patrie que la France est devenue la première puissance du continent[1]. »

« Des juges compétents comme M. Mohl, écrivait-il ailleurs, m'ont demandé si j'avais suffisamment rendu justice à la puissance organisatrice de Napoléon. Je comprends un tel reproche. Les blessures que l'empereur a faites à notre pays sont encore trop saignantes pour qu'on les oublie. Il n'est pas facile à un Allemand de rendre justice au grand ennemi de l'Allemagne[2] ».

Mais vers 1880, ce n'est plus la passion patriotique qui l'enflamme ; il est absorbé par les questions de la politique prussienne. Il ne voit rien au delà. Il ramène tout à cela. Il devient un sectaire du « prussianisme » et c'est avec cet esprit qu'il écrit son histoire.

Tout le secret de la grande partialité de Treitschke se trouve là.


## IV.


Treitschke ne s'est jamais caché d'avoir conçu son histoire à un point de vue strictement prussien. Au contraire, il s'en glorifiait. La raison qu'il en donnait est celle-ci : « En politique on ne peut juger que par ce qui a réussi. » Cette philosophie était conforme aux idées de son pays. C'était la théorie, ce que Renan appelait la théorie « zoologique » de l'histoire si chère aux

1. *Historische und Pol. Aufsätze*, t. III, p. 79.
2. *Zehn Jahre*, p. 207.

historiens prussiens. Treitschke en est le plus brillant représentant. C'est par des raisons pour ainsi dire physiques qu'il explique l'origine des succès de la Prusse en Allemagne. « Les théories radicales, dit-il, font naître l'État de la libre volonté du peuple souverain. L'histoire apprend au contraire que les États s'élèvent le plus souvent, contre la volonté de la majorité du peuple, par la conquête et par la soumission ; et de même que la guerre, même en des temps de haute culture, conserve toujours sa puissance plastique de faire les États. de même la politique intérieure des peuples n'est point déterminée seulement par les changements de l'opinion publique, mais par les actes des gouvernements[1]. »

Dès lors toute l'histoire d'Allemagne s'explique pour lui par l'histoire de Prusse. C'est la Prusse seule qui a fait l'unité germanique, « moins encore par l'action réfléchie de ses gouvernants que par la force inhérente à ses institutions : ou ce qui revient au même par l'esprit qui a présidé à son évolution politique ».

Cette explication de l'histoire d'Allemagne par la psychologie du peuple prussien, nous la connaissons déjà, mais personne ne l'avait encore développée avec l'éloquence et le luxe d'images de Treitschke. C'est avec passion qu'il cherche à montrer que le peuple prussien a réalisé les plus pures vertus germaniques, et est devenu le représentant par excellence de la race allemande.

En quoi consistent ces vertus ? Treitschke les énumère complaisamment : c'est d'abord l'indépendance du caractère, la fierté, la croyance invincible en son droit et le culte de la conscience. Ces vertus-là, dit Treitschke, le peuple prussien les poussa à leur suprême puissance. Il est vrai qu'il n'eut point d'art, mais ce fut sans doute une supériorité: « Dans les sables de Marches, dit-il, ne poussa jamais aucun saint; dans les rudes cours

_____

1. *Deutsche Geschichte*, t. IV, p. 350.

des margraves ascaniens on n'entendait point chanter
des *Minnesaenger*. Les moines diligents s'efforçaient
davantage de conquérir la réputation d'habiles agricul-
teurs que de gagner les lauriers de l'artiste et du savant ;
les bourgeois des villes menaçaient l'existence la plus
grossière avec leurs rudes travaux ; ce n'est que par la
force militaire et l'orgueil national puissant que l'État
du Brandebourg s'éleva au-dessus de ses voisins [1] ».

Partant de cette idée, Treitschke montre que cette
œuvre fut accomplie par les rois et par la noblesse,
auteurs des deux grandes institutions qui ont fait la puissance de la Prusse : l'administration et l'armée.

Les rois de Prusse, pour Treitsckhe, sont des modèles : race dure et résistante, trempée par un travail
pénible sur un sol avare et par les luttes incessantes
qu'ils durent soutenir contre leurs voisins [2], ils étaient
déjà prêts à leur grande mission par ces rares vertus,
Ils le devinrent tout à fait lorsqu'ils embrassèrent le
protestantisme.

Treitschke essaie de prouver de nouveau avec une
grande abondance d'arguments que protestantisme et
germanisme sont deux termes synonymes :

« La foi jésuitique, dit-il, resta toujours étrangère à
l'esprit de notre peuple. Les riches forces spirituelles
de la nouvelle église romaine se développèrent superbement dans leurs patries romanes ; mais sur ce sol
allemand hostile, dans ce peuple d'hérétiques avérés,
elles ne purent jamais prendre racine. Ici, ne chanta
aucun Tasse, aucun Calderon ; ici, ne peignit aucun
Rubens, aucun Murillo. Presque aucun de ces ventres
paresseux de moines allemands ne rivalisa avec le zèle
scientifique des dignes pères de Saint-Maur. La Société
de Jésus éleva parmi les Allemands beaucoup de pieux

1. *Deutsche Geschichte*, t. I, p. 25.
2. *Ibid.*, p. 26.

prêtres et d'habiles hommes d'État… pourtant toute la civilisation jésuitique resta l'œuvre des cerveaux romans, de même que les formes sensuelles et capiteuses de leur culte[1]. »

Ce qu'il y a de singulier dans la thèse de Treitschke ce n'est pas qu'il affirme que la Prusse, incarnant le mieux l'esprit allemand, devait conquérir l'Allemagne, selon cette loi inéluctable de l'histoire que le fort soumet le faible. D'autres l'avaient déjà dit avant lui ; non, ce qu'il y a de singulier ce sont les conséquences qu'il en a tirées.

Deux choses ayant fait la force de la Prusse, le soin des intérêts matériels et le souci de l'armée, dit-il, ce sont ces deux choses *qui ont dû créer* l'Allemagne nouvelle, ce qui revient à dire que la Prusse était une machine si supérieurement montée qu'elle a agi pour ainsi dire d'une manière automatique, sans même avoir besoin de la volonté de tel ou tel homme. Et de déduction en déduction, Treitschke en arrive à la conclusion que le Zollverein et la réforme de l'armée prussienne furent les deux grands ouvriers de l'unité allemande ; que cette unité s'est donc faite uniquement dans les chancelleries et sur les champs de bataille ; qu'elle n'est par conséquent l'œuvre que des fonctionnaires et des officiers, c'est-à-dire, en définitive, de l'aristocratie prussienne.

C'est pour aboutir à ce paradoxe : « les hobereaux ont fait l'unité germanique » que Treitschke a écrit en cinq gros volumes une *Histoire d'Allemagne au XIX° siècle*. Il l'écrit presque à chaque ligne de cette œuvre : « Dans les choses allemandes, dit-il, notre haute noblesse s'est montrée bien plus clairvoyante et mieux prête au sacrifice que la bourgeoisie[2]. » Et ailleurs : « Ce sont les

1. *Deutsche Gesch*, t. I, p. 20.
2. *Ibid.*, II, Vorwort.

mêmes gouvernements qui poursuivaient l'exhibition
des couleurs nationales et combattaient l'établissement
d'un Reichstag allemand qu'ils considéraient comme
une hérésie révolutionnaire, qui sont en réalité les créa-
teurs de l'Allemagne nouvelle [1]. »

Avec tout cela que devient l'œuvre des libéraux,
dans lesquels Treitschke, en 1861, voyait « les auteurs
de tout ce qui s'est fait de grand dans la vie nationale
au XIXᵉ siècle ». Dans son *Histoire,* il réduit leur part à
rien ou à presque rien. Il reconnaît bien, à vrai dire,
les services qu'ont rendus à la cause allemande ces
hommes de plume et de pensée, qui n'étaient pas de la
noblesse, Fichte, Niebuhr et Schleiermacher. Il parle
même avec une certaine effusion des libéraux qui
avaient foi dans la Prusse, comme ce Pfizer, un Souabe
qui « n'ayant pas même vu Berlin », écrivait dès 1830
un plaidoyer en faveur de la politique des Hohenzollern. Dahlmann, aussi, le père des libéraux nationaux et ses successeurs, les Sybel, les Duncker et les
Freytag, qui devaient vingt ans plus tard devenir des
impérialistes, trouvent grâce devant ses yeux. Mais tous
les autres libéraux, surtout ceux d'une teinte plus foncée,
il nie qu'ils aient eu une participation quelconque à
l'œuvre de l'unité. Au contraire, il se moque de leurs
efforts, de l'exhibition qu'ils faisaient des couleurs nationales comme s'il suffisait, dit-il ironiquement, de
hisser un drapeau ou de prononcer des discours patriotiques pour faire l'unité ». Il oublie que lui aussi en prononça des discours, et que ces discours, avec tant
d'autres, aidèrent à former cette opinion publique, sans
laquelle jamais l'unité n'aurait pu se faire.

Il y a dans l'histoire de l'Allemagne contemporaine
un fait qui illustre d'une manière frappante cela, c'est
la fameuse séance de la Chambre de la Confédération

---

1. *Deutsche Gesch.*, III, p. 350.

de l'Allemagne du Nord, dans laquelle Bismarck se fait
interpeller par Benningsen sur la question du Luxembourg. C'était en 1867, moins d'une année après Sadowa. A cette minute, on put se rendre compte de la
vraie signification de la victoire de la Prusse. Malgré
ses succès, celle-ci n'était plus libre, ou plutôt pour
rendre ces succès réels, elle était obligée de se mettre à
la remorque de l'opinion publique allemande. C'est
cette opinion maintenant qui commandait [1].

Treitschke n'a point pu raconter cet épisode de l'histoire d'Allemagne contemporaine, puisque son *Histoire*
s'arrête à 1848, mais il n'a nulle part dans son œuvre
montré les grands services que la voix populaire rendit
à l'unité nationale.

Ce fut la nation positivement qui créa l'unité. Si la
Prusse en fut l'instrument, elle en resta l'âme. L'idée
de la patrie allemande n'était point une idée prussienne.
Née au lendemain de Iéna, elle fut surtout vivante dans
les cercles éclairés de la nation, dans les universités, chez
les étudiants. Ce sont les professeurs qui l'ont propagée et
l'ont fait pénétrer dans les couches les plus profondes
du peuple. Mais Treitschke ne veut rien entendre.
Prussien réactionnaire et fermé, il n'admet pour cette
unité que deux facteurs : la noblesse et les rois de Prusse.

La partialité de Treitschke ne s'arrête pas là : il veut
encore que ces rois et ces nobles aient été en tous points
irréprochables. De ces hobereaux « tant décriés comme
des conservateurs bornés » il fait « des hommes plus
libéraux que les soi-disant libéraux [2] ». « Ils n'ont, dit-il,

<hr/>

1. Plus tard, cette opinion fut bâillonnée par de nouvelles victoires,
mais on n'a point pu la détruire pour cela et malgré son éclipse temporaire, c'est à elle qu'appartient l'avenir. Au lendemain de Sadowa, Victor
Cherbuliez l'annonçait déjà. « Il y a dans le monde, disait-il, une puissance mystérieuse pleine d'artifices et de ruses, qui se joue des plus grands
politiques et tire de leurs plus savantes entreprises des conséquences qu'ils
n'avaient ni désirées ni prévues. »
2. *Deutsche Gesch.*, III, p. 8.

ni le doctrinarisme de ceux-ci, ni leur égoïsme bourgeois [3], ils sont pratiques et ils ont le sens des choses
politiques et diplomatiques [4] ». Evidemment Treitschke
en 1881 voyait tous les nobles prussiens au travers
de Moltke et de Bismarck.

Au sujet des rois de Prusse la tâche de Treitschke
était plus délicate. Malgré toute sa bonne volonté, l'historien ne parviendra jamais à nous faire prendre Frédéric-Guillaume II comme un modèle de vertus domestiques, Frédéric-Guillaume III comme un politique avisé
et fin, et Frédéric-Guillaume IV comme un souverain
qui eut conscience de la grandeur du rôle historique de
sa maison.

Treitschke ne l'essaie pas, mais il se tire d'une
manière fort adroite de tous les mauvais pas. Il ignore
les défectuosités de caractère de ces rois. S'ils furent
lâches, dissolus et sans volonté comme Frédéric-Guillaume II, il s'en prend aux difficultés des temps ; s'ils
furent pusillanimes obstinés et peu clairvoyants dans
leur politique, comme Frédéric-Guillaume III, l'historien laisse prudemment dans l'ombre ces défauts du
souverain et se rattrape en faisant l'éloge des vertus de
l'homme privé, « du bon père de famille » ; si décidément il ne peut dissimuler les fautes énormes de la
politique du souverain, il le fait avec une touche si
légère qu'on se demande où commence le blâme et où
finit l'éloge. Quelle mansuétude par exemple dans ce
portrait du plus pitoyable des rois de Prusse, Frédéric-
Guillaume IV.

« C'était un monde de plans magnifiques qu'avec sa
fantaisie d'artiste, Frédéric-Guillaume avait imaginés
et, maintenant qu'il était le maître, la bonté naturelle
de son cœur, qui ne lui permettait pas de voir autour

1. *Deutsche Gesch.*, t. IV, p. 499.
2. *Ibid.*, t. III, p. 86.

de lui des visages soucieux, le poussait à les réaliser...
Toutes les duretés de l'ancien régime, il songeait à les
adoucir : pardon aux démagogues, pardon aux Polonais
qu'il plaignait comme de pauvres opprimés ; liberté de
la presse et, avant tout, liberté religieuse. La colère des
catholiques, au sujet de la querelle épiscopale de Cologne, il espérait la calmer par des concessions magna-
nimes...

« ...Depuis longtemps aussi, il souffrait des habitudes parcimonieuses de la cour de Berlin : pour entretenir une cour somptueuse et digne des Hohenzollern,
il espérait réunir autour de lui tout ce qu'Allemagne
comptait de grand dans les Arts et dans les Sciences...
Hélas ! si seulement, entre tant de plans, il s'en fût
trouvé un seul d'un peu mûr, un seul dont on pût
entreprendre la réalisation ! Mais la réalisation pratique
d'un plan était ce qui importait le moins à ce rêveur.
Tout au jeu idéal de ses combinaisons, il se décourageait
au premier obstacle rencontré sur sa route, et il ne terminait rien.

« De tous les Hohenzollern, il fut le moins guerrier,
le plus désireux de conserver la paix, plus pacifique
encore que son père, et il fut aussi le seul qui, durant
son règne, ne fit aucune guerre. Sur le fronton d'un de
ses musées, il fit graver cette sentence des Césars : *Melius
bene imperare quam imperia ampliare*, une parole qui
pouvait bien convenir au maître d'un empire universel,
mais qui était peu à sa place dans la bouche du roi d'un
jeune État inachevé, avec des frontières ridicules.

« Il n'était rien moins qu'un homme d'épée, et c'est
toujours à contre-cœur que ce myope montait à cheval...
Tous ses officiers voyaient bien que ses devoirs militaires, il les accomplissait par conscience, mais sans
aucun amour... Il n'avait de plaisir que lorsqu'il pouvait rentrer dans son « moi » ou lorsque, ravissant son
auditoire et lui-même, il laissait couler le flot de ses

pensées et de ses sentiments dans d'ardentes discussions. « Je n'eus pas de repos avant d'avoir parlé », écrivait-il un jour à un ami… Ceux qui ne le connaissaient pas étaient seuls à l'accuser de cabotinage, car au fond il était dépourvu de vanité… Mais déverser son cœur, jongler avec les brillantes images de sa fantaisie et manier avec une maîtrise sans égale sa langue maternelle, était pour lui un besoin… A ce point de vue, il ressemblait peu à son aïeul, le grand Frédéric, qui, lui aussi, était un orateur de race, mais qui parlait toujours pour dire quelque chose et n'oubliait jamais que des paroles royales ne vivent dans la postérité que si elles sont des actions[1]. »

Quand il ne s'agit plus des rois de Prusse, Treitschke est impitoyable pour la royauté. Dans son œuvre, il n'y a pas moins de quatre-vingts portraits de souverains, allemands et étrangers. Eh bien, je ne sais pas s'il en est un seul qui soit présenté sous un jour sympathique. Ce royaliste de conviction, qui se faisait des rois l'idée qu'on en avait au moyen âge, le maître qui redresse les torts et protège les faibles, s'exprime sur tous les rois étrangers avec la passion sectaire d'un démagogue de 1848. Jamais on ne vit dans une œuvre telle hécatombe de têtes couronnées. Ce ne sont que coquins, êtres pervers ou vicieux, débauchés, maniaques, ou fous furieux qui semblent sortir des petites maisons.

On voit d'abord défiler les rois sournois qui, dans cette position qui devrait les élever au-dessus du commun des mortels, ne voient qu'une occasion d'exercer en grand leur méchanceté originelle : le duc Charles de Brunswick ; le roi de Wurtemberg qui déclarait un jour que ses « maîtres étaient Tarquin et Néron » ; l'empereur d'Autriche François II dont il fait le type du « coquin couronné ».

1. *Deutsche Gesch.*, t. V, p. 7-9.

« C'était, dit-il, un Florentin aux inclinations vulgaires qui avait collé sur sa figure le masque de l'Autrichien jovial et bon enfant pour en donner à croire à ceux qui l'approchaient. Aussi, malgré son regard méchant et ses yeux froids et durs, malgré la ressemblance frappante qu'il avait avec certains membres de sa famille, Philippe II entre autres, tout le monde croyait à l'innocence enfantine de ce despote faux et sans cœur.

Son système politique était des plus simples : après les années de trouble qu'on venait de traverser, il voulait jouir de son repos ; il voulait de nouveau, comme un zélé conseiller de cour, apostiller de remarques insignifiantes les marges des paquets d'actes qu'on lui présentait ; jouer du violon dans ses heures de loisir ; découper du papier et vernir des cages [1].

Un autre souverain, le roi d'Angleterre, Georges IV, est plus malmené encore. Après ne lui avoir reconnu d'autre qualité que celle d'avoir montré du goût dans le choix de ses cravates, l'historien conclut :

« Ce dieu de la mode n'était plus maintenant qu'un vulgaire libertin, précocement vieux, un ivrogne, une des natures les plus viles qui aient jamais déshonoré un trône... Il ne possédait pas même la seule vertu qu'on n'eût jamais contestée à sa race, le courage. Cet efféminé n'en avait jamais montré [2]. »

Après les coquins et les débauchés, viennent les cerveaux étroits, dont il voit le type dans le tzar Nicolas I « incapable de sentir les aspirations de son peuple et n'ayant jamais révélé sur le trône les qualités d'un fonctionnaire médiocre ou d'un caporal ».

Une classe fort nombreuse est celle des fantoches et des vaniteux inoffensifs qui dans le métier de souverain n'ont jamais vu qu'une occasion de briller. Dans cette

1. *Deutsche Gesch.*, t. I, p. 604.
2. *Ibid.*, t. IV, p. 543.

galerie fort amusante, Treitschke nous montre « les
vieilles perruques de la royauté » comme le roi Fré-
déric-Auguste de Saxe « rigoureux observateur d'une
étiquette surannée et plein de préjugés gothiques ». Un
autre groupe, moins nombreux celui-là, est celui des
« bons garçons » comme le roi Maximilien de Bavière,
faits pour « tout ce qu'on voudra sauf pour le métier
de roi ». Il y a enfin une dernière catégorie, celle des
« rois bourgeois ». Cette espèce-là Treitschke la déteste
tout particulièrement. C'est à elle qu'il réserve ses plus
mordants sarcasmes; deux maisons princières ont surtout excité sa verve : les d'Orléans et les Cobourg.

Parmi les d'Orléans, Louis-Philippe surtout lui
semble personnifier le type du roi bourgeois.

« L'orgueil des princes français, dit-il, lui était aussi
étranger que le sens du devoir dynastique. Dans cette
âme sèche, la puissance du passé et le droit vieux de
mille ans des Capétiens n'éveillait aucun souvenir.
C'était un père de famille économe, préoccupé d'abord
de recouvrer la grande fortune des d'Orléans qui devait
sa source en grande partie à la location des salles de jeu
du Palais-Royal. Il voulait à toute éventualité assurer à
sa famille une fortune à l'abri des dangers (*ein ruhiges
Hauswesen*). Au moment de recevoir la dignité royale,
il abandonna sa fortune à ses enfants, en ne s'en ré-
servant que les intérêts qu'il s'entendait fort bien du
reste à faire fructifier avec le concours de banques
amies… Je vous le dis, répétait-il constamment, mes
enfants n'auront pas un morceau de pain à manger[1]. »

Chez les Cobourg, les représentants de cet esprit sont
plus nombreux; c'est d'abord le roi de Belgique Léopold Ier, que Treitschke malmène encore plus que le
roi des Français :

« C'était un grand homme mince, aux traits fatigués

---

1. *Deutsche Gesch.*, IV, p. 19.

et délicats, avec des yeux sombres et mélancoliques,
portant une perruque noire très lisse, parlant d'une
voix basse et lente, taciturne toujours, aussi bien dans
les affaires politiques que dans les choses de l'amour.
En Angleterre, on l'appelait M. Peu à Peu, le marquis
Tout Doucement. Dans les cours allemandes, où on ne
lui voulait pas de bien, on le nommait Léopold le Sournois. Il pratiquait la morale de l'intérêt bien entendu.
A la première communion d'un de ses neveux, il lui
donnait les préceptes suivants : « Il faut apprendre à
« donner des formes à son égoïsme, pour pouvoir l'ex-
« ploiter plus tard comme une mine productive... » Il
connaissait à fond l'art du commerçant. Pour gagner
des partisans à sa politique, il savait faire taire son ava-
rice et dépenser à pleines mains, mais ses accointances
avec la Bourse le faisaient rentrer dans ses pertes...
C'est le second roi bourgeois de la révolution... Avec
les maisons d'Orléans et de Cobourg s'insinue dans la
haute noblesse européenne une nouvelle génération
d'hommes qui se sont frottés aux affaires et qui ont
toujours dans leur poche le cours de la Bourse... Aussi
réfractaires aux sentiments d'honneur et de piété historique que les tyrans italiens du xv⁰ siècle, ils étaient
au fond plus hautains encore que les princes de la vieille
aristocratie[1]. »

Tous les Cobourg, après le roi de Belgique, ont leur
tour, et le *prince-consort* n'est pas le plus épargné.

« Le prince Albert était, comme tous les Cobourg,
une nature prosaïque, sans élan, dénuée de sentiment
religieux et qui n'avait pas eu de peine à s'habituer à la
coutume anglaise de tout trouver *very interesting* ; à
Bruxelles, il s'était initié à la conception mécanique du
monde du statisticien Quételet, qui expliquait tous les
phénomènes de la vie sociale, même les phénomènes

1. *Deutsche Gesch.*, t. IV, p. 83.

moraux, comme l'œuvre de forces naturelles aveugles. Il prisait plus les arts mécaniques que les beaux-arts, la technique que la science, l'ingénieux que l'idéal... A la cour d'Angleterre du reste, le petit prince allemand était dans la position d'une princesse mariée à l'étranger : il n'appartenait plus à sa nation et ne pouvait s'en prévaloir. Il devint même tout à fait Anglais. Bien qu'il parlât encore sa langue maternelle dans le cercle de sa famille et, bien que sa tendre épouse lui permît de se servir de son couteau pour manger son poisson, au grand scandale des purs cœurs britanniques, il avait tout à fait oublié les mœurs de son pays. Et lorsque quelques années après son mariage il visita de nouveau l'Allemagne, il affectait si bien les mœurs britanniques qu'il passa en revue la garnison de Mayence en pardessus gris, à la grande indignation des généraux prussiens qui se demandaient si ce jeune homme avait réellement oublié que les princes allemands ont coutume d'honorer le drapeau en uniforme. Avec la vie anglaise froide et sans joie, il perdit ce caractère jovial qui distingue l'Allemand comme il faut. Il devint raide, pédant, grossier et sans indulgence dans ses jugements, tellement que malgré toutes les peines qu'il se donna pour bien élever ses enfants, il ne réussit que pour quelques-unes de ses filles et absolument pas pour l'héritier du trône. »

On sent bien que pour Treitschke, le grand crime de ce Cobourg est d'être devenu Anglais. Prussien renforcé, notre historien était un des chefs de ce groupe assez nombreux en Allemagne, qui voit dans l'Anglais l'ennemi national. Il détestait les Anglais. S'il reconnaissait encore au Français certaines qualités, « l'idéalisme hardi de la race, son caractère chevaleresque et généreux », s'il admirait, comme il disait, le « peuple de Molière et de Mirabeau », chez l'Anglais il ne voyait rien. Pour lui c'était « un Baconien, un plat utilitaire,

A. GUILLAND.                          19

un insulaire étroit et égoïste, un hypocrite qui, la Bible dans une main, une pipe d'opium dans l'autre, répand sur l'univers les bienfaits de la civilisation. »

Cette haine du peuple anglais, dont il devait donner une preuve si curieuse à la mort de l'empereur Frédéric III[1], Treitschke la montre d'une manière copieuse au travers de son histoire. Dès qu'un Anglais apparaît, il le ridiculise ou l'injurie. Il ne fait d'exception que pour Carlyle, « le seul Anglais, dit-il, qui ait absolument compris les Allemands et le premier étranger qui se soit élevé à la hauteur de la pensée germanique[2] ».

Des plaisanteries qui réussissent toujours auprès d'un public très teuton sont les plaisanteries sur les Anglais. Treitschke excellait à évoquer dans ses cours de grotesques figures britanniques en les accompagnant de *hep, hep, hurrah*. qui mettaient en joie son auditoire[3].

S'il s'agit de la politique anglaise, l'historien prussien ne voit plus que mercantilisme et qu'immoralité, qu'orgueil britannique, impitoyable aux faibles. « C'est la Grande-Bretagne, dit-il, qui a fait la guerre la plus hideuse qu'un peuple chrétien ait jamais faite : la guerre de l'Opium[4]. » Ailleurs, parlant de la question d'Orient, il avoue que l'Europe aurait dû saisir cette occasion de mettre le holà à l'ambition britannique en faisant cesser la domination écrasante des flottes an-

---

1. Dans la notice nécrologique qu'il a consacrée à l'empereur Frédéric III, Treitschke accuse positivement le médecin anglais, le Dr Morell Mackenzie, d'avoir « tué l'auguste malade ». « Le malade, dit-il, fut mis entre les mains d'un médecin anglais qui bientôt par les inouïs mensonges de ses bulletins souilla la bonne réputation de notre vieille et honorable Prusse. Dans une angoisse croissante, les Allemands commencèrent à pressentir que cette chère vie était en de mauvaises mains. Le résultat dépassa les pires prévisions. Lorsque l'empereur Guillaume rendit le dernier soupir, c'était un empereur moribond qui rentrait au pays pour prendre sa succession. » *Zwei Kaiser* (brochure de 20 pages). Berlin, 1888.
2. *Deutsche Gesch.*, t. III, p. 685 et IV, p. 409.
3. *Ibid.*, I, p. 606.
4. *Ibid.*, t. V, p. 53.

glaises à Gibraltar, à Malte, à Corfou et en rendant la
Méditerranée aux peuples méditerranéens [1]. »

Quand il parle de l'Anglais mercantile qui « sacrifie
tout à la considération du profit et qui méprise tout ce
qui n'a pas un rapport direct avec l'avancement dans
la vie », on sent que Treistchke lui oppose dans son
esprit l'idéalisme de la race germanique. Il le montre
même d'une manière assez amusante à propos de la
reine Caroline qu'il choisit comme type de... l'innocence et la candeur allemande. « La reine Caroline,
dit-il, était une vraie nature germanique, naturelle et
franche, manquant peut-être de mesure, un peu fantasque, mais sincère, hardie, capable d'amour et trop
véridique pour l'hypocrisie de cette cour anglaise...
Dans cette île inhospitalière, elle fut calomniée et cou-
verte de boue [2]. »

C'est que pour Treitschke une nature germanique
ne saurait être vile. Son œuvre, d'un bout à l'autre,
n'est qu'un hymne en l'honneur des vertus allemandes.
Il n'y a que la race germanique qui ait vraiment connu
« l'idéalisme, la franchise, la fierté, l'absolu oubli de
soi-même [3], l'attachement invincible au droit [4] ». Et son
histoire est là pour prouver que tous les vrais grands
hommes de son pays ont répondu à cet idéal.

Quand il aborde la littérature, c'est sur un ton lyrique que Treitschke analyse les grandes œuvres de
l'époque classique et la belle efflorescence scientifique
du début du siècle : « Les Allemands, dit-il, savaient
depuis longtemps qu'ils avaient enrichi le trésor de la
culture européenne traditionnelle de nouvelles formes
d'idéal, et qu'ils occupaient dans la grande communauté
des peuples civilisés une place que personne au monde

1. *Deutsche Gesch.*, t. V, p. 64.
2. *Ibid.*, t. V, p. 147.
3. *Ibid.*, p. 279.
4. *Ibid.*, II, p. 154.

ne pouvait occuper à leur place. La jeunesse enthou-
siasmée parlait de la profondeur germanique, de l'idéalisme germanique, de l'universalité germanique. L'orgueil national de cette race idéaliste se trouvait satisfait
à l'idée qu'aucun autre peuple ne pouvait suivre tout à
fait la pensée allemande dans son vol hardi, atteindre la
liberté de notre sentiment universel [1]. »

Dans tous les domaines, — peinture, musique,
architecture, poésie, politique et art militaire, —
Treitschke cherche à mettre en lumière les qualités
originales de l'Allemand (*die deutsche Eigenart*). Dans
chaque grand homme, il en trouve réalisée au moins
une. Chez le baron Stein, par exemple, c'est la franchise
impitoyable du rude jouteur tudesque; chez Scharnhorst,
« c'est la profondeur du sentiment et l'inflexibilité du
caractère qui se cachent sous la simplicité des mœurs
et la bonhomie modeste [2] » ; chez Grimm et chez Niebuhr,
c'est la « science germanique sincère et profonde avec
ses intuitions de génie qui s'ignorent elles-mêmes ».

Malheur par contre aux Allemands qui ont profané
cet idéal ! Treitschke est impitoyable pour eux. Le
prince de Hardenberg même ne trouve pas grâce devant
ses yeux. Il ne trouve rien d'allemand dans « cette fine
nature de dilettante et de diplomate au travail facile,
qui écrivait avec une écriture élégante et claire, dans un
allemand très moderne, des choses parfaitement sen-
sées, mais auquel manquait cette force un peu massive, ce goût du détail et ce travail en profondeur
dont sont seulement capables les fortes natures germaniques [3]. »

On reconnaît dans l'idéal de Treitschke le type du
Germain cher à Tacite, l'homme des forêts au courage
indomptable, rude et dur, chaste, sans élégance et sans

1. *Deutsche Gesch.*, t. I, p. 195.
2. *Ibid.*, I, p. 290.
3. *Ibid.*, III, p. 253.

raffinements, mais solide et n'ayant qu'un vice : l'ivro-
gnerie. Cet idéal il essaie constamment de le ressusciter
dans son histoire. S'y prend-il toujours bien? On en
pourrait douter. Il nous raconte quelque part que
lorsque les alliés pénétrèrent en France, en 1814, on
voyait se promener dans les rues de Paris un petit
homme qui excitait l'hilarité des gamins, par l'étran-
geté de son costume. Il portait un large col rabattu sur
un habit graisseux. Ses cheveux longs et mal peignés
tombaient sur ses épaules. Il avait à la main un gros
bâton noueux. « C'était le Vater Jahn, le père des gymnastes allemands, qui voulait ressusciter les mœurs des
Germains du temps des aurochs et qui par son accou-
trement bizarre entendait montrer aux Français civilisés et corrompus, ce qu'était la vraie nature germanique (*die reine deutsche Eigenart*). »

Je crains bien que Treitschke ne fasse un peu comme
Vater Jahn : en étalant dans son œuvre sa grossièreté
et sa rudesse, en déblatérant contre tout ce qui pourrait « adultérer la pureté allemande », en dénonçant,
pour cela, tous les méfaits « des cosmopolites », il a
ressuscité dans son pays toutes les vieilles haines de
race contre les Moscovites[1], les Sarmates, les Danois,
les Français, les Anglais et les Juifs.

Et cette œuvre est aussi vaine que criminelle. L'Allemagne qui, au début du siècle, se piquait du plus large
esprit de tolérance, du cosmopolitisme le plus humain
et le plus compréhensif, semble avoir perdu ces belles
vertus. Ce sont ses nouveaux prophètes prussiens qui
l'ont égarée. Dès 1870, Ernest Renan dénonçait le mal :
« L'excès du patriotisme, disait-il, nuit à ces œuvres
universelles dont la base est le mot de saint Paul : *Non
est Judæus neque Graecus*. C'est justement parce que
vos grands hommes, il y a quatre-vingts ans, n'étaient

1. Das Moskowitenthum, t. IV, p. 87.

pas trop patriotes qu'ils ouvrirent cette large voie, où nous sommes leurs disciples. Je crains que votre génération ultra-patriotique, en repoussant ce qui n'est pas germanique pur, ne se prépare un auditoire beaucoup plus restreint. Jésus et les fondateurs du Christianisme n'étaient pas des Allemands... Votre Gœthe reconnaissait devoir quelque chose à cette France « corrompue » de Voltaire, de Diderot. Laissons ces fanatismes étroits aux régions inférieures de l'opinion. Permettez-moi de vous le dire : « Vous avez déchu[1]. »

Treitschke est au premier rang de ces prophètes de malheur. C'est lui surtout qui a poussé le plus fort le cri du nationaliste barbare : « Nous ne nous sommes que trop laissés séduire par les grands noms de tolérance et de lumière (*Aufklärung*) ». Il a été le père nourricier de cette génération qui disait déjà avec Herwegh : « Assez d'amour comme cela ; essayons maintenant de la haine. » Et c'est pourquoi son œuvre a été néfaste.

La seule excuse qu'il pût invoquer est qu'il croyait faire œuvre pie. C'est l'excuse de tous les fanatiques sincères. Or il a montré qu'il était sincère. C'est par amour pour son pays qu'il est devenu si étroit dans ses idées et si exclusif dans ses principes. Et c'est ainsi que ce libéral qui prenait un jour Tocqueville pour modèle est devenu l'apôtre de l'intolérance.

Son tort a été de vouloir avec cela écrire l'histoire. Treitschke était une sorte de Veuillot à rebours, un polémiste de grand talent, un moraliste âpre et éloquent. Mais, pour la grande histoire, il n'avait — si l'on en excepte la beauté de la forme, — que des qualités négatives. Or, voyez ce qui est arrivé. Lui qui par principe prétendait que l'histoire doit être « scientifique

---

1. Renan, *Nouvelle lettre à Strauss (La réforme intellectuelle et morale.* Paris, 1871).

pour la méthode et pratique pour l'objet » lui qui la
voulait purement politique, il l'a surtout traitée en
historien des mœurs, en chroniqueur. Sans doute, il
étudie bien avec une grande diligence toutes les ques-
tons politiques qui se présentent, et sur plusieurs de
celles-ci il a apporté, grâce à son travail et à sa connaissance des documents inédits, des lumières nouvelles,
mais les hommes le préoccupent au fond plus que les
institutions. Tandis qu'il narre copieusement en vingt-
six pages le scandale de Lola Montès et du roi de
Bavière, il n'en trouve que cinquante — pas même le
double — pour raconter l'acte le plus important de la
politique allemande entre 1840 et 1848, la réunion du
Landtag prussien.

Treitschke est au plus haut point intéressant en lui-
même, à cause de sa vigoureuse personnalité, mais il
faut le reconnaître, ce n'est pas un véritable historien.
Homme de sentiment et d'imagination, il a besoin de
s'éprendre, de s'enthousiasmer, de fulminer ou de
maudire. Il est incapable d'étudier scientifiquement une
question en elle-même : il faut qu'il haïsse ou qu'il aime.
Au fond Treitschke rappelle Carlyle, — un Carlyle
de plus de bon sens, peut-être, moins fumeux, plus
direct, plus bonhomme, d'une verve plus franche et
plus savoureuse (il y a d'exquis tableaux d'une note
attendrie que Carlyle, toujours sur son trépied, ne
connut jamais) moins agaçant aussi parce qu'il ne pose
pas, mais somme toute un Carlyle, c'est-à-dire plutôt
un moraliste qu'un historien.

# CONCLUSION

_____

« 3 décembre 1870. Aujourd'hui empire et empereur sont irrévocablement rétablis ; ainsi finit l'interrègne de soixante-cinq ans ; aujourd'hui le terrible vide d'un empire sans empereur est comblé. »

Telle est la brève notation que l'on trouve dans le carnet du Kronprinz Frédéric-Guillaume, qui devait être pendant deux mois l'infortuné empereur Frédéric III. Le prince aurait pu ajouter : « Cet empire est un peu mon œuvre. »

Il fut le seul, en effet, parmi les Hohenzollern qui l'ait désiré bien avant les victoires. Ç'avait même été le rêve de toute sa vie. Il appartenait à cette génération des libéraux de 1848, qui dès leur jeunesse avaient vécu avec l'idée de la résurrection d'un empire démocratique sous les Hohenzollern. Ses amis les plus intimes, ses confidents les plus chers — artistes, poètes, littérateurs — étaient les Allemands qui s'étaient le plus enthousiasmés pour la chose. Ce que les historiens annonçaient au nom de la science, eux le chantaient dans des vers brûlants. Tel fut le poète Emmanuel Geibel, l'un des familiers du prince, qui dès 1834, tandis que les autres parlaient de droits politiques et réclamaient une constitution, ne voulait qu'une chose : « un successeur à Barberousse ». La nuit, il en rêvait

sur les bords du Rhin « au milieu des collines couvertes de vignes qui brillaient aux clartés de la lune » et
il lui semblait voir « se promener la grande ombre de
Charlemagne, l'épée au poing et le manteau de pourpre
sur les épaules ».

A toutes les grandes crises de la vie nationale,
Geibel avait appelé ce sauveur. En 1840, au moment
où Nicolas Becker chantait : « *Ils ne l'auront pas le libre
Rhin allemand* », le poète s'écriait : « Non, ce que nous
désirons, ce n'est pas ce bien-être servile, les sanglantes
balançoires du temps de l'égalité welche. Ce que nous
voulons c'est l'empire allemand. — Tiens-toi ferme, ô
mon peuple... La nécessité va parler tout haut dans le
tonnerre des batailles. Le vert printemps s'annonce ;
c'est l'empire plein de puissance et de gloire. »

Pareillement en 1848, ce n'était pas la liberté que
réclamait ce poète, mais « un homme ».

« O destinées, disait-il, accordez-moi un homme, un
seul homme... Un homme nous fait besoin, un petit-
fils de Niebelungen... Plutôt que de pourrir d'un cancer
intérieur, je voudrais rencontrer l'ennemi sur un champ
de bataille. Trois fois bénie sera l'heure quand sur les
bords de la Moselle, les balles pleuvront !... Guerre !
Guerre ! Donnez-nous la guerre, pour remplacer les
querelles qui nous dessèchent la moelle dans les os. »

Et le poète (*vates*) prédisait déjà la rançon de cette
sainte croisade : « Le vieux Münster de Strasbourg fait
ainsi parler ses cloches : — L'art allemand m'apprit
en des temps meilleurs à dresser des tours jusqu'aux
étoiles et pourtant je languis encore dans la servitude
du Welche ! »

Après Sadowa le poète guerrier est content ; ses
chants ne sont plus qu'un hymne d'allégresse en l'honneur du roi Guillaume.

« Oint du seigneur, tu nous as rendu enfin le beau
droit de nous estimer nous-mêmes. »

Mais ce n'était là que le prélude de la grande victoire. Après Sedan, c'est le cri du triomphateur : « Sodome la ville des insolentes railleries va trembler sous l'épée flamboyante de l'Allemagne ! » et le mot de la fin : « Maintenant nous sommes délivrés du Welche : nous avons extirpé de nos cœurs la sombre semence du mensonge et tout ce qui reste de welche dans nos pensées, nos mots et nos actions (*das Welchthum auszumerzen in Glauben, Wort und That !*).

Le prince Frédéric n'était pas aussi belliqueux que son ami le poète, mais lui aussi, à sa manière, il était poète et, dans ces guerres sacrées qu'il n'avait point désirées, il vit pour sa maison la glorieuse mission de reconstituer le vieil empire germanique : en 1870, il touchait à la réalisation de ses rêves et comme le poète Geibel, enivré par les victoires, il pouvait s'écrier :

« Je te salue, sainte pluie de feu, tempête de la colère qui éclate après tant d'heures d'angoisse ! Nous guérissons dans tes flammes et mon cœur te répond par des battements de joie. Aigles au puissant essor, en avant ! Déjà l'Allemagne respire et accorde ses harpes pour célébrer ses victoires ! »

Il semblait que ce jour de victoire devait être son jour à lui. N'était-il pas le représentant de cette jeune Allemagne de littérateurs, d'historiens, de poètes, qui avaient donné corps à l'idée longtemps vague et flottante de l'empire germanique ? Et pendant quelques mois, au milieu du bruit des canons, tandis que les vieux Prussiens conduisaient les batailles, il put savourer toute la joie de la grande page d'histoire qui s'ouvrait pour son pays. A son quartier général il était entouré de princes allemands qui lui faisaient déjà cortège, comme futurs princes de l'Empire. C'était comme une image de l'Allemagne de demain. Là, rien de la rigide discipline prussienne : on menait grand train. Tous les princes paraissaient très modernes, très mondains, très émancipés. Le duc de Weimar organisait la comédie. On jouait des pièces françaises, *Trou Madame* [1]. On soupait, on veillait tard, on sablait le champagne, pour célébrer les victoires. Dans ce camp il y avait un va-et-vient incessant. On y rencontrait toutes sortes de gens, des correspondants de journaux, des Anglais quelquefois, auxquels on trouvait que le Kronprinz faisait « trop bon accueil [2] ». Le prince, lui-même, au milieu de tous ces gens, représentait bien l'Allemagne nouvelle, l'Allemagne de l'avenir. Quoique simple et modeste dans ses goûts, il avait pourtant le souci de son rôle. Beau, grand, imposant, très décoratif, il avait une façon particulière de se draper dans son grand manteau de camp, comme dans un manteau impérial, avec une simplicité étudiée qui faisait valoir l'unique décoration qu'il portât : la croix de fer de première classe qu'il avait gagnée sur le champ de bataille de Wissembourg.

Nul plus que lui n'avait le sentiment des glorieuses destinées réservées à sa race. Il en parlait le soir à ses intimes, à Gustave Freytag surtout. Il lui disait qu'il fallait un Empire splendide qui renouât la chaîne des âges. Gustave Freytag, le plus Prussien de ses amis libéraux, n'était pas de cet avis [3]. Il trouvait que « le plus beau manteau impérial ne valait pas le simple uniforme bleu des Hohenzollern [4] ». Mais il se gardait de contredire son royal interlocuteur, il se réservait de le

1. Wilmowski. *Feldbriefe;* Breslau, 1894.
2. G. Freytag. *Der Kronprinz und die Deutsche Kaiserkrone;* Leipzig, 1889.
3. Gust. Freytag remarque que le prince Frédéric, bien que simple et familier, avait un sentiment invincible de son rang et de son état. « Il tenait, dit-il, beaucoup aux titres, à la hiérarchie, aux honneurs. Tous les détails du cérémonial, l'organisation des fêtes était pour lui une chose importante ; — une nouvelle couronne, les armoiries du prince royal et de la princesse royale étaient pour lui des choses sérieuses. »
4. « Le vieil empire germanique a laissé aux Allemands du Nord de trop mauvais souvenirs avec ses siècles d'humiliation et son amoncellement de malheurs nationaux pour qu'on le ressuscite. » G. Freytag, *Lebenserinnerungen,* p. 30.

faire dans des révélations posthumes qui devaient montrer qu'il n'avait jamais partagé « les chimères de ce noble esprit ».

Vis-à-vis du brillant quartier-général du Kronprinz, celui du roi son père faisait piètre figure. Là, on ne rencontrait guère que de vieux Prussiens, des généraux très simples, tout entiers à leur tâche militaire, et qui fuyaient la représentation. Le vieux roi, peu démonstratif, se taisait. Même vis-à-vis des princes qui composaient sa suite, comme Luitpold, Kronprinz de Bavière, il observait une grande réserve [1]. Chez lui la représentation était réduite au minimum. La table n'excédait jamais trente-cinq couverts. Le menu était des plus simples, le menu d'Ems, disait son chef de cabinet : une soupe, trois plats, du fromage et du beurre, vin rouge et vin blanc ». On y buvait bien parfois le champagne pour célébrer une victoire, mais les lampes s'éteignaient de bonne heure.

De temps en temps, sur ce fond de princes et de généraux chamarrés de croix, on voyait passer la grande ombre silencieuse de Moltke. Et celui-ci était encore plus taciturne que les autres. « Avec lui, disait avec dépit le prince Luitpold, il est impossible de rien savoir. »

Tous ces hommes étaient les représentants de la vieille politique prussienne, de la politique « étroitement hohenzollern ». Et, en considérant les brillantes victoires, il semblait que cette politique allait pour toujours disparaître. N'était-ce pas la jeune Allemagne qui se levait au bruit des fanfares de la victoire, une Allemagne démocratique que tous ces hobereaux n'avaient jamais aimée et qu'ils redoutaient. Lorsque pour la première fois le Kronprinz leur apporta le vœu des princes :

---

1. « Il le traitait avec beaucoup d'égards, dit son chef de cabinet Wilmowski, mais il ne l'initiait guère aux plans de bataille qu'au moment de les livrer, c'est-à-dire quand tout le monde le savait. »

« rétablissement de l'Empire germanique », ils y firent un très froid accueil. Le roi disait qu'aucun titre à ses yeux ne valait celui de roi de Prusse et Bismarck, alors, était de cet avis. Cependant à mesure que les victoires s'élargissaient, la situation changeait, et la nécessité de l'Empire devenait un fait politique. Alors on assista à un spectacle étrange : sous la main de ces hommes de fer, cet empire libéral allemand rêvé par le Kronprinz et ses amis, se transforma en une grande Prusse.

La force de la Prusse était faite de solidité militaire, d'économie et d'administration exacte. Il ne s'agissait plus maintenant que d'étendre ces institutions à l'Allemagne entière. Le grand pétrisseur d'États qu'était Bismarck prévoyait bien les grimaces, mais il disait : « Voyez-vous, la Prusse c'est comme un gilet de flanelle, c'est désagréable d'abord, ça gratte, mais c'est chaud et cela tient bien à la peau. »

Dès ce moment commence un long duel entre le prince qui avait voulu l'empire et ceux qui, détenant le pouvoir, veulent le faire à leur image. Le prince était libéral. Formé à l'époque de la censure et de l'opposition contre la bureaucratie étroite et tracassière, dans les années où ce n'était pas la puissance de l'armée, mais les mouvements populaires qui marquaient les progrès de l'État, il était resté profondément attaché à ces idées. Son mariage avec la fille de la reine Victoria n'avait sans doute pas peu contribué à l'affermir dans son point de vue. A cette époque, il était considéré par tous les libéraux comme leur véritable chef. Ceux-ci ne déblatéraient point alors contre les institutions anglaises et contre les Cobourg. Au contraire : croyant que l'unité ne viendrait qu'avec la liberté, c'est de l'avènement du Kronprinz qu'ils attendaient ces biens.

En 1861, au moment le plus aigu du conflit constitutionnel prussien, l'opposition libérale savait que le prince était avec elle et elle s'en glorifiait. Plus tard, il

protesta contre les annexions qui, disait-il, attentaient
au bon renom dont la Prusse avait besoin pour faire des
conquêtes morales en Allemagne ». Cette fois-ci, les
libéraux n'étaient plus tous avec lui. Après l'organisation
de l'empire, la défection fut complète. Tous ses anciens
amis passèrent dans le camp de Bismarck.

Le prince impérial était un général sans troupes.
Comme la grande majorité des Allemands, ces libéraux
avaient le culte de la force et le sentiment de la discipline. Ils ne résistèrent pas au succès. Naguère encore,
ils faisaient cortège au Kronprinz, célébrant à l'envi son
libéralisme, la noblesse de ses sentiments, la hauteur
de son caractère et la culture de son esprit. Le lendemain, ils n'étaient plus de cet avis ; avec Bismarck leur
nouvelle idole, c'est juste le contraire qu'ils célébraient.

Au futur empereur on reprocha son libéralisme. On
lui en voulut de désapprouver les procédés politiques
du chancelier, à la brutalité duquel il ne put jamais
s'habituer.

On lui reprochait ensuite de n'être pas assez Prussien,
c'est-à-dire de ne pas partager les préjugés de la secte,
de ne détester ni les Anglais, ni les Français, ni les
Juifs. Les Anglais surtout ! N'avait-il pas épousé une
Anglaise ? Et Gustave Freytag, son ancien ami, se char-
geait de dénoncer les méfaits « de l'Anglaise ».
D'abord son mari l'aimait trop ? N'avait-on pas vu
celui-ci pendant la guerre lui écrire tous les jours, au
risque de retarder le courrier ? Il avait sur sa table le
portrait de cette femme « qu'il regardait parfois les
larmes aux yeux[1] ». Était-ce tolérable qu'un futur roi
de Prusse et empereur se laissât ainsi dominer par un
sentiment et permît à une femme de prendre sur lui
un tel empire ?

De là à se demander s'il était véritablement l'homme

---

1. G. Freytag, *Lebenserinnerungen*, p. 136.

capable de conduire l'Allemagne à ses nouvelles destinées, il n'y avait qu'un pas et ses amis le franchirent.
L'un après l'autre ils l'abandonnèrent. Quelques-uns
y mirent des formes, comme Freytag, qui tout en jugeant
sévèrement sa politique, conservait à l'homme son
estime. Mais en réalité pouvait-on admettre sur le trône
des Hohenzollern une nature idéale, dénuée de sens
pratique?[1] Si au moins, après 1870, pour se préparer à
son métier de roi il s'était établi à la campagne, comme
propriétaire terrien, pour y faire valoir lui-même ses
terres, inspecter son bétail, mesurer son foin, s'initiant
ainsi à l'administration des cercles, aux besoins et aux
désirs de l'homme des champs, aux intérêts de l'économie rurale[2], il se fût préparé à son métier de roi, mais
il n'avait rien fait : et comme d'autre part, il était
dépourvu d'esprit d'initiative, qu'il n'avait pas le
génie créateur, le don du commandement », il n'était
bon qu'à jeter au vieux fer.

Un autre des familiers du Kronprinz, David Strauss,
l'auteur de la *Vie de Jésus*, qui en politique avait toujours été un libéral, très progressiste d'esprit, s'était
aussi laissé gagner à la politique de Bismarck
et il s'écriait : « Nous ne pouvons oublier pourtant
que c'est la noblesse prussienne qui nous a donné
un Bismarck et un Moltke. » Si cet ancien libéral qui
avait écrit sur le roi Frédéric-Guillaume IV le pamphlet le plus mordant, *Un romantique sur le trône*[3], se
mettait maintenant à déifier les hobereaux, à qui se
fier?

Le prince Frédéric fut profondément affecté par ces
défections. Tenu à l'écart de toute affaire, n'ayant

1. G. Freytag, p. 47.
2. *Ibid.*, p. 68.
3. Dans ce pamphlet, publié en 1847, il flétrissait « chez un descendant de Frédéric le Grand le fauteur d'une double réaction piétiste et
conservatrice ». Strauss admettait mieux le piétisme guerrier et réaliste
des Moltke et des Bismarck.

d'autre occupation que celle d'inspecter une fois l'an
les corps d'armée du sud de l'Allemagne et d'organiser
les musées et les collections d'art, il contracta une sorte
de maladie noire. « La lassitude et la mélancolie, son
ordinaire compagne, l'assaillirent[1]. » Les consolations
de sa femme ne réussirent pas toujours à chasser ses
sombres pensées. « Son courage n'était plus celui d'un
homme qui sous peu devait porter la couronne impériale[2]. » Avant même de devenir malade, il songeait à
abdiquer en faveur de son fils et ses amis n'étaient pas
les derniers à le lui conseiller.

Mais la maladie arriva et fit son œuvre. Elle s'abattit
sur lui implacable, venant comme à souhait au-devant
des désirs de ses anciens compagnons. Sa mort fut reçue
même comme une sorte de délivrance par ces gens, qui
avaient cru voir dans son fils, le prince Guillaume,
un véritable Hohenzollern. C'était l'époque où Bismarck disait à Moritz Busch : « Le prince veut prendre
en mains propres le gouvernement : il est énergique et
résolu et il n'a pas la moindre envie de tolérer des
régents parlementaires, un vrai soldat de la garde !...
Il n'a aucun plaisir à voir son père fréquenter des professeurs, des Mommsen, des Virchow, des Forckenbeck !
Peut-être un jour sera-t-il le *rocher de bronze* dont nous
avons besoin ! »

C'est que le prince Guillaume paraissait tout à fait
l'homme des historiens réalistes prussiens. Il avait été
formé par leurs leçons. Entré dans la vie publique
après 1870, il faisait partie de cette génération ardente
et belliqueuse dont le patriotisme avait été enflé par les
grandes victoires.

C'est une étrange transformation que celle qui s'accomplit dans l'Allemagne d'alors. La race naguère lente

---

1. G. Freytag, *Lebenserinnerungen*, p. 68.
2. *Ibid.*, p. 73.

et lourde prend quelque chose d'agité et de fébrile. Les vieilles mœurs paisibles disparaissent. On ne rencontre plus d'hommes fumant dans de grandes pipes en porcelaine. Le cigare et la cigarette font partout leur apparition. Une activité fiévreuse s'empare de tous les esprits. Industrie, commerce, banque, prennent des proportions prodigieuses. Et, chose curieuse avec tout cet accroissement de la vie publique, le caractère de la vieille Prusse, militaire et dynastique semble pénétrer davantage dans toutes les couches de la société.

Henri Heine, au début du siècle, avait peine à reconnaître ses vieilles provinces rhénanes, après l'annexion prussienne. Les heureux pays de la Crosse avaient perdu toute leur grâce avec le casque à pointe et l'exercice à la prussienne. Même les douaniers, raides et sérieux sous leur uniforme, lui paraissaient être de bois.

Aujourd'hui c'est l'Allemagne entière qui s'est transformée. La Prusse s'étend sur elle comme un immense camp qui n'a plus qu'une animation réglée et mécanique. La vieille Allemagne songeuse et romantique a été complètement étouffée sous le réalisme de la caserne. Pendant vingt ans les lettres et les arts se sont tus. La seule littérature qui ait fleuri est la littérature militaire. Avec les ouvrages du grand état-major, la correspondance de Moltke, les discours et les lettres de Bismarck, les ouvrages de tactique de Du Verdy Du Vernois et l'*Histoire d'Allemagne au* XIXᵉ *siècle* de Treitschke, la grande œuvre de l'époque est un essai sur la philosophie de la guerre, *la Nation armée*, du major Colmar von der Goltz.

Rien de plus étrange que cette œuvre et qui donne mieux l'idée de la transformation de l'Allemagne en une vaste Prusse militaire. C'est l'apologie toute crue du militarisme, dans laquelle on entend célébrer, sur un ton lyrique, la vertu moralisante des grandes boucheries humaines, les bienfaits de l'état guerrier, l'in-

A. GUILLAND.                              20

fériorité de civilisation de l'état industriel et la mission
de l'armée, comme éducatrice des peuples et centre de
culture nationale.

« Il y aura des guerres tant que dans le monde les
peuples voudront acquérir les biens terrestres, qu'ils
seront animés du désir de procurer aux générations
futures l'espace dont elles ont besoin pour vivre à
l'aise, la tranquillité et la considération, tant que ces
peuples, sous la conduite de grands esprits, tendront,
sans se tenir aux limites étroites des besoins journaliers,
à réaliser un idéal politique et civilisateur. Il nous
faut accepter ce que les dieux envoient... les guerres
sont le lot des hommes, elles forment le destin inévitable des nations. En ce monde les hommes ne jouiront
jamais de la paix éternelle[1] ».

Et ces mots, comme un *leit-motiv*, reviennent dans
toutes les œuvres du Nouvel Empire. Écrites d'un style
énergique et puissant qui contraste pour la précision,
la brièveté avec le caractère diffus de la vieille prose
germanique, ces œuvres eurent de suite un grand succès. Ce n'est pas des écrivains militaires prussiens
que Schopenhauer eût pu dire ce qu'il écrivait en 1840 :
« Les écrivains allemands feraient bien de se pénétrer
de cette vérité qu'il faut autant que possible penser en
esprit profond, mais qu'il faut exprimer sa pensée dans
la langue de tout le monde. »

Ce fut dans ces idées que fut élevé le jeune prince
Guillaume. Il fut un des produits les plus caractéristiques de l'Allemagne nouvelle. Nul mieux que lui ne
s'imprégna de l'esprit du temps, et ne subit plus fortement la double éducation prussienne de l'école et de la
caserne.

A l'école[2], le futur empereur se révéla comme un

---

1. *La nation armée*, traduction française, p. 452.
2. Guillaume II suivit les cours du gymnase de Cassel.

élève appliqué, discipliné, d'une intelligence moyenne pour les choses de l'esprit, peu spéculatif, mais pratique, actif, alerte, aimant tous les jeux, les exercices violents, doué d'une volonté de fer, avec cela prodigue, magnifique et hautain. Il voulait toujours être le premier et il y tâchait par son travail sérieux et approfondi.

A la maison paternelle, il eut comme précepteur un homme fort remarquable, le D<sup>r</sup> Hinzpeter, un de ces esprits pratiques, peu dogmatiques, qui lui donna de son métier de roi l'idée la plus élevée. Il n'eut du reste qu'à lui raconter l'histoire de sa maison pour lui montrer ses devoirs. Le D<sup>r</sup> Hinzpeter était de ces historiens qui croient que la Prusse est l'ombilic de l'Allemagne, comme l'Allemagne est l'ombilic du monde, et qui, par vives raisons, comme le D<sup>r</sup> Pancrace, nous exposent la mission historique de l'Allemagne dans l'univers. Le futur empereur ouvrait toutes grandes ses oreilles. Après 1870, le grand ennemi de son pays n'était plus la France, mais l'Angleterre. « Quand le casque à pointe et le pantalon rouge marcheront d'accord, gare à Carthage, disait-il à son précepteur français [1]. » C'était bien là le cri de la nouvelle Allemagne triomphante, et dans son patriotisme ambitieux, ce jeune prince de quatorze ans se révélait déjà tout entier.

A l'Université [2], il gagna autre chose : le culte de Bismarck. C'est le moment où en Allemagne (1877) la reconnaissance pour l'œuvre du chancelier de fer se transforme en adoration pour l'homme. Chose curieuse, jusqu'alors le prince Guillaume n'avait point partagé cet engouement. Élevé dans son enfance par la comtesse de Reventlov, originaire du Sleswig-Holstein qui

1. Ayme (F.), *Guillaume II*. Paris, 1897.
2. Guillaume II étudia à l'Université de Bonn.

avait gardé, avec le souvenir douloureux de 1864, une répulsion décidée pour le chancelier, le futur empereur qui subit l'influence de cette dame aimait peu Bismarck. Mais à l'Université, un professeur se chargea de redresser son sentiment, c'était le professeur Maurenbrecher, un fanatique de Bismarck[1]. « Lorsque le prince quitta l'Université, dit-il, il était devenu, grâce à moi, un fervent admirateur du prince de Bismarck. Je suis fier d'avoir obtenu ce résultat et quand même je n'aurais pas écrit mes livres, je pourrais encore me rendre le témoignage que j'ai glorieusement employé ma vie ».

Comme il dut plus tard en rabattre, le brave professeur, car il vécut assez pour voir la noire ingratitude de son jeune élève. Mais à ce moment il était sous le charme de la jeune adoration qu'il avait su inspirer au prince impérial. Jamais en effet admiration plus frénétique du chancelier! Le jeune prince jetait sa gourme. Tout en dehors et très exubérant, il donnait à son teutonisme une fougue qui paraissait excessive chez un prince royal. Il affichait hautement sa haine des Anglais, faisait opposition à sa famille. Nationaliste étroit et tout vibrant dans son étroitesse, il félicitait publiquement le pasteur Stöcker de sa croisade contre les Juifs. On le rencontrait dans les cercles à la fois militaires et piétistes, aux réunions mystiques du Comte de Waldersee, où il parlait « de ramener les masses au respect de l'autorité et à l'amour de la monarchie ».

Comment n'être pas plein de confiance dans ce prince

---

1. W. Maurenbrecher était un historien qui prétendait que Bismarck était venu à point pour prouver la vérité de la thèse nationale : « Nous autres historiens, disait-il, nous ne pouvons pas, par des expériences répétées à volonté, prouver la justesse de nos jugements politiques... C'est l'homme politique qui en fournit la preuve... C'est ainsi que le prince de Bismarck est devenu l'*expérience convaincante* de la vérité du point de vue des historiens de la mission allemande de l'État prussien... *L'hypothèse* était l'histoire antérieure de la Prusse ; l'acte de Bismarck fut la *preuve*. »

jeune, vibrant, hardi? Celui-là au moins était un vrai
Hohenzollern? N'en avait-il pas donné toutes les preuves, par ses paroles et par ses actes?

Les historiens surtout jubilaient : n'était-ce pas là un
peu leur œuvre? Aussi, quand deux mois après son
avènement, son père, l'empereur Frédéric, descendait
dans la tombe, l'un de ceux-ci, H. de Treitschke, ne
pouvait cacher sa joie : « La vie appartient aux vivants.
C'est avec une confiance pleine d'espoir que la nation
tourne ses yeux vers son jeune empereur. Tout ce qu'il
a dit à son peuple jusqu'à présent respire la force et
le courage, la piété et la justice. Nous savons maintenant que le bon esprit du temps du roi Guillaume n'est
pas perdu pour l'histoire et déjà dans ces premiers
jours de deuil nous avons vécu une grande heure d'histoire allemande [1]. »

Mais l'illusion devait être de courte durée. Bien des
signes inquiétants se montrèrent d'abord : au lieu de
cette simplicité « Hohenzollern » qu'ils attendaient, ils
se trouvèrent en face non seulement d'un empereur
superbe, aimant l'éclat et la splendeur et ne perdant
aucune occasion de relever la dignité du trône, mais
aussi d'un prince qui se costumait en héros d'opéra wa-
gnérien, déployant en toute circonstance un goût de la
mise en scène théâtral, contraire à toutes leurs habitudes ; au lieu d'un politique réservé mais agissant, ils
virent un homme d'une activité fébrile, discourant sur
tout et voulant s'occuper de tout ; à la fois militaire,
diplomate, orateur, musicien, architecte, faisant le prédicateur sur les vaisseaux de l'État et entonnant le lendemain des fanfares belliqueuses ; au lieu du despotisme
bismarckien qu'ils toléraient parce qu'ils le trouvaient
sensé, ils rencontrèrent un despotisme fantasque et vo-
lontaire qui donnait ses caprices pour des révéla-

1. *Zwei Kaiser*. Berlin, 1888.

tions particulières de la divinité. Les disciples de Strauss
et de Haeckel avaient bien pardonné au vieux Guillaume d'invoquer le Dieu des batailles de Rosbach et
de Sadowa : ce Dieu-là, ils le toléraient lorsqu'il s'agissait de réchauffer la foi des fidèles dans le culte des
Hohenzollern, mais lorsqu'ils virent le nouvel empereur
invoquer Dieu pour agir en opposition avec leurs idées,
ils se révoltèrent. Il leur sembla que cet empereur avait
le cerveau un peu dérangé et des critiques irrespec-
tueux ayant osé appeler leur souverain « un empereur
fin de siècle », ils n'osèrent pas trop protester[1].

Là-dessus éclata l'affaire Bismarck. Une chose qu'on
croyait impossible venait de se faire : l'empereur avait
osé porter une main sacrilège sur l'idole : du coup, le
charme fut rompu. Toute la classe éclairée de la nation
se déclara contre lui. L'empereur avait commis un double
crime : un crime de noire ingratitude envers le fondateur de l'Empire allemand et un crime de lèse-nation,
en blessant le sentiment populaire le plus profond.

Les gens qui parurent les plus atteints furent les
nationaux-libéraux. A deux reprises, l'empereur avait
gouverné contre eux : la première fois en voulant
prendre l'initiative de réformes sociales qu'ils combattaient. Ils espérèrent le voir revenir à eux. En effet,
lorsque l'empereur en creusant la question sociale
tomba sur le tuf, c'est-à-dire sur les redoutables problèmes du capitalisme et de l'organisation sociale et

---

1. Article de Maximilien Harden dans la *Gazette de Francfort*, com-
mentant dans un charmant apologue l'adage « la parole est d'argent, mais
le silence est d'or ». On y lisait entre autres : « Vers la fin du xe siècle,
un jeune mystique, Othon III, régnait sur le saint Empire germanique.
Sujet à des attaques d'épilepsie, il s'abandonnait comme tous les épilep-
tiques à des illusions colossales... Il voulait tout rénover, tout rajeunir,
tout réformer... Ayant une idée absurde de sa propre omnipotence et de
l'origine de sa mission, il se plongeait dans des fantasqueries mystiques
et ses idées se brouillaient de plus en plus. La caractéristique de ce réformateur *fin de siècle* fut d'être un réformateur à rebours. » Voir aussi le
*Caligula* de Quidde, Leipzig, 1894.

qu'il s'arrêta effrayé, ces hommes qui ne demandaient qu'à croire eurent l'espoir de voir Guillaume II revenir à la politique du vieux routier qu'il avait chassé, le rappeler peut-être. Il n'en fut rien. Attristés, ils assistèrent à un réveil du vieil esprit réactionnaire du temps de Frédéric-Guillaume IV, d'un caractère féodal et piétiste.

Le fossé devait se creuser plus profond encore entre le jeune empereur et ses anciens maîtres. Au fond, il n'y avait rien de commun entre eux. Considérez, en effet, la physionomie de ce soldat idéaliste, à l'esprit clair et rapide, de cet homme tout moderne, contempteur des études classiques, révolutionnaire par tempérament, qui n'a point peur de rompre avec un passé qui le gêne, qui méprise l'étude patiente des faits et qui ne se fie guère qu'aux propres lumières de son génie; n'est-ce point là une forme d'esprit qui devait choquer dans leurs habitudes les plus chères ces hommes de science et de méthode, qui prétendaient représenter les meilleures traditions allemandes. Aussi leur douleur fut-elle profonde. Il leur semblait que toutes les calamités allaient fondre sur l'Allemagne. « Je me demandai, dit l'un de leurs plus illustres représentants, le littérateur Félix Dahn, si depuis la mort de l'empereur Guillaume Ier et la chute du prince de Bismarck, nous étions déchus de notre haute position? Je dus douloureusement me répondre par l'affirmative; et je continuai : Il faut que cela soit dit, car nos ennemis de l'extérieur et de l'intérieur le savent dès longtemps, nous ne divulguons rien dont ils ne se soient déjà réjouis... Le sentiment angoissé de l'incertitude de la direction se répand largement dans le peuple allemand et justement chez des hommes qui ont été et qui sont restés les partisans les plus zélés de l'Empire, de la Prusse, des Hohenzollern : est-il patriotique de les désenchanter? »

Ce n'était là que le commencement du désenchantement. Guillaume II allait leur faire savourer jusqu'à la lie l'amertume de la coupe.

Peu de temps après la retraite du chancelier, on vit l'empereur en personne présider une commission scolaire qu'il avait convoquée à Berlin pour réformer l'enseignement secondaire. Là, le poing sur la garde de son épée, en homme qui n'admet pas la réplique, il se mit à dérouler un programme de réformes scolaires d'un caractère si utilitaire, qu'on l'eût crut rédigé par Thomas Gradgrind de Dickens, qui, pour toute règle d'éducation, ne voulait que des faits (*Stick to the facts, Sir*).

On peut s'imaginer la stupéfaction que produisit ce discours sur ces lettrés et ces savants, qui, malgré le réalisme de leur politique, étaient restés profondément attachés à la culture classique.

Peu de temps auparavant, le plus illustre de leurs représentants, Treitschke, un homme qui pourtant ne pouvait passer pour un adorateur exclusif de la science, avait poussé le cri d'alarme : « On dirait, s'écriait-t-il, que le bruit des armes a fait pousser une nouvelle race de Béotiens et qu'il est en train d'étouffer l'intelligence des arts et de la science. Pourquoi rire des Russes qui mettent des généraux à la direction de leurs jardins botaniques quand nous faisons aujourd'hui de même [1]. »

Guillaume II fit à ces gens l'effet d'un vrai barbare, plus sensible au riche qu'au beau, à l'apparence qu'à la solidité et ne considérant guère les arts que comme le décor somptueux de sa grandeur,

De plus, plein de confiance dans son jugement, il tranchait sur tout. Ne l'avait-on pas vu imposer de force au jury du salon de peinture un portrait très médiocre d'une dame peintre, M^me Parlaghy, qui avait été refusé

---

1. *Zehn Jahre*, p. 384.

deux fois ? Puis, contrairement aux décisions d'une commission chargée de statuer sur des maquettes pour une statue du Grand Électeur, refuser le projet couronné ? Et toutes les fois il s'était trouvé en opposition avec la majorité des gens cultivés et lettrés de son pays.

Il est vrai qu'en histoire, l'empereur exprimait les mêmes idées que les historiens.

« Pourquoi, disait-il, tant d'Allemands critiquent-ils leur gouvernement ? C'est parce que la jeunesse ne sait pas comment notre nation s'est développée. Maintenant que l'Empire est créé, ce qu'il faut faire comprendre à cette jeunesse, c'est que cette nouvelle forme d'État doit être conservée... Si l'école avait fait ce qu'on est en droit d'attendre d'elle, elle aurait dû, avant tout, engager elle-même le duel avec la démocratie sociale. Maintenant, j'aurais les instruments avec lesquels je pourrais travailler et qui m'aideraient à me rendre plus vite maître du mouvement ».

Oui, il répétait ce qu'on lui avait appris, mais il y joignait certaines idées et une méthode qui était en complet désaccord avec celle de ces historiens. Ne disait-il pas, en effet, que l'histoire devait être enseignée à rebours ?

S'il est une chose dont les historiens prussiens étaient fiers, c'était leur méthode historique qui prétendait faire sortir les institutions politiques de l'étude du passé. C'est grâce à cette méthode qu'ils avaient exposé leur théorie de la mission allemande de la Prusse.

Mais l'empereur Guillaume n'avait retenu de leurs leçons que les résultats pratiques et il se moquait de la méthode.

On vit cela d'une manière frappante lorsqu'il entra en conflit avec deux des plus illustres représentants de l'école historique prussienne, Sybel et Treitschke.

Il existe en Allemagne un prix national d'histoire qu'on appelle le prix Verdun. Fondé à Berlin en 1844, dans une période aiguë de gallophobie, peu après qu'on eut célébré avec ostentation le millième anniversaire du traité de Verdun, à la suite duquel l'Allemagne eut une existence distincte de la France. En 1894, l'Académie de Berlin, chargée de statuer sur ce prix, avait à l'unanimité désigné comme le plus digne de l'obtenir l'historien H. de Sybel pour son grand ouvrage la *Fondation du nouvel empire allemand*. L'empereur devait ratifier cette décision. Personne ne doutait de la chose. Pourtant, sans mot dire, il se contenta de rayer d'un trait de plume le nom de H. de Sybel et il octroya ce prix à un estimable érudit M. Erdmansdorffer, professeur à l'Université de Heidelberg, et auteur d'un ouvrage assez indigeste sur le Grand Électeur.

La chose produisit une émotion énorme dans le monde universitaire. M. de Sybel n'était-il pas un historien prussien tout dévoué aux Hohenzollern ? Oui, mais il n'écrivait pas l'histoire selon les bonnes méthodes indiquées par l'empereur. Celui-ci avait annoncé que dans une histoire d'Allemagne, il fallait revêtir les souverains prussiens d'une « héroïque grandeur ». Or, M. de Sybel, loin d'avoir fait cela, avait, dans son *Histoire*, donné la première place à Bismarck. Il n'en fallait pas davantage pour irriter le rancuneux souverain. Son dernier mot avait été *Suprema lex regis voluntas*.

Peu après, c'était le tour de Treitschke qui, dans ses leçons, pour se venger de la politique du « nouveau cours », criblait le jeune empereur d'épigrammes. Puis, dans son nouveau volume (1895), sous couleur de faire le portrait de son grand-oncle, le romantique Frédéric-Guillaume IV, il écrivait de Guillaume II :

« C'était un monde de plans magnifiques qu'avec sa fantaisie d'artiste, Frédéric-Guillaume avait imaginés et, maintenant qu'il était le maître, il voulait les réaliser... Depuis longtemps aussi, il souffrait des habitudes parcimonieuses de la Cour de Berlin ; pour entretenir une Cour somptueuse et digne des Hohenzollern, il espérait réunir tout ce qu'il y avait de grand dans les arts. Il n'avait de plaisir que lorsqu'il laissait couler le flot de ses pensées et de ses sentiments... « Je n'eus pas de repos avant d'avoir parlé, écrivait-il un jour à un ami..., etc..., etc. »

Les allusions sont transparentes et la rancune impériale aurait sans doute atteint le vieux professeur — on le menaçait de lui fermer les archives — si la mort n'était venue mettre un terme au différend.

Dès ce moment, il n'y eut plus rien de commun entre ces hommes et le souverain qu'ils avaient longtemps considéré comme « leur plus belle œuvre ».

Leur vieillesse fut triste. Sous le coup du malheur, leurs yeux se dessillèrent. Ils comprirent qu'ils avaient fait fausse route. Souffrant de l'arbitraire, ils redevinrent, comme le vieux solitaire de Friederichsruhe, des amis de la liberté. Il est vrai qu'eux, du moins, pouvaient arguer l'avoir un jour aimée.

Et cela les rendit clairvoyants et justes. Sur la fin de leur vie, ils reconnurent que l'empire existant n'était pas celui qu'ils avaient rêvé.

On ne peut nier que ces hommes, quelque restriction que l'on fasse sur leurs idées politiques, eussent un idéal élevé. Parfaitement intègres dans leur vie privée, très honnêtes dans leurs intentions, l'Allemagne qu'ils appelaient de leurs vœux était une Allemagne grande, forte, puissante, mais aussi une Allemagne éclairée et morale. Or, après vingt ans, ils reconnaissaient que l'Allemagne nouvelle ne répondait guère à leur idéal. Grisée par les fumets capiteux de la victoire, elle s'était corrompue sous le soleil du bonheur. Ce n'étaient point des vertus qui avaient poussé, mais des vices. Ce qu'on voyait s'étaler partout, c'était l'orgueil, la jactance. Eux qui s'étaient écriés sur tous les tons que « la guerre semblable à l'orage allait puri-

fier l'atmosphère », ils reconnaissaient que ce qui se
passait en Allemagne « permettait difficilement d'avoir
foi en l'action purifiante de la dernière guerre [1] ».

Peut-être avait-il fallu l'isolement de la vieillesse
pour s'apercevoir de cela. Peut-être aussi le mépris
d'un jeune souverain, barbare et ingrat, et qui n'avait
jamais eu que du mépris pour les savants et les professeurs. Quoi qu'il en soit, le plus courageux de ces
hommes, Treitschke, le dit avec sa franchise habituelle. Il profita même pour cela de l'occasion que lui
offrait le vingt-cinquième anniversaire de la bataille de
Sedan. Le 19 juillet 1895, moins d'un an avant sa
mort, il prononça dans l'Aula de l'Université de Berlin
un discours patriotique qui eut en Allemagne un grand
retentissement.

Après avoir rappelé tous les glorieux souvenirs de la
« grande année »; après avoir montré que l'Empire n'avait point désarmé ses ennemis du dedans,
ni ceux du dehors, il ajoutait : « Tout est devenu plus
grossier dans nos mœurs : la politique et la vie... Si la
politique est devenue plus grossière, la cause intime en
est dans la transformation inquiétante de notre vie
publique. Bien des choses que nous tenions autrefois
pour un apanage de l'Empire romain de la décadence
est en réalité un produit de cette culture intensive des
villes, qui nous envahit à son tour. Une société démocratique ne cherche nullement pour chefs des hommes
de talent comme se l'imaginent les rêveurs, car le talent
reste toujours une chose aristocratique, mais des
hommes d'argent ou des démagogues, ou les deux ensemble. Le respect que Gœthe nommait la fin dernière
de toute éducation morale disparaît de la nouvelle
génération avec une rapidité vertigineuse : respect de
Dieu, respect des bornes que la nature et la société ont

---

1. Colmar von der Goltz, *La nation armée*, p. 453.

mises entre les deux sexes; respect de la patrie qui
s'efface de jour en jour devant le fantôme d'une humanité jouisseuse. Plus la culture s'étend, plus elle devient
plate; on méprise la profondeur du monde antique et
l'on ne considère comme important que ce qui ne sert
des buts très proches. Aujourd'hui que chacun parle
de tout d'après son journal ou son dictionnaire de
conversation, on rencontre rarement la puissance créa-
trice de l'esprit et le courage d'avouer son ignorance,
qui distingue l'esprit vraiment original. La science qui
descendait même un jour trop profondément pour
atteindre l'insondable, se perd maintenant en surface...
Dans l'ennui d'une existence vide, les passe-temps tels
que les paris aux courses prennent une réelle importance et lorsque nous voyons le cas qu'on fait maintenant des héros de cirque et des bateleurs, nous son-
geons, pleins de dégoût, à la monstrueuse et précieuse
mosaïque des vingt-huit lutteurs des Thermes de Cara-
calla. Tout cela est un signe sérieux du temps[1]. »

Toutes ces paroles sont fort belles et fort justes,
mais, lorsqu'on va au fond des choses, on ne peut
faire moins que de se demander si ceux qui se plaignent
aujourd'hui ne sont pas les premiers auteurs de cet état
de choses.

Qui donc, si ce n'est eux, a développé dans la jeunesse allemande cette jactance, cet orgueil national et
ce chauvinisme qu'ils déplorent?

S'il est une vertu qu'ils n'ont pas contribué à accli-
mater dans leur pays, c'est l'humilité. A force de prêcher que l'Allemand ne devait pas être un être naïf et
crédule, ils ont éveillé en lui une confiance en soi
exagérée, qui a vite dégénéré en suffisance.

Lorsqu'ensuite ils se plaignent de « la barbarie enva-

---

1. Treitschke, *Züm Gedächtniss des grossen Krieges*. Leipzig,
1895.

hissante, de l'abaissement de la culture générale et de l'esprit » à qui s'en prendre, si ce n'est à eux-mêmes? N'est-ce pas eux qui, les premiers, s'écriaient que l'Allemagne souffrait de pléthore scientifique, qu'elle n'avait que trop pensé et qu'il était temps qu'elle agît ; que ce qui fait la force d'un pays, ce n'est pas l'intelligence, mais la volonté. Et n'est-ce pas Treitschke lui-même, qui dans un accès de barbarie, en contemplant les ruines du Colysée, s'écriait : « Tout cela, ce n'est que des ruines. » N'est-ce pas Treitschke aussi qui répétait ce mot de Massimo d'Azeglio pour se l'approprier : « Un bon fonctionnaire est plus nécessaire à l'État qu'un poète. »

Qu'on s'étonne après cela que les hommes qu'ils ont formés, poussant leurs idées à leurs conséquences logiques, en soient arrivés à dire, comme Guillaume II, que la science est inutile si elle ne vise pas des buts pratiques et positifs.

Lorsqu'ils gémissent enfin sur la perte de leurs libertés, ils n'ont qu'à se souvenir qu'eux, les premiers, ils ont fait bon marché de ces libertés, lorsque Bismarck satisfaisant leurs rancunes sociales, politiques et religieuses, créait ces lois d'exception contre les catholiques et les démocrates.

Ils souffrent aujourd'hui de ce qu'ils appellent « la perversion de l'esprit public » et « l'abaissement des caractères », mais n'y ont-ils pas contribué eux aussi, en légitimant, au nom de l'histoire, les pires attentats politiques et en élevant des piédestaux aux Hommes-Providence?

Leur homme providence, ils l'ont eu : c'est Bismarck et quel Bismarck! Sans doute ils ont admiré en lui l'un des plus grands génies politiques qui aient été et, s'ils l'ont tant aimé, c'est qu'il leur a donné une patrie. Mais leur admiration et leur amour n'ont plus eu de bornes. Ils ont fait de cet homme un fétiche. Ils ont

tout excusé en lui. On les a vus déifier l'imposture :
« Bénie soit la main qui a falsifié la dépêche d'Ems »,
s'est écrié l'un d'entre eux [1]. Le Bismarck, qu'ils ont
glorifié, c'est la grandeur de chair dont parle Pascal,
qui fut la plus forte du siècle après Napoléon ; c'est le
grand carnassier organisé spécialement pour la lutte
pour la vie, l'homme sans scrupules, auquel tous les
moyens étaient bons pour arriver, qui biseautait les
cartes quand la chance ne le servait pas, l'homme qui
méprisait la race humaine et dont les propos de table
sont la honte de l'humanité : c'est l'homme absolument
dépourvu de sensibilité qui avouait que le plus grand
plaisir de sa vie fut celui où il tua son premier lièvre
à la chasse, cet homme vindicatif et jaloux qui passait
ses nuits à se remémorer le mal qu'on lui avait fait et
dont il n'avait pu tirer vengeance. L'homme qu'ils ont
exalté est l'homme de tous les faux, depuis le jour, où
à la veille de la guerre du Danemark, il disait à
Bernstorff : « Le prétexte que vous invoquez ne vaut
rien. Si vous avez besoin de la guerre je me charge
de vous fournir un *casus belli* de la plus belle eau,
dans les 24 heures » ; jusqu'au jour où, crayon en main,
il sabra la dépêche d'Ems pour lui donner l'allure
agressive qui devait déchaîner la guerre. Vit-il alors
l'énorme responsabilité de son acte : les milliers de
braves soldats qui allaient s'entr'égorger, les ruines, les
désastres, les deuils, deux nations armées jusqu'aux
dents, se ruinant en armements, l'une pour garder ce
qu'elle a pris, l'autre pour essayer de le reprendre ? Il
ne vit rien de tout ceci et selon son propre aveu il « ne
mangea jamais d'aussi bon appétit ».

Voilà l'homme que les historiens prussiens ont pro-
posé à l'admiration des générations futures. Le culte de
Bismarck en Allemagne a atteint des proportions que le

---

1. Hans Delbrück, dans les *Preussische Jahrbücher*.

culte de Napoléon n'a jamais eues en France. La littérature bismarckienne est aujourd'hui la plus riche de l'Allemagne. Gœthe lui-même s'est trouvé distancé.

Et au fond de cette adoration, qu'y a-t-il? L'apologie toute crue de la politique de la force. C'est pour aboutir à cela que l'Allemagne a eu les écrivains les plus idéalistes et les plus largement humains du monde. Le châtiment n'a pas tardé à venir. Ernest Renan le prédisait déjà dans la belle lettre qu'il écrivait à son ami David Strauss, devenu lui aussi l'admirateur de la force : « L'outrance est mauvaise ; l'orgueil est le seul vice qui soit puni en ce monde. Triompher est toujours une faute et en tout cas quelque chose de bien peu philosophique. *Debemur morti nos nostraque.* Ne vous imaginez pas être plus que d'autres à l'abri de l'erreur. Depuis un an, vos journaux se sont montrés moins ignorants sans doute que les nôtres, mais tout aussi passionnés, tout aussi immoraux, tout aussi aveugles....... Votre race germanique a toujours l'air de croire à la Walhalla : mais la Walhalla ne sera jamais le royaume de Dieu....... Ah ! cher maître, que Jésus a bien fait de fonder le royaume de Dieu, un monde supérieur à la haine, à la jalousie, à l'orgueil, où le plus estimé est non pas, comme dans les tristes temps que nous traversons, celui qui fait le plus de mal, celui qui frappe, tue, insulte, celui qui est le plus menteur, le plus déloyal, le plus mal élevé, le plus perfide, le plus fermé à la pitié, au pardon ; mais celui qui est le plus doux, le plus modeste, le plus éloigné de toute jactance..... La guerre est un tissu de péchés, un état contre nature..... Avez-vous remarqué que ni dans le sermon de la montagne, ni dans l'Évangile, ni dans la littérature chrétienne primitive, il n'y a pas un mot qui mette les vertus militaires parmi celles qui gagnent le royaume du ciel[1]? »

1. Renan, *La réforme intellectuelle et morale*, p. 184, 192.

Renan avait raison ; les grands scandales qui ont éclaté récemment en Allemagne, ces défenseurs du trône et de l'autel qu'on a vus rouler dans la fange, la corruption cachée qui s'est révélée dans les élections — cette corruption qui faisait dire à l'historien Sybel en parlant des élections françaises sous le second Empire : « d'autres pays qui ignoraient ces mœurs n'ont aujourd'hui plus rien à envier à la France[1] » — tout cela n'est-ce pas en définitive un héritage de cette politique qu'on flétrit rien qu'en la nommant : la politique bismarckienne, celle des fonds secrets, des reptiles de la presse, des mouchards et des provocateurs de frontières.

Et si l'on songe que cette politique n'a pas eu de plus chauds défenseurs que les récents historiens prussiens, on est en droit d'affirmer qu'ils sont les premiers auteurs de cette dégénérescence des mœurs. A tant vanter les coups de force et la ruse, malgré le vernis moral dont ils couvraient leurs théories, ils ont contribué à pervertir l'esprit public. Comme le dit admirablement le philosophe Renouvier, « ils ont réveillé et stimulé le goût dangereux du passé..... concluant à l'évolution fatale, universelle, à la suprématie de l'histoire sur la raison, du fait sur le droit, de la force sur la justice ». Par leurs théories historiques, ils ont été les propagateurs des pires maximes politiques pour la réfutation desquelles l'humanité a déjà versé des flots de sang.

Qu'on s'étonne après cela des résultats : c'est pour la démocratie sociale qu'ils ont travaillé.

En réalité on ne fonde rien de durable sur la ruse, ni sur le mensonge : tôt ou tard cette œuvre finit par se retourner contre vous.

1. *Die Begründung*, t. VI, p. 100.

A. Guilland.

# BIBLIOGRAPHIE

## INTRODUCTION

ACTON (Lord). — *German schools of history*. Article de l'*English historical Review*, january 1886.

SEIGNOBOS (Charles). — *L'enseignement de l'histoire dans les Universités allemandes*. Article de la *Revue internationale de l'enseignement*, 1881.

FRÉDÉRICQ (Paul). — *De l'enseignement supérieur de l'histoire en Allemagne*. Article de la *Revue de l'Instruction publique en Belgique*, t. XXV. Bruxelles, 1882.

LEFRANC (Abel). — *Notes sur l'enseignement de l'histoire dans les Universités de Leipzig et de Berlin*. Article de la *Revue internationale de l'Enseignement*, 1888.

HOLST (H. von). — *Methods of historical inquiry as pursued at German Universities*, brochure. Baltimore, 1884.

---

GERVINUS (G.-G.). — *Geschichte des 19ten Jahrunderts seit den Wiener Verträgen*, 8 volumes. Leipzig, 1855-66.

STERN (Alf.). — *Geschichte Europas seit den Verträgen 1815, bis zum Frankfurter Frieden 1870*, 2 volumes ont paru jusqu'à présent (1815-1829). Berlin, 1894-97.

HAUSSER (Ludwig). — *Deutsche Geschichte vom Tode Friedrichs des Grossen, bis zür Gründung des deutschen Bundes*, 4 vol. Leipzig, 1854-57.

TREITSCHKE (H. von). — *Deutsche Geschichte im 19ten Jahrhundert*, 5 vol. Leipzig, 1886-95.

---

Lévy-Bruhl (L.). — *L'Allemagne depuis Leibniz*. Essai sur le développement de la conscience nationale en Allemagne, 1 vol. Paris, 1890.

Behrens (F.-W.). — *Deutsches Ehr-und National-Gefühl in seiner Entwickelung durch Philosophen und Dichter* (1660-1815), 1 vol. Leipzig, 1892.

Fichte (J.-G.). — *Reden an die Deutsche Nation*. Berlin, 1808.

Arndt (E.-M.). — *Geist der Zeit*. Altona, 1806.

— *Schriften für und an seine lieben Deutschen*, Leipzig, 1845.

Jahn (F.-L.). — *Deutsches Volksthum*. Lübeck, 1810.

*Chants patriotiques* de Th. Körner, Th. von Schenkendorf, E.-M. Arndt, F. Rückert.

Bach (Theodor). — *Denknisse und Erinnerungen aus der Zeit der Erniedrigung Preussens*, 1 vol. Berlin, 1886.

Goette (R.). — *Das Zeitalter der Deutschen Erhebung*, 1807-1815, 1 vol. Gotha, 1891. 1er Band des Werkes : *Geschichte der Deutschen Einheitsbewegung im 19. Jahrhundert*.

Droysen (J.-G.). — *Vorlesungen über die Freiheitskriege*, 2 Theile. Kiel, 1846.

Steger (F.). — *Deutschlands Erniedrigung durch Napoleon Bonaparte*, 1792-1813, 1 vol. Leipzig, 1860.

Bauer (Bruno). — *Der Einfluss Frankreichs auf die preussische Politik und die Entwickelung des preussischen Staates*, 1 vol. Hannover, 1888.

Schmidt (A.). — *Geschichte der Deutschen Verfassungsfrage während der Befreiungskriege und der Wiener Congresses*, 1 vol. Stuttgart, 1890.

Cavaignac (Godefroy). — *La formation de la Prusse contemporaine*, 2 vol. Paris, 1891-1897.

Pertz (G.-H.). — *Das Leben des Ministers Freiherrn vom Stein*, 6 vol. Berlin, 1849-1855.

Seeley (Robert). — *Life and times of Stein*, 3 vol. Cambridge, 1878.

HARDENBERG (Fürst von). — *Denkwürdigkeiten*, herausge-
geben von L. von Ranke, 5 vol. Leipzig, 1877.

LEHMANN (M.). — *Scharnhorst*, 2 vol. Leipzig, 1886-87.

DELBRÜCK (Hans). — *Das Leben des Feldmarschalls G.-F.
von Gneisenau*, 2 vol. Berlin, 1882.

DROYSEN (J.-G.). — *Das Leben des Feldmarschalls Grafen
Yorck*, 3 vol. Berlin, 1851-52.

BOYEN (Herm. v.). — *Erinnerungen aus dem Leben des
Generalfeldmarschalls* (1771-1813), 3 Theile. Leipzig,
1889-90.

KÖPKE (R.). — *Die Gründung der K. Friedrich-Wilhelms
Universität zu Berlin*. Berlin, 1860.

*Les Universités allemandes dans la première moitié du
XIX^e siècle*. Article de la *Revue germanique*, t. XVI.

---

DAHLMANN (F.-C.). — *Kleine Schriften und Reden*. Herausg.
von G. Varrentrapp, 1 vol. Stuttgart, 1886.

DÖLLINGER (Ignaz von). — *Akademische Vorträge*, 2 vol.
Munich, 1891.

— *Kleinere Schriften*. Herausg. von
F.-H. Reusch., 1 vol. Stuttgart, 1891.

DROYSEN (Gustav). — *Abhandlungen*, 1 vol. Leipzig, 1876.

HAUSSER (Ludw). — *Gesammelte Schriften*, 2 vol. Berlin,
1869-70.

GIESEBRECHT (W. von). — *Deutsche Reden*, 1 vol. Munich,
1871.

FREYTAG (Gustav). — *Gesammelte Aufsätze*, 2 vol. Leipzig,
1888.

SYBEL (H. v.). — *Kleine historische Schriften*, 3 vol. Stuttgart, 1863-81.

TREITSCHKE (H. v.). — *Historische und politische Aufsätze*, 3 vol. Leipzig, 1865-86.

DELBRÜCK (Hans). — *Historische und politische Aufsätze*,
3 vol. Berlin, 1886.

MAURENBRECHER (Wilhelm). — *Geschichte und Politik*,

Akademische Antrittsrede gehalten zu Leipzig, Oct. 1884, brochure. Leipzig, 1884.

HILLEBRAND (Karl). — *Zeiten, Völker und Menschen*, II^ter Band : *Wälsches und Deutsches*, 1 vol. Berlin, 1875.

HEINE (Henri). — *De l'Allemagne*, 2 vol. Paris, 1855.

QUINET (Edgar). — *De la Teutomanie*. Article de la *Revue des Deux-Mondes*, avril 1842.

JANSSEN (J.). — *Frankreichs Rheingelüste*, 1 vol. Freiburg in B., 1883.

NIETZSCHE (Frédéric). — *Vom Nutze und Nachteile der Historie für das Leben*, brochure. Leipzig, 1879.

GOREL (Ludwig). — *Der deutsche Professor in der Politik*, brochure. Leipzig, 1887.

FLACH (Joh.). — *Der deutsche Professor der Gegenwart*, brochure. Leipzig, 1886.

FUSTEL DE COULANGES. — *De la manière d'écrire l'Histoire en France et en Allemagne*. *Revue des Deux-Mondes* de septembre 1872.

## NIEBUHR

### OEUVRES DE G.-B. NIEBUHR

*Römische Geschichte*, 3 vol. Berlin, 1811-13.

*Vorträge über römische Geschichte*, an der Universität zu Bonn gehalten, 3 vol. Berlin, 1846.

*Lectures on the history of Rome from the first Punic war to the death of Constantine*, 2 vol. London, 1844.

*Vorträge über alte Geschichte*, herausg. von M. Niebuhr, 3 vol. Berlin, 1847-51.

*Nachgelassene Schriften B.-G. Niebuhrs nicht philologischen Inhalts*, 1 vol. Hambourg, 1842.

*Geschichte des Zeitalters der Revolution*, Vorlesungen, 2 vol. Hambourg, 1845.

*Preussens Recht gegen den Sächsichen Hof*, 1 vol. Berlin. 1814.

*Lebensnachrichten über B.-G. Niebuhr, aus Briefen des-*
*selben und aus Erinnerungen einiger seiner nächsten*
*Freunde,* 3 vol. Hambourg, 1838-39.

LIEBER (Franz). — *Reminiscences of an intercourse with*
*Niebuhr.* London, 1835 (Traduct. allem. de Thibaut.
Heidelberg, 1837).

GOLBÉRY. — *Notice historique sur la vie et les ouvrages*
*de Niebuhr.* Strasbourg, 1831.

NISSEN (H.). — *Niebuhr,* biographie de l'*Allgemeine Deut-*
*sche Biographie,* t. XXIII.

CLASSEN (J.). — *Niebuhr.* Gotha, 1876.

SIHLER (E.-G.). — *Notes on Niebuhr's Life and Works.*

GILMAN (D.-C.). — *Lieber's Reminiscences of Niebuhr*
*Annual reports of the John Hopkins University,* 15 novembre 1878. Baltimore.

EYSSENHARDT (F.). — *Barthold Georg Niebuhr.* Gotha, 1886.

MEYER (Otto). — *Biographie Niebuhrs.* Gotha, 1886.

TAINE (H.). — *Essai sur Tite-Live,* 1 vol. Paris, 1856,
Niebuhr, p. 102-118.

SCHMIDT (Julian). — *Geschichte der deutschen Literatur*
*seit dem Lessing's Tode,* 3 vol. Leipzig, 1867.

WEGELE (X.-V.). — *Geschichte der deutschen Historio-*
*graphie,* 1 vol. München, 1885. Niebuhr, 5[tes] Buch.

SEITZ (D[r] Ch.). — *L'œuvre politique de César jugée par*
*les historiens de Rome au XIXe siècle,* 1 vol. Genève,
1889. Niebuhr, p. 6-13.

## RANKE

### OEUVRES DE LÉOPOLD VON RANKE

*Geschichten der Romanischen und Germanischen Völker*
von 1494-1535. Leipzig und Berlin, 1824.

Mit einer Beilage : *Zur Kritik neuerer Geschichtsschreiber,*
*ibid.,* 1824, 3[te] Auflage. Leipzig, 1885, t. XXXIII et
XXXIV des *Œuvres complètes.*

*Fürsten und Völker in Südeuropa.* Berlin, 1827. Nouv.
édition : *Die Osmanen und die spanische Monarchie,*
2[te] Auflage. Leipzig, 1877, t. XXXV et XXXVI des
*Œuvres complètes.*

*Geschichte der Revolution in Serbien,* 1 vol. Berlin, 1829.
Nouv. édition : *Serbien und die Türkei im* 19[ten] *Jahrhundert.* Leipzig, 2 vol., t. XLIII et XLIV des *Œuvres
complètes.*

*Die Verschwörung von Venedig im Jahre 1618,* 1 vol.
Berlin, 1831, t. XLII, des *Œuvres complètes* avec un
essai : *Venedig im* 16[ten] *Jahrhundert und in der ersten
Hälfte des* 17[ten]*,* Leipzig, 1878.

*Die römischen Päpste, ihre Kirche und ihr Staat im
16 und 17 Jahrhund.,* 3 vol. Berlin, 1834-36, 9[te] Auflage.
Leipzig, 1889, t. XXXVII, XXXVIII et XXXIX des
*Œuvres complètes.*

*Historische und politische Zeitschrift,* 2 vol. Hambourg-
Berlin, 1832-35.

*Deutsche Geschichte im Zeitalter der Reformation,* 6 vol.
Berlin, 1839-47, 6[te] Auflage. Leipzig, 1882, t. I à VI des
*Œuvres complètes.*

* *Neun Bücher Preuss. Geschichte,* 3 vol. Berlin, 1847-48.
Nouvelle édition en 1874 sous le titre de : *Zwölf Bücher
Preuss. Gesch.,* 5 vol. Leipzig, *Œuvres complètes,* t. de
XXV à XXVIII.

*Französische Geschichte vornehmlich im 16 und 17 Jahr-
hund.,* 4 vol. Berlin, 1852-56. Dans les *Œuvres complètes,* 6 volumes, t. VIII à XIII.

*Englische Geschichte, vorn. im* 17[ten] *Jahr.,* 6 vol. Berlin,
1859-65. Dans les *Œuvres complètes,* 9 vol. t. XIV à
XXII.

*Zur deutschen Geschichte vom Religionsfrieden bis zum
30 jährigen Kriege,* 1 vol. Leipzig, 1868. *Œuvres complètes,* t. VII.

*Geschichte Wallensteins,* 1 vol. Leipzig, 1869. *Œuvres
complètes,* t. XXIII.

*Der Ursprung des 7 jährigen Krieges,* 1 vol. Leipzig, 1871. *Œuvres complètes,* t. XXX.

*Die deutschen Mächte und der Fürstenbund, Gesch. von 1780 bis 1790,* 2 vol. in-8°. Leipzig, 1871-72. *Œuvres complètes,* t. XXXI et XXXII.

*Abhandlungen und Versuche* 1ᵗᵉ *Sammlung,* 1 vol. Leipzig, 1872. — *Neue Sammlung,* herausg. v. A. Dove und T. Wiedemann. Leipzig, 1888. *Œuvres complètes,* t. XXIV, LI et LII.

*Zur Geschichte von Oesterreich und Preussen,* zwischen der Friedensschlüssen von Aachen und Hübertsburg, 1 vol. Leipzig, 1875. *Œuvres complètes,* t. XXX.

*Ursprung und Beginn der Revolutionskriege,* 1 vol. Leipzig, 1875. *Œuvres complètes,* t. XLV.

*Denkwürdigkeiten des Staatskanzlers Fürsten von Hardenberg,* 5 vol. Leipzig, 1877. *Œuvres complètes.* t. XLVI à XLVIII.

*Historische biographische Studien,* 2 vol. Leipzig, 1877. *Œuvres complètes,* t. XL et XLI.

*Weltgeschichte* Neun Theile, 16 vol. Leipzig, 1878-1888.

*Zur Geschichte Deutschlands und Frankreichs im 19 Jahrhundert,* Herausg. von Alf. Dove, 2 vol. Leipzig, 1887. *Œuvres complètes,* t. XLIX et L.

*Zur eigenen Lebensgeschichte,* Herausg. von Alf. Dove, 1 vol. Leipzig, 1890. *Œuvres complètes,* t. LIII et LIV.

*Sämmtliche Werke,* 54 vol. Leipzig, 1877-1890.

OEUVRES DE RANKE TRADUITES EN FRANÇAIS

*Histoire des Osmanlis et de la monarchie espagnole,* pendant les XVIᵉ et XVIIᵉ siècles, trad. de l'allem. et accomp. de notes par J.-B. Haïber, 1 vol. Paris, 1839.

*Histoire de la papauté* pendant les XVIᵉ et XVIIᵉ siècles, trad. de l'allem. par J.-B. Haïber, publ. et précéd.

d'une introd. par Alb. de Saint-Chéron, 4 vol. Paris, 1838.

*Histoire de France*, principalement pendant les XVIe et XVIIe siècles, trad. par J. Porchat, 6 vol. Paris, 1854-1889.

----

MACAULAY. — *Critical and historical essays*, t. IV, p. 97 : *Ranke's History of the Popes.*

TAILLANDIER (St René). — *L. Ranke.* Article *Revue des Deux-Mondes* du 1er avril 1854.

GRENIER (J.). — *L. Ranke.* Article *Rev. Germ.*, t. VIII, p. 305.

WAITZ (G.). — *L. Ranke.* Article *Hist. Zeitschr.*, t. VI, p. 349.

NOORDEN. — *Ranke und Macaulay.* Article de l'*Hist. Zeitschr.*, t. XVII, p. 87.

SOREL (Albert). — *Sybel et Ranke. Revue historique*, t. X. p. 469.

CHERBULIEZ (V.). — *Frédéric-Guillaume IV et Léop. de Ranke.* Article publ. par la *Rev. des Deux-Mondes* du 1er septembre 1887.

SCHERRER (Hans). — *Übersicht über die vaterländische Geschichtschreibung*, 1 vol. Heidelberg, 1886. *Ranke*, p. 61-64.

STUBBS. — *Seventeen lectures on the study of modern history*, 1 vol. Oxford, 1886.

MICHAEL (E.). — *Ranke's Welgeschichte.* Eine Kritische Studie, in-8°. Paderborn, 1890.

FESTER. — *Humboldt's und Ranke's Ideenlehre.* Article de la *Deutsche Zeitschr. für Geschwissenchaft.* Freiburg in B., 1891.

WIEDEMANN (Th.). — *Sechzehn Jahre in der Werkstätte L. von Rankes. Deutsche Revue*, nov. 1891 et *passim.*

REUMONT (A. von). — *L. v. Ranke.* Article de l'*Histor. Jahrbuch der Görresgesellsch.*, vol. VII, p. 608. München, 1886.

STERN (Alf.). — *Gedächtnisrede auf L. v. Ranke und G. Waitz*, brochure in-8°. Berne, 1886.

SCHMIDT (Julian). — *L. von Ranke.* Étude publ. par la *Deutsche Rundschau*, t. XLVII, p. 218.

VALBERT (G.). — *L. Ranke.* Article nécrologique publié par la *Revue des Deux-Mondes*, le 15 août 1886.

ZELLER (Jules). — *Léopold Ranke*, notice lue à l'Académie des Sciences morales et politiques, le 3 juillet 1886. Publ. par la *Rev. intern. de l'Enseign.*, t. XII, p. 1.

PRUTZ (H.). — *Leopold von Ranke.* Article de *Unsere Zeit*, 1886, 2ᵉ volume.

SYBEL (H. von). — *Gedächnisrede auf L. v. Ranke*, brochure in-4°. Berlin, 1887.

GIESEBRECHT (W. von). — *Gedächnisrede auf L. v. Ranke*, brochure in-8°. München, 1887.

Articles nécrologiques, entre autres :

GARDINER. — *Academy*, t. XXIX, p. 380.

*Neue Freie Presse*, 25 mai 1886.

SIDGWICK. — *Macmillan Magazine*, t. IV, p. 85.

WARD (A.). — *English historical Review*, t. III, p. 184.

REUSS (R.). — *Revue historique*, t. XXXI, p. 364.

———

RANKE (Henri). — *Jugenderinnerungen*, 1 vol. München, 1886.

WEISSE (Sophie). — *Reminiscences of Berlin*, 1884-1886. *Blackwood Magazine*, t. CXL, p. 251.

DOVE (Alf.). — *L. von Ranke*, eine biographische Skizze. *Allg. deutsche Biographie*, t. XXVII. Leipzig, 1888.

LORENZ (Ottokar). — *Leopold von Ranke*, 1 vol. Berlin, 1891.

KEUSSLER. — *L. von Ranke's Leben und Wirken*, 1 vol. Petersbourg, 1892.

GUGLIA (Eugen). — *Leopold von Ranke's Leben und Werke*, 1 vol. Leipzig, 1893.

Ritter (Th.). — *Leopold von Ranke*. Seine Geistesentwic-
kelung und seine Geschichtschreibung, 1 vol. Stuttgart,
1896.

---

Biedermann (Karl). — *25 Jahre deutscher Geschichte*,
1815-1840, 2 vol. Breslau, 1890.

*Briefwechsel des Generals Leopold v. Gerlach mit Otto
von Bismarck*, 1 vol. Berlin, 1893.

Gerlach (Léop. v.). — *Denkwürdigkeiten*, 2 vol. Berlin,
1891-92.

Bernhardi. — *Aus dem Leben Theodor von Bernhardi*,
7 Theile, 7 vol. Leipzig, 1893-1897.

Ranke (L. v.). — *Friedrich Wilhelm IV, König von
Preussen. Allg. deutsche Biogr.*, t. VII.

Reumont (A. v.). — *Aus Friedrich Wilhelm IV gesunden
und kranken Tagen*, 1 vol. Leipzig, 1885.

*Aus dem Biefwechsel Friedrich Wilhelms IV mit Bunsen*,
von L. v. Ranke, 1 vol. Leipzig, 1873.

Arneth (Alf. von). — *Aus meinem Leben*, 1819-1890,
2 vol. Stuttgart, 1893.

Varnhagen d'Ense. — *La Prusse en 1848 et 1849*. Journal
publié par la *Revue germanique*, t. XIX, XX, XXIV et
XXV.

Droysen (J.-G.). — *Beiträge zur neuesten Deutschen Ges-
chischte*, 1 vol. Braunschweig, 1849.

Biedermann (Karl). — *Erinnerungen aus der Paulskirche*,
1 vol. Leipzig, 1849.

Rümelin (Gustav). — *Aus der Paulskirche*, 1848-49, 1 vol.
Stuttgart, 1892.

Ranke (L. von). — *Politische Denkschriften aus den Jahren*,
1848-51, 1 vol. Leipzig, 1887.

## MOMMSEN

### OEUVRES DE THÉODORE MOMMSEN

*Römische Geschichte*, 3 vol. Berlin, 1854-56.

*Die Provinzen von Caesar* bis Diocletian, 1 vol. Berlin, 1885.

*Histoire romaine*, traduite par de Guerle, 7 vol. Paris, 1882.

*Histoire romaine*, traduite par Alexandre, 5 vol. Paris.

*Agli Italiani.* Berlino, 30 agosto 1870.

Geffroy (F.). — *Le manifeste de M. Mommsen à l'Italie. Revue des Deux-Mondes*, de novembre 1870.

*Rede zur Feier des Leibnischen Jahrestages.* Discours pron. à l'Acad. des sciences de Berlin, 1874.

*Die deutschen pseudo-Professoren.* Article des *Preussische Jahrbücher*, t. XXXVII, p. 17.

*Le vicariat catholique à Berlin sous Frédéric II. Ibid.*, t. XXXIX, p. 141.

*Festreden. Ibid.*, p. 417.

*Reden im Hause der Abgeord.* 1875-1880. Berlin.

*Rede zur Feier des Geburtstages sein. Majestät des Kaisers.* Berlin. Akad. Abhandl., 1875.

*Königin Luise.* Berl. Akad. Abh., 1876.

*Auch ein Wort über unser Judenthum*, brochure. Berlin, 1880.

*Luther und die Gebrüder von Humboldt.* Berlin, 1883.

*Zum Geburtstage des Königs Friedrich II.* Berlin, 1886.

———

Seidel (E.). — *Montesquieu's Verdienst um römische Geschichte.* Annaberg, 1887.

Lange (L.). — *Die römische Gesch. v. Mommsen.* Article de l'*Allg. Monatschrift*, p. 793, 1854.

Peter (C.). — *Studien zur römischen Geschichte.* Halle, 1863.

Nitzsch (K.-W.). — *Recension der römischen Gesch. v. Mommsen.* Berlin, 1856-58.

Vallier (Arm.). — *L'histoire romaine de Mommsen.* Article de la *Revue germanique*, t. I.

Wedde. — *Die römische Geschichte von Mommsen.* Article de la *Neue Zeit*, IV[ter] Jahrgang, p. 42. Stuttgart, 1886.

JULLIAN (C.). — *L'histoire romaine de Mommsen*. Étude critique publ. par la *Rev. crit. d'hist. et de littér.*, IIe sem. de 1886, p. 297.

----

TAILLANDIER (St-René). — *Th. Mommsen*. Article de la *Rev. des Deux-Mondes* du 15 mai 1864.

FREEMAN (Edw.). — *The methods of historical study*. London, 1887, p. 289.

— *Historical essays*, 1re et 2e séries. London, 1873.

BOISSIER (Gaston). — *Th. Mommsen*. Article de la *Revue des Deux-Mondes* du 15 avril 1872.

SCHMIDT (Julian). — *Gesch. der deutsch. Lit. Th. Mommsen*, t. III, p. 471.

— *Th. Mommsen*. Article de la *Deutsche Rundschau*, t. XLIV, p. 660.

SEITZ (Ch.). — *Les historiens de Jules César au XIXe siècle. Mommsen et ses critiques*, p. 23-83. Genève, 1889.

BERNAYS (Jakob). — *Mommsen als Jurist*. Article de la *Deutsche Rundschau*, t. II, p. 61.

ZANGEMEISTER (Karl). — *Th. Mommsen als Schrifsteller*, Heidelberg, 1887.

----

TAILLANDIER (St-René). — *La Jeune Allemagne*. Article de la *Revue des Deux-Mondes*, mars 1844.

PROELSS (Johannès). — *Das junge Deutschland,* ein Buch deutscher Geschichte, 1 vol. Stuttgart, 1892.

HAYM (R.). — *Die romantische Schule*. Ein Betrag zur Geschichte des deutschen Geistes, 1 vol. Berlin, 1870.

KÖSTELIN (K.). — *Hegel in philosophischer, politischer und nationaler Beziehung für das deutsche Volk dargestellt,* 1 vol. Tubingen, 1870.

GRÜN (K.). — *L. Feuerbach in seinem Briefwechsel und Nachlass dargestellt,* 2 vol. Leipzig, 1874.

RUGE (Arnold). — *Briefwiehsel und Tagebuchblätter aus den Jahren 1825-1885*. Herausg. von Paul Nerrlich, 2 vol. Berlin, 1886.

BÜCHNER (Ludwig). — *Am Sterbelager des Jahrhunderts,* 1 vol. Giessen, 1898.

MOLESCHOTT (Jak). — *Für meine Freunde. Lebenserinnerungen,* 1 vol. Giessen, 1894.

VOGT (Karl). — *Aus meinem Leben.,* 1 vol. Stuttgart, 1896.

STRAUSS (David Fr.). — *Ausgewählte Briefe*. Herausg. von E. Zeller, 1 vol. Bonn, 1895.

FREYTAG (Gustave). — *Erinnerungen aus meinem Leben,* 1 vol. Leipzig, 1887.

FESTER (R.). — *A. Schopenhauer und die Geschichtswissenschaft. Deutsche Zeitschr. für Gesch.*, t. III.

## SYBEL

### OEUVRES DE H. VON SYBEL

*De fontibus libri Jordanis de origine actuque Getarum.* Berlin, 1838.

*Geschichte des ersten Kreuzzuges*. Düsseldorf, 1841.

*Entstehung des deutschen Königsthums,* 1 vol. Francfort, 1844. Nouv. édition refondue, 1881.

und GILDEMEISTER (J.). — *Der heilige Rock zu Trier und die zwanzig andern heiligen ungenähten Röcke,* 2 Theile. Bonn, 1844-45.

*Die politischen Parteien in Rheinland in ihrem Verhältnis zur preussischen Verfassung geschildert*. Düsseldorf, 1847.

*Ueber das Verhältnis unserer Universitäten zum öffentlichen Leben*. Marbourg, 1847.

*Edmund Burke und die französische Revolution*. Article de *Schmidt's Histor. Z.*, t. VII, p. 1 (1847).

*Edmund Burke und Irland. Ibid.*, t. VIII, p. 489.

*Geschichte der Revolutionszeit* von 1789-1800, 5 vol.

Düsseldorf, 1853-70. Nouvelle édition. Stuttgart, 1877. Édition populaire en cours de publication, Stuttgart jusqu'à présent (oct. 1899), 9 vol. parus.

*L'Europe et la Révolution française*, trad. de l'allem. par M^{lle} Dosquet, 6 vol. Paris, 1869-87.

*Catharina II.* Ein Vortrag gehalten am 26 März 1859. Münich, 1859.

*Joseph de Maistre. Histor. Zeitsch.*, t. I, 158-198.

*Die Erhebung Europas gegen Napoleon.* Drei Vorlesungen. Münich, 1860.

*Kaiser Leopold II.* Münich, 1860.

*Joseph II. Bluntschlis Staatswörterbuch*, V, 421-430.

*Prinz Eugen von Savoyen.* Drei Vorlesungen. Münich, 1861.

*Lafayette. Bluntschlis Staatsw.*, VI, 180-190.

*Napoleon I. Ibid.*, VII, 106-128.

*Die deutsche Nation und das Kaiserreich*, brochure. Düsseldorf, 1862.

*Ueber die Entwickelung der absoluten Monarchie in Preussen*, brochure. Bonn, 1863.

*Ueber die Gesetze des historischen Wissens.* Rede. Bonn, 1864.

*Kleine historische Schriften*, 3 vol. München, 1863, 69, 81.

*Preussen und Rheinland*, brochure. Bonn, 1865.

*Die deutschen und die auswärtigen Universitäten*, brochure. Bonn, 1866.

*Das neue Deutschland und Frankreich.* Sendschreiben an Herrn Forcade in Paris. Bonn, 1866.

*La Prusse et la nouvelle Allemagne.* Article publ. par la *Revue des Deux-Mondes* de sept. 1866.

*Die Gründung der Universität Bonn*, brochure. Bonn, 1868.

*Ueber die Emancipation der Frauen*, brochure. Bonn, 1870.

*Denkschrift des Prinzen von Preussen über die deutsche Frage im Jahre* 1850. Article de l'*Historische Zeitschrift*, 1870, t. XC, p. 5.

*Der Frieden von 1871*, brochure. Düsseldorf, 1871.

*The German empire*. Article de la *Fortnightly Review*,
t. IX, p. 1.

*Les droits de l'Allemagne sur l'Alsace et la Lorraine*,
brochure. Bruxelles, 1871.

*Die Lehren des heutigen Socialismus und Communismus*,
brochure. Bonn, 1872.

*Was wir von Frankreich lernen können*, brochure. Bonn,
1872.

*Napoléon III*, 1 vol. Bonn, 1873.

*Die klerikale Politik im* 19$^{ten}$ *Jahrhundert*, brochure.
Bonn, 1874.

*Vorträge und Aufsätze*, 1 vol. Berlin, 1874.

*Die erste Theilung Polens*. Article de la *Deutsche Rundschau*, t. II, p. 34 (1874).

*Der alte Staat und die Revolution in Frankreich. Ibid.*,
t. XXI (1879).

*Hardenberg*. Article de l'*Allgem. deutsche Biographie*,
t. X, p. 572-590.

*Ueber Frauen Bildung*. Zwei Vorträge. *Deutsche Rundschau*, 1885.

*Pariser Studien. Deutsche Revue*, 1886.

*Die Begründung des Deutschen Reiches durch Wilhelm I*,
7 vol. München und Leipzig, 1889-95.

*Neue Mittheilungen und Erläuterungen zur Begründung
des deutschen Reiches*. München und Leipzig, 1895.

*Vorträge und Abhandlungen*, mit einer biographischen
Einleitung von C. Varrentrapp., 1 vol. München, 1897.

---

CHALLEMEL-LACOUR. — *H. de Sybel*. Article de la *Revue des
Deux-Mondes* du 15 décembre 1867.

RAMBAUD (A.). — *H. de Sybel. Revue bleue*, t. XII de la
2$^e$ série.

ROGET (Ph.). — *L'histoire de l'époque révolutionnaire.
Revue germanique*, t. X, p. 282, t. XI, p. 300.

A. GUILLAND.

Sorel (Albert). — *L'enseignement de l'histoire diploma-tique. Revue intern. de l'Enseig.*, t, I, p. 20. Paris, 1881.

Valbert (G.). — *H. de Sybel et son Histoire de la fonda-tion de l'Empire allemand.* Article de la *Revue des Deux-Mondes*, 1890, t. XCVIII, p. 190-201.

Eberstein (Frhr von). — *Kritische Bemerkungen über H. v. Sybel's Begr. des dtsch. R.*, 2 Theile. Wiesbaden, 1890.

Oechsli. — *Zu Sybel's Darstellung der Neuenburger Ver-wickelung*, brochure. Zürich, 1890.

Lebon (A.). — *Die Begründung*, etc. Article de la *Revue historique* (mai-juin 1891), t. XLVI, p. 169.

Boglietti (G.). — *Il nuovo impero tedesco e il suo primo storico.* Article de la *Nuova Antologia*, 1er mars 1891.

Delbrück (H.). — *Die Fortführung des Sybelischen Werkes.* Article des *Preussische Jahrbücher*, t. LXVIII, p. 83.

Hartwig (Otto). — *Die Begründung*, etc. *Die Nation*, 1895, n° 12.

Miller (W.). — *Die Begründung*, etc. *English. histor. Review*, 1er juillet 1895.

---

Uchtritz (Fr. von). — *Blicke in das Düsseldorfer Kunst und Kunstleben*, 2 vol. Düsseldorf, 1839-40.

Caro (J.). — *Heinrich von Sybel.* Article de la revue *Nord und Süd*, janvier 1892.

*Article nécrologique. Neue Freie Presse de Vienne*, 6 août 1895.

Schmidt (Julian). — *Gesch. der deutsch. nat. Liter. Sybel*, t. III, p. 514.

Frédéricq (P.). — *De l'enseignement supérieur de l'histoire en Allemagne. Revue de l'Inst. publ. en Belgique*, t. XXV. Sybel, p. 33.

Marcks (Erich). — *H. von Sybel.* Article de la *Zukunft*, 26 octobre 1895.

Schmoller (Gustav). — *H. von Sybel.* Rede gehalten in der

Leibnizsitsung der Akademie des Wissenschaft in Berlin, 2 juillet 1896.

VARRENTRAPP (C.). — *Sybel's Abhandlungen und Versuche,* mit einer biog. Einleitung, 1 vol. München, 1892.

---

KLÜPFEL. — *Geschichte der deutschen Einheitsbestrebungen, bis zu ihrer Erfüllung,* 1848-1871, 2 vol. Berlin, 1872.

HAYM (R.). — *Das Leben Max Dunckers,* 1 vol. Berlin, 1891.

FREYTAG (Gustav). — *Karl Mathy.* Gesch. seines Lebens. Leipzig, 1870.

GERVINUS (G.-G.). — *Leben von ihm selbst,* 1860. Leipzig, 1893.

CURTIUS (E.). — *Heinrich Gelzer.* Gotha, 1892.

PEY. — *L'Allemagne d'aujourd'hui,* 1862-1882, 1 vol. Paris, 1883.

LAGARDE (Paul de). — *Deutsche Schriften,* 1 vol. Göttingen, 1886.

BAMBERGER (Ludwig). — *Politische Schriften,* 5 vol. Berlin, 1895-97.

*Die National-Liberal Partei,* 1807-92. Leipzig, 1892.

COMTE DE PARIS. — *L'Allemagne et ses nouvelles tendances politiques.* Article de la *Rev. des Deux-Mondes,* août 1867.

HILLEBRAND (Karl). — *La Prusse contemporaine et ses institutions,* 1 vol. Paris, 1867.

CHERBULIEZ (Victor). — *L'Allemagne politique depuis la paix de Prague,* 1867-1870, 1 vol. Paris, 1870.

CHALLEMEL-LACOUR. — *La politique allemande de la Prusse.* Article de la *Rev. des Deux-Mondes,* de décembre 1867.

BAMBERGER (Louis). — *Monsieur de Bismarck,* 1 vol. Paris, 1868.

## TREITSCHKE

### OEUVRES DE H. VON TREITSCHKE

*Vaterländische Gedichte.* Göttingen, 1856.

*Studien.* Leipzig, 1857.

*Die Gesellschaftwissenchaft.* Leipzig, 1859.

*Historische und politische Aufsätze,* vornehmlich zur neuesten Deutschen Geschichte, 3 vol. Leipzig, 1865-1871, 5° édit. augmentée en 1886.

*Zehn Jahre deutscher Kämpfe,* 1865-1874. Schriften zur Tagespolitik, 1 vol. Berlin, 1874, 2° édition continuée jusqu'en 1879. Berlin, 1879.

*Der Socialismus und seine Gönner,* brochure. Berlin, 1875.

*Deutsche Geschichte im* 19[ten] *Jahrhundert,* 5 vol. Leipzig, 1879-1895.

*Ein Wort über unser Judenthum,* brochure. Berlin, 1880.

*Luther und die deutsche Nation,* brochure. Leipzig, 1883.

*Zwei Kaiser,* brochure. Berlin, 1888.

*Die Zukunft des deutschen Gymnasiums,* brochure. Leipzig, 1890.

*Reichstagsreden* (1871-1884). Herausgeg. von O. Mittel-städt, in-8°. Leipzig, 1896.

*Deutsche Kämpfe.* Schriften zur Tagespolitik, 1 vol. in-8°. Leipzig, 1897.

*Biographische und historische Abhandlungen,* vornehmlich aus der neueren deutschen Geschichte, 1 vol. Leipzig, 1897.

TREITSCHKE (H. v.). — *Politik,* Vorlesungen gehalten an der Universität zu Berlin, 2 vol. Leipzig, 1897-98.

---

BAMBERGER (L.). — *Ueber Rom und Paris nach Gotha, oder die Wege des Herrn von Treitschke,* brochure, 1869.

BAUMGARTEN (H.). — *Treitschkes Deutsche Geschichte,* bro-chure. Strasbourg, 1883.

TREITSCHKE (H. von). — *Erwiederung an H. Baumgarten.*
Preuss. Jahrbücher, t. L et LI.

*Offener Brief an Geheimenr. Herrn v. Treitschke ordent.*
Profess. zu der Berliner Universität, von einem deutschen Israeliten, brochure. Berlin, 1888.

BAMBERGER (Ludwig). — *Die Nachfolge Bismarcks,* brochure. Berlin, 1889.

NERRLICH. — *Treitschke und das junge Deutschland.*

GEISSLER. — *Stiglitz und H. von Treitschke,* 1890.

BOURDEAU (Jean). — *Un apologiste de l'État prussien. Rev.*
des Deux-Mondes du 15 juin 1889.

ACTON (Lord). — *German Schools of history. Engl. hist.*
Rev. Treitschke, t. I, p. 33.

WARD (A.). — *H. von Treitschke. English historical*
Review, t. I, p. 809.

LEFRANC (Abel). — *Notes sur l'enseignement de l'histoire*
dans les grandes Universités allemandes, brochure.
Paris, 1888.

LENZ (M.). — *H. v. Treitschke,* brochure. Berlin, 1896.

SCHMOLLER (G.). — *Gedächtnisrede auf H. von Sybel und*
H. v. Treitschke. Berlin, 1896.

BAILLEU (P.). — *H. v. Treitschke.* Articles de la *Deutsche*
Rundschau, 1896-97.

PHILIPPSON (M.). — *H. de Treitschke.* Article de la *Revue*
historique, t. LXI, année 1896.

---

BAUMGARTEN (H.). — *Fr. Chr. Dahlmann, Beilage zur*
Allg. Zeitg., 1886, n° 59.

WAITZ (Georg.). — *Fr. Chr. Dahlmann.* Gedächtnisrede
gehalten in der Aula der Universität Kiel, brochure, Kiel,
1885.

LÉVY-BRUHL. — *Gervinus et Dahlmann.* Article de la *Rev.*
des Deux-Mondes du 1er juillet 1888.

## CONCLUSION

CHERBULIEZ (Victor). — *Études de littérature et d'art*, 1 vol. Paris, 1874.

GAIDOZ (H.). — *Le Pangermanisme. Revue des Deux-Mondes* de février 1871.

SOREL (Alb.). — *La presse allemande. Revue des Deux-Mondes* d'avril 1873.

*L'Allemagne actuelle*, 1 vol. Paris, Plon, 1887.

LAVISSE (Ernest). — *L'État politique de l'Allemagne.* Article de la *Revue des Deux-Mondes* du 1er juillet 1887.

— *Essais sur l'Allemagne impériale*, 1 vol. Paris, 1888.

LEBON (André). — *Études sur l'Allemagne politique*, 1 vol. Paris, 1890.

CHERBULIEZ (Victor) [VALBERT G.]. — *Hommes et choses d'Allemagne.* Croquis politiques, 1 vol. Paris, 1877.

— *Hommes et choses du temps présent*, 1 vol. Paris, 1883.

WHITMAN (Sidney). — *Imperial Germany.* A critical study of fact and character, 1 vol. London, 1890.

———

SCHNEIDER (L.). — *Aus dem Leben Kaiser Wilhelms*, 1849-1873, 3 vol. Berlin, 1888.

MARCKS (Erich). — *Kaiser Wilhelm I*, 1 vol. Leipzig, 1897.

*Aus dem Leben König Karl's von Rumänien*, 3 vol. Stuttgart, 1894-1898.

BUSCH (Moritz). — *Les Mémoires de Bismarck*, 2 vol. Paris, 1899.

BISMARCK (le prince de). — *Pensées et souvenirs*, trad. de l'allem. par Jaegelé, 2 vol. Paris, 1899.

SCHMOLLER, LENZ, MARCKS. — *Zu Bismarcks Gedächtnis*, 1 vol. Leipzig, 1899.

JAHNS (Max). — *Feldmarschall Moltke*, 1ᵉʳ Theil. Berlin, 1894.

ROON (Gr. von). — *Denkwürdigkeiten*, 2 vol. Breslau, 1892.

---

FREYTAG (Gustav). — *Der Kronprinz und die deutsche Kaiserkrone.* Erinnerungsblätter, 1 vol. Leipzig, 1889.

*Aus Kaiser Friedrichs Tagebuch*, 1870-71, veröffentlicht von H. Geffcken. *Deutsche Rundschau*, 1888-89.

DELBRÜCK (Hans). — *Personliche Erinnerungen an den Kaiser Friedrich und sein Haus*, 1 vol. Berlin, 1888.

PROTHERO (R.-E.). — *Frederic III and the new Germany.* Article de la *Nineteenth Century*, 1888.

---

HINZPETER (G.). — *Kaiser Wilhelm II.* Eine Skizze nach der Natur gezeichnet, brochure. Bielefeld, 1888.

AYME (François). — *Une éducation impériale : Guillaume II*, 1 vol. Paris, 1897.

*L'empereur allemand*, 1 vol. Paris, 1893.

BAMBERGER (Ludwig). — *The German Crisis and the emperor.* Article de la *New Review* (avril 1892).

BARTH (Th.). — *Kaiser Wilhelm II und die öffentliche Meinung.* Article de *Die Nation* (1892), nᵒˢ 30 et 31.

*Am Hofe Kaiser Wilhelms II.* Berlin, 1893.

HAMEL (Rich). — *Das deutsche Bürgerthum unter dem Kaiser Wilhelm II*, 1 vol. Halle, 1890.

ZIEGLER (Th.). — *Der deutsche Student am Ende des 19 Jahrh.*, 1 vol. Stuttgart, 1895.

# INDEX ALPHABÉTIQUE

DES NOMS CITÉS

A. Guilland.

23

# TABLE DES MATIÈRES

CHARTRES. — IMPRIMERIE DURAND, RUE FULBERT.